U0103181

師大國文系文學叢書之四
詞曲研究小組主編

詞曲選注

黃錦鋐署

臺灣學生書局印行

序例

一、本書爲提供大學中文系「詞曲選」課程之教學而編輯，亦可供社會人士研習詞曲之用。

一、全書分上下二編，上編爲詞選，下編爲曲選，各加注釋，故名「詞曲選注」。

一、上編詞選之前，特撰「詞學概說」，就詞之名義、特質、體調、聲韻四項，分別舉例說明，俾增讀者對詞體之認識。

一、詞作分三時期選錄，一爲唐五代詞，選三十二首；二爲北宋詞，選四十一首；三爲南宋詞，選三十四首；共錄一〇七首。

一、詞選所錄各家，依卒年先後爲序；生卒年不詳者，大體排列於同時代詞人之間。

一、詞之選注，以詞家爲綱，詞作分錄其後。首綴作者小傳，次列作品，次爲注釋，末附集評。

一、所綴作者小傳，除徵諸正史外，間採舊聞逸事，皆力求簡要，以免繁瑣。

一、注釋以訓解名物典故、考定本事爲主，釋義之外，常引前人詩文，以作借鏡。

一、集評係彙集前人評論文字，以闡明作品內涵背景，剖析其結構技巧，或評述其風格特色。

一、詞選之末，附常用詞調調譜，注明平仄韻叶，以供初學者依調塡詞之用。

一、下編分散曲、劇曲二部分。散曲部分，先述「散曲概說」，就散曲之名稱、特質、體製、南北曲區分、聲律、文詞等，各加詮說。

一、次爲散曲作品選錄，分小令、散套二部分。小令按調名首字筆劃多少排列，每調選若干首，以資比較，共錄二十七調、五十五家、六十九首。

一、散套除說明其型式及種類外，選錄馬致遠秋思、高安道春情等三套爲例。

一、劇曲部分，選錄元雜劇漢宮秋、竇娥寃二種，節錄明清傳奇琵琶記、牡丹亭、長生殿各若干齣。

一、散曲、劇曲各有注釋，並附作者小傳。散曲作者全附作品之後，劇曲則各附作品之前。

一、本書由師大國文系詞曲研究小組合編。詞選部分，由王熙元、陳滿銘、陳弘治負責；曲選部分，由黃麗貞選注散曲，賴橋本選注劇曲。

一、詞選部分，係就陳滿銘、陳弘治等合編之「唐宋詩詞評注」剪裁而成，間有增刪改訂。

一、承蒙本系系主任黃錦鋐先生賜題封面，謹此申致謝意。

詞曲選注目次

貳　唐宋詞選注……二五

叁　劇　曲……二七九

上編　唐宋詞

壹　詞學概說

第一節　詞的名義

「詞」字的本義，不是文學體裁的名稱，說文言部：「詞，意內而言外也。」段玉裁注：「此謂摹繪物狀及發聲助語之文字也。」如史記儒林傳：「天子方好文詞。」陸雲登臺賦：「肅言詞而逑叢兮。」都與「辭」字同義。

詞之成爲文學體裁，原與說文本義無關，後人或因詞體蘊藉，恰與「意內言外」的旨趣相同，故因而附會其意。始於宋陸文奎山中白雲詞序，至清張惠言詞選乃大暢其說，近人吳梅詞學通論開宗明義就說：「詞之爲學，意內言外。」以爲詞與詩騷同旨。

詞是唐代興起的一種新文體。一方面承襲了漢、魏、六朝樂府的遺風，一方面接受外來新樂的影響，並改變唐詩的面貌而形成，是一種協律合樂的歌詞。起初並無「詞」的專稱，通稱「曲子詞」，簡稱「曲」或「曲子」，至五代、兩宋時皆如此。如後蜀趙崇祚編的「花間集」，歐陽炯在序中說：「詩客曲子詞五百首，分爲十卷。」曾相和凝有「曲子相公」之稱。又如晁无咎評東坡詞「橫放傑出，自是曲子中縛不住者。」陸游述晁以道的話也說：「試取東坡諸詞歌之，曲終，覺天風海雨逼人。」

因詞需配合音樂，故稱「曲子詞」，「曲子」指樂曲而言，「詞」則指歌詞而言，當是全名。稱「曲」或「曲子」，乃專就樂曲、聲音部分稱之；後世稱「詞」，可看成「曲子詞」的簡稱，則專就歌詞、文字部分而稱，都是舉部分以代全體的命名。

此外，見於宋人詞集的異名尤多，如：

一、樂府：如蘇軾東坡樂府、王沂孫碧山樂府。

二、長短句：如秦觀淮海居士長短句、辛棄疾稼軒長短句。

三、詩餘：如范仲淹范文正公詩餘。

四、樂章：如柳永樂章集。

五、琴趣：如歐陽修醉翁琴趣外篇、黃庭堅山谷琴趣。

六、歌曲：如王安石臨川先生歌曲、姜夔白石道人歌曲。

其中「長短句」是就詞體多長短參差而言，「詩餘」則就文體發展而言，謂古詩演變為樂府，樂府又演變為詞，故以詞為詩之餘，其餘四名，皆與音樂有關。

第二節　詞的特質

詞體由詩演進而來，故稱「詩餘」，而詞又演變為曲，故曲有「詞餘」之稱。詞的特質，既不同於詩的莊重典雅，也不同於曲的明白通俗，而自有它含蓄婉媚的風格。前人已約略察覺詩、詞、曲的相異，如清李漁窺詞管見說：

作詞之難，難於上不似詩，下不類曲，不淄不磷，立於二者之中。

他只模糊地意識到詞介乎詩與曲之間，並未指出它們的區別何在。也有人揭舉例句，道出詩與詞的分野，如劉體仁七頌堂詞繹說：

「夜闌更秉燭，相對如夢寐。」（杜甫羌村詩句）叔原則云：「今宵賸把銀釭照，猶恐相逢是夢中。」（晏幾道鷓鴣天詞句）此詩與詞之分疆也。

至於詞與曲的不同，王士禎花草蒙拾說：

或問詩詞曲分界，予曰：「無可奈何花落去，似曾相識燕歸來。」（晏殊浣溪沙詞句）定非香奩詩。「良辰美景奈何天，賞心樂事誰家院？」（湯顯祖劇曲牡丹亭傳奇句）定非草堂詞也。

他們拈出的例句，確能道其微妙，但我們只能彷彿意會，對於詩詞曲各有什麼不同的特質，並未留下具體的印象。

大體說來，詩是文學中的精品，情思精微，文字精鍊，而出之以比興之筆，但人有更細美幽約的情思，詩不足以曲盡其妙，故有詞體代之而興。詞與詩的不同，主要在詩的表達方式，或直率鋪敍，或出以比興，而詞則含蓄而委婉，故二者所表現的風格也自然有異，詩比較典重溫雅，而詞則比較流麗清媚。前人曾歷舉譬喻來分辨，倒也能得其大略，如田同之西圃詞說說：

詞之為體如美人，而詩則壯士也；如春華，而詩則秋實也；如夭桃繁杏，而詩則勁松貞柏也。

王國維也頗得其眞際，他的人間詞話說：

詞之為體，要眇宜修，能言詩之所不能言，而不能盡言詩之所能言，詩之境闊，詞之言長。

王氏所謂「詩之境濶，詞之言長。」可謂一語道破詩詞最大的異處，因為詩所能表達的題材廣大，所能表現的境界廣濶，而詞的主要特質，確在意味雋永，情韻緜長。

至於詞與曲的區別，在詞以抒情詠物爲主，不宜敍事，卽使敍事，也在藉事抒情，曲則抒情敍事皆可；詞雖清媚動人，然不宜諧趣，曲則往往莊諧雜出；詞重寄託，故風格婉曲，曲則較爲縱放，故語多俚俗；詞情幽咽頓挫，曲文則流利舒暢。如周邦彥的一闋蘭陵王寫楊柳：

柳陰直，煙裏絲絲弄碧。隋堤上、曾見幾番，拂水飄綿送行色。登臨望故國，誰識京華倦客？長亭路，年去歲來，應折柔條過千尺。閒尋舊蹤跡。又酒趁哀絃，燈照離席。梨花榆火催寒食。愁一箭風快，半篙波暖，回頭迢遞便數驛，望人在天北。悽惻恨堆積。漸別浦縈迴，津堠岑寂。斜陽冉冉春無極。念月榭攜手，露橋聞笛。沉思前事，似夢裏、淚暗滴。

關漢卿不伏老曲的尾聲，有如下一段痛快淋漓的陳述：

我是箇蒸不爛、煮不熟、搥不扁、炒不爆、響璫璫一粒銅豌豆。恁子弟每誰敎你鑽入他鋤不斷、砍不下、解不開、頓不脫、慢騰騰千層錦套頭。我翫的是梁園月，飲的是東京酒，賞的是洛陽花，攀的是章臺柳。我也會圍棋、會蹴踘、會打圍、會插科、會歌舞、會吹彈、會嚥作、會吟詩、會雙陸。你便是落了我牙、歪了我嘴、瘸了我腿、折了我手。天賜與我這幾般呆症候，尚兀自不肯休。則除是閻王親自喚，神鬼自來勾，三魂歸地府，七魄喪冥幽。天哪！那其間纔不向烟花路兒上走。

由此可見，詞在抒情詠物上，手法之細膩委婉，風格之含蓄蘊藉，而曲之抒懷敍事，則手法爽快俐落，風格雄放開朗。

單就詞體本身來說，詞是一種最婉曲細緻的抒情文學，在這方面所表現的特質，可從以下四端窺其端倪：

一、詞旨眞切，善述旖旎情致

人在心靈深處，對一己的境遇，或人間的情態，有一種極微妙的感性，往往不便宣之於雅正的詩文，而恰可借詞體以抒發其眞切的情意，或描述旖旎的情致。如一代名臣、勳華耀世的范仲淹，蘇幕遮詞：「夜夜除非、好夢留人睡。明月樓高休獨倚，酒入愁腸，化作相思淚。」寫柔情而成絕唱。御街行詞：「愁腸已斷無由醉，酒未到，先成淚。」情眞語切，更進一層。又如一代儒宗、文學事功世所矜式的歐陽修，南歌子寫閨情：「弄筆偎人久，描花試手初。等閒妨了繡功夫，笑問鴛鴦兩字怎生書？」臨江仙寫夏景：「燕子飛來窺畫棟，玉鉤垂下簾旌。涼波不動簟紋平，水精雙枕，傍有墮釵橫。」眞是風光旖旎，情致美妙。

二、詞意深曲，善寫宛轉情思

張炎詞源曾說：「簸弄風月，陶寫性情，詞婉於詩。」款款深情，每出之以婉約的詞筆，把宛轉曲折的情思，寫得沁心透骨。如歐陽修蝶戀花寫春晚：「雨橫風狂三月暮，門掩黃昏，無計留春住。淚眼問花花不語，亂紅飛過鞦韆去。」寫出風雨中落花紛飛，留春不住的無奈，癡情問花，而落花無語，飄零如故，情意層層深入，極宛轉曲折而耐人尋味。又如李清照聲聲慢寫秋雨梧桐的清愁：「守着窗兒，獨自怎生得黑？梧桐更兼細雨，到黃昏、點點滴滴。這次第，怎一個愁字了得？」女詞人晚年孤寂，藉雨聲之單調淒涼，曲盡其難以消受的愁苦心情。

三、詞境渾融，善描自然情景

詞人每具有敏感的心弦，當他們流連光景、沈吟萬象之際，常能融情於景，藉景抒情，而達到情景交融、渾然無跡的境界，既不矯揉造作，也不刻意寄託，而是自然流露，機趣天成。如柳永雨霖鈴寫別情：「多情自古傷離別，更那堪、冷落清秋節。今宵酒醒何處？楊柳岸、曉風殘月。」秋日離別，景象冷清衰殘，情何以堪？想像酒醒時柳岸風清月淡，正如心情之寥落，情與景自然渾融。又如秦觀滿庭芳寫回憶：「多少蓬萊舊事，空回首、煙靄紛紛。斜陽外，寒鴉數點，流水遶孤村。」往事依稀，不堪回首，一似眼前朦朧的煙靄。「斜陽外」三句，寫景清麗如畫，且以此蕭瑟遼濶的景象，襯托出別離的意境，予人前程茫茫之感，情化於景，渾然無跡。

四、詞采纖美，善表幽約情態

詞人選取景物，以抒情意，以寫情態，必取輕靈纖巧的景物，如此方見本色當行。如秦觀浣溪沙：「漠漠輕寒上小樓，曉陰無賴似窮秋。淡煙流水畫屏幽。自在飛花輕似夢，無邊絲雨細如愁，寶簾閒挂小銀鉤。」詞中所寫的景物，如小樓、飛花、絲雨，所取的室內器物，如畫屏、寶簾、銀鉤，都屬於清美細巧一路，並以極抽象的夢境，比喻飛花的輕靈，以極微妙的愁緒，比喻絲雨的細緻，構成一幅精巧幽約的畫面。又如辛棄疾素稱豪岩，有時也能揣摩此意，而得其纖巧之美，表其幽約之情，如摸魚兒一詞上片：「更能消、幾番風雨？匆匆春又歸去。惜春長恨花開早，何況落紅無數。春且住！見說道、天涯芳草迷歸路。怨春不語。算只有殷勤，畫簷蛛網，盡日惹飛絮。」他筆下也出現落紅、芳草、飛絮等細美的景物，以抒惜春、怨春的幽約之情，可見詞的特質，確在於輕靈婉約之美。

第三節　詞的體調

近人任訥詞曲通誼，分詞的體製爲散詞、聯章詞、大徧、成套詞、雜劇詞五種。凡音樂上可以獨立歌唱的詞調，稱爲散詞。聯章詞有一題聯章與分題聯章之別，如樂府雅詞所載九張機一調，九首相聯，只詠一題，是爲一題聯章詞；又如宋潘閬用酒泉子一調，分詠餘杭名勝五首，是爲分題聯章詞。大徧包括法曲、大曲、曲破三種：法曲歌而不舞，如長生樂、破陣樂、獻仙音等調是。大曲爲單人舞曲，一曲可分十餘徧，如董穎之十譜西施故事皆用薄媚一調是。曲破卽將大曲破開，取其一徧以爲歌舞，其樂有聲無詞，如涼州徹、伊州徧等是。成套詞是聯貫多種詞調，成爲一套樂曲，如諸宮調的形態便是。雜劇詞是當筵助興的歌舞劇，用法曲、大曲或諸宮調以演唱故事。

以上五類，只有散詞一類流傳至今；聯章詞前人作的很少，故多失傳；元代以後，大徧歸入諸宮調，成套詞漸變爲套曲，雜劇詞演爲雜劇，也有散佚不傳的。

就現存詞調而言，詞的體製可分四點來說明：

一、就字數多少來分，有小令、中調、長調之分。

宋草堂詩餘始分詞調爲小令、中調、長調三種。淸毛先舒說：「五十八字以內爲小令，五十九字至九十字爲中調，九十一字以外爲長調，古人定例也。」此說拘泥字數，並非通論，故萬樹詞律發凡駁之：「所謂定例，有何所據？若以少一字爲短，多一字爲長，必無是理。如七娘子有五十八字者，有六十字者，將名之曰小令乎、抑中調乎？如雪獅兒有八十九字者，有九十二字者，將名之曰中調乎、抑長調乎？」故只是約略分之而已，不應有字數限制的標準。

至於古人何以按字數多寡，分調之長短，清宋翔鳳樂府餘論解釋說：「詞之分小令、中調、長調者，以當筵伶伎依字之多寡，分調之長短，以應時刻之久暫，如今京師演劇，分大齣、中齣、小齣也。」所說似乎可信。

凡短調小曲稱爲小令，也簡稱令，或稱小調，如三字令、如夢令、惜春令等。字數稍多、篇幅較長的爲中調，也稱引或近，如千秋引、清江引、訴衷情近、祝英臺近等。長調又稱慢調，如揚州慢、聲聲慢等。宋翔鳳樂府餘論解釋這些名稱說：「以小令微而引長之曰引；以調音相近，從而引之曰近；引而愈長者則爲慢。」

二、就分段情形來說，有單調、雙調、三疊、四疊之別。

1.詞一篇通稱一闋，一闋多分二段，段又稱片，上半段稱上片或前片，下半段稱下片或後片，由上片到下片稱爲過片。凡詞調只有一段的稱單調，如秦觀如夢令：

鶯嘴啄紅花溜，燕尾剪波綠皺。指冷玉笙寒，吹徹小梅春透。依舊，依舊，人與綠楊俱瘦。

2.凡詞調分前後兩段的稱雙調，雙調詞最常見，如晏殊浣溪沙：

一曲新詞酒一杯，去年天氣舊亭臺，夕陽西下幾時回？ 無可奈何花落去，似曾相識燕歸來，小園香徑獨徘徊。

3.一詞分三段的稱三疊調，依次稱一疊、二疊、三疊，或第一片、第二片、第三片，如柳永夜半樂：

凍雲黯淡天氣，扁舟一葉，乘興離江渚。渡萬壑千巖，越溪深處，怒濤漸息，樵風乍起。更聞商旅相呼，片帆高擧，泛畫鷁、 翩翩過南浦。 望中酒旆閃閃，一簇煙村，數行霜樹。殘日下、漁人鳴榔歸去。敗荷零落，衰楊掩映。岸邊兩兩三三，浣紗遊女，避行客、含羞笑相語。 到此因念，繡閣輕拋，浪萍難駐。歎後約叮嚀竟何據？慘離懷、空恨歲晚歸期阻。凝淚眼、杳杳神京路，斷鴻聲遠長天暮。

4.一詞分四段的稱四疊調，如吳文英鶯啼序：

殘寒正欺酒病，掩沈香繡戶。燕來晚、飛入西城，似說春事遲暮。畫船載、清明過却，晴煙冉冉吳宮樹。念羈情、遊蕩隨風，化為輕絮。 十載西湖，傍柳繫馬，趁嬌塵軟霧。遡紅漸招入仙溪，錦兒偷寄幽素。倚銀屏、春寬夢窄，斷紅溼、歌紈金縷。瞑隄空，輕把斜陽，總還鷗鷺。幽蘭漸老，杜若還生，水鄉尚寄旅。別後訪、六橋無信，事往花委，瘞玉埋香，幾番風雨。長波妒盼，遙山羞黛，漁燈分影春江宿。記當時、短楫桃根渡。青樓彷彿。臨分敗壁題詩，淚墨慘澹塵土。危亭望極，草色天涯，歎鬢侵半苧。暗點檢、離痕歡唾，尚染鮫綃。嚲鳳迷歸，破鸞慵舞。殷勤待寫，書中長恨，藍霞遼海沈過雁。漫相思、彈入哀箏柱。傷心千里江南，怨曲重招，斷魂在否？

三、就結構方式分，有換頭、不換頭、雙拽頭之別。

1.凡雙調詞上下片首句字數不同的，稱爲換頭，如黃庭堅清平樂：

春歸何處？寂寞無行路。若有人知春去處，喚取歸來同住。　春無蹤跡誰知？除非問取黃鸝！百囀無人能解，因風飛過薔薇。

上片首句「春歸何處」爲四言句，下片首句「春無蹤跡誰知」，換成六言句，字數不同，故稱換頭。

2.若雙調詞上下片首句字數相同的，則稱不換頭，如朱敦儒西江月：

日日深杯酒滿，朝朝小圃花開。自歌自舞自開懷，且喜無拘無礙。　青史幾番春夢，紅塵多少奇才。不須計較更安排，領取而今現在。

上片首句「日日深杯酒滿」，與下片首句「青史幾番春夢」，都是六言句，字數相同，故稱不換頭。

3.凡三疊慢詞，前兩疊較短，而彼此句法全同，猶如第三疊的雙頭，這種結構方式，稱爲雙拽頭，如周邦彥瑞龍吟：

章臺路，還見褪粉梅梢，試花桃樹。愔愔坊陌人家，定巢燕子，歸來舊處。 黯凝佇，因記箇人癡小，乍窺門戶。侵晨淺約宮黃，障風映袖，盈盈笑語。 前度劉郎重到，訪鄰尋里，同時歌舞。唯有舊家秋娘，聲價如故。吟牋賦筆，猶記燕臺句。知誰伴、名園露飲，東城閒步？事與孤鴻去！探春盡是，傷離意緒，官柳低金縷。歸騎晚、纖纖池塘飛雨。斷腸院落，一簾風絮。

四、就音樂性質分，有摘徧、歌頭、犯調、攤破、添聲、減字、偷聲、促拍、近拍、轉調等名稱。

1.摘徧是從大曲或法曲中摘取一徧來歌唱，如毛文錫甘州徧：

秋風緊，平磧雁行低。陣雲齊，蕭蕭颯颯，邊聲四起，愁聞戍角與征鼙。 青冢北，黑山西，沙飛聚散無定，往往路人迷。鐵衣冷，戰馬血沾蹄。破蕃奚，鳳凰詔下，步步躡丹梯。

2.歌頭是一整套曲的第一樂章，如蘇軾水調歌頭：

明月幾時有？把酒問青天。不知天上宮闕，今夕是何年？我欲乘風歸去，又恐瓊樓玉宇，高處不勝寒。起舞弄清影，何似在人間？ 轉朱閣，低綺戶，照無眠。不應有恨，何事長向別時圓？人有悲歡離合，月有陰晴圓缺，此事古難全。但願人長久，千里共嬋娟。

外史檮杌記載：「水調者，一部樂之名；水調歌者，一曲之名；歌頭又曲之始音。」始音猶如序曲，故水調歌頭卽水調歌的第一樂曲。

3.犯調有犯他調之音與犯他調之句二種，前者爲樂曲上宮調的衝犯，後者則是從若干不同調譜中，各截數句，拼合而成，如劉過四犯翦梅花：

水殿風涼，賜環歸、正是夢熊華旦。（解連環）疊雪羅輕，稱雲章題扇。（醉蓬萊）西清侍宴，望黃傘、日華籠輦。（雪獅兒）金券三王，玉堂四世，帝恩偏眷。（醉蓬萊）臨安記、龍飛鳳舞，信神明有後，竹梧陰滿。（解連環）笑折花看，橐荷香紅潤。（醉蓬萊）功名歲晚，帶河與、礪山長遠。（雪獅兒）麟脯杯行，狨韉坐穩，內家宣勸。

（醉蓬萊）

此詞上下片都各用解連環、醉蓬萊、雪獅兒，再用醉蓬萊，故稱四犯。杜文瀾詞律校勘記引秦玉笙說：「梅花五瓣，四則剪去其一。」故稱翦梅花。

4.攤破是調中字句，因拉腔關係，襯入若干飾音，後來譜以實字而成的新曲調。字數略有增加謂之攤，將一句裂爲兩句謂之破。如李璟攤破浣溪沙：

菡萏香銷翠葉殘，西風愁起綠波間。還與韶光共憔悴，不堪看。　細雨夢回雞塞遠，小樓吹徹玉笙寒。多少淚珠何限恨，倚闌干。

若除去上下片第三四句中的增飾字，則成「韶光憔悴不堪看」、「淚珠何限倚闌干」，而爲浣溪沙原調。反過來說：攤破浣溪沙是由浣溪沙上下片末句七言「攤」爲十言，然後「破」成七言、三言二句而成。

5.添聲是由原調增添音節字數而成。如楊柳枝原是單調四句，每句七字，添聲則成雙調，如顧敻添聲楊柳枝：

秋夜香閨思寂寥，漏迢迢。鴛幃羅幌麝烟銷，燭光搖。　正憶玉郎遊蕩去，無尋處。更聞簾外雨蕭蕭，滴芭蕉。

調中「漏迢迢」等四個三言句，都是增添的音節字數，故稱添聲楊柳枝。

6. 減字是就原調減去若干字數而成。如溫庭筠木蘭花原調：

家臨長信往來道，乳燕雙雙拂煙草。油壁車輕金犢肥，流蘇帳曉春雞早。籠中嬌鳥暖猶睡，簾外落花閒不掃。衰桃一樹近前池，似惜紅顏鏡中老。

再看朱敦儒的減字木蘭花：

劉郎已老，不管桃花依舊笑。要聽琵琶，重院鶯啼覓謝家。曲終人醉，多似潯陽江上淚。萬里東風，故國山河落照中。

後調上下片第一三句，各將原調七言句減爲四言，是爲減字。

7. 偷聲是偷取原調之聲，並拼湊數調不同音節而成的詞調。如馮延巳偷聲木蘭花：

落梅著雨消殘粉，雲重煙深寒食近。羅幕遮香，柳外秋千出畫牆。春山顛倒釵橫鳳，飛絮入簾春睡重。夢裏佳期，祇許庭花與月知。

此詞上下片前二句是偷取木蘭花原調之聲，而後二句是拼湊減字木蘭花的音節而成。

8. 促拍是促節短拍之意，猶言快板，如秦觀促拍滿路花：

露顆添花色，月彩投窗隙。春思如中酒，恨無力。洞房咫尺，曾寄青鸞翼。雲散無蹤跡，羅帳春殘，夢回無處尋覓。　輕紅膩白，步步薰蘭澤。約腕金環重，宜妝飾。未知安否，一向無消息。不似尋常憶，憶後教人，片時存濟不得。

9.近拍比促拍慢，或相當於戲曲中的流水板。如吳文英隔浦蓮近拍：

榴花依舊照眼，愁褪紅絲腕。夢繞煙江路，汀菰綠，薰風晚。年少驚送遠，吳蠶老，恨緒縈抽繭。　旅情懶，扁舟繫處，青帘濁酒須換。一番重午，旋買香蒲浮淺。新月湖光蕩素練，人散，紅衣香在南岸。

10.轉調是增加音腔，以轉變原調句法，如陳亮轉調踏莎行：

洛浦塵生，巫山夢斷。旗亭煙草裏，春深淺。梨花落盡，酴醾又綻。天氣也似，尋常庭院。　向晚情懷，十分惱亂。水邊佳麗地，近前看。娉婷笑語，流觴美滿。意思不到，夕陽孤館。

自上下片第三句起，就踏莎行各句，增字而略變其句法，故稱轉調。

詞各有調，調有定體。有時同調因字數、音節不同，可分數體，如臨江仙一調，卽有九體之多。詞調數目，據萬樹詞律及徐本立詞律拾遺，共有八百二十五調，一千六百七十餘體。

欽定詞譜所收，則增至八百二十六調，二千三百零六體。

詞調來源，約有以下數端：

一、沿用前代樂曲名稱者，如：

長相思：古樂府名。

風入松：樂府琴曲歌辭名。

謫仙怨：本唐時樂府新聲調名。

二、從民謠、祀神曲或戰歌改製者，如：

竹枝詞：本爲巴蜀民謠。

桂殿秋：本唐李德裕送神迎神曲。

破陣樂：原屬軍歌。

三、從異國或邊地翻入者，如：

折花令：本高麗抛毬樂舞隊曲。

婆羅門引：本外國舞曲，唐開元中西涼節度使楊敬述進獻。

甘州曲：甘州爲邊地之名。

四、截取法曲或大曲而成者，如：

法曲獻仙音：法曲興於唐代，獻仙音卽取自法曲。

綵雲歸：據唐宋大曲考，此調或爲一大曲中的一徧。

齊天樂：也是摘自大曲中的一徧而另成的一調。

五、由國家音樂機構製成者，如：

西河長命女：爲唐樂署供奉曲。
相見歡：出自唐教坊曲。
燭影搖紅：宋大晟樂所製。

六、樂工或歌伎所撰者，如：
安公子：據碧雞漫志，爲隋煬帝樂工王令言所撰。
菩薩蠻：據杜陽雜編，爲唐宣宗大中初倡優所製。
囉貢曲：據歷代詩餘，爲唐歌伎劉采春所作。

七、由詞人自度者，如：
醉蓬萊：據后山詩話，爲宋仁宗時柳永所作宮詞。
玉京秋：據欽定詞譜，爲周密自度腔。
淡黃柳：據姜白石詞自序，此爲姜氏自度曲。

詞調名稱的源起，也有以下數端：

一、以地名者：如青門引、燕山亭、揚州慢等。
二、以人名者：如虞美人、昭君怨、念奴嬌等。
三、以物名者：如珍珠簾、荷葉林、蘇幕遮等。
四、以動物名者：如鷓鴣天、摸魚兒、水龍吟等。
五、以植物名者：如柳梢青、桂枝香、梧桐影等。
六、以事名者：如好事近、歸田樂、雨霖鈴等。
七、以意名者：如訴衷情、感恩多、畫堂春等。

八、以體名者：如字字雙、百字令、八拍蠻等。

九、以句名者：又分三類：

1.取本詞句名：如一剪梅取周邦彥詞：「一剪梅花萬樣嬌」句、江南春取寇準詞「江南春盡離腸斷」句為名。

2.取古人詩句：如蝶戀花取梁元帝詩「翻階蛺蝶戀花情」句、滿庭芳取吳融詩「滿庭芳草易黃昏」句為名。

3.取經史諸子文：如于飛樂取左傳「鳳凰于飛」句、高山流水取列子伯牙鼓琴事為名。

第四節 詞的聲韻

一、四聲

自梁沈約撰四聲譜，類分平上去入四聲以來，書雖亡佚，而後世用韻之文，莫不奉為圭臬。詞以諧聲為主，故亦為填詞家所依。

詩家對於四聲，無論絕句律詩，只求平仄相合即可；詞則兼須分辨四聲，因平聲只有一途，仄聲兼上去入，此三聲腔調高低、音感效果各有不同，故不可不分。然唐五代詞多不拘四聲，至北宋末期始嚴守四聲陰陽之分。尤以慢詞肇興以後，周姜精於音律，創製新調，有時故為拗折之聲，以示激盪頓挫，於是律法謹嚴，不容逾越。於四聲之中，平分陰陽（收鼻音者為陽如東，不帶鼻音者為陰如幽），仄有上去入，如姜白石暗香詞「幾時見得」一句，兼備四聲，其中上去入三仄聲字皆不能互易。

仄聲中去聲最爲緊要，因去聲激厲勁遠，最足以振起調門，慢詞中領句字多用去聲，道理在此。如柳永八聲甘州「對瀟瀟暮雨灑江天」的「對」、「漸霜風淒緊，關河冷落」的「漸」；又如王安石桂枝香「念往昔、繁華競逐，嘆門外樓頭，悲恨相續」中的「念」與「嘆」都是。

某些詞調結句，以連用去上爲定格，不能移易。因去聲激厲，上聲舒徐，一激一舒，相配連用，始能抑揚有致，諧美悅耳。如吳文英探芳信結句：「一點蓬萊翠小」，「翠小」二字去上連用，蔣捷用「正好」，史達祖用「夢老」，都遵守不逾；又如三姝媚結句，吳文英作「斜陽淚滿」，王沂孫作「蘋花弄晚」，張炎作「巴山夜雨」，末二字必用去上相連。其他有關四聲用字的法度，多爲南宋詞所嚴格講求，有的十分精密，有的不免瑣碎，玆不縷述。

二、用韻

一般說來，詞在聲律上嚴於詩，但用韻方面則較詩爲寬。唐宋時無詞韻專書，詞人塡詞用韻，與詩韻無異，大約唐五代人用唐韻，兩宋人用廣韻、集韻、禮部韻略，或「但取歌者順吻，聽者悅耳而已。」（四庫提要語）

古人詞韻專書，現存最早出現的，當爲南宋初紹興年間刊行的「菉斐軒詞韻」，分東紅、邦陽等十九韻，以上去入三聲配隸平聲。詞中用韻，上去通押，平入二聲絕不相混，菉斐軒詞韻旣無入聲，故近人頗疑爲曲韻，且爲元明人所謬託。

至淸代詞韻之書方盛，較著名的有沈謙詞韻略、胡文煥文會堂詞韻、吳烺程名世學宋齋詞韻、鄭春波綠漪亭詞韻、戈載詞林正韻等。戈書最晚出，列平上去爲十四部，入聲爲五部，皆取古名家詞參酌而定，確比前此諸家精當，故爲詞家所遵用。

詞調中用韻方法，約略如下：

一、一首用一韻者：無論押平韻、上去通押的仄韻，或獨押入聲韻，中途不換韻，也無通叶者，都屬這一類，在詞中最爲普遍，如李後主望江南：

多少恨，昨夜夢魂中。（東）還似舊時遊上苑，車如流水馬如龍。（鍾）花月正春風。（東）

其中「東」、「鍾」韻都在第一部。

二、平仄韻通押者：又稱通韻或通叶。雖平仄轉換，仍同在一韻部，如蘇軾西江月：

世事一場大夢，人生幾度秋涼。（陽）夜來風葉已鳴廊，（陽）看取眉頭鬢上。（漾）

酒賤常愁客少，月明多被雲妨。（陽）中秋誰與共孤光，（陽）把盞淒然北望。（漾）

其中「陽」韻屬第二部平聲，而「漾」爲第二部仄聲韻，雖平仄轉換，而同在第二部中。

三、一首用數部平仄韻互換者：又稱更韻或互叶。卽一調中平仄換押，而分屬於不同韻部。如溫庭筠菩薩蠻：

小山重疊金明滅，（薛）鬢雲欲度香腮雪。（薛）懶起畫蛾眉，（脂）弄妝梳洗遲。（脂）照花前後鏡，（映）花面交相映。（映）新貼繡羅襦，（虞）雙雙金鷓鴣。（模）

其中「薛」爲入聲韻，在第十八部，「脂」爲第三部平聲韻，「映」爲第十一部去聲韻，「虞」、「模」都在第四部，平聲。

四、全首限用平聲韻者：如憶江南、長相思、眼兒媚、阮郎歸、人月圓、水調歌頭等。

五、全首限用仄聲韻者：或限用上去聲通押，如一落索、靑玉案、蝶戀花、漁家傲等；或限用入聲獨押，如雨霖鈴、蘭陵王、淡黃柳、惜紅衣等。

六、本用仄韻而可改易平韻者：如憶秦娥本用入聲韻，後秦觀、賀鑄等改叶平韻，舉賀鑄詞爲例：

曉朦朧，前溪百鳥啼匆匆。啼匆匆，凌波人去，拜月樓空。去年今日東門東，鮮妝輝映桃花紅。桃花紅，吹開吹落，一任東風。

他如晁補之的尉遲杯、姜夔的滿江紅、蔣捷的霜天曉角、張元幹的念奴嬌等皆如此。

七、本用平韻而易以仄韻者：如南歌子一調，五代詞人皆塡平韻，南宋石孝友則改作入聲韻。石氏詞如下：

春淺梅紅小，山寒嵐翠薄。斜風吹雨入簾幕。夢覺西樓，嗚咽數聲角。歌酒工夫懶，別離情緒惡。舞衫寬盡不堪著。若比那回，相見更消削。

他如柳永的兩同心、秦觀的雨中花慢、辛棄疾的醉太平、王沂孫的慶春宮等皆如此。

八、疊韻：以同字重押，謂之疊韻。有以下數種：

1.用於起句者，如白居易長相思：「汴水流，泗水流。」「思悠悠，恨悠悠。」

2.用於結句者，如程垓酷相思：「春到也須頻寄，人到也須頻寄。」

3.用於段中者，如李清照如夢令：「知否？知否？應是綠肥紅瘦。」

4.連疊兩字者，如呂渭老惜分釵：「草色連雲，暝色連空，重重。」「誠問別來，近日情悰，忡忡。」

5.連疊三字者，如陸游釵頭鳳：「一懷愁緒，幾年離索，錯錯錯。」「山盟雖在，錦書難託，莫莫莫。」

九、借叶：借押不同部的韻，謂之借叶。如蘇軾勸金船「杯行到手休辭卻。」借十六部入聲藥韻的「卻」字，叶十七部入聲陌韻的「客」、職韻的「識」、德韻的「得」、十八部入聲月韻的「月」。

十、暗叶：又稱句中韻，即藏在句中的暗韻，如李清照醉花陰「東籬把酒黃昏後」的「酒」字、汪無量惜分飛「淚珠成縷眉峯聚」的「縷」字。

貳　唐宋詞選注

一、唐五代詞

李　白（七〇一〜七六二）

字太白，祖籍隴西成紀（今甘肅天水附近）人，先世於隋末徙西域。五歲隨父移居綿州（今四川綿陽）青蓮鄉，故自號青蓮居士。喜縱橫術，擊劍為任俠，輕財重施。初至長安，賀知章見其詩，歎為謫仙人。玄宗召見，供奉翰林，後去官離京，浪遊大江南北。肅宗時，坐永王璘事，長流夜郎，中途遇赦。越四年病卒，有李太白集傳世。

憶秦娥

簫聲咽，秦娥❶夢斷秦樓月。秦樓月，年年柳色，灞陵傷別❷。樂遊原❸上清秋節，咸陽❹古道音塵絕。音塵絕，西風殘照，漢家陵闕❺。

【注釋】

❶秦娥：猶言秦女。列仙傳上：「簫史者，秦穆公時人，善吹簫，能致孔雀白鶴於庭。穆公有女字弄玉好之，公遂以女妻焉。日教弄玉作鳳鳴。居數年，吹似鳳聲，鳳凰來止其屋。公爲作鳳臺，夫婦止其上，一旦皆隨鳳凰飛去。」❷灞陵傷別：古灞陵橋，簡稱灞橋。三輔黃圖：「灞橋在長安，跨水作橋，漢人送客至此橋，折柳贈別。」❸樂遊原：本名樂遊苑，在漢長安城東南。至唐稱樂遊原，又名樂遊園。因地勢高敞，每逢三三或九九佳節，士女咸登臨祓禊。❹咸陽：秦故都，在今陝西咸陽縣。❺漢家陵闕：漢時諸帝墓陵，如長陵、安陵、陽陵、茂陵、平陵等五陵，皆在長安。杜牧登樂遊原詩：「長空澹澹孤鳥沒，萬古銷沈向此中。看取漢家何事業，五陵無樹起秋風。」

【集評】

王國維云：「太白純以氣象勝。『西風殘照，漢家陵闕』寥寥八字，遂關千古登臨之口。後世唯范文正之漁家傲、夏英公之喜遷鶯，差足繼武，然氣象已不逮矣。」（人間詞話）

唐圭璋云：「此首傷今懷古，託興深遠。首以月下簫聲淒咽引起，已見當年繁華夢斷不堪回首。次三句，更自月色外，添出柳色，添出別情，將情景融為一片，想見慘淡迷離之概。下片揭響雲漢，摹寫當年極盛之時與地。而『咸陽古道』一句，驟落千丈，淒動心目。再讀『音塵絕』一句，悲感愈深。『西風』八字，只寫境界，興衰之感都寓其中。其氣魄之雄偉，實冠今古。北宋李之儀曾和此詞。」（唐宋詞簡釋）

菩薩蠻

平林❶漠漠❷煙如織，寒山一帶傷心碧。暝色❸入高樓，有人樓上愁。　玉階❹空佇立，宿鳥❺歸飛急。何處是歸程？長亭連短亭❻。

【注釋】

❶平林：平地之樹林。詩經大雅生民：「誕寘之平林，會伐平林。」❷漠漠：廣布貌。王維積雨輞川莊作詩：「漠漠水田飛白鷺，陰陰樹木囀黃鸝。」❸暝色：暮色。謝靈運石壁精舍還湖中作詩：「林壑斂暝色，雲霞收夕霏。」❹玉階：一作玉梯，一作欄干。❺宿鳥：歸巢之鳥。吳融西陵夜居詩：「林風移宿鳥，池雨定流螢。」❻長亭句：古者五里一短亭，十里一長亭，以供休憩或送別之用。庾信哀江南賦：「十里五里，長亭短亭。」連，一作更。

【集評】

黃昇云：「菩薩蠻、憶秦娥二詞，為百代詞曲之祖。」(唐宋諸賢絕妙詞選)

劉熙載云：「太白菩薩蠻、憶秦娥兩闋，足抵少陵秋興八首。想其情境，殆作於明皇西幸後乎？」(藝概)

唐圭璋云：「此首望遠懷人之詞，寓情於境界之中。一起寫平林寒山境界，蒼茫悲壯。梁元帝賦云：『登樓一望，唯見遠樹含煙。平原如此，不知道路幾千。』此詞境界似之。然其為寫日暮景色，更覺悽黯。此兩句，自內而外。『暝色』兩句，自外而內。煙如織、傷心碧，皆暝色也。兩句折到樓與人，逼出『愁』字，喚醒全篇。所以覺寒山傷心者，以愁之故；所以愁者，則以人不歸耳。下片，點明『歸』字。『空』字，亦從『愁』字來。鳥歸飛急，寫出空間動態，寫出鳥之心情。鳥歸人不歸，故云『空佇立』。『何處』兩句，自相呼應，仍以境界結束。但見歸程，不見歸人，語意含蓄不盡。」(唐宋詞簡釋)

張志和

本名龜齡，字子同，婺州金華人。唐肅宗時待詔翰林，授左金吾衛錄事參軍，因賜名志和。後隱居江湖間，自號煙波釣徒。著書名玄真子，亦以自號。每垂釣，不設餌，志不在魚也。性行淡泊高曠，李德裕以嚴光比之。其詞傳世者五首，見尊前集及全唐詩。

漁歌子

西塞山❶前白鷺飛，桃花流水鱖魚❷肥。青箬笠❸，綠蓑衣，斜風細雨不須歸。

【注釋】

❶西塞山：在浙江吳興縣西。西吳記：「湖州磁湖鎭道士磯，卽志和所謂西塞山前也。」❷鱖魚：巨口細鱗，體中淡黃帶褐色，有黑斑，味甚美。❸箬笠：竹箬所編成之斗笠。箬一本作篛。皮日休魯望以輪鉤相示細懷高致詩：「蓑衣舊去烟波重，篛笠新來雨打香。」

【集評】

劉熙載云：「張志和漁歌子『西塞山前白鷺飛』一闋，風流千古。東坡嘗以其成句用入鷓鴣天，又用於浣溪沙。然其所足成之句，猶未若原詞之妙通造化也。」（藝概）

黃蓼園云：「數句只寫漁家之自樂其樂，無風波之患，對面已有不能已者隱躍言外，蘊含不露，筆墨入化，超然塵埃之外。」

白居易（七七二～八四六）

字樂天，其先太原人，後徙下邽（今陝西渭城縣境）。德宗貞元十六年進士，憲宗元和初，官翰林學士，遷左拾遺。以直言為當道所忌，貶江州司馬，累官至刑部侍郎致仕。晚年好佛，居洛陽，常遊龍門山香山寺，因自稱香山居士。放意詩酒，故又號醉吟先生。文章精切，詩平易近人，老嫗能解，有長慶集。其詞見尊前集者二十六首，全唐詩九首。

憶江南

江南好，風景舊曾諳❶。日出江花❷紅勝火，春來江水綠如藍❸。能不憶江南？

【注　釋】

❶諳：音安，熟悉之意。❷江花：謂江邊之花也。杜甫哀江頭詩：「人生有情淚沾臆，江水江花豈終極。」❸藍：草名，可製染料，俗稱靛青。荀子勸學篇：「青，取之於藍，而青於藍。」

長相思

汴水❶流，泗水❷流，流到瓜州❸古渡頭。吳山❹點點愁。思悠悠，恨悠悠，恨到歸時方始休。月明人倚樓。

【注　釋】

❶汴水：河名，亦曰汴渠。受黃河之水，由河南之鄭州、開封、歸德北境，經江蘇徐州，合泗水入淮河。❷泗水：源出山東泗水縣，經曲阜、滋陽等縣，流入江蘇省境，經沛縣至淮陰縣入淮河。❸瓜州：在今江蘇江都縣南，長江北岸，當運河之口，與鎮

江斜對，爲南北水道交通要處。沙磧狀如瓜字，故名瓜州。❹吳山：吳地之山。賈至送李侍郎赴常州詩：「雪晴雲散北風寒，楚水吳山道路難。」

溫庭筠（八一二～?）

本名岐，字飛卿，太原祁縣人。大中初（約八五〇），應進士，不第。徐商鎮襄陽，署為巡官。商知政事，用為國子助教。商罷相，黜為方城尉，再遷隋縣尉。卒於咸通八年（八六七）以前。庭筠士行塵雜，不修邊幅，能逐絃吹之音，為側艷之詞。每入試，押官韻作賦，凡八叉手而八韻成，其才思敏捷如此，時號溫八叉。詩與李商隱齊名，世稱溫李。詞開五代、宋詞之盛，與韋莊並稱溫韋。詞有握蘭集、金荃集，今不傳。惟花間集中尚存其詞六十六首，全唐詩附詞收五十九首，金匳集收六十二首。

菩薩蠻

小山❶重疊金明滅❷，鬢雲欲度❸香腮雪。懶起畫蛾眉❹，弄妝梳流遲。照花前後鏡，花面交相映。新貼❺繡羅襦❻，雙雙金鷓鴣❼。

【注釋】

❶小山：小山屏之簡稱，亦稱屏山。古人帷屏與牀榻相連，屏上多畫山水，亦有逕作山

字形者。❷金明滅：旭日照映，山形忽明忽暗也。金，指金黃色之陽光，即旭日。❸鬢雲欲度：猶言鬢絲撩亂。度，含有飛動意。❹蛾眉：形容女子細長美好之眉毛，詩經衞風碩人：「螓首蛾眉。」❺貼：一作帖，熨貼之意。❻襦：說文衣部：「襦，短衣也。」段注：「按襦若今襖之短者。」❼鷓鴣：鳥名。似鶉而大，背蒼灰色，有紫斑點，腹前有白圓點，其鳴聲如曰「行不得也哥哥」。

【集　評】

俞平伯云：「此篇旨在寫艷，而只說『妝』，手段高絕。」(讀詞偶得)

唐圭璋云：「此首寫閨怨，章法極密，層次極清。首句，寫繡屏掩映，可見環境之富麗；次句，寫鬢絲撩亂，可見人未起之容儀。三、四兩句敘事，畫眉梳洗，皆事也。然『懶』字、『遲』字，又兼寫人之情態。『照花』兩句承上，言梳洗停當，簪花為飾，愈增艷麗。末句，言更換新繡之羅衣，忽覩衣上有鷓鴣雙雙，遂興孤獨之哀與膏沐誰容之感。有此收束，振起全篇。上文之所以懶畫眉、遲梳流者，皆因有此一段怨情蘊蓄於中也。」(唐宋詞簡釋)

更漏子

玉爐香❶，紅蠟淚❷。偏照畫堂秋思❸。眉翠薄❹，鬢雲殘，夜長衾枕寒。梧桐樹，三更雨，不道離情正苦❺。一葉葉，一聲聲，空階滴到明。

【注　釋】

❶玉爐香：玉爐，精美之香爐。古人置香爐於室中，以爲薰衣炙手之用。香，一作煙。❷紅蠟淚：謂蠟燭溶化，下流如淚也。李商隱無題詩：「春蠶到死絲方盡，蠟炬成灰淚始乾。」紅蠟，一作紅燭。❸畫堂秋思：畫堂，指有畫飾之內室。秋思，謂秋思之人。❹謂眉上之翠黛漸淺。翠黛爲深青色顏料，婦女用以畫眉。❺不道句：不道，不理會。離情，一作離愁。正苦，一作最苦。

【集　評】

胡仔云：「庭筠工於造語，極爲綺靡，花間集可見矣。更漏子一首尤佳。」（苕溪漁隱叢話）

譚獻云：「『梧桐樹』以下，似直下語，正從『夜長』逗出，亦書家『無垂不縮』之法。」（譚評詞辨）

唐圭璋云：「此首寫離情，濃淡相間，上片濃麗，下片疏淡。通篇自畫至夜，自夜至曉，其境彌幽，其情彌苦。上片，起三句寫境，次三句寫人。畫堂之內，惟有爐香、蠟淚相對，何等淒寂。迨至夜長衾寒之時，更愁損矣。眉薄鬢殘，可見展轉反側、思極無眠之況。下片，承夜長來，單寫梧桐夜雨，一氣直下，語淺情深。宋人句云：『枕前淚共階前雨，隔個窗兒滴到明。』從此脫胎，然無上文之濃麗相配，故不如此詞之深厚。」（唐宋詞簡釋）

夢江南

梳流罷，獨倚望江樓❶。過盡千帆皆不是，斜暉脈脈❷水悠悠。腸斷白蘋洲❸。

【注　釋】

❶望江樓：泛指江邊高樓。❷脈脈：含情相視貌。文選古詩十九首：「盈盈一水間，脈脈不得語。」一說乃連續不斷之意，與悠悠意近。❸白蘋洲：泛指生長白蘋之水中沙洲。蘋花白色，故稱白蘋。趙徵明思歸詩：「猶疑望可見，日日上高樓。惟見分手處，白蘋滿芳洲。」

【集　評】

譚獻云：「猶是盛唐絕句。」（譚評詞辨）

唐圭璋云：「此首記倚樓望歸舟，極盡悵惘之情。起兩句，記午睡起倚樓。『過盡』兩句，寓情於景。千帆過盡，不見歸舟，可見凝望之久、凝恨之深。眼前但有脈脈斜暉、悠悠綠水，江天極目，情何能已。末句，揭出腸斷之意，餘味雋永。溫詞大抵綺麗濃郁，而此兩首則空靈疏蕩，別具丰神。」（唐宋詞簡釋）

韋莊（八三六～九一〇）

字端己，京兆杜陵人。僖宗廣明元年（八八〇），應擧入長安。時值黃巢兵至，莊陷重圍。中和三年（八八三），著秦婦吟一篇於洛陽，以紀其事；時人號「秦婦吟秀才」。未幾南遊，至昭宗景福二年（八九三）始還京師。次年成進士，授校書郎，時年且六十矣。昭宗天復元年（九〇一）入蜀，王建辟為掌書記。六年後唐亡，王建稱帝，莊為宰相，一切開國制度，多出其手。卒謚文靖。因在成都時曾居杜甫草堂故址，故詩集號浣花集。劉毓盤輯其詞為浣花詞一卷，共得五十五首，刊入唐五代宋遼金元詞六十種中。

菩薩蠻

紅樓❶別夜堪惆悵，香燈半掩流蘇帳❷。殘月出門時，美人和淚辭。琵琶金翠羽❸，絃上黃鶯語。勸我早歸家，綠窗人似花。

【注　釋】

❶紅樓：本指豪門富家之住所，後轉爲婦女居處之通稱。白居易秦中吟：「紅樓富家女，金縷繡羅襦。」❷流蘇帳：一種帷帳，以五采羽毛或絲線爲垂飾。王維扶南曲：

「翠羽流蘇帳。」❸金翠羽：金黃、翠綠的羽毛飾物，在琵琶的桿撥上。

【集評】

張惠言云：「此詞蓋留蜀後寄意之作。一章言奉使之志，本欲速歸。」（詞選）

許昂霄云：「語意自然，無刻劃之痕。」（詞綜偶評）

譚獻云：「亦填詞中古詩十九首，卽以讀十九首心眼讀之。」（譚評詞辨）

唐圭璋云：「此首追憶當年離別之詞。起言別夜之情景，次言天明之分別，換頭承上，寫美人琵琶之妙。末兩句，記美人別時言語。前事歷歷，思之慘痛，而欲歸之心，亦愈迫切。韋詞清秀絕倫，與溫詞之濃艷者不同，然各極其妙。」（唐宋詞簡釋）

同調

人人盡說❶江南好，遊人只合江南老。春水碧於天，畫船聽雨眠。壚邊❷人似月，皓腕凝霜雪。未老莫還鄉，還鄉須❸斷腸。

【注釋】

❶盡說：一作盡道。❷壚：亦作鑪。後漢書孔融傳注：「鑪，累土爲之，以居酒瓮，四邊隆起，一面高，如鍛鑪，故名鑪。」此用司馬相如、卓文君典，史記司馬相如傳：「買一酒舍酤酒，而令文君當鑪。」❸須：一作空。

【集評】

許昂霄云：「或云江南好處，如斯而已耶？然此景此情，生長雍冀者，實未曾夢見也。」（詞綜偶評）

譚獻云：「强顏作愉快語，怕腸斷，腸亦斷矣。」（譚評詞辨）

唐圭璋云：「此首寫江南之佳麗，但有思歸之意。起兩句，自為呼應。人人旣盡說江南之好，勸我久住，我亦可以老於此間也。『只合』二字，無限悽愴，意謂天下喪亂，遊人飄泊，雖有鄉不得還，雖有家不得歸，惟有羈滯江南，以待終老。『春水』兩句，極寫江南景色之麗。『爐邊』兩句，極寫江南人物之美。皆從一己之經歷，證明江南果然是好也。『未老』句陡轉，謂江南縱好，我仍思還鄉，但今日若還鄉，目擊離亂，只令人斷腸，故惟有暫不還鄉，以待時定。情意宛轉，哀傷之至。」（唐宋詞簡釋）

牛希濟

隴西人。牛嶠姪。前蜀王衍時為翰林學士、御史中丞。蜀亡，入洛，拜雍州節度副使。其詞傳世者不多，花間集錄十一首，全唐詩錄十二首。

生查子

春山煙欲收，天淡稀星❶小。殘月臉邊明，別淚臨淸曉。語已多，情未了。回首猶重道：記得綠羅裙，處處憐芳草❷。

【注　釋】

❶稀星：一作星稀。❷記得二句：江總妻賦庭草：「雨過草芊芊，連雲鎖南陌。門前君試看，是妾羅裙色。」

【集　評】

唐圭璋云：「此首寫別情。上片別時景，下片別時情。起寫煙收星小，是黎明景色。『殘月』兩句，寫曉景尤真切。殘月映臉，別淚晶瑩，並當時人之愁情，都已寫出。換頭，記別時言語，悱惻溫厚。着末，揭出別後難忘之情，以處處芳草之綠，而聯想人羅裙之綠，設想似癡，而情則極摯。」（唐宋詞簡釋）

顧　敻

前蜀時為宮廷小吏，會禿鶖鳥翔摩訶池上，敻作詩刺之，禍幾不測。久之，擢茂州刺史。後蜀孟知祥時，官至太尉。敻善小詞，有醉公子曲，為一時豔稱。花間集收其詞五十五首，全唐詩同。

訴衷情

永夜抛人何處去？絕來音。香閣掩，眉斂。月將沈，爭忍❶不相尋？怨孤衾。換我心，爲你心，始知相憶深。

【注釋】

❶爭忍：即怎忍。爭，同怎。

【集評】

王士禎云：「顧太尉：『換我心，為你心，始知相憶深。』自是透骨情語。徐山民：『妾心移得在君心，方知人恨深。』全襲此；然已為柳七一派濫觴。」(花草蒙拾)

王國維云：「詞家多以景寓情，其專作情語而絕妙者，如牛嶠之『甘作一生拼，盡君今日歡』、顧夐之『換我心為你心，始知相憶深』，此等詞，求之古今人詞中，曾不多見。」(人間詞話)

鹿虔扆

孟蜀時登進士第，累官永泰軍節度使，進檢校太尉，加太保。初讀書古寺，見畫壁有周公輔成王圖，期以此見志。國亡，不仕。工詞，多感慨之音。花間集收其詞六首，全唐詩同。

臨江仙

金鎖重門荒苑靜，綺窗❶愁對秋空。翠華❷一去寂無踪。玉樓歌吹，聲斷已隨風。　煙月不知人事改，夜闌還照深宮。藕花相向野塘中。暗傷亡國，淸露泣香紅。

【注　釋】

❶綺窗：雕畫美觀之窗戶。王維扶南曲歌詞：「朝日照綺窗，佳人坐臨鏡。」❷翠華：用翠羽爲旗飾也，爲天子儀仗。後因用以指天子。杜甫北征詩：「都人望翠華，佳氣向金闕。」

【集　評】

許昂霄云：「曰『不知』、曰『暗傷』，無情有恨，各極其妙。」（詞綜偶評）

唐圭璋云：「此首暗傷亡國之詞。全篇摹寫亡國後境界，有《黍離》、《麥秀》之悲。起三句，寫秋空荒苑，重門靜鎖，已足色凄涼。『翠華』三句，寫人去無踪，歌吹聲斷，更覺黯然。下片，又以煙月、藕花無知之物，反襯人之悲傷。其章法之密，用筆之妙，感喟之深，實勝後主『晚涼天靜月華開』一首也。『煙月』兩句，從劉禹錫『淮水東邊舊時月，夜深還過女牆來』化出。『藕花』句，體會細微。末句尤凝重，不啻字字血淚也。」（唐宋詞簡釋）

孫光憲

字孟文，貴平人。唐時為陵州判官。後唐天成初（約九二六）避地江陵，高季興署為從事，累官荊南節度副使，檢校秘書兼御史中丞。後勸高繼沖歸宋，宋太祖嘉其功授為黃州刺史。性嗜經籍，聚書凡數千卷。或手自鈔寫，孜孜校讎，老而不廢。自號葆光子。其詞收入花間集者六十首，收入尊前集者二十三首，收入全唐詩者八十首。

浣溪沙

蓼岸風多橘柚香，江邊一望楚天長，片帆煙際閃孤光。目送征鴻飛杳杳，思隨流水去茫茫，蘭紅❶波碧憶瀟湘❷。

【注釋】

❶蘭紅：蘭為木蘭舟之簡稱，以其為彩舟，故云蘭紅。一說蘭即蘭草，於秋日開花。江淹別賦：「見紅蘭之受露。」❷瀟湘：指湖南省境之瀟水與湘水。多用以泛稱湖南地

區。鄭谷淮上與友別詩：「數聲風笛離亭晚，君向瀟湘我向秦。」

【集評】

孫亘源云：「小詞有絶無含蓄、自爾入妙者，孫光憲之浣溪沙是也。」

吳梅云：「孫孟文清平樂云：『掩鏡無語眉低，思隨芳草萋萋。』是自抱靈修楚累遺意也。……至閒婉之處，亦復儘多，如浣溪沙云：『目送征鴻飛杳杳，思隨流水去茫茫，蘭紅波碧憶瀟湘。』」

馮延巳（九〇四～九六〇）

一名延嗣，字正中，廣陵人。有才學，多伎藝，烈祖以為秘書郎，使與元宗李璟遊處。元宗立，屢為宰相。後罷為宮傅卒，年五十七。延巳工詞，詞風遠溫而近韋，而堂廡特大，開北宋一代風氣。有陽春集傳於世。

采桑子

花前失卻遊春侶，獨自尋芳❶。滿目悲涼，縱有笙歌亦斷腸❷。林間戲蝶簾間燕，各自雙雙。忍更思量，綠樹青苔半夕陽。

【注　釋】

❶尋芳：謂覓豔侶也。芳，比喻女子。杜牧嘆花詩：「自恨尋芳到已遲。」

【集　評】

唐圭璋云：「此首觸景感懷，文字疏儁。上片，逕寫獨遊之悲，笙歌原來可樂，但以無人偕遊，反增淒涼。下片，因見雙蝶、雙燕，又興起己之孤獨。『綠樹』句，以景結，正應『滿目悲涼』句。」(唐宋詞簡釋)

謁金門

風乍起❶，吹皺一池春水。閑引鴛鴦芳徑❷裏，手挼❸紅杏蕊。鬥鴨闌干❹獨倚❺，碧玉搔頭❻斜墜。終日望君君不至，舉頭聞鵲喜❼。

【注　釋】

❶乍起：一作突起。❷芳徑：即花徑。一作香徑。❸挼：音挪，揉搓之意。❹鬥鴨闌干：指作鬥鴨形狀之闌干。鬥鴨，蓋指闌干之華飾。一說係圈養鬥鴨之闌干，鬥鴨，殆與鬥鷄相似，自古有之，以供豪家之娛樂。❺獨倚：一作遍倚。❻搔頭：簪之別名。西京雜記：「武帝過李夫人，就取玉簪搔頭，自此後，宮人搔頭皆用玉。」

❼鵲喜：世俗以鵲噪爲報喜。開元天寶遺事：「時人之家，聞鵲喜皆以爲喜兆，故謂之靈鵲報喜。」

【集　評】

馬令云：「元宗樂府辭云：『小樓吹徹玉笙寒』，延巳有『風乍起，吹皺一池春水』之句，皆為警策。元宗嘗戲延巳曰：『吹皺一池春水，干卿何事？』延巳曰：『未如陛下「小樓吹徹玉笙寒」』。元宗悅。」(南唐書)

蝶　戀　花

誰道閑情拋棄❶久？每到春來，惆悵還依舊。日日花前常病酒❷，不辭鏡裏朱顏瘦。　河畔青蕪堤上柳，爲問新愁，何事年年有？獨立小橋風滿袖，平林新月人歸後。

【注　釋】

❶拋棄：一作拋擲。　❷病酒：猶言困酒；謂飲酒過量，沈醉如病也。晏子春秋諫上：「景公飲酒酲，三日而後發。晏子曰：『君病酒乎？』」

【集　評】

唐圭璋云：「此首寫閨情如行雲流水，不染纖塵。起兩句，自設問答，已見悽惋。『日日』兩句，從『惆悵』來，日日病酒，不辭消瘦，意更深厚。換頭，因見芳草、楊柳，又起新愁。問何以年年有愁，亦是恨極之語。末兩句，只寫一美境，而愁自寓焉。」（唐宋詞簡釋）

同　調

幾日行雲何處去？忘了❶歸來，不道春將暮。百草千花寒食❷路，香車❸繫在誰家樹？　淚眼倚樓頻獨語。雙燕來時❹，陌上相逢否？撩亂❺春愁如柳絮，依依❻夢裏無尋處。

【注　釋】

❶忘了：一作忘卻。❷寒食：節令名。在農曆清明前一或二日。荊楚歲時記：「去冬節一百五日，卽有疾風甚雨，謂之寒食；禁火三日，造餳大麥粥。」❸香車：指華貴之車。李邕春賦：「跨浮雲之寶騎，頓流水之香車。」❹來時：一作飛來。❺撩亂：紛亂。王昌齡從軍行：「撩亂邊愁彈不盡，高高秋月照長城。」一作掩亂。❻依依：一作悠悠。

【集　評】

唐圭璋云：「此首傷離念遠，筆墨入化。句首以問起，問人去何處？『忘了』兩句，言春將暮，而人猶不歸，怨之至，亦傷之至。『百草』兩句，復作問語，問人牽繫誰家，總以人不歸來，故一問再問。換頭，因見雙燕，又和淚問燕可逢人，相思之深、悵望之切，並可知已。末兩句，揭出愁思無已之情，即夢裏亦無尋處，纏綿悱惻，一往情深。」（唐宋詞簡釋）

同　調

六曲闌干❶偎碧樹。楊柳風輕，展盡黃金縷。誰把鈿箏❷移玉柱❸，穿簾燕子❹雙飛去。　滿眼游絲兼落絮，紅杏開時，一霎淸明雨。濃睡❺覺來鶯亂語❻，驚殘好夢無尋處。

【注　釋】

❶六曲闌干：指闌干之有六道彎曲者。如橋有九道彎曲，則謂之九曲橋。❷鈿箏：指以金花爲飾之箏。溫庭筠和友人悼亡詩：「寶鏡塵昏鸞影在，鈿箏絃斷雁行稀。」❸玉柱：箏瑟上用以繫絃之小木柱。沈約詠箏詩：「秦箏吐絕調，玉柱揚淸曲。」❹燕子：一作海燕。❺濃睡：一作濃醉。❻鶯亂語：一作慵不語。

【集　評】

譚獻云：「金碧山水，一片空濛，此正周氏所謂『有寄託入，無寄託出』也。（譚評詞辨）

唐圭璋云：「此首，情緒亦寓景中。『六曲』三句，闌外景；『誰把』兩句，簾內景。闌外楊柳如絲，簾內海燕雙棲，是一極富極幽靜之金屋。而鈿箏一聲，驟驚雙燕，又是靜中極微妙之興象。下片，『滿眼』三句，因雨而引起惜花情緒。『濃睡』兩句，因夢而引起惱鶯情緒。鎮日淒清，原無歡意，方期睡濃夢好，一晌貪歡，偏是鶯語又驚殘夢，其惆悵為何如耶？譚復堂評此詞如『金碧山水，一片空濛』，可謂善會消息矣。」（唐宋詞簡釋）

李璟（九一六～九六一）

字伯玉，徐州人。烈祖元子。烈祖受禪，封吳王，改封齊王。嗣位，改元保大，在位十九年，以宋建隆二年（九六一）殂於洪都（今南昌），年四十六。史稱南唐中主。今存詞四首。

攤破浣溪沙

手捲眞珠❶上玉鉤，依前❷春恨鎖重樓。風裏落花誰是主？思悠悠。青鳥❸不傳雲外信，丁香空結雨中愁❹。回首綠波三楚❺暮，接天流。

【注釋】

❶眞珠：眞珠簾之省稱。❷依前：卽依舊。韓愈月蝕詩效玉川子作詩：「依前使兎操杵臼，玉階桂樹閑婆娑。」❸青鳥：漢武故事：「七月七日，忽有青鳥，飛集殿前，東方朔曰：『此西王母欲來』，有頃，王母至，三青鳥夾侍王母旁。」後人因稱傳遞信息之使者爲青鳥。❹丁香句：丁香，一名雞舌香，花簇生莖頂，故曰結。李商隱代贈詩：「芭蕉不展丁香結，同向春風各自愁。」❺三楚：地名；指西楚、東楚、南楚。用以泛稱兩湖一帶地方。阮籍詠懷詩：「三楚多秀士，朝雲進荒淫。」一作三峽。

【集　評】

唐圭璋云：「此首直抒胸臆，清俊宛轉。其中情景融成一片，已不能顯分痕跡。首句『手捲真珠』，平平敍起，但所以捲簾者，則圖稍釋愁恨也，故此句看似平淡，實已含無限幽怨。次句承上，悽苦尤甚，蓋欲圖消恨，而恨依然未銷也，兩句自為開合。下文更從『依前春恨』句宕開，原恨所以依然未銷者，則以簾外落花，風飄無主耳；花落無主，人去亦無主，故見落花，又不禁引起悠悠遐思矣。換頭，承『思悠悠』來，一句遠，一句近，兩句亦自為開合，所思者何？雲外之人也，雲外之人既不至，雲外之信亦不至，其哀傷為何如？『丁香』句，又添出雨中景色，花愈離披，春愈闌珊，愁愈深切矣。『回首』兩句，別轉江天茫茫之景作結，大筆振迅，氣象雄偉，而悠悠此恨，更何能已？通首一氣蟬聯，刀揮不斷，而清空舒卷，跌宕昭彰，洵可稱詞中神品。」（唐宋詞簡釋）

同　調

菡萏❶香銷翠葉殘，西風愁起綠波❷間。還與韶光❸共憔悴，不堪看。　細雨夢回鷄塞❹遠，小樓吹徹❺玉笙寒。多少淚珠何限恨❻，倚❼闌干。

【注　釋】

❶菡萏：音漢旦，荷花之別名。詩經陳風澤陂：「彼澤之陂，有蒲菡萏。」傳：「菡萏，荷華也。」❷綠波：一作碧波。❸韶光：美好之光景也，秦韜玉對花詩：「長與韶光暗有期。」一作容光。❹鷄塞：當指南京附近之鷄鳴山，用以借指南京。聞汝賢詞選：「按中宗此時因避周患，徙洪都，卽今南昌，太子李煜留守南京舊都。此處之鷄塞，或渾指鷄鳴山而言，因此時之南京，正當國防要塞之主力線，中宗日夜憂思，不免時縈魂夢。」❺吹徹：謂吹至最後一樂章。徹，大曲中之最後一遍。❻多少句：一作簌簌淚珠多少恨。❼倚：一作寄。

【集　評】

陳廷焯云：「南唐中宗山花子云：『還與韶光共憔悴，不堪看』，沈之至，鬱之至，淒然欲絕。後主雖善言情，卒不能出其右也。」(白雨齋詞話)

黃蓼園云：「『細雨』二句，意興清幽；結『倚闌干』三字，亦有說不盡之意。」(蓼

園詞選)

吳梅云：「中宗諸作，自以山花子二首為最，蓋賜樂部王感化者也。此詞之佳，在於沈鬱。夫菡萏銷翠、愁起西風，與韶光無涉也，而在傷心人見之，則夏景繁盛，亦易摧殘，與春光同此憔悴耳，故一則曰『不堪看』，一則曰『何限恨』，其頓挫空靈處，全在情景融洽，不事雕琢，淒然欲絕。至『細雨』、『小樓』二語，為『西風愁起』之點染語，鍊詞雖工，非一篇中之至勝處，而世人競賞此二語，亦可謂不善讀者矣。」(詞學通論)

唐圭璋云：「此首秋思詞。首兩句，從景物凋殘寫起，中間已含有無窮悲秋之感。『還與』兩句，觸景傷情，拍合人物。『不堪看』三字，筆力千鈞，沈鬱之至，較之李易安『人比黃花瘦』句，誠覺有仙凡之別。換頭，別開一境，似斷實連，一句近，一句寄恨，作法與前首同。夢回細雨，凝想人在塞外，悵惘已極，而獨處小樓，惟有吹笙以寄恨，但風雨樓高，吹笙既久，致笙寒凝水，每不應律，兩句對擧，名儁高華，古今共傳。陸龜蒙詩云『妾思正如簧，時時望君暖』，中主詞意正用此；而小游『指冷玉笙寒』句，則又從中主翻出。或謂玉笙吹徹，小樓寒侵，則非是也。末兩句承上，申述悲恨。『倚闌干』三字結束，含蓄不盡。」(唐宋詞簡釋)

李　煜(九三七～九七八)

初名從嘉，字重光，元宗第六子。建隆二年(九六一)嗣位，在位十五年。開寶八年(九七五），宋曹彬破金陵，煜出降，封違命侯，改封隴西郡公。太平興國三年（九七八），七月七夕卒，年四十二。史稱南唐後主。煜善為歌詞，而后周氏，善歌舞，尤工琵琶，故時多吟詠，惟作品多已散逸。後人輯存，僅得詩詞數十篇而已。

一斛珠

曉妝❶初過，沈檀❷輕注些兒個❸，向人微露丁香顆❹。一曲清歌，暫引櫻桃❺破。羅袖裛❻殘殷色可，杯深旋被香醪涴❼，繡牀斜憑嬌無那❽。爛嚼紅茸❾，笑向檀郎❿唾。

【注釋】

❶曉妝：一作晚粧。❷沈檀：即沈香與檀香，可注於口取香。梁書盤盤國傳：「累遣使貢牙像及塔，並獻沈檀等香數十種。」❸些兒個：當時俗語，即今所謂些子，少許之意。❹丁香顆：丁香，常綠喬木，產熱帶，其花蕾與果實，曬乾後有辛郁香味，可入藥；其葉橢圓而尖，詩家常以喻美人香舌。顆，狀其舌之小。❺櫻桃：喻美人之口唇。白居易詠侍姬詩：「櫻桃樊素口，楊柳小蠻腰。」❻裛：音邑，通浥，沾濕之意。❼香醪涴：香醪，芳香之醇酒。涴，音臥，染汙之意。❽無那：即無奈。❾紅茸：紅絨線。嚼紅絨線，爲天眞幼稚之一種遺習，益以見其嬌態。❿檀郎：情郎之美稱。晉潘安，小字檀奴，姿儀秀美，每出，婦女爭擲果賂之。後因以檀郎爲美男子或情

郎之代稱。李賀牡丹種曲：「檀郎謝女眠何處，樓庭月明燕夜語。」

【集　評】

唐圭璋云：「此首詠佳人口。起兩句，寫佳人口注沈檀。『向人』三句，寫佳人口引清歌。換頭，寫佳人口飲香醪。末三句，寫佳人口唾紅茸。通首自佳人之顏色服飾，以及聲音笑貌，無不描畫精細，如見如聞。」（唐宋詞簡釋）

菩薩蠻

花明月黯籠輕霧，今宵好向郎邊去。剗襪❶步香階，手提金縷鞋。畫堂南畔見，一晌❷偎人顫。奴爲出來難，教郎恣意憐。

【注　釋】

❶剗襪：謂以襪貼地也。剗，一作衩。❷一晌：片時也。同一餉。晌，一作向。

【集　評】

唐圭璋云：「此首寫小周后事。起點夜景，次述小周后匆遽出宮之狀態。下片，寫相見相憐之情事，景真情真，宛轉生動。『奴為』兩句，與牛給事之『須作一生拼，盡君今日歡』，同為狎昵已極之詞。」（唐宋詞簡釋）

玉樓春

晚妝初了明肌雪，春殿❶嬪娥魚貫列❷。鳳簫❸吹斷水雲間❹，重按霓裳❺歌遍徹。臨風❻誰更飄香屑，醉拍闌干情味❼切。歸時休放❽燭花紅，待踏馬蹄清夜月。

【注釋】

❶春殿：御殿也。李白越中覽古詩：「宮女如花滿春殿，只今惟見鷓鴣飛。」❷魚貫列：謂宮女依序排列如魚游之先後相續也。❸鳳簫：即古之雲簫，以其管參差如鳳翼，故名。劉長卿九日題蔡國公主樓詩：「水餘龍鏡色，雲罷鳳簫音。」❹水雲間：形容其地之高而遠。❺霓裳：即霓裳羽衣曲，起於唐玄宗時。唐逸史：「羅公遠多秘術，嘗與玄宗至月宮，仙女數百，皆素練霓衣，舞於廣庭，問其曲，曰霓裳羽衣，帝默記其音調而還。明日召樂工，依其曲調，作霓裳羽衣曲。」據陸游南唐書謂：盛唐時霓裳羽衣曲，於安史之亂後絕不復尋，至南唐昭惠后得殘譜，以琵琶奏之，於是開元天寶之遺音，復傳於世。❻臨風：一作臨春。❼情味：一作情未。❽休放：一作休照。

【集評】

李于鱗云：「上敍鳳輦出遊之樂，下敍鸞輿歸來之樂。」（草堂詩餘雋）

王世貞云：「『歸時休放燭花紅，待踏馬蹄清夜月』，致語也；『問君能有幾多愁，恰似一江春水向東流』，情語也。後主真是詞手。」（藝苑卮言）

唐圭璋云：「此首亦寫江南盛時景象。起敍嬪娥之美與嬪娥之衆，次敍春殿歌舞之盛。下片，更敍殿中香氣氤氳與人之陶醉。『歸時』兩句，轉出踏月之意，想見後主風流豪邁之襟抱，與『花間』之局促房櫳者，固自有別也。」（唐宋詞簡釋）

破陣子

四十年來家國❶，三千里地山河❷。鳳閣龍樓連霄漢❸，玉樹瓊枝作煙蘿❹。幾曾識干戈。一旦歸爲臣虜❺，沈腰潘鬢❻銷磨。最是倉皇辭廟日，教坊❼猶奏別離歌。揮淚❽對宮娥。

【注　釋】

❶四十句：南唐自烈祖昇元六年（九三七）即位開國，迄宋太祖開寶八年（九七五）後主降宋，凡三十八年。❷三千句：據馬令南唐書建國譜，南唐凡三十五州之地，號爲大國。❸鳳閣句：謂雕飾龍鳳之華麗宮殿聳立，與雲霄天河相連也。❹煙蘿：謂草樹茂密，煙聚蘿纏也。李白同族姪評事黯遊昌禪寺山池詩：「惜去愛佳景，煙蘿欲暝時。」❺臣虜：一作臣僕。❻沈腰潘鬢：謂腰瘦而鬢斑也。昔者沈約有志於臺司，而不爲所

用，因陳情於徐勉云：「老病百日數旬，革帶常應移孔。」後人遂以沈腰爲腰瘦之代稱；潘岳年衰，感秋而作賦云：「斑鬢髟以承弁兮，素髮颯以垂領。」後人遂以潘鬢爲鬢斑之代稱。❼教坊：官署名，唐初設於宮禁中，掌管女樂。玄宗時更置內教坊於蓬萊宮側，京都置左右教坊，以教俗樂。❽揮淚：一作垂淚。

【集評】

蘇軾云：「後主數為樊若水所賣，舉國與人，故當慟哭於九廟之外，謝其民而後行，顧乃揮淚宮娥，聽教坊離曲。」（東坡志林）

唐圭璋云：「此首後主北上後追賦之詞。上片，極寫當年江南之豪華，氣魄沈雄，實開宋人豪放一派。換頭，驟轉被虜後之淒涼，與被虜後之憔悴。今昔對照，警動異常。『最是』三句，忽憶當年臨別時最慘痛之事。當年江南陷落之際，後主哭廟，宮娥哭主，哀樂聲、悲歌聲、哭聲合成一片，直干雲霄，寧復知人間何世耶！後主於此事，印象最深，故歸汴以後，一念及之，輒為腸斷。論者謂此詞悽愴，與項羽拔山之歌，同出一揆。後主聰明仁恕，不獨篤於父子昆弟夫婦之情，即臣民宮娥，亦無不一體愛護。故江南人聞後主死，皆巷哭失聲，設齋祭奠。而宮娥之入掖庭者，又手寫佛經，為後主資冥福。亦可見後主感人之深矣。」（唐宋詞簡釋）

望江南

多少恨，昨夜夢魂中。還似舊時遊上苑❶，車如流水馬如龍❷。花月正春風。

【注　釋】

❶上苑：古時供天子玩賞、狩獵之園林。新唐書蘇良嗣傳：「帝遣宦者采怪竹江南，將蒔上苑。」❷車如句：謂車馬雜遝，往來不絕也。後漢書馬皇后紀：「車如流水，馬如游龍。」

【集　評】

唐圭璋云：「此首憶舊詞，一片神行，如駿馬馳坂，無處可停。所謂『恨』，恨在昨夜一夢也。昨夜所夢者何？『還似』二字領起，直貫以下十七字，實寫夢中舊時遊樂盛況。正面不著一筆，但以舊樂反襯，則今之愁極恨深，自不待言。此類小詞，純任性靈，無跡可尋，後人亦不能規摹其萬一。」（唐宋詞簡釋）

相見歡

無言獨上西樓，月如鉤。寂寞梧桐深院鎖清秋。　剪不斷，理還亂，是離愁。別是一般❶滋味在心頭。

【注　釋】

❶一般：猶言一種。邵雍清夜吟：「一般清意味，料得少人知。」

【集評】

黃昇云：「此詞最悽惋，所謂『亡國之音哀以思』。」（唐宋諸賢絕妙詞選）

唐圭璋云：「此首寫別愁，悽惋已極。『無言獨上西樓』一句，敍事直起，畫出後主愁容。其下兩句，畫出後主所處之愁境。舉頭見新月如鈎，低頭見桐陰深鎖，俯仰之間，萬感縈懷矣。此片寫景亦妙，惟其桐陰深黑，新月乃愈顯明媚也。下片，因景抒情。換頭三句，深刻無匹，使有千絲萬縷之離愁，亦未必不可剪、不可理，此言『剪不斷，理還亂』，則離愁之紛繁可知。所謂『別是一般滋味』，是無人嘗過之滋味，惟有自家領略也。後主以南朝天子，而為北地幽囚；其所受之痛苦、所嘗之滋味，自與常人不同。心頭所交集者，不知是悔是恨，欲說則無從說起，且亦無人可說，故但云『別是一般滋味』。究竟滋味若何，後主且不自知，何況他人？此種無言之哀，更勝於痛哭流涕之哀。」（唐宋詞簡釋）

同　調

林花謝了春紅❶，太匆匆。無奈❷朝來寒雨❸晚來風。　胭脂淚，相留❹醉，幾時重？自是人生長恨水長東。

【注　釋】

❶春紅：謂春花之顏色，如嫣紅之春衣。李白怨歌行：「十五入漢宮，花顏笑春紅。」❷無奈：一作常恨。❸寒雨：一作寒重。❹相留：一作留人，一作流人。

【集　評】

譚獻云：「濡染大筆。」（譚評詞辨）

王國維云：「詞至李後主而眼界始大，感慨遂深，遂變伶工之詞而為士大夫之詞。周介存置諸溫韋之下，可謂顛倒黑白矣。『自是人生長恨水長東』、『流水落花春去也，天上人間』，金荃浣花能有此氣象耶！」（人間詞話）

唐圭璋云：「此首傷別，從惜花寫起。『太匆匆』三字，極傳驚嘆之神。『無奈』句，又轉怨恨之情，說出林花所以速謝之故。朝是雨打，晚是風吹，花何以堪，說花即以說人，語固雙關也。『無奈』二字，且見無力護花、無計回天之意，一片珍惜憐愛之情，躍然紙上。下片，明點人事，以花落之易，觸及人別離之易，花不得重上故枝，人亦不易重逢也。『幾時重』三字輕頓；『自是』句重落。以水之必然長東，喻人之必然長恨，語最深刻。『自是』二字，尤能揭出人生苦悶之義蘊。此與『此外不堪行』、『腸斷更無疑』諸語，皆以重筆收束，沈哀入骨。」（唐宋詞簡釋）

清　平　樂

別來春半，觸目愁腸斷，砌❶下落梅如雪亂，拂了一身還滿。雁來音信無憑，路遙歸夢難成。離恨恰如春草，更行更遠還生❷。

【注　釋】

❶砌：用磚石砌成之庭階。❷離恨二句：秦觀八六子詞：「倚危亭，恨如芳草，萋萋剗盡還生。」當由此化出。

【集　評】

譚獻云：「『淚眼問花花不語，亂紅飛過秋千去』，與此同妙。」（譚評詞辨）

唐圭璋云：「此首卽景生情，妙在無一字一句之雕琢，純是自然流露，豐神秀絕。起點時間，次寫景物。『砌下』兩句，卽承『觸目』二字寫實。落花紛紛，人立其中；境乃靈境，人似仙人。拂了還滿，旣見落花之多，又見描摹之生動。愁腸之所以斷者，亦以此故。中主是寫風裏落花，後主是寫花裏愁人，各極其妙。下片，承『別來』二字深入，別來無信一層，別來無夢一層。着末，又融合情景，說出無限離恨，眼前景，心中恨，打並一起，意味深長。少游詞云：『倚危亭，恨如芳草，萋萋剗盡還生。』周止庵以為神來之筆，實則亦襲此詞也。」（唐宋詞簡釋）

虞美人

春花秋月何時了？往事知多少？小樓昨夜又東風，故國不堪回首月明中❶。雕闌玉砌❷應猶在，只是朱顏改❸。問君能有❹幾多❺愁？恰似❻一江春水向東流。

【注　釋】

❶故國句：西清詩話：「南唐李後主歸朝後，每懷故國，且念嬪妾散落，鬱鬱不自聊。」❷雕闌玉砌：雕飾花紋之闌干與玉石砌成之庭階，以喻華美之宮殿。❸朱顏：此後主自傷容顏變衰也，文天祥水調歌頭：「鏡裏朱顏都變盡，只有丹心難滅。」❹能有：一作還有，一作都有。❺幾多：一作許多。❻恰似：一作恰是。

【集　評】

陸游云：「李煜歸朝後，鬱鬱不樂，見於詞語。在賜第七夕，命故妓作樂，聲聞於外，太宗怒。又傳『小樓昨夜又東風』及『一江春水向東流』之句，並坐之，遂被禍。」（避暑漫鈔）

譚獻云：「二詞（指此闋及『風迴小院』闋）終當以神品目之。後主之詞，足當太白詩篇，高奇無匹。」（譚評詞辨）

吳梅云：「前謂後主詞用賦體，觀此可信。顧不獨此也，憶江南、相見歡、長相思（一重山一首）等，皆直抒胸臆，而復宛轉纏綿者也。至浪淘沙之無限江山、破陣子之淚對宮娥，此景此情，安得不以眼淚洗面。東坡譏其不能痛哭九廟，以謝人民，此是宋人之論耳。」

唐圭璋云：「此首感懷故國，悲憤已極。起句，追維往事，痛不欲生；滿腔恨血，噴薄而出；誠《天問》之遺也。『小樓』句承起句，縮筆吞咽；『故國』句承起句，放筆呼號。一『又』字慘甚。東風又入，可見春花秋月，一時尚不得遽了。罪孽未滿，苦痛未畫，仍須偷息人間，歷盡磨折。下片承上，從故國月明想入，揭出物是人非之意。末以問答語，吐露心中萬斛愁恨，令人不堪卒讀。通首一氣盤旋，曲折動盪，如怨如慕，如泣如訴。」（唐宋詞簡釋）

浪淘沙

簾外雨潺潺❶，春意闌珊❷。羅衾不耐五更寒。夢裏不知身是客，一晌❸貪歡。

獨自莫憑闌，無限江山❹。別時容易見時難。流水落花春去❺也，天上人間❻。

【注　釋】

❶潺潺：雨聲。❷闌珊：衰殘也。李羣玉九日詩：「絲管闌珊歸客盡，黃昏獨自詠詩廻。」❸一晌：片刻。❹江山：一作江關。❺春去：一作歸去。❻天上人間：謂惟有魂歸天上，始能重拾舊歡。白居易長恨歌：「但教心似金鈿堅，天上人間會相見。」

【集　評】

蔡條云：「南唐李後主歸宋後，每懷江國，且念嬪妾散落，鬱鬱不自聊，當作長短句云：『簾外雨潺潺』云云，含思悽惋，未幾下世。」（西清詩話）

唐圭璋云：「此首殆後主絕筆，語意慘然。五更夢回，寒雨潺潺，其境之黯淡淒涼可知。『夢裏』兩句，憶夢中情事，尤覺哀痛。換頭宕開，兩句自為呼應，所以『獨自莫憑闌』者，蓋因憑闌見無限江山，又引起無限傷心也。此與『心事莫將和淚說，鳳笙休向淚時吹』，同為悲憤已極之語。辛稼軒之『休去倚危闌，斜陽正在煙柳斷腸處』，亦襲此意。『別時』一句，說出過去與今後之情況。自知相見無期，而下世亦不久矣。故『流水』兩句，卽承上申說不久於人世之意，水流盡矣，花落盡矣，春歸去矣，而人亦將亡矣。將四種了語，併合一處作結，肝腸斷絕，遺恨千古。」（唐宋詞簡釋）

同調

往事只堪哀，對景難排。秋風庭院蘚侵階。一桁❶珠簾閒不捲，終日誰來？金劍已沈埋❷，壯氣蒿萊❸。晚涼天淨月華開。想得玉樓瑤殿❹影，空照秦淮❺。

【注釋】

❶一桁：猶言一排、一列。姜夔鷓鴣天詞：「輦路珠簾兩桁垂。」桁：音沆；一作行，一作任。❷金劍句：謂治國之利器已失，蓋傷故國之沈淪也。墨子公孟：「昔者齊桓

公，高冠博帶，金劍木盾，以治其國。」劍，一作鎖。❸壯氣蒿萊：謂壯氣委於草莽也。❹玉樓瑤殿：同瓊樓玉宇，指月殿。❺秦淮：卽南京秦淮河，當時屬南唐，爲歌舞遊樂勝地。

【集　評】

沈際飛云：「此在汴京念秣陵事，讀不忍竟。又云：『終日誰來』四字，慘。」(草堂詩正集)

唐圭璋云：「此首念秣陵。上片，白晝淒清狀況，哀思彌切。起兩句，總括全篇。『秋風』一句，補實上句難排之景。秋風裊裊，苔蘚滿階，想見荒涼無人之情，與當年『春殿嬪娥魚貫列』之盛較之，眞有天淵之別。『一桁』兩句，極致孤獨之哀。後主入汴以後之生活，於此可見。換頭，自嘆當年之意氣，都已銷盡。『晚涼』一句，點月出。『想得』兩句，因月生感，悵望無極。月影空照秦淮，畫出失國後之慘淡景象。」(唐宋詞簡釋)

二、北宋詞

范仲淹（九八九～一〇五二）

字希文，其先邠人，後徙蘇州吳縣。大中祥符八年（一〇一五）進士。官至樞密副使、參知政事。後以資政殿學士出為陝西四路宣撫使，知邠州。守邊數年，羌人親愛，呼為「龍圖老子」。以疾，請鄧州，尋徙荊南、杭州、青州。以仁宗皇祐四年（一〇五二）卒，年六十四。諡文正。詞流傳甚少，有范文正公詩餘輯本。

蘇幕遮

碧雲天，黃葉地。秋色連波，波上寒煙翠❶。山映斜陽天接水。芳草無情，更在斜陽外。黯鄉魂❷，追旅思❸。夜夜除非，好夢留人睡。明月樓高休獨倚。酒入愁腸，化作相思淚。

【注　釋】

❶寒煙翠：一作含煙翠。❷黯鄉魂：謂思念家鄉而黯然銷魂也。江淹別賦：「黯然銷魂者，惟別而已矣。」鄉魂，一作芳魂。❸追旅思：謂追憶逆旅中情懷也。思，讀去聲。

【集　評】

彭孫遹云：「范希文蘇幕遮一調，前段多入麗語，後段純寫柔情，遂成絕唱。」（金粟詞話）

許昂霄云：「『酒入愁腸』二句，鐵石心腸人，亦作此銷魂語。」（詞綜偶評）

漁家傲

塞下秋來風景異，衡陽雁去❶無留意。四面邊聲❷連角起，千嶂❸裏，長煙落日孤城閉。濁酒一杯家萬里，燕然未勒❹歸無計。羌管❺悠悠霜滿地。人不寐，將軍白髮征夫淚。

【注　釋】

❶衡陽雁去：今湖南衡陽縣南衡山有回雁峰，相傳雁南飛至此不過，遇春而回。❷邊

聲：邊塞之聲音，如馬鳴風號之類。李陵答蘇武書：「胡笳互動，牧馬悲鳴，吟嘯成羣，邊聲四起，晨坐聽之，不覺淚下。」❸千嶂：一作千障。嶂，山峰如屏障者。❹燕然未勒：謂功業未成也。後漢書竇融傳：「憲、秉遂登燕然山，去塞三千餘里，刻石勒功，紀漢威德，令班固作銘。」❺羌管：卽羌笛。笛本出於羌中，故名羌笛或羌管。李商隱和鄭愚贈汝陽王孫家箏妓二十韻詩：「羌管促蠻柱，從醉吳宮耳。」

【集　評】

魏泰云：「范文正公守邊日，作漁家傲樂數闋，皆以『塞下秋來』為首句，頗述邊鎮之勞苦。歐陽公嘗呼為窮塞主之詞。」（東軒筆錄）

譚獻云：「沈雄似張巡五言。」（譚評詞辨）

御街行

紛紛墜葉飄香砌。夜寂靜，寒聲❶碎。眞珠簾捲玉樓❷空，天淡銀河垂地。年年今夜，月華如練❸，長是人千里。　愁腸已斷無由醉。酒未到，先成淚。殘燈明滅枕頭攲❹，諳盡❺孤眠滋味。都來❻此事，眉間心上，無計相迴避❼。

【注　釋】

❶寒聲：寒風吹落葉之聲。❷玉樓：華美之樓閣。李白宮中行樂詞：「玉樓巢翡翠，

金殿鎖鴛鴦。❸月華如練：謂月光皎潔如素綢也。❹欹：音欺，歪斜也。❺諳盡：猶言嚐盡。❻都來：算來也。顧雲下第詩：「百歲都來多幾日，不堪相別又傷春。」❼廻避：一作違避。

【集　評】

李于鱗云：「月光如晝，淚深於酒，情景兩到。」（草堂詩餘雋）

沈謙云：「范希文『真珠簾捲玉樓空，天淡銀河垂地。』及『芳草無情，又在斜陽外。』雖是賦景，情已躍然。」（塡詞雜說）

張　先（九九〇～一〇七八）

字子野，烏程人。仁宗天聖八年（一〇三〇）進士，歷官都官郎中。晚歲退居鄉里，常泛扁舟，垂釣為樂，卒年八十九。子野善戲謔，有風味，居西湖時，常與蘇軾、陳襄諸人唱和，詩筆老妙，味極雋永。詞多長調，有子野詞傳世。

天　仙　子

水調❶數聲持酒聽，午醉❷醒來愁未醒。送春春去幾時回？臨晚鏡，傷流景❸，往事後期空記省。　沙上並禽池上暝，雲破月來花弄影。重重簾幕❹密遮燈，風不定，人初靜，明日落紅應滿徑。

【注　釋】

❶水調：曲調名。相傳爲隋煬帝所製，唐宋時甚爲流行。杜牧揚州詩：「誰家唱水調？明月滿揚州。」注：「煬帝開汴渠成，自作水調。」❷午醉：一作午睡。❸流景：猶言流光，指似水年華而言。❹簾幕：一作翠幕。

【集　評】

胡仔云：「古今詩話：有客謂子野曰：『人皆謂公張三中，卽心中事、眼中淚、意中人也。』子野曰：『何不目之爲張三影？』客不曉，公曰：『「雲破月來花弄影」、「嬌柔嬾起，簾壓捲花影」、「柳徑無人，墮風絮無影」，此余生平所得意也。』」(苕溪漁隱叢話)

楊愼云：「『雲破月來花弄影』，景物如畫，畫亦不能至此，絕倒！絕倒！」(詞品)

黃蓼園云：「聽水調而悲，自傷卑賤也；『送春』四句，傷流光易去，後期茫茫也；『沙上』二句，言所居岑寂，以沙禽自喻也；『重重』三句，言多障蔽也；結句仍繞送春本題，恐其時之晚也。」(蓼園詞選)

青門引

乍暖還輕冷，風雨晚來方定。庭軒寂寞近清明，殘花中酒❶，又是去年病。樓頭❷畫角風吹醒，入夜重門靜。那堪更被明月，隔牆送過鞦韆❸影。

【注　釋】

❶殘花中酒：謂醉酒於殘花前也。杜牧睦州詩：「殘春杜陵客，中酒落花前。」❷樓頭：指城上之戍樓。❸鞦韆：一作秋千。

【集　評】

沈天羽云：「懷則自觸，觸則愈懷，未有觸之至此者。」（草堂詩餘正集）

黃蓼園云：「落寞情懷，寫來幽雋無匹。不得志於時者，往往借閨情以寫其幽思。角聲而曰『風吹醒』，『醒』字極尖刻；末句『那堪送過秋千影』，真是描神之筆，極稀微窅渺之致。」（蓼園詞選）

晏　殊（九九一～一〇五五）

字同叔，撫州臨川人。七歲能屬文，以神童薦。真宗景德二年（一〇〇五）召試，賜同進士出身。仁宗慶曆間，官至集賢殿學士，同平章事兼樞密使。後出知永興軍，徙河南，以疾歸京師，旋卒，年六十五。謚元獻。殊性格剛峻，學問淹雅，一時名士，如范仲淹、富弼、歐陽修等，皆出其門。文章贍麗，詩閑雅而有情思，間作小詞，亦溫潤秀潔。有珠玉詞傳世。

浣溪沙

一曲新詞酒一杯，去年天氣舊池臺❶，夕陽西下幾時迴？無可奈何花落去，似曾相識燕歸來。小園香徑❷獨徘徊。

【注釋】

❶去年句：鄭谷和知己秋日傷懷詩：「流水歌聲共不回，去年天氣舊池臺。」池，一作亭。❷香徑：花草小路。趙嘏靈巖寺詩：「倚船香徑晚，移石大湖秋。」

【集評】

張宗橚云：「細玩『無可奈何』一聯，情致纏綿，音調諧婉，的是倚聲家語。」(詞林紀事)

踏莎行

小徑紅稀，芳郊綠遍❶。高臺樹色陰陰見❷。春風不解禁楊花，濛濛❸亂撲行人面。翠葉藏鶯，珠簾❹隔燕。爐香❺靜逐游絲轉。一場愁夢酒醒時，斜陽卻照深深院。

【注　釋】

❶綠遍：謂一片草綠也。❷陰陰見：謂暗暗顯露。見，與現音義同。❸濛濛：微雨貌。此處用以形容亂撲之楊花。❹珠簾：一作朱簾。❺爐香：香爐中所燃之香也。白居易北牕閑坐詩：「虛牕兩叢竹，靜室一爐香。」

【集　評】

黃蓼園云：「首三句言花稀葉盛，喻君子少小人多也。高臺指帝閽。『東風』二句，言小人如楊花輕薄，易動搖君心也。『翠葉』二句喻事多阻隔。『爐香』句，喻己心鬱紆也。斜陽照深深院，言不明之日，難照此淵也。」（蓼園詞選）

宋　祁（九九八～一〇六一）

字子京，安州安陸人，後徙開封雍丘。仁宗天聖二年（一〇二四）進士，官翰林學士、史館修撰，與歐陽修等合修新唐書。書成，進工部尚書，逾月，拜翰林學士承旨。卒謚景文。詞有宋景文公長短句輯本，刊入校輯宋金元人詞中。

木蘭花

東城漸覺風光好，縠皺❶波紋迎客棹。綠楊煙外曉雲❷輕，紅杏枝頭春意鬧。浮生長恨歡娛少，肯愛千金輕一笑❸？爲君持酒勸斜陽，且向花間留晚照❹。

【注　釋】

❶縠皺：輕紗之皺紋。用以喻水波。一作皺縠。❷曉雲：一作曉寒。❸肯愛句：謂豈肯吝惜千金而輕視此一笑也。王僧孺詠寵姬詩：「一笑千金買。」❹且向句：李商隱寫意詩：「日向花間留晚照。」

【集　評】

王國維云：「『紅杏枝頭春意鬧』，著一『鬧』字而境界全出；『雲破月來花弄影』，著一『弄』字而境界全出矣。」（人間詞話）

歐陽修（一〇〇七～一〇七二）

字永叔，號六一居士，廬陵（今江西吉安）人。四歲而孤，母鄭氏親誨之學。家貧，以荻畫地學書。仁宗天聖八年舉進士，歷任西京推官、翰林學士、樞密副使、參知政事。神宗熙寧四年，以太子少師致仕。卒諡文忠。修始從尹洙遊，為古文；又與梅堯臣遊，為歌詩相唱和，遂以文章名冠天下。有歐陽文忠公文集傳世。

采桑子

羣芳過後西湖❶好，狼藉殘紅❷，飛絮濛濛，垂柳闌干盡日風。　笙歌散盡遊人去，始覺春空❸。垂下簾櫳，雙燕歸來細雨中。

【注　釋】

❶西湖：指潁州西湖，在安徽阜陽縣西北，湖長十里，廣二里，爲潁河合諸水滙流處。
❷狼藉殘紅：謂落花散亂不整也。狼起臥遊戲多藉草，穢亂不堪，後因謂雜亂爲狼藉。
❸春空：謂春事歸於沈寂也。

【集　評】

唐圭璋云：「此首，上片言遊冶之盛，下片言人去之靜。通篇於景中見情，文字極疏儁。風光之好，太守之適，並可想像而知也。」(唐宋詞簡釋)

踏莎行

候館❶梅殘，溪橋柳細。草薰風暖❷搖征轡。離愁漸遠漸無窮，迢迢不斷如春水。　寸寸柔腸，盈盈粉淚。樓高莫近危闌倚❸。平蕪❹盡處是春山，行人更在春山外。

【注　釋】

❶候館：樓館之可以登臨觀望者。周禮地官遺人：「五十里有市，市有候館」。❷草薰風暖：江淹別賦：「閨中風暖，陌上草薰。」❸危闌倚：謂倚高欄也。李商隱北樓詩：「此樓堪北望，輕命倚危闌。」❹平蕪：指草原。高蟾春詩：「明月斷魂清靄靄，平蕪歸路綠迢迢。」

【集　評】

卓人月云：「『芳草更在斜陽外』、『行人更在春山外』兩句，不厭百回讀。」（詞統）

李于鱗云：「春水寫愁，春山騁望，極切極婉。」（草堂詩餘雋）

蝶戀花

庭院深深深幾許？楊柳堆煙，簾幕無重數。玉勒雕鞍遊冶處❶。樓高不見章臺路❷。雨橫風狂三月暮。門掩黃昏，無計留春住。淚眼問花花不語❸。亂紅飛過鞦韆去。

【注　釋】

❶玉勒句：玉勒，玉製之馬勒口；雕鞍，雕飾之馬鞍；兩者並爲華貴之馬飾，後人因用以借指華貴之車馬。遊冶，指恣情聲色之事。❷章臺路：卽章臺街，在長安城內。漢書張敞傳：「時罷朝會，走馬章臺街，自以便面拊馬。」本形容張敞之風流自賞，後人遂以走馬章臺爲冶遊之意，而章臺亦成爲妓女住所之代稱。❸問花花不語：溫庭筠惜春詞：「百舌問花花不語。」嚴惲落花詩：「盡日問花花不語，爲誰零落爲誰開？」

【集評】

孫月坡云：「如『淚眼問花花不語，亂紅飛過鞦韆去。』、『江上柳如煙，雁飛殘月天。』、『西風殘照，漢家陵闕。』皆以渾厚見長者也。詞至渾，功候十分矣。」(詞逕)

毛先舒云：「詞家意欲層深，語欲渾成。作詞者大抵意層深者，語便刻畫；語渾成者，意便膚淺，兩難兼也。欲或舉其似，偶拈永叔詞：『淚眼問花花不語，亂紅飛過鞦韆去』，此可謂層深而渾成。」(古今詞論引)

木蘭花

別後不知君遠近，觸目淒涼多少悶。漸行漸遠漸無書，水闊魚沉❶何處問？夜深風竹敲秋韻，萬葉千聲皆是恨。故欹單枕夢中尋，夢又不成燈又燼❷。

【注釋】

❶水闊魚沉：謂音訊渺茫也。魚，謂魚書，即書札。❷燼：物體燃燒後殘餘之部分。在此作動詞用，有殘、滅之意。

【集評】

唐圭璋云：「此首寫別恨，兩句一意，次第顯然。分別是一恨。無書是一恨。夜聞風行，又攪起一番離恨。而夢中難尋，恨更深矣。層層深入，句句沉著。」(唐宋詞簡釋)

晏幾道（一〇三一～？）

字叔原，號小山，晏殊第七子。早年曾任潁昌府許田鎮監，後為乾寧軍通判、開封府推官。平生潛心六藝，玩思百家，持論甚高，未嘗以沽世。能文，尤工樂府，所作曲折頓挫，直逼花間。著有小山詞。

臨江仙

夢後樓臺高鎖，酒醒簾幕低垂。去年春恨卻來❶時。落花人獨立，微雨燕雙飛❷。記得小蘋❸初見，兩重心字羅衣❹。琵琶絃上說相思。當時明月在，曾照彩雲❺歸。

【注釋】

❶卻來：又來，再來。鄭谷杏花詩：「小桃初謝後，雙燕卻來時。」❷落花二句：謂人獨立於落花前，燕雙飛於微雨中也。翁宏春殘詩：「又是春殘也，如何出翠幃？落花人獨立，微雨燕雙飛。」❸小蘋：歌女名。小山詞作者自跋：「始時沈十二廉叔、陳十君寵家，有蓮鴻蘋雲，品清謳娛客。每得一解，即以草授諸兒。」❹心字羅衣：楊愼詞品卷二：「心字羅衣，則謂心字香薰之爾，或謂女人衣曲領如心字。」❺彩雲：比喻美人；指小蘋。江淹麗色賦：「其少進也，如彩雲出崖。」李白宮中行樂詞：「只愁歌舞散，化作彩雲飛。」

【集評】

譚獻云：「『落花』兩句，名句千古，不能有二。末二句，正以見其柔厚。」(譚評詞辨)

陳廷焯云：「小山詞如『去年春恨却來時，落花人獨立，微雨燕雙飛。』又『當時明月在，曾照彩雲歸。』既閒婉，又沈著，當時更無敵手。」(白雨齋詞話)

鷓鴣天

彩袖殷勤捧玉鍾❶，當年拚卻❷醉顏紅。舞低楊柳樓心月，歌盡桃花扇底風❸。

從別後，憶相逢，幾回魂夢與君同。今宵賸把銀釭❹照，猶恐相逢是夢中。

【注釋】

❶彩袖句：彩袖，指穿彩衣之歌女。玉鍾，精美之酒器。❷拚卻：不惜，甘願。❸舞低二句：謂雖月下楊柳，扇底風盡，亦猶歌舞不停也。蓋極言一夜歌舞之酣暢，以見美人之殷勤。❹賸把銀釭：賸把，儘把；銀釭，銀燈。

【集評】

胡仔云：「詞情婉麗。」（苕溪漁隱叢話）

沈際飛云：「末二句驚喜儼然。」（草堂詩餘正集）

陳廷焯云：「下半闋曲折深婉，自有豔詞，更不得不讓伊獨步。」（白雨齋詞話）

黃蓼園云：「『舞低』二句，比白香山『笙歌歸院落，燈火下樓臺』，更覺濃至。」（蓼園詞選）

柳永

字耆卿，原名三變，崇安人。景祐元年（一〇三四）進士，官屯田員外郎，世稱柳屯田；排行第七，亦稱柳七。為人放蕩不羈，善為歌辭。教坊樂工，每得新腔，必求永為辭，始行於世。以詞骫骳從俗，天下詠之，葉夢得嘗見一西夏歸朝官云：「凡有井水飲處，即能歌柳詞。」其流傳之廣如此。後卒於襄陽。死之日，家無餘財，羣妓合金葬之於南門外，每春月上冢，謂之弔柳七。有樂章集行世。

雨霖鈴

寒蟬❶凄切，對長亭晚，驟雨初歇。都門帳飲❷無緒，方留戀處，蘭舟催發。執手相看淚眼，竟無語凝噎❸。念去去❹、千里煙波，暮靄沈沈楚天闊❺。多情自古傷離別，更那堪、冷落清秋節。今宵酒醒何處？楊柳岸、曉風殘月❻。此去經年，應是、良辰好景虛設。便縱有、千種風情❼，更與何人說？

【注　釋】

❶寒蟬：蟬之一種，亦名寒蜩。禮記月令：「孟秋之月，寒蟬鳴。」❷都門帳飲：謂於城郊設置帳幕餞行也。漢書疏廣傳：「廣徙為太傅，廣兄子受字公子，亦以賢良舉為太子家令。上疏乞骸骨，上以其年篤老，皆許之，加賜黃金二十斤，皇太子贈以五十金。公卿大夫故人邑子設祖道，供張東都門外，送者車數百輛，辭決而去。」❸凝噎：謂哽咽不已也。噎，一作咽。❹去去：去後。曹植雜詩：「去去莫復道，沈憂令人老。」❺楚天闊：謂南天廣闊無邊也。劉長卿石梁湖有寄詩：「相思楚天闊。」楚指江南一帶，因皆故楚地，遂稱江南一帶之天空為楚天。❻曉風殘月：韓琮露詩：「曉風殘月正潸然。」魏承班漁歌子詞：「窗外曉鶯殘月。」❼風情：風月情懷。白居易薔薇正開詩：「誠將詩句相招去，倘有風情或可求。」

【集　評】

俞文豹云：「東坡在玉堂日，有幕士善歌，因問：『我詞何如柳七？』對曰：『柳郎中詞，只合十七八女郎，執紅牙板，歌「楊柳岸，曉風殘月」。學士詞，須關西大漢、銅琵琶、鐵綽板，唱「大江東去」。』東坡為之絕倒。」（歷代詩餘引吹劍錄）

黃蓼園云：「送別詞，清和朗暢，語不求奇而意致綿密，自爾穩愜。」（蓼園詞選）

李于鱗云：「『千里烟波』，惜別之情已騁，『千種風情』，相期之願又賒，真所謂善傳神者。」（草堂詩餘雋）

八聲甘州

對瀟瀟暮雨灑江天，一番洗清秋。漸霜風淒緊❶，關河❷冷落，殘照當樓。是處❸紅衰翠減❹，苒苒物華休❺。惟有長江水，無語東流。不忍登高臨遠，望故鄉渺邈，歸思難收，歎年來踪迹，何事苦淹留❻？想佳人、妝樓顒望❼，誤幾回、天際識歸舟❽。爭知我、倚闌干處，正恁凝愁❾。

【注　釋】

❶淒緊：謂寒冷緊急也。李白北山獨酌寄韋六詩：「川光晝昏凝，林氣夕淒緊。」一作淒慘。❷關河：猶言山河。羅鄴留題張逸人草堂詩：「關河客夢還鄉後，雨雪山程出

店遲。」❸是處：猶言到處、處處。❹紅衰翠減：李商隱贈荷花詩：「翠減紅衰愁殺人。翠減，一作綠減。❺苒苒句：謂景物逐漸凋殘而失去其色彩也。苒苒，同冉冉，緩貌。物華，指自然景色。白居易酬南洛陽早春見贈詩：「物華春意尚遲廻，賴有東風晝夜催。」❻淹留：久留。屈原離騷：「時繽紛其變易兮，又何可以淹留？」❼顒望：舉首凝望也。一作長望。❽天際句：謝朓宣城郡出新林浦向板橋詩：「天際識歸舟，雲中辨江樹。」❾凝愁：一作凝眸。

【集　評】

蘇軾云：「世言柳耆卿曲俗，非也，如八聲甘州云：『霜風淒緊，關河冷落，殘照當樓。』此語於詩句，不減唐人高處。」(侯鯖錄引)

陳廷焯云：「此章情境俱到，骨韻俱高。而有『想佳人妝樓長望』之句連用，俗極，亦不檢點之過也。」(白雨齋詞話)

玉　蝴　蝶

望處雨收雲斷，憑闌悄悄，目送秋光。晚景蕭疏，堪動宋玉悲涼❶。水風輕、蘋花❷漸老，月露冷、梧葉飄黃。遣❸情傷。故人何在？煙水茫茫。　難忘。文期酒會❹，幾孤❺風月，屢變星霜❻。海闊山遙，未知何處是瀟湘？念雙燕、難憑遠信，指暮天、空識歸航。黯相望，斷鴻聲裏，立盡斜陽。

【注　釋】

❶宋玉悲涼：宋玉九辯：「悲哉秋之爲氣也，蕭瑟兮草木搖落而變衰。」宋玉，戰國楚人，屈原弟子，爲楚大夫。因悲屈原之放逐，故作九辯以述其志。❷蘋花：浮萍之大者，生淺水中，夏秋間開小白花，亦名白蘋。❸遣：使也。❹文期酒會：即文酒之會。❺幾孤：數負也。孤，辜之本字。❻屢變星霜：謂年歲改易也。星，指歲星（木星）之移動；霜，指氣候之轉涼；蓋舉秋以概四季也。

【集　評】

許蒿廬云：「與雪梅香、八聲甘州數首，蹊徑彷彿。」（詞綜偶評）

蘇　軾（一〇三七～一一〇一）

字子瞻，號東坡，眉州眉山（今四川眉山）人。仁宗嘉祐二年進士。因與王安石政見不合，曾出判杭州，徙知密州、徐州、湖州，謫黃州團練副使。哲宗立，召為禮部郎中，翰林承旨，後又貶瓊州別駕。徽宗時，卒於常州。諡文忠。東坡天才既高，讀書復多，故其詩象宏闊，意趣超妙，渾涵光芒，雄視百代。嘗自謂作文如行雲流水，初無定質，但當行於所當行，止於所不可不止，雖嬉笑怒罵之辭，皆可書而誦之。有東坡集傳世。

江城子　乙卯正月二十日夜記夢

十年生死兩茫茫❶，不思量，自難忘。千里孤墳❷，無處話淒涼。縱使相逢應不識，塵滿面，鬢如霜。　夜來幽夢忽還鄉。小軒窗，正梳妝。相顧無言，惟有淚千行。料得年年腸斷處，明月夜，短松岡❸。

【注釋】

❶十年句：東坡夫人王氏，於治平二年（一〇六五）乙巳五月，卒於京師，至熙寧八年（一〇七五）乙卯，恰爲十年。❷千里孤墳：作者亡妻之墳墓在四川彭山縣安鎮鄉，與作者當時所在地密州，東西相距數千里，故云。❸短松岡：遍植松樹之小山岡，指墓地。

【集評】

唐圭璋云：「此首為公悼亡之作。真情鬱勃，句句沈痛，而音響淒厲，誠後山所謂『有聲當徹天，有淚當徹泉』也。起言死別之久。『千里』兩句，言相隔之遠。『縱使』二句，設想相逢不識之狀。下片，忽折到夢境，軒窗梳妝，猶是十年以前景象。『相顧』兩句，寫相逢之悲，與起句『生死兩茫茫』相應。『料得』兩句，結出『腸斷』之意，『明月』、『松岡』，即『千里孤墳』之所在也。」（唐宋詞簡釋）

水調歌頭　丙辰中秋❶，歡飲達旦，大醉，作此篇，兼懷子由❷。

明日幾時有？把酒問青天❸。不知天上宮闕，今夕是何年。我欲乘風歸去，惟恐瓊樓玉宇❹，高處不勝寒❺。起舞弄清影，何似在人間！轉朱閣，低綺戶，照無眠。不應有恨，何事長向別時圓？人有悲歡離合，月有陰晴圓缺，此事古難全。但願人長久，千里共嬋娟❻。

【注　釋】

❶丙辰中秋：卽宋神宗熙寧九年中秋。時作者在密州。❷子由：作者弟蘇轍，字子由，時在濟南。❸明月二句：李白把酒問月詩：「青天有月來幾時，我欲停杯一問之。」❹瓊樓玉宇：指月殿。酉陽雜俎天壺：「翟天師嘗於江岸，與弟子數十翫月。或曰：『此中竟何有？』翟笑曰：『可隨吾指觀。』弟子中兩人見月規半天，瓊樓金闕滿焉。數息間，不復見。」❺高處句：明皇雜錄：「八月十五日，葉靜能邀上遊月宮，將行，請上衣裘而往。及至月宮，寒凜特異，上不能禁，靜能出丹二粒進，上服之，乃止。」❻千里共嬋娟：謂千里共此一輪明月也。謝莊月賦：「美人邁兮音塵絕，隔千里兮共明月。」嬋娟，本爲色態美好之意，詩人常用以稱美好之物。孟郊嬋娟篇：「花嬋娟，泛春泉；竹嬋娟，籠曉煙；妓嬋娟，不長妍；月嬋娟，眞可憐。」

【集評】

胡仔云：「中秋詞自東坡水調歌頭一出，餘詞盡廢。」（苕溪漁隱叢話）

先還甫云：「風興浪高，卽不為字面礙。此詞前半自是天仙化人之筆，惟後半『悲歡離合』、『陰晴圓缺』等字，苛求者未免指此為累。然再三讀去，摶捖運動，何損其佳？」（詞潔）

董子遠云：「忠愛之言，惻然動人。神宗讀『瓊樓玉宇，高處不勝寒』之句，以為終是愛君，宜矣。」（續詞選）

黃蓼園云：「按通首只是詠月耳。前闋是見月思君，言天上宮闕，高不勝寒，但彷彿魂歸去，幾不知身在人間也。次闋言月何不照人歡洽，何事有恨，偏於人離索之時而圓乎？復又自解，人有離合，月有圓缺，皆是常事，惟望長久共嬋娟耳。纏綿惋惻之思，愈轉愈曲，愈曲愈深，忠愛之思，令人玩味不盡。」（蓼園詞選）

鄭文焯云：「發端從太白仙心脫化，頓成奇逸之筆。」（手批東坡樂府）

王壬秋云：「『人有』三句，大開大合之筆，他人所不能。」（湘綺樓詞選）

永遇樂　彭城夜宿燕子樓，夢盼盼❶，因作此詞。

明月如霜，好風如水，清景無限。曲港跳魚，圓荷瀉露，寂寞無人見。紞如三鼓❷，鏗然一葉❸，黯黯夢雲驚斷。夜茫茫、重尋無處，覺來小園行遍。天涯倦客，山中歸路，望斷故園心眼❹。燕子樓空，佳人何在？空鎖樓中燕。古今如夢，何曾夢覺？但有舊歡新怨。異時對、黃樓❺夜景，爲余浩歎。

【注　釋】

❶彭城二句：彭城在今江蘇銅山縣，古徐州治。白居易燕子樓詩序：「徐州故尚書（張建封）有愛妓曰盼盼，善歌舞，雅多風態。尚書既沒，彭城有舊第，第中有小樓名燕子，盼盼念舊愛而不嫁，居是樓十餘年。」❷紞如三鼓：晉書鄧攸傳：「紞如打五鼓，鷄鳴天欲曙。」紞，音膽，擊鼓聲。❸鏗然一葉：謂一葉落地，鏗然作聲也。鏗，金石聲，在此用以指葉聲。韓愈秋懷詩：「空階一片下，琤若摧琅玕。」❹心眼：指心與眼。王僧孺夜愁詩：「誰知心眼亂，看朱忽成碧。」❺黃樓：在徐州城東門上，東坡守徐州時，拆霸王廳建之，以壓水患，因堊以黃土，故名。

【集　評】

先遷甫云：「野雲孤飛，去留無迹，石帚之詞也。此詞亦當不愧此品目。僅歎賞『燕子樓空』十三字者，猶屬附會淺夫。」（詞潔）

嚴有翼云：「東坡問少游別作何詞，秦舉『小樓連苑橫空，下窺繡轂雕鞍驟』以告，東坡云：『十三個字只說得一個人騎馬樓前過。』秦問先生近著，坡云：『亦有一詞說樓上事。』乃舉『燕子樓空，佳人何在？空鎖樓中燕。』晁無咎在座云：『三句說盡張建封燕子樓一段事，奇哉！』」（藝苑雌黃）

定風波

三月三日沙湖❶道中遇雨，雨具先去，同行皆狼狽，余不覺。已而遂晴，故作此。

莫聽穿林打葉聲，何妨吟嘯且徐行❷。竹杖芒鞋❸輕勝馬，誰怕？一蓑煙雨任平生❹。料峭❺春風吹酒醒，微冷，山頭斜照卻相迎。回首向來蕭瑟處，歸去，也無風雨也無晴。

【注　釋】

❶沙湖：在黃岡東南三十里，亦名螺師店。時作者正謫居黃州。❷何妨句：晉書阮籍傳：「登山臨水，嘯吟自若。」晉書謝安傳：「嘗與孫綽等泛海，風起浪湧，諸人並懼，安吟嘯自若。」❸竹杖芒鞋：陳師道和顏生同游南山詩：「竹杖芒鞵取次行，琳瑯觸目路人驚。」❹一蓑句：謂披上蓑衣在風雨中過此一生，亦處之泰然也。鄭谷詩：「來往煙波非定居，生涯蓑笠外無餘。」❺料峭：風寒貌。陸龜蒙開元寺詩：「料峭入樓于闐風。」

【集　評】

鄭文焯云：「此足徵是翁坦蕩之懷，任天而動。琢句亦瘦逸，能道眼前景，以曲筆直寫胸臆，倚聲能事盡之矣。」（手批東坡樂府）

念奴嬌 赤壁❶懷古

大江東去，浪淘盡、千古風流人物。故壘西邊，人道是、三國周郎❷赤壁。亂石崩雲❸，驚濤裂岸❹，捲起千堆雪。江山如畫，一時多少豪傑。遙想公瑾❺當年，小喬❻初嫁了，雄姿英發❼。羽扇綸巾，談笑間、檣櫓❽灰飛煙滅。故國神遊，多情應笑我，早生華髮。人間如夢，一尊還酹❾江月。

【注釋】

❶赤壁：山名，有四處，皆在湖北省境：一在嘉魚縣，卽周瑜破曹處；二在黃岡縣（宋黃州治）卽東坡所曾遊者；三在武昌縣；四在漢陽縣。東坡雜記：「黃州少西，山麓斗入江中，石色如丹，相傳所謂赤壁者，或曰非也。」可見作者亦未確認黃州赤壁卽破曹處，故用「人道是」三字。❷周郎：卽三國周瑜。三國志周瑜傳：「周瑜字公瑾，廬江舒人也。長壯有姿貌。堅子策與瑜同年，獨相友善。策之衆已數萬矣，親自迎瑜，授建威中郎將，卽與兵二千人，騎五十匹。瑜時年二十四，吳中皆呼爲周郎。」❸崩雲：一作穿空。❹裂岸：一作拍岸。❺公瑾：周瑜字。❻小喬：周瑜妻。三國志周瑜傳：「策欲取荆州，以瑜爲中護軍，領江夏太守，從攻皖，拔之。時得橋公兩女，皆國色也，策自納大橋，瑜納小橋。」喬，史作橋，姓也。❼雄姿英發：謂風姿雄偉，英發勃氣也。三國志呂蒙傳：「孫權與陸遜論周瑜、魯肅及蒙曰：『公瑾雄烈，膽略兼

人。又子明（蒙字）少時，孤謂不辭劇易，果敢有膽而已；及身長大，學問開益，籌略奇至，可以次於公瑾，但言議英發，不及之耳。」❽檣櫓：一作強虜。❾酹：古時飲酒必祭，以酒澆地曰酹。

【集評】

俞文豹云：「大江東去詞，三『江』、三『人』、二『國』、二『生』、二『故』、二『如』、二『千』字，以東坡則可，他人固不可，然語意到處，他字不可代，雖重無害也。」（吹劍錄）

胡仔云：「語意高妙，真古今絕唱。」（苕溪漁隱叢話）

黃蓼園云：「『大江』二句，是自己與周郎俱在內也。『故壘』至『灰飛煙滅』句，俱就赤壁寫周郎之事。『故國』三句，是就周郎結到自己。『人生似夢』二句，總結以應起二句。總而言之，題是赤壁，心實為己而發，周郎是賓，自己是主，寓主於賓，離奇變幻，細思方得其筆意處。」（蓼園詞選）

臨江仙　夜歸臨皋❶

夜飲東坡❷醒復醉，歸來髣髴三更。家童鼻息已雷鳴❸，敲門都不應，倚杖聽江聲。　長恨此身非我有❹，何時忘卻營營❺？夜闌風靜縠紋❻平，小舟從此逝，江海寄餘生❼。

【注　釋】

❶臨皋：在黃州南，地近江邊，作者之寓所即在此。❷東坡：在黃州城東面，作者謫居黃州時，嘗築室於此，作爲遊息之所，後因以爲號。❸鼻息已雷鳴：韓愈石鼎聯句序：「倚牆睡，鼻息如雷鳴。」❹此身非我有：莊子知北遊：「舜曰：『吾身非吾有也，孰有之哉？』曰：『是天地之委形也。』」❺營營：紛擾貌，指爲功名利祿而勞碌不休。❻縠紋：猶皺紋，指水波。❼江海句：謂將歸隱江湖，以度其殘年也。

【集　評】

葉夢得云：「子瞻謫居黃州，與數客飲江上，夜歸，江面際天，風露皓然，有當其意，乃作歌辭，所謂『夜闌縠紋平，小舟從此逝，江海寄餘生』者，與客大歌數過而散。翌日，喧傳子瞻夜作此詞，掛冠服江邊，拏舟長嘯去矣。郡守徐君猷聞之，驚且懼，以為州失罪人，急命駕往謁，則子瞻鼻鼾如雷，猶未興也。」（避暑錄話）

卜算子　黃州定惠院❶寓居作

缺月挂疏桐，漏斷❷人初靜。誰見幽人❸獨往來，縹緲❹孤鴻影。驚起卻回頭，有恨無人省。揀盡寒枝不肯棲，寂寞沙洲冷。

【注　釋】

❶定惠院：在黃岡縣東南。❷漏斷：謂漏聲止也；指夜深。❸誰見幽人：誰見，一作時見，一作惟見。幽人，隱士。易履卦：「履道坦坦，幽人貞吉。」❹縹緲：高遠隱約貌。白居易長恨歌：「忽聞海上有仙山，山在虛無縹緲間。」

【集　評】

黃庭堅云：「語意高妙，似非喫烟火食人語。非胸中有數萬卷書，筆下無一點塵俗氣，孰能至此！」（山谷題跋）

胡仔云：「此詞本詠夜景，至換頭但只說鴻，正如賀新郎詞『乳燕飛華屋』，本詠夏景，至換頭但只說榴花。蓋文章之妙，語意到處即為之，不可限以繩墨也。」（苕溪漁隱叢話）

黃蓼園云：「此東坡自寫在黃州之寂寞耳，初從人說起，言如孤鴻之冷落；下專就鴻說，語語雙關，格奇而語雋，斯為超詣神品。」（蓼園詞選）

水龍吟　次韻章質夫楊花詞❶

似花還似非花，也無人惜從教❷墜。拋家❸傍路，思量卻是，無情有思❹。縈損柔腸，困酣嬌眼，欲開還閉。夢隨風萬里，尋郎去處，又還被、鶯呼起❺。不恨此花飛盡，恨西園、落紅難綴。曉來雨過，遺蹤何在？一池萍碎❻。春色三分，二分塵土，一分流水。細看來不是楊花，點點是離人淚。

【注　釋】

❶章質夫楊花詞：章質夫名楶，蒲城人，仕至樞密院事。其楊花詞云：「燕忙鶯嬾花殘，正隄上柳花飄墜。輕飛點畫青林，誰道全無才思。閒趁游絲，靜臨深院，日長門閉。傍珠簾散漫，垂垂欲下，依前被風扶起。蘭帳玉人睡覺，怪春衣、雪霑瓊綴。繡牀漸滿，香毬無數，才圓卻碎。時見蜂兒，仰黏輕粉，魚吞池水。望章臺路杳，金鞍遊蕩，有盈盈淚。」❷從教：任使。❸拋家：一作拋街。❹無情有思：韓愈晚春詩：「楊花榆莢無情思，惟解漫天作雪飛。」❺夢隨風三句：金昌緒春怨詩：「打起黃鶯兒，莫叫枝上啼，啼時驚妾夢，不得到遼西。」❻一池萍碎：東坡自注：「楊花落水爲浮萍，驗之信然。」

【集　評】

朱弁云：「章質夫楊花詞，命意用事，瀟灑可喜。東坡和之，若豪放不入律呂，徐而視之，聲韻諧婉，反覺章詞有織繡工夫。」(曲洧舊聞)

沈謙云：「東坡『似花還似非花』一篇，幽怨纏綿，直是言情，非復賦物。」(塡詞雜說)

劉熙載云：「東坡水龍吟起句云：『似花還似非花』，此句可作全詞評語，蓋不離不卽也。」(藝概)

賀新郎

乳燕飛華屋。悄無人、桐陰❶轉午，晚涼新浴。手弄生綃白團扇，扇手一時似玉❷。漸困倚、孤眠清熟。簾外誰來推繡戶？枉教人、夢斷瑤臺曲❸。又卻是，風敲竹❹。石榴半吐紅巾蹙❺。待浮花浪蕊❻都盡，伴君幽獨。穠豔一枝細看取，芳心千重❼似束。又恐被、秋風驚綠。若待得君來，向此花前，對酒不忍觸。共粉淚，兩簌簌❽。

【注釋】

❶桐陰：一作槐陰。❷手弄二句：世說新語容止：「王夷甫容貌整麗，妙於談玄，恒捉白玉柄麈尾，與手都無分別。」❸瑤臺曲：瑤臺深處。瑤臺，傳說在崑崙山，仙人所居。屈原離騷：「望瑤臺之偃蹇兮，見有娀之佚女。」❹風敲竹：李益竹窗聞風寄苗發司空曙詩：「開門復動竹，疑是故人來。」❺紅巾蹙：白居易題孤山寺山石榴花詩：「山榴花似結紅巾。」❻浮花浪蕊：指百花。韓愈杏花詩：「浮花浪蕊鎮長有。」傅幹注：「石榴繁盛時，百花零落盡矣。」❼芳心千重：形容重瓣之榴花。❽簌簌：紛落貌。元稹連昌宮辭：「風動落花紅簌簌。」

【集評】

吳師道云：「東坡賀新郎詞『乳燕華屋』云云，後段『石榴半吐紅巾蹙』以下，皆詠榴；卜算子『缺月挂疏桐』云云，『飄渺孤鴻影』以下，皆說鴻，別一格也。」（吳禮部詩話）

胡仔云：「東坡此詞，冠絕古今，託意高遠。『簾外』三句用古詩『捲簾復動竹，疑是故人來』之意。『石榴半吐』五句，蓋初夏之時，千花事退，榴花獨芳，因以寫幽閨之情也。」（苕溪漁隱叢話）

譚獻云：「頗欲與少陵佳人一篇互證。後半闋別開異境，南宋惟稼軒有之，變而近正。」（譚評詞辨）

黃蓼園云：「末四句是花是人，婉曲纏綿，耐人尋味不盡。」（蓼園詞選）

黃庭堅（一〇四五～一一〇五）

字魯直，號山谷道人，洪州分寧（今江西境內）人。英宗治平四年進士。歷任校書郎、實錄檢討官、國史編修官，出知宣州、鄂州。後貶涪州別駕。徽宗即位，知舒州、太平州。繼因蔡京當國，以幸災謗國之罪，除名，編管宜州，卒。山谷與秦觀、張耒、晁補之，俱遊蘇軾之門，並稱「蘇門四學士」。山谷尤長於詩，與蘇軾合稱「蘇黃」，蘇軾嘗稱其詩文，超軼絕塵，世久無此作。其詩後人宗之，號為「江西詩派」。有山谷集傳世。

清平樂

春歸何處？寂寞無行路。若有人知春去處，喚取歸來同住。　春無蹤跡誰知？除非問取黃鸝❶。百囀❷無人能解，因風飛過❸薔薇❹。

【注　釋】

❶黃鸝：黃鶯之別名。王維積雨輞川莊作詩：「漠漠水田飛白鷺，陰陰夏木囀黃鸝。」❷囀：鳥鳴也。庾信春賦：「新年鳥聲千種囀。」❸飛過：一作吹過。❹薔薇：落葉灌木，高四五尺。初夏開花，五瓣，有紅、白、黃、淡紅、淡黃等色。

【集　評】

薛礪若云：「山谷詞，清平樂為最新警，通體無一句不俏麗，而結句『百囀無人能解，因風飛過薔薇』，不獨妙語如環，而意境尤覺清逸，不著色相，為山谷詞中最上上之作。即此兩宋一切作家中，亦找不著此等雋美作品。」（宋詞通論）

鷓鴣天

黃菊枝頭生曉寒，人生莫放酒杯乾。風前橫笛斜吹雨，醉裏簪花倒著冠❶。　身健在，且加餐，舞裙歌板❷盡情歡。黃花白髮相牽挽❸，付與時人冷眼❹看。

【注 釋】

❶醉裏句：續神仙傳：「許碏插花滿頭，把花作舞，上酒家樓醉歌。」晉書孟嘉傳：「嘉爲桓溫參軍，九月九日溫遊龍山，參僚畢集，有風至吹嘉帽，墮落不覺。」杜甫九日藍田崔氏莊詩：「羞將短髮還吹帽，笑倩旁人爲正冠。」❷舞裙歌板：指唱歌跳舞。王惲清明日錦隄行樂詩：「花飜舞袖鶯歌板，柳隔高城暗酒樓。」歌板，卽拍板，歌以爲節奏。❸牽挽：牽拉也。後漢書董卓傳：「牽挽臣車，使不得行。」❹時人冷眼：時人，一作旁人。冷眼，冷寞之眼光。李羣玉寄短書歌詩：「孤臺冷眼無來人，楚水秦天莽空濶。」

【集 評】

沈 謙云：「東坡『破帽多情却戀頭』，翻龍山事，特新。山谷『風前橫笛斜吹雨，醉裏簪花倒著冠』，尤用得幻。」(東江集鈔)

黃蓼園云：「曰『斜吹雨』、『倒著冠』，則有傲兀不平氣在。末二句尤見牢騷，然自清迴獨出，骨力非凡。」(蓼園詞選)

秦觀（一〇四九～一一〇〇）

字少游，一字太虛，號淮海居士，揚州高郵人。元豐八年（一〇八五）進士，任定海主簿、蔡州教授。元祐初。以蘇軾之薦，除太學博士，兼國史編修官。紹聖初，坐黨籍，出通判杭州，貶監處州酒稅。削秩，徙郴州，繼編管橫州，又徙雷州。徽宗立，放還，道卒於藤州，年五十三。觀工於詩文，有淮海集行世。詞集名淮海詞，亦稱淮海居士長短句；傳本甚多，近人葉公綽取宋刊本兩種，影印行世，最稱善本。

滿庭芳

山抹微雲，天黏衰草❶，畫角聲斷譙門❷。暫停征棹，聊共引離尊。多少蓬萊舊事❸，空回首、煙靄紛紛。斜陽外，寒鴉數點，流水繞孤邨❹。銷魂。當此際，香囊暗解❺，羅帶輕分❻。謾贏得青樓，薄倖名存❼。此去何時見也？襟袖上、空惹啼痕。傷情處，高城望斷，燈火已黃昏。

【注　釋】

❶天黏衰草：張祜草詩：「草色黏天鶗鴂恨。」黏，一作連。❷譙門：城門上爲樓可

以望遠者，卽譙樓。漢書陳勝傳：「戰譙門中。」師古注：「門上爲高樓以望，曰譙。」❷多少句：藝苑雌黃：「程公闢守會稽，少游客焉，館之蓬萊閣。一日席上有所悅，自爾眷眷不能忘情，因賦長短句。」❹斜陽外三句：隋煬帝詩：「寒鴉千萬點，流水遶孤村。」邨，同村。❺香囊暗解：暗中解下香囊，以作臨別之紀念。古男子有佩香囊之風氣，見世說新語假譎篇。❻羅帶輕分：表示輕別。古者以結帶象徵相愛，帶分卽表示離別。❼謾贏得句：杜牧遣懷詩：「十年一覺揚州夢，贏得青樓薄倖名。」

【集評】

晁補之云：「『斜陽外、寒鴉數點，流水遶孤村』，雖不識人，亦知是天生好言語。」（苕溪漁隱叢話引）

周濟云：「將身世之感，打幷入豔情，又是一法。」（宋四家詞選）

譚獻云：「淮海在北宋，如唐之劉文房。下闋不假雕琢，水到渠成，非平鈍所能藉口。」（譚評詞辨）

浣溪沙

漠漠輕寒上小樓。曉陰無賴❶似窮秋。淡煙流水畫屛幽。自在飛花輕似夢，無邊絲雨細如愁。寶簾閒挂小銀鉤❷。

【注釋】

❶無賴：無奈，無可如何；有煩擾之意。徐陵烏棲曲：「唯憎無賴汝南鴻，天河未落猶爭啼。」❷銀鉤：銀色簾鉤。宋史樂志：「翠簾人靜月光浮，但半捲銀鉤。」

【集 評】

卓人月云。「『自在』二語，奪南唐席。」(詞統)

唐圭璋云：「此首，景中見情，輕靈異常。上片起言登樓，次怨曉陰，末述幽境。下片兩對句，寫花輕雨細，境更微妙。『寶簾』一句，喚醒全篇。蓋有此一句，則簾外之愁境及簾內之愁人，皆分明矣。」(唐宋詞簡釋)

踏 莎 行

霧失樓臺，月迷津渡。桃源❶望斷無尋處。可堪孤館閉春寒，杜鵑聲裏斜陽暮。驛寄梅花❷，魚傳尺素❸。砌成此恨無重數。郴江幸自繞郴山❹，爲誰流下瀟湘去？

【注 釋】

❶桃源：卽桃花源。相傳在武陵郡，位於郴州西北。此處借指人間仙境。❷驛寄梅花：荆州記：「吳凱與范曄善，自江南寄梅花詣長安與曄，並贈詩曰：『折梅逢驛使，寄與隴頭人；江南無所有，聊贈一枝春。』」❸魚傳尺素：古樂府飲馬長城窟行：「客

從遠方來，遺我雙鯉魚；呼兒烹鯉魚，中有尺素書。」❹郴江句：謂郴江本自繞郴山而流也。郴江，源出湖南省郴縣黃岑山，在郴州東北流入耒水。

【集　評】

黃蓼園云：「按少游坐黨籍，安置郴州，首一闋是寫在郴望想玉堂天上，如桃源不可尋，而自己意緒無聊也。次闋言書難達意，自己同郴水，自遶郴山，不能下瀟湘以向北流也。」（蓼園詞選）

王國維云：「少游詞最淒惋，至『可堪孤館閉春寒，杜鵑聲裏斜陽暮』，則變而淒厲矣。」（人間詞話）

賀　鑄（一〇五二～一一二五）

字方回，衞州人。長七尺，貌奇醜，人稱賀鬼頭。喜談當世事，可否不少假借；雖貴要權傾一時，少不中意，卽極口詆之無遺辭。又博學強記，工文辭，深婉麗密，如次組繡；尤長於度曲，掇拾人所遺棄，少加櫽括，皆成新奇。元祐中，曾任泗州、太平州通判，晚年退居蘇州，有東山詞行世。

青玉案

淩波不過橫塘路❶。但目送、芳塵去。錦瑟華年❷誰與度？月橋花院，瑣窗朱戶，惟有春知處。碧雲冉冉蘅皋暮❸。彩筆❹新題❺斷腸句。試問閒愁❻都幾許？一川煙草，滿城風絮，梅子黃時雨❼。

【注釋】

❶淩波句：淩波，喻美人輕盈之步履。曹植洛神賦：「淩波微步，羅襪生塵。」橫塘，在蘇州城外。中吳紀聞：「賀方回本山陰人，徙姑蘇之醋坊橋，有小築在盤門之南十餘里，地名橫塘，方回往來其間。」❷錦瑟華年：喻青春年華。李商隱無題詩：「錦瑟無端五十絃，一絃一柱思華年。」❸碧雲句：江淹休上人怨別詩：「日暮碧雲合，佳人殊未來。」冉冉，緩動貌。蘅皋，指水邊風景區，蘅，香草；皋，澤岸。❹彩筆：南史江淹傳：「淹少以文章顯，嘗宿於冶亭，夢一丈夫，自稱郭璞，謂淹曰：『吾有筆在卿處多年，可以見還！』淹乃探懷中，得五色筆一以授之。爾後爲詩，絕無美句，時人謂之才盡。」❺新題：一作空題。❻閒愁：一作閑情。❼梅子句：陳肖岩庚溪詩話：「江南五月梅熟時，霖雨連旬，謂之黃梅雨。」

【集評】

羅大經云：「詩家有以山喻愁者，杜少陵云：『憂端如山來，澒洞不可掇。』趙嘏云：『夕陽樓上山重疊，未抵閒愁一倍多。』是也。有以水喻愁者，李頎云：『請量東海水，看取淺深愁。』李後主云：『問君能有幾多愁？恰似一江春水向東流。』秦少游云：『落紅萬點愁如海』是也。賀方回云：『試問閒愁都幾許？一川煙草，滿城風絮，梅子黃時雨』。蓋以三者比愁之多也，尤為新奇，兼興中有比，意味更長。」（鶴林玉露）

黃蓼園云：「所居橫塘，斷無宓妃到，然波光清幽，亦常目送芳塵，第孤寂自守，無與為歡，惟有春風相慰藉而已。後段言幽居腸斷，不盡窮愁，惟見烟草風絮，梅雨如霧，共此旦晚，無非寫其境之鬱勃岑寂耳。」（蓼園詞選）

浣溪沙

樓角初消一縷霞。淡黃楊柳暗棲鴉。玉人和月摘梅花。　笑撚❶粉香歸洞戶❷，更垂簾幕護窗紗。東風寒似夜來些。

【注　釋】

❶撚：揉搓之意。❷洞戶：閨門也。徐陵詠織婦詩：「洞戶朱帷垂。」

【集　評】

楊　愼云：「此詞句句綺麗，當時賞之，以為花間、蘭畹不及，信然。」（詞品）

沈際飛云：「與秦處度『藕葉清香勝花氣』，寫景詠物，造微入妙。」（草堂詩餘正集）

石州慢

薄雨收寒，斜照弄晴，春意空闊。長亭柳色纔黃，倚馬何人先折？煙橫水漫，映帶幾點歸鴻，平沙銷盡龍荒❶雪。猶記出關來，恰如今時節。將發。畫樓芳酒，紅淚清歌，便成❷輕別。回首經年，杳杳音塵都絕。欲知方寸❸，共有幾許新愁？芭蕉不展丁香結❹。憔悴一天涯，兩厭厭❺風月。

【注釋】

❶龍荒：即龍沙，塞外之通稱，因其地荒寒不毛，故名。❷便成：一作頓成。❸方寸：指心。❹芭蕉句：李商隱代贈詩：「芭蕉不展丁香結，同向春風各自愁。」❺厭厭：同懨懨，煩愁貌。讀平聲。

【集評】

吳曾云：「方回眷一姝，別久，姝寄詩云：『獨倚危闌淚滿襟，小園春色懶追尋；深恩縱似丁香結，難展芭蕉一寸心。』賀因賦此詞，先敍分別景色，後用所寄語，有『芭蕉不展丁香結』之句。」（能改齋漫錄）

李之儀

字端叔，號姑溪居士，滄州無棣人。神宗熙寧三年（一〇七〇）進士。哲宗元祐中，為樞密院編修，從蘇軾於定州幕府。徽宗初年，以文章獲罪，編管太平州。卒年八十。有姑溪詞傳世。

卜算子

我住長江頭，君住長江尾。日日思君不見君，共飲長江水。此水幾時休，此恨何時已？只願君心似我心，定不負相思意❶。

【注　釋】

❶只願二句：顧敻訴衷情詞：「換我心，為你心，始知相憶深。」

【集　評】

毛晉云：「姑溪詞多次韻，小令更長於淡語、景語、情語。如『鴛衾半擁空床月』，又如『步懶恰尋牀，臥看游絲到地長』，又如『時時浸手心頭慰，受盡無人知處涼』，即置之片玉、漱玉集中，莫能伯仲。至若『我住長江頭』云云，直是古樂府俊語矣。」

（姑溪詞跋）

唐圭璋云：「此首因長江以寫真情，意新語妙，直類古樂府。起言相隔之遠，次言相思之深。換頭，仍扣定長江，言水無休時，恨亦無已時。末句，言兩情不負，實本顧太尉語。」（唐宋詞簡釋）

周邦彥（一〇五七～一一二一）

字美成，自號清真居士，錢塘人。元豐初，遊京師，獻汴都賦萬餘言，多古文奇字，為神宗所賞，自太學諸生一命為太學正。後出為溧水令。徽宗時，入拜秘書監，進徽猷閣待制，提舉大晟府。未幾，知順昌府，徙處州。卒年六十六。邦彥好音樂，能自度曲，詞集名清真集，又稱片玉詞。

瑞龍吟

章臺路❶。還見褪粉梅梢，試花桃樹。愔愔坊陌❷人家，定巢燕子，歸來舊處。黯凝佇。因念箇人癡小❸，乍窺門戶。侵晨淺約宮黃❹，障風映袖，盈盈笑語。前度劉郎❺重到，訪鄰尋里，同時歌舞。惟有舊家秋娘❻，聲價如故。吟牋賦筆，猶記燕臺句❼。知誰伴、名園露飲，東城閒步❽。事與孤鴻去❾。探春盡是，傷離意緒。官柳低金縷，歸騎晚、纖纖池塘飛雨。斷腸院落，一簾風絮。

【注　釋】

❶章臺路：漢長安街名，爲歌樓妓館聚集之所，後世遂以爲歌樓妓館之代稱。❷愔愔坊陌：愔愔，深靜貌。坊陌，又作坊曲，妓女之所居也。❸箇人癡小：箇人，猶言伊人，對所歡之暱稱也。癡小，指癡情少女。白居易井底引銀瓶詩：「寄言癡小人家女，愼勿將身輕許人。」❹宮黃：卽額黃，塗黃於額也。一說點黃於面頰。❺前度劉郎：劉禹錫再遊玄都觀詩：「種桃道士歸何處？前度劉郎今又來。」作者在此借劉郎以自喩。❻秋娘：唐代歌妓多以秋爲名，如杜牧有杜秋娘詩、李德裕有悼謝秋娘詞。❼吟箋二句：李商隱有燕臺詩春夏秋冬四首，洛中里娘名柳枝者，年十七，見而甚喜之。見李商隱柳枝詩序。❽知誰伴三句：用杜牧與歌妓張好好事。杜牧張好好詩序：「牧大和三年，佐故吏部沈公江西幕，好好年十三，始以善歌舞來樂籍中。後一歲，公移鎭宣城，復置好好於宣城籍中。後二歲，爲沈著作述師以雙鬟納之。後二歲，於洛陽東城，重覩好好，感舊傷懷」❾事與句：杜牧題安州浮雲寺樓寄湖州張郎中詩：「恨如春草多，事與孤鴻去。」

【集　評】

周　濟云：「不過『人面桃花』舊曲翻新耳。看其由無情入，結歸無情，層層脫換，筆筆往復處。」（宋四家詞選）

陳洵云：「第一段地，『還見』逆入，『舊處』平出。第二段人，『因記』逆入，『重到』平出，作第三段換頭。以下撫今追昔，『訪鄰尋里』，今；『同時歌舞』，昔；『惟有舊家秋娘，身價如故』，今猶昔。而秋娘已去，却不說出，乃吾所謂留字訣者。於是吟箋、賦筆、露飲、閑步與窺戶、約黃、障袖、笑語皆如在目前矣，又吾所謂能留，則離合順逆皆可隨意指揮也。『事與孤鴻去』咽住，『探春盡是，傷離意緒』轉出。『官柳』以下，風景依稀，與梅梢桃樹映照，詞境渾融，大而化矣。」(海綃說詞)

夏敬觀云：「詞中對偶句，最忌堆砌板重。如此詞『褪粉』二句、『名園』二句，皆極流動，所以妙也。『愔愔』、『侵晨』挺接。末段挺接處尤妙，用潛氣內轉之筆行之。」(評清眞集)

蘭陵王 柳

柳陰直，煙裏❶絲絲弄碧。隋隄❷上，曾見幾番，拂水飄緜送行色。登臨望故國❸，誰識，京華倦客❹。長亭路，年去歲來，應折柔條過千尺。閒尋舊踪迹。又酒趁哀絃，燈照離席。梨花榆火催寒食❺。愁一箭風快，半篙波暖❻，回頭迢遞便數驛，望人在天北。悽惻，恨堆積。漸別浦❼縈迴，津堠❽岑寂。斜陽冉冉春無極。念月榭携手，露橋聞笛❾。沈思❿前事，似夢裏，淚暗滴。

【注　釋】

❶煙裏：一作煙縷。❷隋隄：卽汴河隄。隋煬帝開汴河，築隄植柳，後世因名隋隄。❸故國：指故鄉。杜甫解悶詩：「一辭故國十經秋，每見秋瓜憶故丘。」❹京華倦客：指作者自己。京華，京師之美稱。作者久宦京師，因自稱京華倦客。❺梨花句：謂梨花盛開，國火欲變，寒食將過也。榆火，卽榆柳火，古時四時變國火，清明取榆柳之火。寒食在清明前一日或二日，古有禁火之俗，節後另取新火。❻半篙波暖：謂撐船之竹竿一半沒入溫暖之水中，使船前進也。篙，指撐船用之竹竿；因時近暮春，天氣漸暖，故云波暖。❼別浦：指水叉道。風土地：「大水有小口別通曰浦。」❽津堠：水邊可供瞭望之土堡。古時水行，堠以記程。❾聞笛：一作吹笛。❿沈思：一作追思。

【集　評】

沈際飛云：「『閒尋舊跡』以下，不沾題而宣寫別懷，無抑塞。」（草堂詩餘正集）

周　濟云：「客中送客，一『愁』字代行者設想；以下不辨是情是景，但覺煙靄蒼茫。『望』字、『念』字尤幻。」（宋四家詞選）

陳廷焯云：「美成詞極其感慨，而無處不鬱，令人不能遽窺其旨。如『蘭陵王』云：『登臨望故國，誰識京華倦客？』二語是一篇之主，上有『隋隄上，曾見幾番，拂水飄綿送行色』之句，暗伏倦客之根，是其法密處。故下文接云：『長亭路，年去歲來，應折柔條過千尺。』久客淹留之感，和盤托出，他手至此，以下便直抒憤懣矣。美成則不然，『閒尋舊蹤跡』二疊，無一語不吞吐，只就眼前景物，約略點綴，更不寫淹留之故，却無處非淹留之苦；直至收筆云：『沈思前事，似夢裏，淚暗滴。』遙遙挽合，妙在纔欲說破，便自咽住，其味正自無窮。」（白雨齋詞話）

譚　獻云：「已是磨杵成針手段，用筆欲落不落，『愁一箭風快』等句之噴醒，非玉田所知，『斜陽冉冉春無極』七字，微吟千百遍，當入三昧，出三昧。」（譚評詞辨）

梁啓超云：「『斜陽』七字，綺麗中帶悲壯，全首精神振起。」（藝蘅館詞選）

陳　洵云　「託柳起興，非詠柳也。『弄碧』一留，却出『隋堤』；『行色』一留，却出『故國』；『長亭路』應『隋堤上』，『年去歲來』應『拂水飄綿』，全為『京華倦客』四字出力。第二段『舊蹤』，往事，一留；『離席』，今情，一留；於是以『梨花榆火催寒食』一句脫開。『愁一箭』至『數驛』三句逆提，然後以『望人在天北』合上『離席』作歇拍。第三段『漸別浦』至『岑寂』，乃證上『愁一箭』至『波暖』二句；蓋有此『漸』，乃有此『愁』也。『愁』是逆提，『漸』是順應，『春無極』正應上『催寒食』，『催寒食』是脫，『春無極』是複。『月榭携手、露橋聞笛』是離席前事。『似夢裏淚暗滴』，仍用逆挽。周止庵謂複處無脫不縮，故脫處如望海上神山。詞境至此，謂之不神，不可也。」（海綃說詞）

六　醜　薔薇謝後作

正單衣試酒，悵客裏、光陰虛擲。願春暫留，春歸如過翼❶，一去無迹。爲問花何在？夜來風雨，葬楚宮傾國❷。釵鈿❸墮處遺香澤，亂點桃蹊，輕翻柳陌。多情爲誰追惜？但蜂媒蝶使，時叩窗槅❹。東園岑寂，漸蒙籠暗碧❺。靜繞珍叢底，成嘆息。長條故惹行客，似牽衣待話，別情無極。殘英小、強簪巾幘❻，終不似、一朵釵頭顫裊❼，向人欹側。漂流處、莫趁潮汐❽。恐斷紅、尚有相思字❾，何由見得？

【注釋】

❶過翼：飛鳥。杜甫夜詩：「村墟過翼稀。」❷夜來二句：以美人比落花也。韓偓哭花詩：「若是有情爭不哭，夜來風雨葬西施。」後漢書馬廖傳：「楚王好細腰，美人多餓死。」李延年佳人歌：「一顧傾人城，再顧傾人國。」❸釵鈿：美人首飾，喻落花。徐夤薔薇詩：「晚風飄處似遺鈿。」❹窗槅：即窗。古人或稱窗爲槅子。❺蒙籠暗碧：謂綠葉成蔭也。郭璞遊仙詩：「綠蘿結高林，蒙籠蓋一山。」❻巾幘：布幘、頭巾。北史隋煬帝紀：「武官平巾幘袴褶。」❼一朵句：杜牧山石榴詩：「一朵佳人玉釵上。」❽潮汐：潮爲通稱。分言之，則早潮爲潮，晚潮爲汐。顏氏家訓歸心：「潮汐去還。」❾斷紅句：暗用紅葉題詩事。范攄雲溪友議：「盧渥舍人，應舉之歲，偶臨御溝，見一紅葉，命僕搴來，葉上乃有一絕句云：『水流何太急！深宮竟日閒；殷勤謝紅葉，好去到人間。』」

【集評】

周濟云：「『願春暫留，春歸如過翼，一去無迹。』十三字千回百折，千錘百鍊，以下乃鵬羽自逝。不說人惜花，却說花戀人；不從無花惜春，却從有花惜春；不惜已簪之殘英，偏惜欲去之斷紅。」（宋四家詞選）

陳廷焯云：「『為問花何在』，上文有『悵客裏光陰虛擲』之句，此處點醒題旨，既突兀、又綿密，妙只五字束住。下文反覆纏綿，更不糾纏一筆，却滿紙是羈愁抑鬱，且有許多不敢說處；言中有物，吞吐盡致。」（白雨齋詞話）

譚獻云：「『願春』二句，逆入平出，亦平入逆出。『為問』三句，搏兎用全力。『靜遶』三句，處處斷、處處連。『殘英』句，卽願春暫留也。『飄流』句，卽春歸如過翼也。末二句仍在逆挽，片玉所獨。」（譚評詞辨）

黃蓼園云：「自歎年老遠宦，意境落寞；借花起興，以下是花，是自己，比興無端，指與物化；奇情四溢，不可方物，人巧極而天工生矣！結處意致尤纏綿無已。」（蓼園詞選）

蔣敦復云：「清真『六醜』一詞，精深華妙，後來作者，罕能繼踪。」（芬陀利室詞話）

夏敬觀云：「一氣貫注，轉折處如『天馬行空』。所用虛字，無一不與文情相合。」（評清眞集）

滿庭芳 夏日溧水無想山❶作

風老鶯雛，雨肥梅子❷，午陰嘉樹清圓❸。地卑山近，衣潤費爐煙❹。人靜烏鳶自樂，小橋外、新綠濺濺❺。憑闌久，黃蘆苦竹，擬泛九江船❻。年年，如社燕❼，飄流瀚海❽，來寄修椽❾。且莫思身外，長近尊前❿。憔悴江南倦客，不堪聽、急管繁絃。歌筵畔，先安簟枕，容我醉時眠⓫。

【注釋】

❶溧水無想山：溧水在今江蘇溧水縣，作者於宋哲宗元祐八年，移官溧水令。無想山，疑在縣治後圃。❷風老二句：謂雛鶯在暖風中漸長，梅子受雨之滋潤而漸肥也。杜牧赴京初入汴口曉景卽事詩：「風蒲燕雛老。」杜甫游何將軍山林詩：「紅綻雨肥梅。」

❸嘉樹清圓：謂樹影既清晰又圓正也。嘉樹，佳木也。劉禹錫早夏郡中書事詩：「華堂對嘉樹。」❹衣潤句：謂衣服受潮容易生霉，須以爐香熏之也。❺新綠濺濺：新綠，一作新淥。濺濺：水急流聲。沈約早發定山詩：「歸海流漫漫，出浦水濺濺。」

❻黃蘆二句：謂面對欄干外之黃蘆苦竹，想起白居易謫居江州時之詩句，欲乘船追尋其蹤迹也。白居易琵琶行：「住近湓城地低溼，黃蘆苦竹繞宅生。」九江，卽江州。

❼社燕：江南一帶，燕每於春社日來，秋社日去，故稱社燕。❽瀚海：指西北大沙漠，以廣大如海而得名。唐貞觀初在漠北立瀚海都護府。❾修椽：卽長椽，爲燕子築巢處。❿莫思二句：杜甫漫與詩：「莫思身外無窮事，且盡生前有限杯。」⓫容我句：南史陶潛傳：「潛若先醉，便語客：『我醉欲眠卿可去。』其眞率如此。」

【集評】

沈際飛云：「『衣潤費爐煙』，景語也，景在『費』字。」（草堂詩餘正集）

許昂霄云：「通首疏快，實開南宋諸公之先聲。『人靜烏鳶樂』，杜句也；『黃蘆苦竹』，出香山琵琶行。」（詞綜偶評）

陳廷焯云「美成詞有前後若不相蒙者，正是頓挫之妙。如『滿庭芳』上半闋云：『人靜烏鳶自樂，小橋外新綠濺濺。凭闌久，黃蘆苦竹，擬泛九江船。』正擬縱樂矣；下忽接云：『年年如社燕，飄流瀚海，來寄修椽。且莫思身外，長近樽前。憔悴江南倦客，不堪聽急管繁絃。歌筵畔，先安枕簟，容我醉時眠。』是烏鳶雖樂，社燕自苦；九江之船，卒未嘗泛。此中有多少說不出處；或是依人之苦，或有患失之心，但說得雖哀怨却不激烈；沈鬱頓挫中別饒蘊藉。後人為詞，好作盡頭語，令人一覽無餘，有何趣味？」（白雨齋詞話）

黃蓼園云：「此必其出知順昌後作。前三句見春光已去。『地卑』至『九江船』，言其地之僻也。『年年』三句，見宦情如逆旅。『且莫思』句至末，寫其心之難遣也。末句妙於語言。」（蓼園詞選）

陳　洵云：「方喜嘉樹，旋苦地卑；正羨烏鳶，又懷蘆竹；人生苦樂萬變，年年為客，何時了乎！且莫思身外，則一齊放下。急管繁絃，徒增煩惱，固不如醉眠之自在耳。詞境靜穆，想見襟度，柳七所不能為也。」（海綃說詞）

少年遊

并刀❶如水，吳鹽❷勝雪，纖指破新橙。錦幄初溫，獸香❸不斷，相對坐調笙❹。低聲問：向誰行宿？城上已三更。馬滑霜濃，不如休去，直是❺少人行！

【注　釋】

❶并刀：指并州刀，以鋒利出名。杜甫戲題王宰畫山水圖歌：「焉得并州快剪刀，剪取吳松半江水。」并州，卽今山西太原。❷吳鹽：卽淮鹽，以精細潔白稱。李白梁園吟：「玉盤楊梅爲君設，吳鹽如花皎如雪。」❸獸香：獸爐所噴出之香氣。古時香爐多作獸形，煙自獸口逸出，故云。❹調笙：吹笙也。皇甫松夢江南詞：「雙髻坐吹笙。」❺直是：猶言總是。黃庭堅阮郎歸詞：「敎人直是疑。」

【集　評】

周　濟云：「此亦本色佳製也。本色至此便足，再過一分，便入山谷惡道矣。」（宋四家詞選）

譚　獻云：「麗極而清，清極而婉，然不可忽過『馬滑霜濃』四字。」（譚評詞辨）

西　河　金陵懷古

佳麗地❶，南朝盛事誰記？山圍故國，繞清江、髻鬟對起。怒濤寂寞打孤城❷，風檣遙度天際。　斷崖樹，猶倒倚，莫愁艇子曾繫❸。空餘❹舊迹鬱蒼蒼，霧沈半壘。夜深月過女牆來，傷心❺東望淮水。　酒旗戲鼓甚處市？想依稀、王謝鄰里。燕子不知何世，入尋常、巷陌人家❻，相對如說興亡，斜陽裏。

【注　釋】

❶佳麗地：指金陵。謝朓入朝曲：「江南佳麗地，金陵帝王州。」　❷山圍三句：劉禹錫金陵詩：「山圍故國周遭在，潮打空城寂寞回；淮水東邊舊時月，夜深還過女牆來。」❸莫愁句：古樂府莫愁樂：「莫愁在何處？住在石城西，艇子打兩槳，催送莫愁來。」莫愁，古女子。❹空餘：一作空遺。❺傷心：一作賞心，指賞心亭。景定建康志：「賞心亭在下水門城上，下臨秦淮，盡觀覽之勝。」　❻想依稀三句：劉禹錫烏衣巷詩：「朱雀橋邊野草花，烏衣巷口夕陽斜；舊時王謝堂前燕，飛入尋常百姓家。」

【集　評】

許昂霄云：「檃括唐句，渾然天成。『山圍故國繞清江』四句形勝，『莫愁艇子曾繫』三句古迹，『酒旗戲鼓甚處市』至末，目前景物」。(詞綜偶評)

三、南宋詞

李清照（一〇八四～一一四一）

號易安居士，濟南人。哲宗元符二年（一〇九九）嫁諸城趙挺之子明誠為妻，時年十九歲，清照與明誠皆能文詞，嘗屏居鄉里十年，儲積經籍及三代鼎彝書畫，兩人共同校勘，誦讀唱和，樂在聲色狗馬之上。靖康建炎間，避兵轉徙，所藏盡失。明誠旋以疾卒，時清照年已五十。無子女，孑然一身，卜居金華以終。所為詩文，超俊有奇氣，惜作品多散佚。詞集名漱玉詞，出於後人掇拾，所存不過五之一而已。

如夢令

昨夜雨疏風驟，濃睡不消殘酒。試問捲簾人，卻道海棠依舊❶。知否？知否？應是綠肥紅瘦❷。

【注　釋】

❶昨夜四句：韓偓懶起詩：「昨夜三更雨，臨明一陣寒；海棠花在否？側臥卷簾看。」捲簾人，指侍女。❷綠肥紅瘦：謂花瘦葉肥。綠指葉，紅指花。

【集　評】

胡仔云：「近時婦人能文詞如李易安，頗多佳句。小詞云：『綠肥紅瘦。』此語甚新。」(苕溪漁隱叢話)

黃蓼園云：「一問極有情，答以『依舊』，答得極澹，跌出『知否』二句來。而『綠肥紅瘦』，無限淒婉，卻又妙在含蓄。短幅中藏無數曲折，自是聖於詞者。」(蓼園詞選)

一剪梅

紅藕香殘玉簟❶秋。輕解羅裳，獨上蘭舟。雲中誰寄錦書來？雁字回時，月滿西樓❷。花自飄零水自流。一種相思，兩處閒愁。此情無計可消除，才下眉頭，卻上心頭❸。

【注　釋】

❶玉簟：竹席之美稱。❷雁字二句：夏寶松斷句：「雁飛南浦砧初斷，月滿西樓酒半

醒。」雁字，羣雁之行列；因其形狀如字而得名。❸此情三句：范仲淹御街行詞：「都來此事，眉間心上，無計相廻避。」

【集　評】

伊世珍云：「趙明誠、易安結褵未久，明誠卽負笈遠遊，易安殊不忍別，覓錦帕，書一翦梅以送之。」（瑯環記）

武陵春

風住塵香花已盡，日晚倦梳頭。物是人非事事休，欲語淚先流。聞說雙溪❶春尚好，也擬泛輕舟。只恐雙溪舴艋舟❷，載不動許多愁。

【注　釋】

❶雙溪：在浙江金華，因東港、南港二溪合流得名。俞正燮癸巳類稿云：「易安於高宗紹興四年，避亂居金華。」❷舴艋舟：小船。藝文類聚引宋元嘉起居注云：「餘姚令何玢之作舴艋一艘，精麗過常。」

【集　評】

鄭騫云：「此詞有淒婉之致，論易安詞者每喜擧之；然『物是人非』兩語過於淺俗，在

易安集中非上乘也。」(詞選)

醉花陰

薄霧濃雲愁永晝，瑞腦消金獸❶。佳節又重陽，玉枕紗廚❷，半夜涼初透。東籬❸把酒黃昏後，有暗香盈袖。莫道不銷魂❹，簾捲西風，人比黃花❺瘦。

【注　釋】

❶瑞腦句：謂爐香漸消。瑞腦，香料名，一名龍瑞腦。消，一作噴。金獸，獸形之銅製香爐。❷玉枕紗廚：玉枕或作寶枕；謂綴玉嵌磁之枕。紗廚，卽紗幮；以木作架，蒙以綠紗，夏月張以避蚊，又稱碧紗幮；亦名蚊幮。❸東籬：指種菊之處。陶潛飲酒詩：「採菊東籬下，悠然見南山。」❹銷魂：謂人因離別而傷情，若魂將離體而去。江淹別賦：「黯然銷魂者，唯別而已矣。」❺黃花：菊花也。李嶠菊詩：「黃花今日晚，無復白衣來。」

【集　評】

胡仔云：「『簾捲西風，人似黃花瘦』。此語亦婦人所難到也。」(苕溪漁隱叢話)

伊世珍云：「易安以重陽醉花陰詞致明誠。明誠嘆賞，自愧弗逮，務欲勝之，一切謝客，忘食忘寢者三日夜，得五十闋，雜易安作以示友人陸德夫。德夫玩之再三，曰：『只

三句絕佳。』明誠詰之，答曰：『莫道不消魂，簾捲西風，人似黃花瘦。』政易安作也。」（瑯環記）

柴虎臣云：「語情則紅雨飛愁，黃花比瘦，可謂雅暢。」（古今詞論）

陳廷焯云：「深情苦調，元人詞曲往往宗之。」（白雨齋詞話）

聲聲慢

尋尋覓覓，冷冷清清，悽悽慘慘戚戚。乍暖還寒時候，最難將息❶。三杯兩盞淡酒，怎敵他、晚來風急。雁過也，最傷心，卻是舊時相識。滿地黃花堆積。悴憔損、如今有誰堪摘？守着窗兒，獨自怎生得黑？梧桐更兼細雨，到黃昏、點點滴滴。這次第❷，怎一箇愁字了得？

【注　釋】

❶將息：排遣調息。王建寄劉蕡問疾詩：「年少病多應爲酒，誰家將息過新春。」❷次第：猶言情形、光景。劉禹錫寄楊八壽州詩：「聖朝方用敢言者，次第應須舊諫臣。」

【集　評】

羅大經云：「近時李易安詞云：『尋尋覓覓，冷冷清清，淒淒慘慘戚戚。』起頭連疊七字，以一婦人乃能創意出奇如此！」（鶴林玉露）

張端義云：「此乃公孫大娘舞劍手，本朝非無能詞之士，未曾有一下十四疊字者，用文選諸賦格。後疊又云：『梧桐更兼細雨，到黃昏、點點滴滴。』又使疊字，俱無斧鑿痕。更有一奇字云：『守著窗兒，獨自怎生得黑？』『黑』字不許第二人押。婦人中有此文筆，殆間氣也。」（貴耳集）

萬樹云：「此遒逸之氣，如生龍活虎，非描塑可擬。其用字奇橫而不妨音律，故卓絕千古，人若不見才而故學其筆，則未免類狗矣。」（詞律）

劉體仁云：「易安居士：『最難將息，』『怎一個愁字了得？』深妙穩雅，不落蒜酪，亦不落絕句，真此道本色當行第一人也。」（七頌堂詞繹）

周濟云：「雙聲疊韻字，要著意布置，有宜雙不宜疊，宜疊不宜雙處；重字則既雙又疊，尤宜斟酌。如李易安之『淒淒慘慘戚戚』，三疊韻，六雙聲，是鍛鍊出來，非偶然拈得也。」（介存齋詞選序論）

許昂霄云：「易安此詞，頗帶傖氣，而昔人極口稱之，殆不可解。」（詞綜偶評）

陳廷焯云：「後幅一片神行，愈唱愈妙。」（白雨齋詞話）

凰鳳臺上憶吹簫

香冷金猊❶，被翻紅浪❷，起來慵自梳頭。任寶奩❸塵滿，日上簾鈎。生怕離懷別苦，多少事、欲說還休。新來瘦，非干病酒，不是悲秋。休休❹。這回去也，千萬遍陽關❺，也則難留。念武陵人❻遠，煙鎖秦樓❼。惟有樓前流水，應念我、終日凝眸。凝眸處，從今又添，一段新愁。

【注　釋】

❶金猊：塗金或銅製之獅形香爐。猊，狻猊，卽獅子。❷被翻紅浪：謂紅錦被亂攤於牀上，其皺如一起一伏之波浪也。柳永鳳棲梧詞：「鴛鴦繡被翻紅浪。」❸寶奩：女子華美之鏡匣。李商隱垂柳詩：「寶奩抛擲久，一任景陽鐘。」❹休休：卽戲劇中「罷罷」之口吻。❺陽關：卽陽關曲，亦稱陽關三疊，源出王維送元二使安西詩，後歌入樂府，遂成通行之送別曲。❻武陵人：用陶潛桃花源記中武陵人發現世外桃源之故事，喻指所想念之人在遙遠之所在。❼秦樓：借指自己所居之妝樓。杜牧梅詩「若在秦樓畔，堪爲弄玉媒。」

【集　評】

李攀龍云：「寫其一腔臨別心神，新瘦新愁，真如秦女樓頭，聲聲有和鳴之奏。」（草堂詩餘雋）

張祖堂云：「『惟有樓前流水，應念我，終日凝眸。』癡語也。如巧匠運斤，毫無痕迹。」（古今詞話引）

陳廷焯云：「『新來瘦』三語，婉轉曲折，煞是妙絕。」（白雨齋詞話）

朱敦儒

字希真，號巖壑，洛陽人。志行高潔，屢辭薦辟。紹興初，臺諫言其深達治體，有經世才，召爲迪功郎，旣至，奏對稱旨，賜進士。曾任兩浙東路提點刑獄。後罷官，居浙江嘉興。敦儒工詩及樂府，婉麗清暢，著有巖壑老人詩文集及樵歌。

鷓鴣天

我是清都山水郎❶，天教懶慢帶疏狂❷。曾批給露支風敕❸，累奏留雲借月章❹。詩萬首，酒千觴，幾曾着眼看侯王？玉樓金闕慵歸去，且插梅花醉洛陽。

【注釋】

❶清都山水郎：天上管理山水的郎官。清都，傳說中天帝的宮闕。❷疏狂：狂放不受拘束。❸敕：皇帝的詔命。❹章：奏章。

卜算子

旅雁向南飛❶，風雨羣相失。飢渴辛勤兩垂翅，獨下寒汀❷立。鷗鷺苦難親，矰繳③憂相逼。雲海茫茫無處歸，誰聽哀鳴急？

【注　釋】

❶旅雁句：宋之問題大庾嶺北驛詩：「陽月南雁飛。」旅雁，羣雁。❷汀：音聽，指水岸平處。說文：「汀，平也」。❸矰繳：矰，短箭。繳，以生絲繫矢而射，亦稱弋射。李白鳴雁行：「畏逢矰繳驚相呼。」

相見歡

金陵城上西樓，倚清秋❶。萬里夕陽垂地，大江流❷。　中原亂，簪纓❸散，幾時收？試倩悲風吹淚，過揚州❹。

【注　釋】

❶倚清秋：謂於清秋時節，倚樓西望。❷大江流：謝朓暫使下都夜發新林至京邑贈西府同僚詩：「大江流日夜，客心悲未央。」❸簪纓：貴人之冠飾，喻高官顯宦。南史王弘傳論：「簪纓不替。」❹揚州：當時屬南宋之前方，宋南渡時屢經兵亂，過此即為淪陷區。

好事近

搖首出紅塵❶，醒醉更無時節。活計綠蓑青笠❷，慣披霜衝雪。晚來風定釣絲閒，上下是新月。千里水天一色，看孤鴻明滅。

【注釋】

❶紅塵：繁華塵世。在此指官場。❷活計句：謂以打魚爲生計也。活計，一作生計。綠蓑青笠，爲漁人之裝具。張志和漁歌子：「青箬笠，綠蓑衣，斜風細雨不須歸。」

岳飛（一一〇三～一一四一）

字鵬擧，相州湯陰人。少負氣節，家貧力學，好左氏春秋、孫吳兵法。宣和中，以敢戰士應募，隸留守宗澤部下。以屢破金兵，高宗手書「精忠岳飛」四字，製旗以賜之。後大破金兵於朱仙鎮，欲指日渡河，時秦檜力主和議，乃一日降十二金字牌召飛還，復諷万俟卨等劾之，被捕下獄死，時年三十九。孝宗立，詔復飛官，以禮改葬，諡武穆。寧宗時，追封鄂王，改諡忠武。飛兼工詩詞，自抒懷抱，惜傳作不多。

滿江紅

怒髮衝冠❶，憑闌處、瀟瀟雨歇。擡望眼、仰天長嘯，壯懷激烈。三十功名塵與土，八千里路雲和月。莫等閒❷、白了少年頭，空悲切。靖康恥❸，猶未雪。臣子恨，何時滅？駕長車、踏破賀蘭山❹缺。壯志飢餐胡虜肉，笑談渴飲匈奴血。待從頭、收拾舊山河，朝天闕❺。

【注　釋】

❶怒髮衝冠：謂悲憤至極，使髮皆上指，欲衝去帽冠。史記廉頗藺相如傳：「怒，髮上衝冠。」❷等閒：猶言輕易、隨便。皮日休襄州春遊詩：「等閒遇事成歌詠，取次銜筵隱姓名。」❸靖康恥：宋欽宗靖康二年（一一二七）金兵寇中原，破汴京，虜徽、欽二帝北去，囚於五國城，此宋之奇恥大辱。❹賀蘭山：在今寧夏省寧夏縣西，時爲金人所佔領。元和郡縣志：「賀蘭山，樹木青白，望如駮馬，北人呼駮馬曰賀蘭，故以此名。」❺朝天闕：謂朝覲帝都。韓愈贈刑部馬侍郎詩：「暫從相公平小寇，便歸天闕致康時。」天闕，指天子所居。

【集　評】

陳廷焯云　「何等氣概，何等志向！千載後讀之，凜凜有生氣焉；『莫等閒』二語，當為千古箴銘。」（白雨齋詞話）

沈天羽云：「膽量、意見、文章悉無今古。」又云：「有此願力，是大聖賢，大菩薩。」（草堂詩餘正集）

劉體仁云：「詞有與古詩同義者：『瀟瀟雨歇』，易水之歌也。」（七頌堂詞繹）

張孝祥（一一三三～一一七〇）

字安國，號于湖居士，和州烏江人。少聰敏，讀書過目不忘。紹興二十四年（一一五四）進士，廷試第一。官至顯謨閣直學士。致仕，卒，年三十八。孝祥歷官所至，皆有政聲，惜享年不永，時論痛之。有于湖詞傳世。

六州歌頭

長淮❶望斷，關塞莽然❷平。征塵暗，霜風勁，悄邊聲。黯銷凝❸。追想當年事，殆天數，非人力，洙泗❹上，絃歌地，亦羶腥。隔水氈鄉❺，落日牛羊下❻，區區脫❼縱橫。看名王❽宵獵，騎火一川明。笳鼓悲鳴。遣人驚。念腰間箭，匣中劍，空埃蠹❾，竟何成。時易失，心徒壯，歲將零，渺神京❿。干羽方懷遠⓫，靜烽燧⓬，且休兵。冠蓋使⓭，紛馳鶩，若爲情。聞道中原遺老，常南望、翠葆霓旌⓮。使行人到此，忠憤氣塡膺⓯。有淚如傾。

【注釋】

❶淮：卽淮河。淮上一帶在當時爲北方邊境，必須固守，否則北騎臨江矣。❷關塞莽

然：謂邊關草木深密，一片荒凉也。莽然，草木茂密貌。❸黯銷凝：謂黯然出神。銷凝，感懷傷神之意。柳永夜半樂詞：「對此佳景，頓覺銷凝，惹成愁緒。」❹洙泗：魯二水名，春秋時孔子曾設敎傳道於其間，後因指孔子故鄉。禮記檀弓上：「吾與汝事夫子於洙泗之間。」❺氈鄉：指胡人之所居。以胡人多衣氈裘，宿氈帳，故云。❻落日句：詩經王風君子于役：「日之夕矣，羊牛下來。」❼區脫：指胡人所築土室，用以偵察斥候。區，音甌。❽名王：指金人之君王或將帥。漢書終軍傳：「越地及匈奴名王有率衆來降者。」漢書匈奴傳：「虜名王貴人以百數。」❾埃蠹：謂塵封蟲蛀，卽武器棄置不用之意。❿神京：指汴京，在今河南開封。⓫干羽句：謂朝廷正以禮樂文化懷柔遠方。干，盾牌；羽，翟羽，卽雉鷄毛；皆舞者所執。⓬烽燧：卽烽火。漢書賈誼傳：「斥候望烽燧不得臥。」⓭冠蓋使：指使臣。冠蓋，仕宦者之衣冠與車馬。⓮翠葆霓旌：指天子之車駕。翠葆，翠羽爲飾之車蓋；霓旌，五采之旌旗。⓯塡膺：充滿胸懷之謂。江淹恨賦：「置酒欲飲，悲來塡膺。」

【集評】

陳廷焯云：「淋漓痛快，筆飽墨酣，讀之令人起舞；惟『忠憤氣塡膺』一句提明，轉淺轉顯，轉無餘味，或亦聳當途之聽，出於不得已耶？」（白雨齋詞話）

唐圭璋云：「此首傷時事，在建康留守席上作。上片寫陷落區域之景象，下片抒個人忠憤。」（唐宋詞簡釋）

陸游（一一二五～一二〇九）

字務觀，號放翁，越州山陰（今浙江紹興）人。年十二，能詩文，蔭補登仕郎。二十九歲應舉進士，名列秦檜孫秦塤𤰈之前，為檜所嫉而黜之。檜死，始為福建寧德主簿。王炎撫川陝，辟為幹辦公事。范成大帥蜀，任參議官，以文字交，不拘禮法。紹熙元年，遷禮部郎中，後以寶章閣待制致仕。游才氣超逸，尤長於詩，為南宋四大家之一。其詩清新刻露，而出於圓潤；且愛國之心，至死不渝，後世目之為愛國詩人。有劍南詩稿、渭南文集傳世。

釵頭鳳❶

紅酥手❷，黃縢酒❸，滿城春色宮牆柳。東風惡，歡情薄。一懷愁緒，幾年離索❹。錯！錯！錯！　春如舊，人空瘦，淚痕紅浥鮫綃透❺。桃花落，閒池閣。山盟❻雖在，錦書難託。莫！莫！莫❼！

【注　釋】

❶釵頭鳳：周密齊東野語：「陸務觀初娶唐氏，閎之女也，於其母夫人爲姑姪。伉儷相得而弗獲於其姑，既出而未忍絕之，則爲別館，時時往焉。姑知而掩之，雖先知挈去，然事不得隱，竟絕之，亦人倫之變也。唐後改適同郡宗子士程。嘗以春日出游，相遇於

禹跡寺南之沈氏園。唐以語趙，遣致酒餚。翁悵然久之，爲賦釵頭鳳一詞，題園壁間。實紹興乙亥歲（一一五五）也。」歷代詩餘卷一百十八引夸娥主人：「陸放翁娶婦，琴瑟甚和，而不當母夫人意，遂至解褵。然猶餽遺殷勤，嘗貯酒贈陸，陸謝以詞，有『東風惡，歡情薄』之句，蓋寄聲釵頭鳳也。婦亦答詞云：『世情薄，人情惡，雨送黃昏花易落。曉風乾，淚痕殘。欲箋心事，獨語斜闌。難！難！難！人成各，今非昨，病魂常似秋千索。角聲寒，夜闌珊。怕人尋問，咽淚妝歡。瞞！瞞！瞞！』未幾，以愁怨死。」❷紅酥手：謂手紅潤細嫩。❸黃縢酒：酒名，卽黃封酒，爲官酒之一種。一說卽藤黃，狀酒之顏色，與上「紅酥」對偶。❹離索：離羣索居，卽分散之意。❺淚痕句：謂手絹爲胭脂與眼淚所濕透。浥，沾濕。鮫綃：絲織之手帕。❻山盟：舊日之誓約。古人重信義，凡盟誓，乃指如山岳之不可移易，故云山盟。❼莫：猶口語云「罷了罷了」，表示絕望之意。

【集評】

毛晉云：「放翁詠釵頭鳳一事，孝義兼摯，更有一種啼笑不敢之情於筆墨之外，令人不能竟讀。」（詞林紀事引）

訴衷情

當年萬里覓封侯❶，匹馬戍梁州❷。關河夢斷何處❸？塵暗舊貂裘❹。胡未滅，鬢先秋❺，淚空流。此生誰料，心在天山❻，身老滄洲❼！

【注　釋】

❶萬里覓封侯：謂遠赴邊疆覓取建功立業之機會。後漢書班超傳：「少有大志，嘗投筆歎曰：『大丈夫無他志略，猶當效傅介子、張騫，立功異域，以取封侯，安能久事筆硯間乎？』」❷戍梁州：作者於乾道八年（一一七二）四十八歲時在漢中任四川宣撫使司幹辦公事兼檢法官，旋改除成都府安撫司參議官。古梁州當今陝西漢中一帶，以梁山而得名。此處指南鄭。❸關河句：謂立功邊陲之夢成空，無可追尋。關河，卽關塞、河防。此處指梁州。❹塵暗句：謂長期投閒置散，英雄無用武之地。戰國策秦策：「（蘇秦）說秦王書十上，而說不行。黑貂之裘弊，黃金百斤盡，資用乏絕，去秦而歸。」❺鬢先秋：謂鬢髮早白，一如秋霜。❻天山：卽祁連山。漢書武帝紀：「貳師將軍三萬騎出酒泉，與右賢王戰於天山。」顏師古注：「卽祁連山也。匈奴謂天爲祁連，今鮮卑語尚然。」❼滄州：猶言江湖，喻高士隱遁之處。謝朓之宣城出新林浦向板橋詩：「既懽懷祿情，復協滄州趣。」

卜算子　詠梅

驛外斷橋邊，寂寞開無主。已是黃昏獨自愁，更著風和雨。無意苦爭春，一任羣芳妒。零落成泥碾作塵，只有香如故❶。

【注　釋】

❶零落二句：作者言懷詩：「蘭碎作香塵，竹裂成直紋。」

【集　評】

卓人月云：「末句想見勁節。」(詞統)

唐圭璋云：「此首詠梅，取神不取貌，梅之高格勁節，皆能顯出。詠梅卽以自喻，與東坡詠鴻同意。東坡放翁，固皆為忱鬱勃，念念不忘君國之人也。」(唐宋詞簡釋)

辛棄疾(一一四〇～一二〇七)

字幼安，自號稼軒居士，齊之歷城人。紹興三十二年(一一六二)歸宋，授承務郎。孝宗時，歷任江西、湖北、湖南等路安撫使，屢以平盜、賑災立功。後以言者論列落職。寧宗時，起知紹興府，改鎮江，整頓鹽政、農政，皆著有成效。後詔除樞密都承旨，未受命，大呼殺敵數聲而卒，享年六十八歲。棄疾志切國讎，耿耿精忠，白首不衰；然以讒擯銷沮，在南渡後，強半閒廢，不為時用，於是自詭林泉，將一腔忠憤全寄於詞上，悲壯激烈，於剪紅刻翠外，別立一宗。有稼軒詞傳世。

水龍吟　登建康賞心亭❶

楚天千里清秋，水隨天去秋無際。遙岑遠目❷，獻愁供恨，玉簪螺髻❸。落日樓頭，斷鴻聲裏，江南遊子。把吳鈎❹看了，闌干拍遍，無人會，登臨意。休說鱸魚堪膾，儘西風、季鷹歸未❺？求田問舍，怕應羞見，劉郎才氣❻。可惜流年，憂愁風雨，樹猶如此❼。倩何人、喚取紅巾翠袖❽，搵英雄淚。

【注釋】

❶建康賞心亭：景定建康志卷二十二：「賞心亭在下水門之城上，下臨秦淮，盡觀覽之勝，丁晉公謂建。」建康，卽今南京。❷遙岑遠目：謂極目遙山。韓愈城南聯句：「遙岑出寸碧，遠目增雙明。」❸玉簪螺髻：謂尖形之山如玉簪、圓形之山如螺髻。韓愈送桂州嚴大夫詩：「水作青羅帶，山如碧玉篸。」篸，卽簪。皮日休縹緲峰詩：「似將青螺髻，撒在月明中。」❹吳鈎：刀名，似劍而曲。杜甫後出塞詩：「少年別有贈，含笑看吳鈎。」❺休說三句：世說新語識鑒：「張季鷹(翰)辟齊王東曹掾，在洛，見秋風起，因思吳中菰菜、蓴羹、鱸魚膾，曰：『人生貴得適意爾，何能羈宦數千里以要名爵？』遂命駕便歸。俄而齊王敗，時人皆謂爲見機。」儘，極也，盡也。❻求田三句：三國志魏書陳登傳：「許汜與劉備共在荊州牧劉表坐，表與備共論天下人，汜曰：『陳元龍湖海之士，豪氣不除。』備問汜：『君言豪，寧有事耶？』汜曰：『昔遭亂，過下邳，見元龍，元龍無客主之意，久不相與語，自上大牀臥，使客臥下牀。』備曰：『君有國士之名，今天下大亂，帝王失所，望君憂國忘家，有救世之意，而君求田問舍，言無可采，是元龍所諱也，何緣與君語！如小人，欲臥百尺樓上，臥君於地，何但上下牀之間耶！』劉郎，卽劉備。❼樹猶如此：世說新語言語：「桓公(溫)北征，經

金城，見前爲琅邪時種柳，皆已十圍，慨然曰：『木猶如此，人何以堪？』攀枝執條，泫然流涕。」 ❽紅巾翠袖：女子妝飾，以代美人。

【集　評】

陳廷焯云：「落落數語，不數王粲登樓賦。」（白雨齋詞話）

譚　獻云：「裂竹之聲，何嘗不潛氣內轉？」（譚評詞辨）

梁啓超云：「詞中『落日樓頭，斷鴻聲裏，江南游子。把吳鉤看了，欄干拍徧，無人會，登臨意』及『倩何人、喚取盈盈翠袖，揾英雄淚。』等語，確是滿腹經綸，在羈旅落托，或下僚沉滯中，勃鬱一吐情狀。」（辛稼軒先生年譜）

永遇樂　京口北固亭❶懷古

千古江山，英雄無覓，孫仲謀處❷。舞榭歌臺，風流總被，雨打風吹去。斜陽草樹，尋常巷陌，人道寄奴❸曾住。想當年、金戈鐵馬，氣吞萬里如虎❹。　元嘉草草，封狼居胥，贏得倉皇北顧❺。四十三年，望中猶記，烽火揚州路❻。可堪回首，佛貍祠❼下，一片神鴉社鼓❽。憑誰問，廉頗老矣，尚能飯否❾？

【注　釋】

❶京口北固亭：京口，即今江蘇鎮江。北固亭在鎮江東北北固山上，面臨長江；亦名北顧亭。 ❷英雄二句：謂無處覓如孫仲謀之英雄人物。孫仲謀卽孫權，三國時吳帝，都

建業，始於丹徒縣置京口鎮。❸寄奴：南朝宋武帝劉裕之小字。裕自高祖隨晉渡江，卽居於晉陵郡丹徒縣之京口里。❹想當年二句：謂劉裕領兵北伐，馳騁於中原萬里之地，以其強兵壯馬，先後滅南燕、後秦，光復洛陽、長安，氣吞胡虜，壯如猛虎。❺元嘉三句：謂宋文帝劉義隆不能繼承父業，徒然好大喜功，以致北伐慘敗，見北方之追兵而慌張失色。元嘉，南朝宋文帝年號。草草，草率之意。封狼居胥，用漢霍去病追擊匈奴，至狼居胥，封山而還事，以喻北伐。倉皇，匆促驚慌貌。北顧，北望。宋書王玄謨傳：「玄謨每陳北侵之策，上謂殷景仁曰：『聞玄謨陳說，使人有封狼居胥意。』」宋書索虜傳：「(元嘉八年)上以滑臺戰守彌時，遂至陷沒，乃作詩曰：『惆悵懼遷逝，北顧涕交流。』」❻四十三年三句：稼軒於紹興三十二年(一一六二)率衆南歸，正值金主亮大舉南侵，烽火瀰漫揚州一帶，至開禧元年(一二〇五)出守京口，恰爲四十三年。❼佛貍祠：後魏太武帝小字佛貍，於敗王玄謨後，引兵南下，直抵長江，且在瓜步山上建立行宮，卽後之佛貍祠。陸游入蜀記：「瓜步山蜿延蟠伏，臨江起小峰，頗巉峻，絕頂有元魏(卽後魏)太武廟。」❽一片句：謂烏鴉之鳴聲與鼓聲響成一片。比喻香火旺盛。❾憑誰問三句：史記廉頗傳：「廉頗居梁，久之，魏不能信用。趙以數困於秦兵，趙王思復得廉頗，廉頗亦思復用於趙。趙王使者視廉頗尚可用否，廉頗之仇郭開多與使者金，令毀之。趙使者既見廉頗。廉頗爲之一飯斗米，肉十斤，被甲上馬，以示尚可用。趙使還報王曰：『廉將軍雖老，尚善飯，然與臣坐頃之，三遺矢矣。』趙王以爲老，遂不召。」

【集　評】

楊　愼云：「辛詞，當以京口北固亭懷古永遇樂為第一。」（詞品）

先　著云：「發端便欲涕落，後段一氣奔注，筆不得遏。廉頗自擬，慷慨壯懷，如聞其聲。謂此詞用人名多者，尚是不解詞味。」（詞潔）

周　濟云：「有英主則可以隆中興，此是正說；英主必起草澤，此是反說。」又云：「繼世圖功，前車如此。」（宋四家詞選）

陳廷焯云：「句句有金石聲音，吾怖其神力。」（白雨齋詞話）

繼　昌云：「此闋悲壯蒼涼，極詠古能事。」（左庵詞話）

南鄉子　登京口北固亭有懷

何處望神州❶？滿眼風光北固樓。千古興亡多少事？悠悠。不盡長江滾滾流。

年少萬兜鍪❷，坐斷東南戰未休❸。天下英雄誰敵手？曹劉❹。生子當如孫仲謀❺。

【注釋】

❶神州：本指中國，此處借指中原淪陷地區。❷年少句：年少，指孫權，他繼承孫策為吳主時年僅十九歲。萬兜鍪，是說他統率強大軍隊。兜鍪即頭盔，借指士兵。❸坐斷東南戰未休：守住東南地區，不斷地和敵人作戰。❹曹劉：曹操和劉備。❺生子當如孫仲謀：三國志孫權傳引吳歷的記載說，曹操見了東吳器仗，軍伍整肅，喟然嘆

曰：「生子當如孫仲謀，劉景升兒子（劉琮）若豚犬耳。」仲謀，孫權字。

摸魚兒

淳熙己亥自湖北漕移湖南❶，同官王正之置酒小山亭❷，爲賦。

更能消❸、幾番風雨，匆匆春又歸去。惜春長怕花開早，何況落紅無數。春且住，見說道、天涯芳草無歸路。怨春不語。算只有殷勤，畫檐蛛網，盡日惹飛絮。長門事，準擬佳期又誤，蛾眉曾有人妒。千金縱買相如賦，脈脈此情誰訴❹？君莫舞，君不見、玉環飛燕❺皆塵土。閒愁最苦。休去倚危闌，斜陽正在，煙柳斷腸處。

【注釋】

❶淳熙：淳熙己亥，卽孝宗淳熙六年（一一七九），時稼軒四十歲，由湖北轉運副使調任湖南。漕，轉運副使之簡稱。❷同官句：王正之，名正己，浙江鄞縣人，時任湖北轉運副使。小山亭，在湖北轉運司衙門內。❸消，消受、禁得、經得起。❹長門五句：司長相如長門賦序：「孝武皇帝陳皇后時得幸，頗妒，別在長門宮，愁悶悲思。聞蜀郡成都司馬相如天下工爲文，奉黃金百斤爲相如文君取酒，因於解悲愁之辭，而相如爲文以悟主上，陳皇后復得親幸。」❺玉環飛燕：玉環，卽楊貴妃，安祿山亂起，賜死於馬嵬坡。飛燕，卽趙飛燕，漢成帝后，後廢爲庶人，自殺。二人皆以善妒出名。蘇

軾孫莘老求墨妙亭詩：「短長肥瘦各有態，玉環飛燕誰敢憎？」

【集　評】

羅大經云：「辛幼安晚春詞：『更能消幾番風雨』云云，詞意殊怨。『斜陽煙柳』之句，其與『未須愁日暮，天際乍輕陰』者異矣。使在漢、唐時，寧不賈種豆、種桃之禍哉？愚聞壽皇見此詞，頗不悅，然終不加罪，可謂至德也已。」（鶴林玉露）

許昂霄云：「『春且住』二句，是留春之辭；結句即義山『夕陽無限好，只是近黃昏』之意。斜陽以喻君也。」（詞綜偶評）

陳廷焯云：「『更能消幾番風雨』一章，詞意殊怨，然姿態飛動，極沈鬱頓挫之致。起處『更能消』三字，是從千回萬轉後倒折出來，真是有力如虎。」又云：「怨而怒矣！然沈鬱頓宕，筆勢飛舞，千古所無。『春且住』三字一喝，怒甚。結得愈淒涼，愈悲鬱。」（白雨齋詞話）

黃蓼園云：「辭意似過於激切，第南渡之初，危如累卵，『斜陽』句亦危言聳聽之意耳。持重者多危詞，赤心人少甘語，亦可以諒其志哉！」（蓼園詞選）

譚　獻云：「權奇倜儻，純用太白樂府詩法。『見說道』句是開，『君不見』句是合。」（譚評詞辨）

王闓運云：「『算只有』三句，是指張浚、秦檜一流人。」（湘綺樓詞選）

賀　新　郎

別茂嘉十二弟❶。鵜鴂、杜鵑實兩種，見離騷補注❷。

綠樹聽鵜鴂。更那堪、鷓鴣聲住，杜鵑聲切。啼到春歸無尋處，苦恨芳菲都歇❸。算未抵、人間離別。馬上琵琶關塞黑❹，更長門、翠輦辭金闕❺。看燕燕，送歸妾❻。將軍百戰身名裂。向河梁、回頭萬里，故人長絕❼。易水蕭蕭西風冷，滿座衣冠似雪。正壯士、悲歌未徹❽。啼鳥還❾知如許恨，料不啼清淚長啼血。誰共我，醉明月。

【注　釋】

❶茂嘉十二弟：稼軒族弟，事跡無考。劉過有「送辛稼軒弟赴桂林官」之沁園春詞，疑即此人。❷鵜鴂二句：洪興祖離騷補註：「禽經云：『巂周，子規也。江介曰子規，蜀右曰杜宇，又曰鵜鴂，鳴而草衰。』註云：『鵜鴂，爾雅謂之鵙，左傳謂之伯趙。』然則子規、鵜鴂二物也。」❸芳非都歇：廣韻：「鵜鴂，鳥名。關西曰巧婦，關東曰鶪鴂，春分鳴則衆芳生，秋分鳴則衆芳歇。」芳非，香花。❹馬上句：暗用昭君出塞事。石崇樂府王明君辭序：「昔公主嫁烏孫，令琵琶馬上作樂，以慰其道路之思，其送明君，亦必爾也。」❺長門句：鄧廣銘稼軒詞編年箋注：「漢武帝時陳皇后失寵，退居長門宮。此處蓋仍承上句意，謂王昭君自冷宮出而辭別漢闕也。」❻看燕燕二句：詩經邶風燕燕毛傳：「燕燕，衞莊姜送歸妾也。」❼將軍三句：用李陵事。漢李陵數與匈奴苦戰，力屈而終降匈奴，遂致身敗名裂。李陵在匈奴，爲送蘇武歸漢，歌詩曰：「攜手上河梁，遊子暮何之？」❽易水三句：用荆軻事。史記荆軻傳：「尊荆卿爲上卿，舍

上舍。久之，遂發。太子及賓客知其事者，皆白衣冠以送之。至易水之上，既祖，取道，高漸離擊筑，荊軻和而歌，爲變徵之聲，士皆垂淚涕泣。又前而歌曰：『風蕭蕭兮易水寒，壯士一去兮不復還。』復爲羽聲慷慨，士皆瞋目，髮盡上指冠。」❾還：倘，如果。蘇軾虞美人詞：「君還知道相思苦，怎忍拋奴去。」

【集評】

許昂霄云：「羅列古人許多離別，如讀文通別賦，亦創格也。」（詞綜偶評）

陳廷焯云：「稼軒詞自以賀新郎一篇為冠；沈鬱蒼涼，跳躍動盪，古今無此筆力。」（白雨齋詞話）

王國維云：「稼軒賀新郎詞送茂嘉十二弟，章法絕妙，且語語有境界，此能品而幾於神者；然非有意為之，故後人不能學也。」（人間詞話）

劉永濟云：「稼軒此詞列舉別恨數事，打破前人前後闋成規，與義山詠淚七律正復相似。」（讀辛稼軒送茂嘉十二之賀新郎詞書後）

醜奴兒　書博山❶道中壁

少年不識愁滋味，愛上層樓❷。愛上層樓，爲賦新詞強說愁。而今識盡愁滋味，欲說還休❸。欲說還休，卻道天涼好箇秋！

【注　釋】

❶博山：輿地紀勝：「博山在永豐西二十里，古名通元峯，以形似廬山玉爐峰，故改今名。」❷層樓：高樓。王融三月三日曲水詩序：「層樓間起。」❸欲說還休：李清照鳳凰臺上憶吹簫詞：「生怕離懷別苦，多少事欲說還休。」

【集　評】

胡雲翼云：「這首詞前後段裏愁字的含義是有區別的，前者指的是春花秋月的閑愁，後者指的是關懷國事、懷才不遇所引起的哀愁。」(宋詞選註)

青玉案 元夕

東風夜放花千樹❶，更吹落、星如雨❷。寶馬雕車香滿路。鳳簫聲動，玉壺光轉❸，一夜魚龍舞❹。娥兒雪柳黃金縷❺，笑語盈盈暗香去。眾裏尋他千百度。驀然迴首，那人卻在，燈火闌珊處❻。

【注　釋】

❶花千樹：喻燈火之多如千樹花開。張鷟朝野僉載：「正月十五、十六、十七夜，京師安福門外作燈輪，高二十丈，衣以錦綺，飾以金銀，燃五萬盞燈，簇之如花樹。」❷

星如雨：喻燈毬閃耀。吳自牧夢粱錄元宵：「諸營班院，於法不得與夜遊，各以竹竿出燈毬於半空，遠睹若飛星。」❸玉壺：指精美之燈。周密武林舊事元夕：「燈之品極多，每以蘇燈爲最。其後福州所進，則純用白玉，晃耀奪目，如清冰玉壺，爽徹心目。」❹魚龍：謂魚形、龍形之燈。夏竦上元觀燈詩：「魚龍漫衍六街呈，金鎖通宵啓玉京。」❺蛾兒句：武林舊事：「元夕節物，婦人皆帶珠翠、鬧蛾、玉梅、雪柳。」又宣和遺事：「京師民有似雪浪，盡頭上帶著玉梅、雪柳、鬧蛾兒，直到鰲山下看燈。」黃金縷，亦指柳；李商隱譴柳詩：「已帶黃金縷，仍飛白玉花。」❻闌珊：零落貌。李後主浪淘沙詞：「春意闌珊。」

【集　評】

彭孫遹云：「稼軒『驀然回首，那人卻在，燈火闌珊處。』秦、周之佳境也。」（金粟詞話）

譚　獻云：「起二句賦色瑰異，收處和婉。」（譚評詞辨）

梁啓超云：「自憐幽獨，傷心人別有懷抱。」（藝蘅館詞選）

清　平　樂　檢校山園，書所見。

連雲松竹，萬事從今足。拄杖東家分社肉❶，白酒牀頭初熟❷。西風梨棗山園，兒童偷把長竿。莫遣旁人驚去，老夫靜處閑看。

【注　釋】

❶社肉：酬祭社神之牲肉。戴復古廬陵城外詩：「迎船分社肉，汲井種春田。」❷白酒句：李白南陵敍別詩：「白酒初熟山中歸，黃雞啄麥秋正肥。」蘇軾天門冬酒熟予自漉之且漉且嚐遂以大醉詩：「自撥牀頭一甕雲。」白酒，色白之美酒。

西江月　夜行黃沙❶道中

明月別枝驚鵲❷，清風半夜鳴蟬。稻花香裏說豐年，聽取蛙聲一片。　七八箇星天外，兩三點雨山前❸。舊時茅店社林❹邊，路轉溪橋忽見。

【注　釋】

❶黃沙：卽黃沙嶺。上饒縣志：「黃沙嶺，在縣西四十里乾元鄉，高約十五丈；谽谺敞豁，可容百人；下有兩泉，水自石中流出，可溉田十餘畝。」❷明月句：蘇軾杭州牡丹詩：「天靜傷鴻猶戢翼，月明驚鵲未安枝。」別枝，分枝。❸七八箇星二句：何光遠鑑誡錄：「王蜀盧侍郎延讓吟詩，多著尋常容易言語，有松門寺詩云：『兩三條電欲爲雨，七八個星猶在天。』」❹社林：指土地廟旁之樹林，亦稱社木。

姜夔（一一五五～一二三五）

字堯章，號白石道人，鄱陽人。少孤貧，喜讀書，苦吟知音，通陰陽律呂，古今南北樂部，凡管絃雜調，皆能以詞譜其音。善言論，工翰墨，與范成大、樓鑰、吳潛諸人友善。其詩高朗疏秀，於諸大家外自成一格，有白石集行世。詞集名白石道人歌曲，凡自度曲皆附有旁譜，為今日研究詞樂最重要之資料。

揚州慢

淳熙丙申❶至日，余過維揚❷。夜雪初霽，薺麥彌望。入其城則四顧蕭條，寒水自碧，暮色漸起，戍角悲吟。余懷愴然，感慨今昔，因自度此曲。千巖老人❸以爲有《黍離》之悲❹也。

淮左❺名都，竹西❻佳處，解鞍少駐初程。過春風十里，盡薺麥青青。自胡馬、窺江❼去後，廢池喬木，猶厭言兵。漸黃昏，清角吹寒，都在空城。杜郎俊賞❽，算而今、重到須驚。縱豆蔻詞❾工，青樓夢❿好，難賦深情。二十四橋⓫仍在，波心蕩、冷月無聲。念橋邊紅藥，年年知爲誰生。

【注釋】

❶淳熙丙申：宋孝宗淳熙三年，時作者二十二歲。❷維揚：揚州之別名。尚書禹貢：

「淮海維揚州。」❸千巖老人：卽蕭德藻，字東夫，福建閩清人，晚居湖州。以姪女嫁白石，事在作此詞以後。❹黍離之悲：指感慨今昔之悲。黍離，詩經王風篇名。詩序：「周大夫閔周室之顚覆而作。」❺淮左：卽淮東。宋置淮東路，亦稱淮左。❻竹西：揚州有竹西亭，在城北五里禪智寺側。杜牧題禪智寺詩：「誰知竹西路，歌吹是揚州。」❼胡馬窺江：高宗建炎三年、紹興三十年、三十一年，金兵屢次南侵。❽杜郎俊賞：謂揚州爲杜牧最愛賞之地。杜郎，卽杜牧，曾客居揚州，詩酒清狂，留下不少名作。❾豆蔻詞：杜牧贈別詩：「娉娉嫋嫋十三餘，豆蔻梢頭二月初，春風十里揚州路，卷上珠簾總不如。」❿青樓夢：杜牧遣懷詩：「落魄江湖載酒行，楚腰纖細掌中輕。十年一覺揚州夢，贏得青樓薄倖名。」⓫二十四橋：橋名。揚州畫舫錄：「廿四橋卽吳家磚橋，一名紅藥橋，在熙春臺後。」杜牧寄揚州韓綽判官詩：「青山隱隱水迢迢，秋盡江南草未凋；二十四橋明月夜，玉人何處敎吹簫？」

【集評】

張炎云：「姜白石揚州慢云：『二十四橋仍在，波心蕩、冷月無聲。』此皆平易中有句法。不惟清空，又且騷雅，讀之，使人神觀飛越。」(詞源)

先著云：「『二十四橋仍在，波心蕩，冷月無聲。』是『蕩』字着力。所謂一字得力，通首光采，非鍊字不能，然鍊亦未易到。」(詞潔)

陳廷焯云：「白石揚州慢云：『自胡馬窺江去後，……都在空城。』數語，寫兵燹後情景逼真；『猶厭言兵』四字，包括無限傷亂語，他人累千百言，亦無此韻味。」(白

雨齋詞話)

王國維云：「白石寫景之作，雖格調高絕，然如霧裏看花，終隔一層。」(人間詞話)

鄭文焯云：「紹興三十年，完顏亮南寇，江淮軍敗，中外騷駭。亮尋為其臣下弒於瓜洲。此詞作於淳熙三年，寇平已十有六年，而景物蕭條，依然廢池喬木之感。此淒涼犯當同屬江淮亂後之作。」(鄭校白石道人歌曲)

暗香

辛亥❶之冬，余載雪詣石湖❷。止既月，授簡索句，且徵新聲，作此兩曲。石湖把玩不已。使工妓隸習之，音節諧婉，乃名之曰暗香、疏影❸。

舊時月色。算幾番照我，梅邊吹笛。喚起玉人，不管清寒與攀摘❹。何遜❺而今漸老，都忘卻、春風詞筆。但怪得、竹外疏花，香冷入瑤席。江國，正寂寂。歎寄與路遙❻，夜雪初積。翠尊易泣，紅萼無言耿相憶。長記曾攜手處，千樹壓、西湖寒碧❼。又片片、吹盡也，幾時見得。

【注釋】

❶辛亥：宋光宗紹熙二年（一一九一）。❷石湖：指范成大。成大晚年築別業於蘇州城南之石湖，因自號石湖居士。❸暗香、疏影：林逋山園小梅詩：「疏影橫斜水清淺，暗香浮動月黃昏。」❹喚起二句：賀鑄浣溪沙詞：「玉人和月摘梅花。」❺何遜：南朝梁人，有詠早梅詩。杜甫和裴迪客逢早梅詩：「東閣官梅動詩興，還如何遜在

揚州。」作者在此以何遜自況。❻寄與路遙：表示音問隔絕。陸凱寄范曄詩：「折梅逢驛使，寄與隴頭人。」❼千樹句：謂千樹紅梅與萬頃湖碧相映成趣也。宋時杭州西湖之孤山梅花成林，故云千樹。蘇軾和秦太虛梅花詩：「江頭千樹春欲闇，竹外一枝斜更好。」

【集　評】

周　濟云：「前半闋言盛時如此；後半闋想其衰時，感其衰時。」（宋四家詞選）

譚　獻云：「石湖詠梅，是堯章獨到處。『翠尊』二句深美，有騷辨意。」（譚評詞辨）

王闓運云：「如此起法，卽不是詠梅矣。暗香、疏影二詞最有名，然語高品下，以其貪用典故也。」（湘綺樓詞選）

郭廷禎云：「朱希真之『引魂枝，消瘦一如無，但空裏疏花數點。』姜石帚『長記曾攜手處，千樹壓、西湖寒碧。』一狀梅之少，一狀梅之多；皆神情超越，不可思議，寫生獨步。」（雙硯齋隨筆）

疏　影

苔枝綴玉。有翠禽小小，枝上同宿。客裏相逢，籬角黃昏，無言自倚修竹❶。昭君不慣胡沙遠，但暗憶、江南江北。想佩環、月夜歸來❷，化作此花幽獨。猶記深宮舊事，那人正睡裏，飛近蛾綠❸。莫似春風，不管盈盈，早與安排金屋❹。

還教一片隨波去，又卻怨、玉龍哀曲❺。等恁時、重覓幽香，已入小窗橫幅。

【注　釋】

❶無言句：此以美人喻梅。杜甫佳人詩：「天寒翠袖薄，日暮倚修竹。」❷昭君三句：用王建、杜甫詩意。王建塞上詠梅詩：「天山路旁一株梅，年年花發黃雲下；昭君已沒漢使回，前後征人誰繫馬？」杜甫詠懷古迹之三：「羣山萬壑赴荆門，生長明妃尙有村；一去紫臺連朔漠，獨留青塚向黃昏。畫圖省識春風面，環珮空歸月夜魂；千載琵琶作胡語，分明怨恨曲中論。」❸猶記三句：太平御覽引雜五行書：「宋武帝女壽陽公主，人日臥於含章殿簷下，梅花落宮主額上，成五出花，拂之不去。皇后留之，看得幾時，經三日，洗之乃落。宮女奇其異，竟效之，今梅花粧是也。」❹金屋：漢武故事：「長公主末指其女問曰：『阿嬌好否？』於是乃笑對曰：『好！若得阿嬌作婦，當作金屋貯之也。』」❺玉龍哀曲：謂笛曲梅花落也。玉龍，笛名。李白與史郎中欽聽黃鶴樓上吹笛詩：「黃鶴樓中吹玉笛，江城五月落梅花。」

【集　評】

張　炎云：「詩之賦梅，惟和靖『疏影橫斜水清淺，暗香浮動月黃昏。』一聯而已。世非無詩，不能與之齊驅耳。詞之賦梅，惟姜白石暗香、疏影二曲，前無古人，後無來者，自立新意，眞為絕唱。」又云：「詞用事最難，要體認著題，融化不澀，如白石疏影：『猶記深宮舊事』三句，用壽陽事；『昭君不慣胡沙遠』四句，用少陵詩，皆

用事不為事所使。」（詞源）

張惠言云：「此章更以二帝之憤發之，故有昭君之句。」（詞選）

許昻霄云：「別有爐韛鎔鑄之妙，不僅以櫽括舊人詩句為能。昭君不慣四句，能轉法華，不為法華所轉。宋人詠梅，例以美玉、太真為比，不若以明妃擬之，尤有情致也。」（詞綜偶評）

譚獻云：「『還敎』二句，跌宕昭彰。」（譚評詞辨）

淡黃柳

客居合肥南城赤闌橋❶之西，巷陌淒涼，與江左異；惟柳色夾道，依依可憐。因度此闋，以紓客懷。

空城曉角，吹入垂楊陌。馬上單衣寒惻惻❷。看盡鵝黃嫩綠❸，都是江南舊相識。正岑寂，明朝又寒食。強攜酒、小橋宅❹。怕梨花落盡成秋色❺。燕燕飛來，問春何在，惟有池塘自碧。

【注釋】

❶合肥南城赤闌橋：合肥爲今安徽省省會。白石送范仲訥往合肥詩：「我家曾住赤闌橋。」❷惻惻：悲淒貌。韓偓夜深詩：「惻惻輕寒剪剪風。」❸鵝黃嫩綠：指柳色。王安石柳詩：「含風鴨綠粼粼起，弄日鵝黃裊裊垂。」❹小橋宅：一作小喬宅。指當時所歡之住處。一說卽赤闌橋西之客居處。❺梨花句：李賀十二月樂詞（三月）：「曲

水飄香去不歸，梨花落盡成秋苑。」

【集　評】

夏承燾云：「精衛先生謂曾親聆朱執信之尊人以琴叶姜詞，能表其詞情，甚為美聽；淡黃柳一闋，尤其淒抑云云。」（姜白石詞編年箋校）

唐圭璋云：「此首寫客居合肥情況。『空城』兩句，寫淒涼景色。『馬上』一句，倒捲之筆，蓋曉起駿馬過垂楊巷陌，旣感角聲淒咽，又感衣單寒重也。『看盡』兩句，寫柳色如舊識最有味。換頭，又轉悲涼。『強攜酒』三句，勉自解寬。『梨花落盡成秋苑』，長吉詩，白石只易一『色』字叶韻。『燕燕』兩句提唱，『惟有』一句，以景拍合，但言池塘自碧，則花落春盡，不言自明。」（唐宋詞簡釋）

史達祖（一一六〇～一二一〇）

字邦卿，號梅溪，汴人。為人郁然而秀整，曾依韓侂冑為堂吏，擬帖撰旨，俱出其手。韓被誅，史以罪廢。有梅溪詞一卷。

雙雙燕　詠燕

過春社❶了，度簾幕中間❷，去年塵冷。差池❸欲住，試入舊巢相並。還相雕梁藻井❹。又軟語、商量不定。飄然快拂花梢，翠尾分開紅影。芳徑。芹泥❺雨潤。愛貼地爭飛，競誇輕俊。紅樓歸晚，看足柳昏花暝。應自棲香正穩。便忘了、天涯芳信❻。愁損翠黛雙蛾，日日畫闌獨凭。

【注　釋】

❶春社：節候名，在春分前後之甲日或戊日。燕子每於春社時來，秋社時去。❷度簾幕句：晏殊斷句：「樓臺側畔楊花過，簾幕中間燕子飛。」❸差池：不齊貌。詩經邶風燕燕：「燕燕于飛，差池其羽。」❹雕梁藻井：謂華麗之棟梁與天花板。雕梁，雕飾之屋梁；藻井，裝飾如井欄形狀，繪有荷花菱藻等彩圖之天花板。❺芹泥：燕泥也。杜甫徐步詩：「芹泥隨燕嘴，花蕊上蜂鬚。」❻天涯芳信：謂傳遞天涯之美訊也。江淹雜體詩：「袖中有短書，願寄雙飛燕。」

【集　評】

卓人月云：「不寫形而寫神，不取事而取意，白描高手。」(詞統)

黃　昇云：「形容盡矣。」又云：「姜堯章最賞其『柳暗花暝』之句。」(花庵詞選)

沈天羽云：「欲字、試字、還字、又字入妙；『還相』字是星相之相。」(草堂詩餘正集)

戈　載云：「美則美矣，而其韻庚青，雜入真文，究為玉瑕珠纇。」(七家詞選)

王國維云：「賀黃公謂：『姜論史詞，不稱其「軟語商量」而稱其「柳昏花暝」，固知不免項羽學兵法之恨。』然『柳昏花暝』，自是歐、秦輩句法，前後有畫工、化工之

殊，吾從白石，不能附和黃公矣。」（人間詞話）

周爾墉云：「史生穎妙非常，此詞可謂能盡物性。」（周評絕妙好詞）

吳文英（約在一二〇〇～一二六〇間）

字君特，號夢窗、覺翁，四明人。本姓翁氏。紹定中，入蘇州倉幕。景定時，為榮王府中門客，受知於丞相吳潛，與史宅之、賈似道等皆有交誼。常往來於蘇杭兩州，題詠甚多。著有夢窗詞甲乙丙丁四稿。

唐多令

何處合成愁？離人心上秋。縱芭蕉、不雨也颼颼❶。都道晚涼天氣好，有明月，怕登樓。　年事夢中休，花空煙水流。燕辭歸、客尚淹留❷。垂柳不縈裙帶住，漫長是，繫行舟。

【注　釋】

❶颼颼：風吹物聲。白居易效陶潛體詩：「明月愁殺人，黃蒿風颼颼。」❷燕辭歸句：曹丕燕歌行：「羣燕辭歸雁南翔，念君客游多思腸。慊慊思歸戀故鄉，君何淹留寄

他方？」

【集　評】

張　炎云：「吳夢窗詞，如七寶樓台，眩人眼目，碎折下來，不成片段。此清空、質實之說。此詞疏快，卻不質實。如是者集中尚有，惜不多耳。」（詞源）

王士禎云：「『何處合成愁？離人心上秋。』滑稽之儁，與龍輔閨怨詩：『得郎一人來，便可成仙去。』同是子夜變體。」（花草蒙拾）

沈天羽云：「所以成傷之本，豈在蕉雨？」又云：「『垂柳』句，原不熟爛。」（草堂詩餘正集）

陳廷焯云：「唐多令幾於油腔滑調，在夢窗集中，最屬下乘。」（白雨齋詞話）

周　濟云：「詞固佳，但非夢窗平生傑搆。玉田心賞，特以近自家手筆故也。」又云：「玉田賞之，是矣。然而是極研鍊出之者，看似儁快，其實深美。」（周批絕妙好詞箋）

風入松

聽風聽雨過清明。愁草瘞花銘❶。樓前綠暗分攜路，一絲柳、一寸柔情。料峭春寒中酒，交加❷曉夢啼鶯。　西園日日掃林亭，依舊賞新晴。黃蜂頻撲鞦韆索，有當時、纖手香凝。惆悵雙鴛❸不到，幽階一夜苔生。

【注　釋】

❶愁草句：謂含愁草擬葬花詞。瘞，音易，埋也。瘞花銘卽此本詞而言。❷交加：紛多雜亂貌。黃庭堅望海潮詞：「正絮翻蝶舞，芳思交加。」❸雙鴛：鴛鴦成對，以喻美人之鞋。趙師俠菩薩蠻詞：「裙邊微露雙鴛並。」

【集　評】

陳洵云：「思去妾也，此意集中屢見。見秋千而思纖手，因撲蜂而念香凝，純是癡望神理，雙鴛不到，猶望其到，一夜苔生，踪跡全無，則惟日日惆悵而已。當味其詞意醞釀處，不徒聲容之美。」(海綃說詞)

譚獻云：「此是夢窗極經意詞，有五季遺響。『黃蜂』二句，西子衾裙拂過來，是癡語，是深語。結筆溫厚。」(譚評詞辨)

陳廷焯云：「情深而語極純雅，詞中高境也。」(白雨齋詞話)

周　密(一二一二～一二九八)

字公謹，號草窗、弁陽嘯翁、四水潛夫，濟南人。流寓吳興，居弁山。淳祐中，為義烏令。宋亡不仕，客遊四方，以著述為業。有草窗詞，一名蘋洲漁笛譜。又選南宋詞集為絕妙好詞行世。

玉京秋

長安獨客，又見西風，素月丹楓，淒然其爲秋也，因調夾鐘羽❶一解。

煙水闊。高林弄殘照，晚蜩淒切❷。碧砧度韻，銀牀❸飄葉。衣濕桐陰露冷，采涼花、時賦秋雪❹。歎輕別，一襟幽事，砌蛩❺能說。客思吟商❻還怯，怨歌長、瓊壺暗缺❼。翠扇恩疏❽，紅衣香褪，翻成消歇。玉骨西風，恨最恨、閒卻新涼時節。楚簫咽，誰寄西樓淡月。

【注釋】

❶夾鐘羽：卽中呂調。❷晚蜩句：柳永雨霖鈴詞：「寒蟬淒切。」晚蜩，寒蟬，蓋蟬入秋遇寒而鳴聲哀切。❸銀牀：銀色井口。庾肩吾九日侍宴樂遊苑應令詩：「玉醴吹巖菊，銀牀落井桐。」❹秋雪：指荻花。事物異名錄：「秋深荻花如雪，故名秋雪。」❺砌蛩：砌下之秋蟲，如蟋蟀之類。❻吟商：猶言吟秋。古以五音之中，商音淒厲，故以爲秋聲。禮記月令：「孟秋之月，其音商。」❼瓊壺暗缺：世說新語豪爽：「王處仲每酒後，輒詠『老驥伏櫪，志在千里，烈士暮年，壯心不已。』以如意打唾壺，壺口盡缺。」❽翠扇恩疏：謂綠葉凋殘也。李商隱詩有「荷翻翠扇水堂虛」之語。

【集評】

陳廷焯云：「此詞精金百鍊，既雄秀，又婉雅，幾欲空絕古今；一『暗』字，其恨在骨。」（白雨齋詞話）

譚獻云：「南渡詞境高處，往往出於清真，『玉骨』二句，何必非髀肉之歎。」（譚評詞辨）

唐圭璋云：「此首感秋而賦。起點晚景，次寫夜景。『歎輕別』三句，入別恨。下片，承別恨層層深入。『客思』兩句，恨客居之無俚。『翠扇』兩句，恨前事之消歇。『玉骨』兩句，恨時光之迅速。末揭出淒寂之感。」（唐宋詞簡釋）

王沂孫

字聖與，號碧山、中仙，會稽人。宋亡入元，為慶元路學正。與張炎、周密等互相唱和。詞集名碧山樂府，又名花外集。

眉　嫵

漸新痕懸柳，澹彩穿花，依約破初暝❶。便有團圓意，深深拜❷，相逢誰在香徑？畫眉未穩❸，料素娥猶帶離恨。最堪愛、一曲銀鉤小❹，寶簾掛秋冷。千古盈虧休問！歎慢磨玉斧，難補金鏡❺。太液池猶在❻，淒涼處、何人重賦清景❻。故山夜永，試待他窺戶端正❼。看雲外山河，還老桂花舊影❽。

【注　釋】

❶初暝：猶言初夜。❷深深拜：李端新月詩：「開簾見新月，卽便下階拜；細語人不聞，北風吹裙帶。」唐代婦女有拜新月之風俗。❸畫眉未穩：謂新月細微一彎，猶婦女畫眉未妥也。❹一曲句：喻一彎新月。❺歎慢磨二句：用玉斧修月故事，見段成式酉陽雜俎。辛棄疾滿江紅詞：「誰做冰壺涼世界，最憐玉斧修時節。」金鏡，喻月之圓明。❻太液池：漢唐宮中池名。此借指南宋宮苑。宋盧多遜詠月詩：「太液池頭月上時，晚風吹動萬年枝；何人玉匣開清鏡，露出清光些子兒。」❼端正：端正月，卽中秋月。韓愈和崔舍人詠月二十韻詩：「三秋端正月，今夜出東溟。」❽桂花影：謂月影。古人相傳月中有桂樹，故云。

【集　評】

陳廷焯云：「『千古句』忽將上半闋意一筆撇去，有龍跳虎臥之奇，結更高簡。」(白雨齋詞話)

譚獻云：「『便有』四句，寓意自深，音辭高亮。歐、晏如蘭亭真本，此僅一翻。後半闋蹊徑顯然。」(譚評詞辨)

張惠言云：「碧山詠物諸篇，並有君國之憂，此喜君有恢復之志，而惜無賢臣也。」(詞選)

唐圭璋云：「此首，上片刻畫新月，下片就月抒感。起三句，寫新月極細。『新痕』、『淡彩』、『初暝』，皆不能分毫移動，一『漸』字傳神亦佳。『便有』三句，用李端詩意；言人拜新月。『畫眉』兩句，體會新月似離恨。『最堪愛』兩句，更特寫新月之美。換頭句，縱筆另開，詞旨悲憤。新月難圓，卽寓金甌難整之意。『太液池』兩句，弔月懷古，不盡悽惻。『故山』兩句轉筆，望明月之圓。末句，拍合上句，傷心月照山河，餘恨無窮。」（唐宋詞簡釋）

張　炎（一二四八～一三二〇）

字叔夏，號玉田、樂笑翁，原西秦人，張俊之孫，後居臨安。宋亡，在四明設卜市，又曾居燕京。工於音律，有詞源二卷，為論詞要籍。常與同時詞家吳文英、王沂孫、周密等往來，故多酬唱之作，大抵卽景抒情，借寫家國身世之感，蒼涼激楚，非徒以剪紅刻翠為工也。有山中白雲集傳世。

高陽臺　西湖春感

接葉巢鶯❶，平波卷絮，斷橋❷斜日歸船。能幾番游？看花又是明年。東風且伴薔薇住，到薔薇、春已堪憐。更悽然，萬綠西泠❸，一抹荒煙。當年燕子知何處？但苔深韋曲，草暗斜川❹。見說新愁，如今也到鷗邊。無心再續笙歌夢，掩重門、淺醉閒眠。莫開簾！怕見飛花，怕聽啼鵑。

【注　釋】

❶接葉巢鶯：謂枝葉濃密，遮蔽鶯巢。杜甫陪鄭廣文遊何將軍山林詩：「卑枝低結子，接葉暗巢鶯。」❷斷橋：在西湖白沙隄東。方輿勝覽：「西湖在州西，周廻三十里，山川秀發，四時畫舫遨游，歌鼓之聲不絕；好事者嘗命十題，有曰：平湖秋月，蘇隄春曉、斷橋殘雪。」❸西泠：橋名，在西湖白沙隄西，爲裏湖、外湖分界處。又名西林橋。❹苔深二句：韋曲在長安城南明德門外，唐韋氏世居此，與杜曲同爲都城名勝。斜川在江西星子縣南湖渚中，陶潛有遊斜川詩並序。此借指西湖。

【集　評】

陳廷焯云：「玉田『高陽臺』，淒涼幽怨，鬱之至，厚之至。與碧山如出一手，樂笑翁集中亦不多覯。」（白雨齋詞話）

麥孺博云：「亡國之音哀以思。」（藝蘅館詞選）

譚　獻云：「『能幾番』二句，運掉虛渾。『東風』二句，是措注，惟玉田能之，為他家所無。換頭見章法，玉田云：『最是過變不可斷了曲意』是也。」（譚評詞辨）

沈祥龍云：「詞貴愈轉愈深。稼軒云：『是他春帶愁來，春歸何處？卻不解帶將愁去。』玉田云：『東風且伴薔薇住，到薔薇、春已堪憐。』下句卽從上句轉出，而意更深遠。」（論詞隨筆）

附錄：常用詞牌平仄譜

憶秦娥　　李白

－丅｜ 丅－丅｜－－｜ －－｜ 丅－丄｜ ｜－－｜ 丄－丅｜－－｜
簫聲咽韻 秦娥夢斷秦樓月叶 秦樓月疊三字 年年柳色句 灞陵傷別叶 樂遊原上清秋節叶

丅－丄｜－－｜ －－｜ 丅－丅｜ ｜－－｜
咸陽古道音塵絕叶 音塵絕叶三字 西風殘照句 漢家陵闕叶

菩薩蠻　　李白

丅－丄｜－－｜ 丅－丄｜－－｜ 丅｜｜－－ 丄－丄｜－ 丄－－｜｜
平林漠漠煙如織韻 寒山一帶傷心碧叶 暝色入高樓換平 有人樓上愁叶平 玉階空竚立三換仄

丄｜丅－｜ 丅｜｜－－ 丅－丅｜－
宿鳥歸飛急叶三仄 何處是歸程四換平 長亭進短亭叶四平

調笑令　　韋應物

－｜ －｜ ｜丄丅－丅｜ 丄－丄｜丄－ 丅｜丅｜｜－ －｜ －
胡馬韻 胡馬疊句 遠放燕支山下叶 跑沙跑雪獨嘶換平 東望西望路迷叶平 迷路三換仄 迷

路疊句 邊草無窮日暮叶三仄

憶江南　　白居易

江南好句 風景舊曾諳韻 日出江花紅勝火句 春來江水綠如藍叶 能不憶江南叶

長相思　　白居易

汴水流韻 泗水流叶 流到瓜州古渡頭叶 吳山點點愁叶 思悠悠叶 恨悠悠叶 恨到歸時方始休叶 月明人倚樓叶

更漏子　　溫庭筠

玉爐香句 紅蠟淚韻 偏照畫堂秋思叶 眉翠薄句 鬢雲殘換平 夜長衾枕寒叶平 梧桐樹三更雨叶三仄 不道離愁正苦叶三仄 一葉葉句 一聲聲四換平 空階滴到明叶四平

如夢令　　後唐莊宗

T|T——| ⊥||——| T||—— T||——| —| —| T
曾宴桃源深洞韻 一曲舞鸞歌鳳叶 長記別伊時句 和淚出門相送叶 如夢叶 如夢疊句 殘

||——|
月落花煙重叶

生查子

牛希濟

T——|— T|——| T||—— ⊥|——| |⊥— —⊥| —|
春山煙欲收句 天淡稀星小韻 殘月臉邊明句 別淚臨清曉叶 語已多句 情未了叶 回首

——| ⊥||— ⊥|——|
猶重道叶 記得綠羅裙句 處處憐芳草叶

蝶戀花

馮延巳

T|T——|| ⊥|—— T|——| ⊥|T——|| ⊥—⊥|——|
誰道閒情抛棄久韻 每到春來逗 惆悵還依舊叶 日日花前常病酒叶 不辭鏡裏朱顏瘦叶

T|T—||| ⊥|—— T|——| ⊥|⊥——|| T—T|——|
河畔青蕪堤上柳叶 為問新愁逗 何事年年有叶 獨立小橋風滿袖叶 平林新月人歸後叶

相見歡

南唐後主

T—⊥|—— |—— T|T——| |——
林花謝了春紅韻 太匆匆叶 無奈朝來寒雨逗 晚來風叶

TT| TT| |——
胭脂淚換仄 相留醉叶仄 幾時重

叶平 自是人生長恨逗 水長東叶平

虞美人

南唐後主

春花秋月何時了韻 往事知多少叶 小樓昨夜又東風換平 故國不堪回首月明中叶平 雕欄玉砌應猶在三換仄 只是朱顏改叶三仄 問君能有幾多愁四換平 恰似一江春水向東流叶四平

浪淘沙

南唐後主

簾外雨潺潺韻 春意闌珊叶 羅衾不耐五更寒叶 夢裏不知身是客句 一晌貪歡叶 獨自莫凭欄叶 無限江山叶 別時容易見時難叶 流水落花春去也句 天上人間叶

踏莎行

晏殊

小徑紅稀句 芳郊綠遍韻 高臺樹色陰陰見叶 春風不解禁楊花句 濛濛亂撲行人面叶

翠葉藏鶯句 珠簾隔燕叶 鑪香靜逐遊絲轉叶 一場愁夢酒醒時句 斜陽卻照深深院叶

浣溪紗

晏殊

一曲新詞酒一杯韻 去年天氣舊池臺叶 夕陽西下幾時回叶 無可奈何花落去句 似曾相識燕歸來叶 小園香徑獨徘徊叶

采桑子

歐陽修

羣芳過後西湖好句 狼藉春紅韻 飛絮濛濛叶 垂柳闌干盡日風叶 笙歌散後遊人去句 始覺春空叶 垂下簾櫳叶 雙燕歸來細雨中叶

訴衷情

歐陽修

清晨簾幕卷輕霜韻 呵手試梅粧叶 都緣自有離恨句 故畫作逗 遠山長叶 思往事句 惜流光叶 易成傷叶 未歌先斂句 欲笑還顰句 最斷人腸叶

天仙子　　張先

⊥|⊥一一||　⊥|⊥一一||　⊥一T||一一　一⊥|　一T|　⊥|⊥
水調數聲持酒聽韻　午睡醒來愁未醒叶　送春春去幾時回句　臨晚鏡叶　傷流景叶　往事後
一一||　⊥|⊥一一||　T|⊥一一||　T一⊥||一一　一⊥|　T
期空記省叶　沙上並禽池上暝叶　雲破月來花弄影叶　重重翠幕密遮燈句　風不定叶　人
T|　T|⊥一一||
初靜叶　明日落紅應滿徑叶

玉樓春　　宋祁

T一⊥|一一|　T|T一一||　⊥一T||一一　T|T一一||　T一
東城漸覺風光好韻　縠皺波紋迎客棹叶　綠楊煙外曉寒輕句　紅杏枝頭春意鬧叶　浮生
T|一一|　⊥|T一一||　⊥一T||一一　⊥|T一一||
長恨歡娛少叶　肯愛千金輕一笑叶　爲君持酒勸斜陽句　且向花間留晚照叶

臨江仙　　晏幾道

⊥|T一一|　⊥一T|一一　⊥一T||一一　⊥一一||　T||一一　⊥
夢後樓臺高鎖句　酒醒簾幕低垂韻　去年春恨卻來時叶　落花人獨立句　微雨燕雙飛叶　記
||一一|　⊥一T|一一　T一T||一一　T一||　T||一一
得小蘋初見句　兩重心字羅衣叶　琵琶絃上說相思叶　當時明月在句　曾照綵雲歸叶

鷓鴣天

晏幾道

⊥｜——⊥｜—　T—⊥｜｜——　⊥—T｜——｜　T｜——⊥｜—　—｜
彩袖殷勤捧玉鍾韻　當年拚卻醉顏紅叶　舞低楊柳樓心月句　歌盡桃花扇底風叶　從別

｜　｜——　⊥—T｜｜——　T—⊥｜——｜　T｜——⊥｜—
後句　憶相逢叶　幾回魂夢與君同叶　今宵賸把銀釭照句　猶恐相逢是夢中叶

卜算子

蘇軾

⊥｜｜——　⊥｜——｜　T｜——｜｜—　⊥｜——｜　T｜｜——　⊥｜
缺月挂疎桐句　漏斷人初靜韻　時見幽人獨往來句　縹緲孤鴻影叶　驚起卻回頭句　有恨

——｜　⊥｜——｜｜—　⊥｜——｜
無人省叶　揀盡寒枝不肯棲句　寂寞沙洲冷叶

清平樂

黃庭堅

T—T｜　⊥｜——｜　⊥｜T—T⊥｜　⊥｜T—T｜　TTT｜——
春歸何處韻　寂寞無行路叶　若有人知春去處叶　喚取歸來同住叶　春無踪跡誰知換平

T—⊥｜——　⊥—T—T｜　T—T｜——
除非問取黃鸝叶平　百囀無人能解句　因風飛過薔薇叶平

點絳唇

李清照

寂寞深閨句 柔腸一寸愁千縷韻 惜春春去叶 幾點催花雨叶 倚遍闌干句 祇是無情緒叶
人何處叶 連天衰草叶 望斷歸來路叶

西江月

辛棄疾

萬事雲烟忽過句 百年蒲柳先衰韻 而今何事最相宜叶 宜醉宜遊宜睡換仄叶 早趁催科
了納句 更量出入收支叶平 乃翁依舊管些兒叶平 管竹管山管水換仄叶

下編　元明清曲

壹、曲學概說

第一節　曲的名稱和特質

曲是中國文學體裁的一種，是元代文學成就的代表，由宋詞演變而來，所以和詞的關係最密切，都是可以在口頭歌唱的「音樂文學」。從「音樂文學」這個立場來說，寫來歌唱的詞句是「詞」，配詞的樂譜便是「曲」；就實際而言，詞的歌譜還是「曲」，曲的文句也是「詞」。清宋翔鳳樂府餘論說：「宋、元之間，詞與曲一也。以文寫之則爲詞，以聲度之則爲曲。」五代時，歐陽炯稱詞爲「曲子詞」，詞家和凝，更有「曲子相公」的美名。元人的曲，古人也叫它做「詞餘」或「元詞」，更往上溯源，詞和曲都有「樂府」的別稱。

宋、元之際，詞和曲的界限尚未絕對分明，名稱也未確然釐定，後世爲辨別兩代文學各有不同的成就，將宋代的歌曲稱爲「詞」，把元人的歌詞稱爲「曲」，「曲」便成爲元代歌唱文學的專稱。元曲在中國文學、藝術史上，無論形式和精神，都表現出新面貌、新生命的創造力。

既然曲就是歌詞，是一種爲配合音樂來歌唱而寫作的文詞，原本偏重音樂功能，所以自然具有韻律性。它的來源，上承漢代的樂府詩，唐代的律詩、絕句，宋代的詞，更發展而成爲有元一代文學的表徵。

元曲揉合了前代音樂文學的衆長，進而成爲一代文學的成就，它所具有的特色，約有下面幾方面：

一、平民文學：元代是異族入主中原，尚武的蒙古民族，不但摧殘漢人文化，滅金之後，廢行科舉考試近八十年；南宋滅亡，蒙古統一中國，又分江南人爲十等，九儒十丐，文人最不受重視。政治上的重位要職，中州人都不得擔任，一般才智之士，便把心志和才情，從文藝的創作上逞露，所以元代的戲曲作家，大多數是平民，甚至是潦倒的文人和倡優；他們所撰寫的作品，也是給一般平民來欣賞、歌唱。

二、語體韻文：曲詞寫成之後，以口頭傳誦爲主要的表達方式，所以詞句中不但用口頭語，並且雜入各地的方言，是一種很自然的現象，以俗語入文，便成爲曲這種韻文的最大特色。任訥散曲概論說：「元曲之高，在不尚文言之藻彩，而重用白話；於方言俗語之中，多鑄繪聲繪影之新詞，以形成其文章之妙。」

三、題材極廣：元人作曲，取材幾乎沒有範疇，可說駁雜至極，不分散曲、劇曲、由廟堂重典，到兒女私情，一切可驚可愕、可歌可泣、歡愉或不幸，都是元代曲家筆下的題材。任訥散曲概論說：「我國一切韻文之內容，其駁雜廣大，殆無逾於曲者。劇曲不論，祇就散曲以觀，上而時會盛衰，政事興廢；下而里巷瑣故，幃闥秘聞，其間形形式式，或議或敍，舉無不可於此體中發揮之者。以言人物，則公卿士夫，騷人墨客，固足以寫；販夫走卒，娼女弄人，亦足以寫。大而天、日、山、河，細而米、鹽、棗、粟，美而名姝、勝境，醜而惡疾、畸形，殆無不足以寫。意境所到，材料所收，古今上下，文質雅俗，恢恢乎從不知有所限，從不辨孰者爲可能，而孰者爲不可能；孰者爲能容，而孰者爲不能容也。」這就是說：除了所見所聞，凡是想得到的，都可以作爲歌曲的題材，自有文體以來，幾乎沒有比曲的範疇更自由，內涵更廣泛的了。

四、直爽活潑的表達：曲雖然由詞演進而來，但兩者是完全不同的。詞境沉鬱婉曲，含蓄內斂，用比興的筆法，善寫深、靜而帶愁緒的情思。而本色當行的曲，以直賦縱橫的筆法，寫豪辣浩爛、豁達躍動的情懷，在世情物理的觀會上，常以樂天自足的心情，或調侃嘲謔的放曠，來撫平憤懣憂煩，令人感到生機無限。韓非木曲學入門說：「曲的妙處，在說得痛快，韻味儘管雋永不盡，而意旨必須顯豁呈露。詞的措辭，不免扭捏做作；曲是大踏步而出，赤裸裸的表暴無遺。」盧冀野在詞曲研究中也說：「曲這個名稱的意義，就是曲曲折折的情意，直直爽爽的說出來。因爲這個緣故，什麼在詩、在詞所不能表現的，都可以從曲表現。」可見曲的表達方法，是率直、爽快，毫不做作，使讀的人也易於領受文詞中興會淋漓的韻味。

第二節　曲的體製

現代人用「曲」來統稱元代文學的體裁，不過是給元人的歌唱文學一個總名而已。精細說來，曲有詩歌的曲，稱爲「散曲」，又有戲劇的曲，稱爲「劇曲」；散曲下面，又分小令和散套，劇曲之下，又分院本、雜劇和傳奇。「散曲」和「劇曲」，就是元曲兩種體製，表列如下：

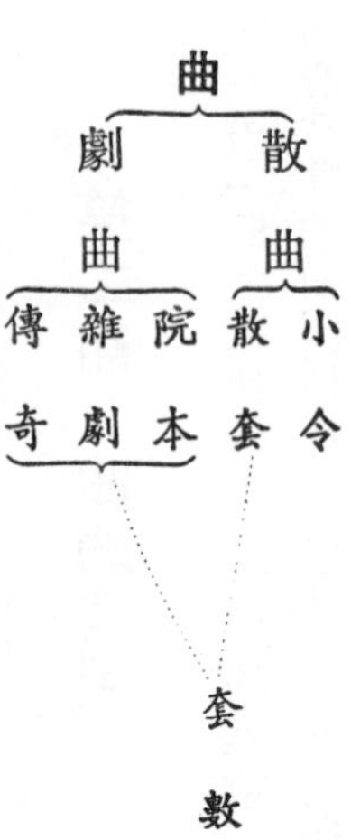

散曲是純抒情性的文體，作者純粹站在抒發情思、題詠性靈的立場來寫作，和詩、詞的性質無異，是正統韻文的一環；一般人所稱：唐詩、宋詞、元曲，指的是散曲。散曲之下的小令，是以一支爲單位，在曲體中是最短的一種；散套是聯合二至三調以上的歌詞，構成一個套式的曲子。

劇曲的內容，是綜合故事的情節、歌詞、說白、動作四種要素所構成，也就是演故事的歌舞劇。四者之中，以歌詞爲主，全劇的歌詞，是由許多套曲滙疊而成，這些交代劇情的套曲，稱爲「劇套」，並且完全按照劇情的發展來寫，前後劇套必須密切聯繫，還要使用「代言體」。劇曲下又分院本、雜劇、傳奇，是組織的體例有不同，雜劇較短，傳奇較長。

就各種體製的特質來說，散曲的精神，完全在散，作法亦在散，那就是作者須放開眼界取材，才能表達深徹的情思，所以元人的散曲，內容光怪陸離；下筆之時，亦要撒開手力，以得元人的奔放恣肆，絕不可拘狃於平常詩、詞故態。雜劇的精神，在於劇情題材之雜，社會百態，人物性情，莫不曲盡其妙。傳奇的精神，端在故事情節之奇，最能顯見作者豐富的想像力。

介於散套和劇套之間，還有一種「套數」，是以套曲形式，配間賓白，專譜故事；元人偶有用套數來通稱散套和劇套，也稱爲「樂府」。

散套、劇套、套數，都是滙集小令而成，所以小令是各體的基本。

第三節　南曲、北曲的區分

曲有南北派的分別，因而形成北雜劇和南傳奇，兩種體製不同的戲劇。

前人探索南北曲分途的起點，常常溯源到東晉，認爲其時江南的吳歌，是南曲的濫觴；荆楚的西聲（西曲），是北曲的淵源（見王驥德曲律）。王氏以古樂府有南北之分，卽元曲分南北的起源。就時間來說，這種說法，與元代相距太遠，而不爲世人採信。從元曲本身論，北曲始於金而盛於元，現傳元人雜劇，都是北曲；南曲的發源，一般以爲更早於北曲，南曲顯於元，而盛於元、明。元、明以來的南戲，都是南曲，後人稱它爲傳奇。金代董解元的西廂記，是現在所能見到北曲最早的戲劇，和元代馬致遠的岳陽樓雜劇，同被認爲北曲的正宗；南曲戲劇，則以元末施惠的拜月亭、高明的琵琶記兩部傳奇，最受世人所推崇。

前人討論南北曲的差異，有很多不同的說法，綜合起來，可從後面三方面說明：

一、**以地域分**：宋、元以來，南劇在南方興起，音律上多存古樂，曲調亦多由詞演化而來。北方產生了雜劇，北方的音樂，自隋、唐以來，由於胡、漢混雜，便盛行胡樂，所以北曲曲調和詞關連者少，而雜入了胡人的音律。許之衡說：北曲以中州之音調爲主，南曲以大江以南的音調爲宗。

二、以時間分：明人所作衡曲麈譚說：「自金、元入中國，所用胡樂，嘈雜緩急之間，詞不能按，乃更爲新聲以媚之。」因此王世貞有「詞不快北耳而後有北曲」的話。日人鹽谷溫支那文學概論說：「汴京陷落，爲中國聲曲史上劃一時期，實後世南北曲之分歧點：宋樂隨汴京流入於金，爲金、元北曲之先驅，其傳入南方者，遂爲南曲之淵源。」北宋滅亡，是所以使音樂形成南北之分的原因。王世貞說：「大江以北，漸染胡語，時時采入，而沈約四聲，遂缺其一。東南之士，未盡顧曲之周郎；逢掖之間，又稀辨撾之王應，稍稍復變新體，號爲南曲。」可知北方在金人、元人的統治下，受胡樂、胡語的影響，形成了北曲；南方人卻不喜歡胡語和噍殺之音，從舊詞中變出一種新體，便產生了南曲。

三、從聲律和詞情分：明陸深谿山餘話說：「歌詞代各不同，而聲亦易亡，元人變爲曲子，今世踵襲，大抵分爲二調，曰南曲，曰北曲。胡致堂所謂綺羅香澤之態，綢繆宛轉之度，正今日之南詞也。登高望遠，舉首高歌，而逸懷豪氣，超乎塵垢之表者，近於今日之北詞也。」魏良輔曲律說：「北曲字多而調促，促處見筋，故詞情多而聲情少；南曲字少而調緩，緩處見眼，故詞情少而聲情多。」王驥德曲律說：「南詞主激越，其變也爲流麗，北曲主忼慨，其變也爲樸實。……北主勁切雄壯，南主淸峭柔婉。」徐渭南詞敍錄說：「聽北曲使人神氣鷹揚，毛髮洒淅，足以作人勇往之志，信胡人之善於鼓怒也，所謂其聲噍殺以立怨是已。南曲則紆徐綿渺，流麗婉轉，使人飄飄然喪其所守而不自覺，信南方之柔媚也，所謂亡國之音哀以思是已。」有關南北曲的差異，前人的說法甚多，而且各有觀點的不同，因爲詞情音律，入於耳、感於心，必各有主觀或深、淺的不能一致，以上所舉四家的說法，不過是較爲一般人所採用者。綜合各家的意見，大抵南曲尙艷麗柔媚，北曲尙豪放亢爽。

第四節　曲的聲律和文詞

㈠宮　調

曲本是一種以音律聲調爲經，以文章字句爲緯的音樂文學，合聲譜和歌詞叫做「曲」，只就詞句而言，叫做詞餘或元詞。元人作曲，每一首必隸屬於某一宮調，以便配絃管而歌唱，因爲音樂原是這種文詞的基本，所以前人也有把曲叫做「諸宮調」的，如董解元的「西廂記」，又稱「西廂記諸宮調」，或稱「絃索西廂」。

宮調是什麼？就是限定樂器管色的高低，卽決定樂曲音域的高低範圍；也是一切曲調的總稱。而曲調的產生，由「音」與「律」相配而來。

中國音樂發展得很早，尙書舜典已有「律和聲」的話。周代學校課程中的六藝：禮、樂、射、御、書、數，樂有五種，卽雲門（黃帝時樂名）、大咸（堯樂名）、大韶（舜樂名）、大夏（禹樂名）、大濩（湯樂名）、大武（武王之樂），可見我國音樂，到周代已相當發達而完備，孔子删詩爲三百零五篇，左傳襄公二十九年，記吳公子季札聘魯，請觀周樂的記載，都可爲明證。左傳昭二十五年：「子太叔曰：爲九歌、八風、七音、六律，以奏五聲。」又孟子離婁上：「不以六律，不能正五音。」可知「音」、「律」的發生非常早，記載求得音、律的原理方法，在戰國時也出現了。

記載五音的求得，最早見於管子地員篇，以熟絲爲小絃，用「三分益一」、「三分損一」的方法，獲得「徵、羽、宮、商、角」五個由低至高的音，後來又增加「變宮、變徵」兩個半音；但史記律書中所記的五音次序，稍有不同，宮音最低，羽音最高，加上兩個半音，便成爲我們比較熟知的七音階：「宮、商、角、變徵（俗稱變）、徵、羽、變宮（俗稱閏）」。

記載十二律以數相求的書，以呂氏春秋古樂篇爲最早。相傳黃帝令伶倫作律，伶倫從大夏到阮隃取嶰谿的竹，截兩節間得三寸九分，吹得「黃鐘之宮」，亦以「三分損益」的方法，制十二管，便產生「黃鐘、大呂、太簇、夾鐘、姑洗、仲呂、蕤賓、林鐘、夷則、南呂、無射、應鐘」十二個由低至高的音。後來，又分十二律爲陰陽，稱爲律呂。樂緯說：「六律：黃鐘、太簇、姑洗、蕤賓、夷則、無射。六呂：大呂、夾鐘、仲呂、林鐘、南呂、應鐘也。陽爲律，陰爲呂，總謂之十二律。」音質清的、高的是陰；音質濁的、低的是陽。許之衡中國音樂小史說：「宮、商、角、徵、羽，乃古人所定聲音入樂之符號也。……黃鐘大呂等律呂者，乃古人所定聲音高下清濁之符號，而又兼調名之記號也。何以用此等字，其故亦不可考。」

將十二律和七音相配，便產生宮調。凡以宮乘十二律，便謂之「宮」，如黃鐘宮、大呂宮……故宮有十二；以商、角、變徵、徵、羽、變宮乘十二律，稱爲「調」，如黃鐘商、大呂角、太簇羽……故調有七十二，音、律相配，共得八十四調，稱爲宮調。雖然名稱數目有八十四，實際音只有十二調，因爲以任何一調爲準，只得十二個，其餘都重複，名異而實同。張炎詞源說：「律呂之名，總八十四，分月律而屬之；今雅俗祇行七宮十二調，而角不預焉。」白石歌曲序中又說徵及二變，古來已不多用，故宋詞只用七宮十二調，而且名稱亦有改變，如稱黃鐘宮爲正宮，黃鐘商爲大石調，是雜以胡樂的俗名，亦有黃鐘、中呂等，沿用古律呂的名稱。到了元代北曲，又減爲六宮、十一調，並合稱爲十七宮調：

六宮：仙呂宮、南呂宮、中呂宮、黃鐘宮、正宮、道宮。

十一調：大石調、小石調、高平調、般涉調、歇指調、商角調、雙調、商調、角調、宮調、越調。

但常用的只有九個：仙呂、南呂、中呂、黃鐘、正宮四宮，和大石、商調、雙調、越調四調。

南曲又比北曲少道宮，和高平、歇指、宮調、角調，五個宮調，而多羽調和「仙宮入雙調」，通行的除北曲的九宮調外，加上仙呂入雙調，一共十個。

許之衡中國音樂小史說：「元曲唱法久失傳，殆無一人能知。」這是明、清以來曲家的共同感慨，唯據太和正音譜、輟耕錄等書，略知各宮調音律的特色：

仙呂宮唱清新綿邈	南呂宮唱感歎傷悲
中呂宮唱高下閃賺	黃鐘宮唱富貴纏綿
正宮唱惆悵雄壯	道宮唱飄逸清幽
大石唱風流醞藉	小石唱旖旎嫵媚
高平唱條暢滉漾	般涉唱拾掇坑塹
歇指唱急併虛歇	商角唱悲傷宛轉

雙調唱健捷激裊　　商調唱悽愴怨慕
角調唱嗚咽悠揚　　宮調唱典雅沈重
越調唱陶寫冷笑

今人對於這些四字的音節形容詞，有覺得費解的地方了。

(二) 聲　韻

曲是詩、詞的衍流，所以字句四聲的配合，句末叶韻與否的講求，都有嚴格的規律。中國文字，一個字有四種高低不同的音節，長短不同的音勢，行文講求平仄叶韻，始於南齊永明時，沈約、王融、周顒、謝朓等人，協律文字，從此深受四聲調和，和協韻的約束。唐人的近體詩，四聲叶韻，幾乎不容絲毫寬假，如以平聲起韻，則通首叶平，四聲都是獨叶。元曲則承受詞的變化，完全掙脫一聲之韻獨叶的桎梏，不但上、去可以通叶，平、仄也可以通叶，純用平聲或仄聲韻的曲牌較少，故選韻填曲，比較方便自由。

自金、元入主中國，然後北曲盛行，開始時，胡音漢語，任隨雜叶。有周德清者，基於當日歌場需要，著「中原音韻」一書，爲時人唱曲和作曲時審音辨字而設。其編例以韻爲綱，包攝四聲同韻的字爲一部，如「東鐘」韻，平聲的字後，是此部的上聲和去聲字；入聲是當日北方人所無，分派到三聲之內（卽取消入聲部），打破傳統韻書先分聲調，後分韻類的編列方式。又一聲之內的韻字，用「〇」來隔別同音的字。此書分韻爲十九部，平聲分陰、陽，仄聲有上、去，向來是北曲用韻的準則。專爲北曲而設的韻書，還有附刻在明程明善

「嘯餘譜」後的「中州音韻」(增字、增反切)，明黃文璧撰，張漢重校，和元卓從之輯的「中州樂府音韻類編」，此二書分韻部目，和中原音韻相同；但卓從之又在各平聲中，增列可陰可陽的韻字，是此書的特色。又有元明人僞托南宋初菉斐軒刊本的「詞林韻釋」，亦分十九部韻，入聲派到三聲，並廣收絃索俗字，亦是爲北曲而設的韻書。

南曲韻書，原以明洪武年間，樂韶鳳、宋濂等奉詔撰的「洪武正韻」爲宗，分平、上、去三聲各二十二韻，入聲十韻，將歷來的二百零六韻，併爲七十六韻；是書卷帙浩繁，翻檢不便。明時又有范善溱著「中州全韻」，亦分韻爲十九部，平聲、去聲都分陰陽，是一本被認爲南北曲皆宜的韻書。到清雍、乾之後，沈乘麐著「韻學驪珠」，平、上、去三聲共二十一韻，平聲、去聲分陰陽，入聲分八韻，折衷前代的曲韻書，對於南曲作家，極爲方便，所以道、咸以後，爲南詞家所樂用。

民國五十年初，汪師薇史校輯「中原音韻」、「中州音韻」、「中州樂府音韻類編」、「詞林韻釋」、「韻學驪珠」爲一書，末附司馬光「切韻」，爲辨音參考，題名「曲韻五書」，塡曲叶韻，至此更爲便捷了。

曲詞本爲歌唱而作，所以對韻與律的陰陽辨識，非常注意，北曲中陰聲清而抑下，陽聲濁而揭起；南曲則相反。

元曲三聲通叶，固然增加曲詞的流暢美，但塡作曲詞之時，在聲韻上也有不能通融的嚴謹處，就是一句之中，某處的平、仄不能變換，用仄的地方，亦有上、去不可更動的限制。派到三聲內的入聲字，尤其在句末叶韻的地方，作平的不能代仄用，作上的字也不可代去用。入聲字在南曲依然保留，必須通首獨用，不能和平、上、去三聲通叶。

㈢牌　調

曲和詞都是「倚聲」之作，卽按「譜」塡寫歌詞，這個譜，就是詞牌和曲牌。每曲的曲牌，除了必屬於某一宮調之外，亦必有它本身音律、腔拍的特色。而曲調是由詞調變化而來，有完全襲用，也有稍加變化的，所以詞牌和曲牌的關係，非常混亂，有調名相同而句式不同的，有調名不同而句式一樣的，也有由詞演化，而調名和句式都不同的。而元明人自創的曲調很多，用新調創作的較多；南北曲牌調合計約有一千八百個左右，較淸萬樹詞律所載詞調八百二十六調，多出一倍有餘。

南北曲各宮調內的曲牌，各有緩急剛柔不同的聲情，聯曲成套的時候，必須使用同一宮調內，性質相同的曲牌，才能合絃管來歌唱，否則就是出宮犯調，卽使塡作出優美的詞句，也不能合樂歌唱。

曲牌旣然是配樂歌唱的根據，所以調譜有兩種：

1.曲譜：卽塡作曲詞的譜式。曲譜釐正句讀、分別正襯，附點板式，示塡詞家以準繩的「文字譜」。

2.宮譜：是作曲者創製的樂譜。宮譜分別四聲陰陽，腔格高低，旁注工尺板眼，使度曲家奉爲圭臬的準則。

有關南北曲各宮調的曲牌名目，聯成套曲的程式，坊間有專書或曲學書籍可供參考：如許之衡「曲律易知」，王季烈「螾廬曲談」，汪經昌「曲學例釋」，張正體、張婷婷合著的「曲學」，鄭騫「北曲套式彙錄詳解」等。

(四) 字　句

一支曲牌由幾句構成？每一句有幾個字？句法如何？完全依調譜而定。曲的句式，和詞一樣，是雜言體，變化很大。曲句由一字起，到二字、三字、四字、五字、六字、七字止；五、七言句法雖由詩句來，但常用上三下二、上三下四的讀法。又一句之中，平、仄的配合亦多講究，用韻也不一定像近體詩那樣，必定在偶句。所以，要學習塡作曲詞，一定要根據曲譜。前人以李玄玉的「北詞廣正譜」爲北曲精善的曲譜，呂士雄等編的「南詞定律」爲南曲譜的善本，或王奕清所編的「欽定曲譜」，包含南北曲，旁注四聲、板式和分宮之法，使用便利。近人有汪師經昌的「南北曲小令譜」，和鄭騫的「北曲新譜」，按譜塡詞，都極方便。

曲語以平實淺顯爲貴，要有文學藝術意味，但不可像詩、詞；要質樸直爽，又要避免粗俗。周德清中原音韻說：「用字切不可用生硬字、太文字、太俗字。」又說：「凡作樂府，古人云：有文章者，謂之樂府，如無文章者，謂之俚歌，不可與樂府共論也。」所以，要作好的曲語文學，看似容易，實在很難。

(五) 襯　字

一支曲詞中，除了調譜規定的字句以外，又可隨意增加一些字；調譜所規定的字句，稱爲「正字」，自由增加的字句，叫做襯字。襯字不佔譜，不拘平仄，在句首、句中，和板式較緊密的地方，可以酌用襯字。襯字用到曲詞中，使文義條暢，歌唱時亦有清新疏密之致，所以襯字便於歌唱，也利於行文。但襯字加入句中，絕不可影響原文的意義，所謂「宜用虛字，不宜用實字」。

北曲的襯字使用很寬，襯字字數多寡亦不限制，尤其元人雜劇，曲詞間雜入大量襯字，使曲句參差割裂。南曲用襯較嚴。蟫廬曲談說：「(襯字)必須加於板式繁密之處，且須加於句首或句之中間；至句末三字之內，與板式疏落之處，決不可妄加襯字；又襯字每處至多不宜過三字。」卽所謂「襯不過三」。

其實，前人用襯，也有一定法則，今日用曲譜校訂元、明人的作品，可以發現有些曲牌是一字不襯的，如「凭闌人」等；也有的是按例加襯，成爲變格，如「寄生草」的第一、第二句，原都是三字句，但自來作者，各例加兩或三個襯字，成爲五言或六言兩句。甚至有後人不知某調某句已加了襯字，又在襯上加襯的錯誤。所以，今人塡作曲詞，最好按照前人成例來使用襯字，以免有誤。

(六) 務　頭

務頭一詞，是曲中所特有，由元周德淸中原音韻「作詞十法」以後，歷明迄淸，解釋這兩個字的意義的說法很多，而人言言殊，莫衷一是，始終不曾弄淸「務頭」的確義。周德淸說：「要知某調、某句、某字是務頭，可施俊語於其上。」他在「定格」中，舉出二十七處務頭字句，卻未能明言務頭的取義和規法。明楊愼(升庵)以「部頭」來解釋務頭的意義，因此廣受譏笑。王驥德曲律說：

「務頭之說……係是調中最緊要句字。凡曲遇揭起其音，而宛轉其調，如俗之所謂做腔處；每調或一句，或二三句；每句或一字，或二三字，卽是務頭。」

雖未說明務頭一詞的取義，但對務頭的規法，已有明白的辨識。淸人李漁說：

「塡詞者必講務頭，然務頭二字，千古難明。……予謂務頭二字，旣然不得其解，只當以不解解之。曲中有務頭，猶棋中有眼，有此則活，無此則死。進不可戰，退不可守者，無眼之棋，死棋也。看不動情，唱不發調者，無務頭之曲，死曲也。一曲有一曲之務頭，一句有一句之務頭，字不聱牙，音不泛調，一曲中得此一句，卽使全曲皆靈；一句中得此一二字，卽使全句皆健者，務頭也。」

笠翁之意，以爲務頭是一曲中最「動人」的字句，聽則「動聽」，看則「動情」。經過前人的許多探索，近人吳梅有比較明白的說法：

「務頭者，曲中平上去三音聯串之處也。……大抵陽去與陰上相連，陰上與陽平相連，或陰去與陽上相連，陽上與陰平相連亦可，每一曲中，必須有三音相連之一二語，或二音相連之一二語，此卽為務頭處。」

此說提出之後，同意吳氏意見的甚多。但元人只有平聲分陰陽，入作平聲俱屬陽，上、去兩聲，入作上、去都無陰陽之別，吳氏之說，只就崑曲而言較合，與周德清之說有別。不過，綜合各家之見，亦可得一結論：大抵某調某句詞采、音節並美的地方，誦是佳句，唱是妙音，便是一曲的務頭了。

今人羅忼烈詞曲論稿說：「務頭實指采頭。夫製曲之道無它，妙音好辭是已。『定格』諸評，首重務頭，妙音之謂也；次在俊語，好辭之謂也。」亦是舊意而已。

貳　散　曲

第一節　散曲的名稱和意義

散曲的界說，一般以內容不演述故事爲準，但任訥以爲應以有無科白來定散曲與劇曲的分別，他說：「散曲所記之言動，爲零碎片段，且無科白。科白者，散文也；曲，韻文也。劇曲記事，必具首尾，故不能離科白；散曲記事之所謂記，終屬描寫居多，而敍述有限，故不須科白。然則欲爲散曲下一定義，或者曰：『凡不須有科白之曲，謂之散曲。』當較爲妥貼矣。」也就是說，散曲只供清唱，不作表演，所以不用科白。

由於散曲只供清唱，所以又叫「清曲」；清曲是指用清唱之法，又無賓白；清唱就是不用鑼鼓。

第二節　散曲淵源

曲是元代文學的代表，也是元人文藝精神的表徵。元曲的價值，和漢賦、唐詩、宋詞等量，前人早有定論。從文學發展的徑路看，無論精神和形式，元曲是繼承了由周到宋，各種歌唱文學的特色；但元曲的音律和語詞，因受女眞和蒙古的影響，而給人一種忽然崛起的感覺。如果從格律、音譜、聲韻、句法等方面作仔細的分析，元曲的音律和文詞，都是由周、漢、唐、宋的文學遞變而來。

散曲是上承漢、唐樂府，由詞蛻變而來，明人王世貞說：「曲者，詞之變。」就是說，把詞稍加變更，便成曲。由詞到曲的演變，可從宮調、牌調、體製等方面的沿襲，得到證明。

㈠宮調：曲的宮調，本之於詞。據宋張炎詞源所載，南宋詞有七宮十二調，元人北曲，只存六宮十一調，合稱十七宮調，元末又減成十四宮調，後來南曲又減商角調，僅存十三宮調。可知南北曲的宮調，是沿襲自詞。

㈡牌調：曲的牌調，大部分沿用自詞，所以詞牌和曲牌名稱相同的很多，如憶王孫、太常引、朝天子、剔銀燈、人月圓、搗練子等。據盧冀野詞曲研究說：「中原音韻所紀(曲牌)三百三十五章，細細分析，出於古曲的一百十章，占全數三分之一。不過在北曲中牌名雖同，句法並不一樣；到南曲裏，像虞美人、謁金門、一剪梅，完全無差池。」

㈢體製：曲的體裁雖較詞多，卻是自詞變化出來。如曲的小令相當於詞的短調(小令)和中調，詞的犯調成爲北曲的帶過曲，和南曲的集曲，詞的聯章，變爲曲的重頭；又如詞的「大遍」和曲的「套數」極相似。

第三節　小　令

㈠ 小令的名稱和特質

曲的小令，對成套的散套而言，體製比較短小，元人亦稱它爲「葉兒」。燕南芝菴唱論說：「街市小令，唱尖新倩意。」據沈德符顧曲雜言說：元人小令，初起時流傳於燕、趙一帶，由於體製短小，便於抒情寫景，又可以隨口清唱，所以繁衍很快，流佈很廣。

小令雖然短小，卻是各體曲作的基礎，無論散套、劇套，都由小令滙疊而成。許之衡曲律易知說：「小令者，僅取曲之短調，塡一二支，其作法與作詞無異。每牌自爲片段，固無所謂律也。」許氏所謂「無所謂律」的意思，應是指「宮調」方面的樂律問題；因爲小令是一首獨立，在音樂上無須和其他曲牌連貫。事實上，寫作小令，南北曲都有宜於作小令的曲牌，並非可以隨意選用牌調的。寫作小令時，格律、句式、平仄、叶韻等形式，固然要講求，在內容立意上，也要有創新、特出的表現。清人劉熙載曲概說：

> 「曲家高手，往往尤重小令。蓋小令一闋中，要具事之首尾，又要言外有餘味，所以爲難，不似套數，可以任我鋪排也。」

一首小令雖然只有短短幾句話，但要首尾俱全，立意清新，蘊含著豐富的情意，讀來悠然有餘味，才是佳作。

曲的小令，以一支而言，不論字數，和詞以五十八字以內爲小令的分法不同。

(二) 小令的體製

小令雖然是短篇之作，但從前人的作品中，亦可見它的靈活多變的體式，據任訥散曲概論的歸納整理，可分不演故事和演故事兩大類，現在表列如下：

- 小令
  - 不演故事
    - 尋常小令
    - 摘調
    - 帶過曲
      - 北帶北
      - 南帶南
      - 南北兼帶
    - 集曲
    - 重頭
  - 演故事
    - 同調重頭
    - 異調間列

尋常小令：即單調小令，以一隻曲牌爲單位，和一首詩或詞的形式一樣，是最常見也是最簡單的體制。

摘調：摘取套曲中精采的一、二隻調子來唱誦；所摘往往是聲律優美、文詞雅麗的作品。如果一套的精采部分在尾聲，便不能摘。

帶過曲：作者塡完一個曲牌，餘意未盡，再續塡一或二個曲牌，合成一首，便是帶過曲。凡帶過的曲牌，必須在同一宮調之內，前後曲牌間的音律，要能銜接，管色相同。帶過以三個曲牌爲限，情思再多，便要作散套了。帶過曲的標示，可用二字，或任用一字，或用「兼」字，亦可止寫所用的調名。所用的曲牌，全用北曲的叫做「北帶北」，全用南曲的叫做「南帶南」，並用南、北曲的，叫做「南北互帶」（或兼帶）。帶過曲的每個曲牌都保持原狀，以求合則雙美，分則並存。任訥作詞十法疏證說：「帶過曲調爲前人已用者，共不過三十餘種，其不能任意配合可知。」帶過曲本爲北曲小令而設，後南曲及南北合套偶亦仿用。

集曲：這是南曲中組成新調的方法，就是截取兩個以上不同曲牌中的若干句，組合成一首新曲，並給它新的名稱，如中呂的「月雲高」，係合「月兒高」八句和「駐雲飛」兩句而成。集曲的規律，據汪經昌老師曲學例釋所說：第一、所集的曲，或用本宮調的曲牌，或用其他宮調而管色相同的曲牌。第二、新調的句法、序次必須和所集曲牌中的各句位置相同，不能前後倒置。第三、集曲的宮調，和首數句原曲的宮調相同。第四、新調必須集原曲而成，不可用集成的曲。如仙呂的九廻腸，係集「解三酲」七句、「三學士」四句、「急三鎗」四句而成，合三個調名的特色，取名「九廻腸」。

重頭：同一曲牌重複塡作兩次以上，叫做重頭。任訥散曲概論說：「大約詞中前後闋完全相同者，謂之重頭；起頭數句，前後不同者，謂之換頭。曲中於前後數首，重用一調者，亦稱重頭，蓋借用耳。」又說：「曲中應用重頭之名，始見於徐渭所編之『楊升庵夫人詞曲』內，而其體則元人自來卽有之，有類詩詞中之聯章。」重頭的次數，可作到數十首，各首可以獨立，可用不同韻部，每首可以換題目。如馬致遠以雙調湘妃怨四首，分別詠西湖春、夏、秋、冬四景；又張可久以中呂賣花聲作「四時樂興」，分韻各寫四季情景。

演故事的同調重頭：重頭本來不必加「同調」二字，這是爲了對異調間列而言，如雍熙樂府中以滿庭芳十首，分詠西廂記故事的人物及作者，又同書卷十九所載擷翠百詠小春秋，用一百首小桃紅敍張生、崔鶯鶯的邂逅到團圓。

演故事的異調間列：用不同的調，或兩調，相間排列，以演述一個故事，各調詠相關聯的情節，而用韻不必同，歷來作品不多，今可見的是樂府羣玉中有王日華、朱凱合作的「題雙漸小卿問答」，全篇十六曲，共用了慶東原、天香引、鳳引雛、凌波仙四調，相間排列情形：(1)慶東原（黃肇退狀）(2)天香引（問蘇卿）(3)天香引（蘇卿答）(4)鳳引雛（再問）(5)鳳引雛（答）(6)凌波仙（駁）(7)凌波仙（招）(8)天香引（問馮魁）(9)凌波仙（答）(10)天香引（問雙漸）(11)凌波仙（答）(12)天香引（問黃肇）(13)凌波仙（答）(14)天香引（問蘇媽媽）(15)凌波仙（答）(16)凌波仙（議擬）。

小令用於演故事，是散曲中一種特殊的體制，沒有科白和尾聲。

(三) 元人小令選

仙呂 一半兒 題情

王和卿

別來寬褪縷金衣，粉悴胭憔減玉肌，淚點兒只除衫袖知❶。盼佳期，一半兒纔乾，一半兒濕。

【題　解】

本篇寫女子相思之情。

【注　釋】

❶淚點……衫袖知：謂暗自垂淚，心事他人所不知。

【調 譜】

平(仄平)仄(仄平)平(去上)平韻　仄(仄平)平平(上平)去(上平)韻　平平仄平(仄平)去(上平)韻（或作仄(仄平)平(仄平)去(上平)韻）　平(上去)平韻

一半兒平平句　一半兒(平上)韻

（六句五韻：七、七、七、三、五、四）

此調由詞之「憶王孫」變來，卽在末句嵌入兩個「一半兒」爲定格，亦以此而得名。散曲、雜劇均用。

一半兒　題情二首

關漢卿

雲鬢霧鬢❶勝堆鴉❷，淺露金蓮❸簌❹絳紗，不比等閒牆外花❺，罵你個俏冤家❻，一半兒難當❼，一半兒耍❽。

碧紗窗外靜無人，跪在牀前忙要親，罵了個負心回轉身，雖是我話兒嗔❾，一半兒推辭，一半兒肯。

【題 解】

兩篇皆寫情人約會時親暱的情狀。

【注 釋】

❶雲鬢霧鬢：形容婦女高聳蓬鬆的髮型。❷堆鴉：舊時婦女一種髮型，把頭髮蓬鬆地

攬起在頭頂上。❸金蓮：美稱女子的纖足或步履。南史齊東昏侯紀：「鑿金爲蓮花以帖地，令潘妃行其上，曰：此步步生蓮花也。」❹簌：形容搖動的樣子，亦用作狀聲詞。❺牆外花：比喻不正經的女子，卽俗語所謂「路柳牆花，任人攀折」。❻俏寃家：元人俗語，對所愛者的暱稱。❼難當：承受不了，形容心中情意的激切。❽要：亦有作「假」。❾嗔：生氣。

一半兒 秋景　　胡祗遹

荷盤❶減翠菊花黃，楓葉飄紅梧榦❷蒼，鴛被不禁昨夜凉，釀❸秋光，一半兒西風，一半兒霜。

【題　解】

本篇寫秋來時候大自然的容光及天候。

【注　釋】

❶荷盤：指荷葉。❷榦：同「幹」，指樹的枝幹。❸釀：比喻事情積漸而成。

一半兒 秋日宮詞　　張可久

花邊嬌月靜粧樓，葉底滄波冷翠溝，池上好風閒御❶舟。可憐❷秋，一半兒芙蓉，一半兒柳。

【題　解】

本篇寫宮廷中秋夜的景光。自唐代王建著「宮詞」百首，歷代以宮廷生活爲題材的詩，都以「宮詞」爲題。

【注　釋】

❶御：駕馭。❷可憐：可愛。李白清平調：「借問漢宮誰得似？可憐飛燕倚新粧。」

黃鐘　人月圓　春晚次韻

張可久

萋萋芳草春雲亂❶，愁在夕陽中。短亭❷別酒，平湖畫舫，垂柳驕驄❸。（么篇換頭）❹一聲啼鳥，一番夜雨，一陣東風。桃花吹盡，佳人何在？門掩殘紅。

【題　解】

本篇題目標出「春晚」，但主旨在晚春景物的描寫中，寄寓了別情的懷思。次韻，爲和人作品而寫，用韻須依原作的次第。

【注　釋】

❶萋萋芳草春雲亂：此句寫由天到地的一片春景，都是惹人意緒撩亂。萋萋，草茂盛的樣子。❷短亭：古人送別的驛亭；於城外五里處設短亭，十里處設長亭，以爲行人休歇之所。李白菩薩蠻詞：「何處是歸程？長亭更短亭。」❸驕驄：驕，馬健壯的樣子。驄，青白雜毛的馬。❹么篇換頭：北曲曲牌常分上下兩段，上半是正篇，下半稱爲「么篇」；么篇者，疊用前曲也。所以，么篇就是依正篇再作一遍。任訥曲諧說：「曲

中么篇、過篇的篇，皆應作徧或遍，源於唐宋大遍之曲。」但往往下半的起頭，和上半的起頭不同，稱爲「么篇換頭」，亦可簡作「換頭」。換頭的原因，是由於上半完結的板，與下半的起板，不能銜接，故須在下半稍加變化，使板式貫連銜接，樂律亦因此有了變化的美聽。

【調　譜】

(平仄)平(仄平)仄平平仄句(仄平)仄仄平平韻(仄平)平(平仄)仄句平平(平仄)仄句(仄平)仄平平韻　（正篇五句二韻：七、五、四、四、四）

（么篇換頭）(平仄)平(仄平)仄句(仄平)平(平仄)仄句(仄平)仄平平韻(平仄)平(仄平)仄句平平(仄平)仄句(仄平)仄平平韻　（么篇六句二韻：四、四、四、四、四、四）

此調由詞轉入曲，詞中又名「青衫濕」，入曲則只用「人月圓」一名。么篇必須連用。

人月圓　山中書事

張可久

興亡千古繁華夢，詩眼❶倦天涯。孔林喬木❷，吳宮蔓草❸，楚廟寒�castle❹。（么篇換頭）數間茅舍，藏書萬卷，投老❺村家。山中何事？松花釀酒，春水煎茶。

【題　解】

本篇寫歸隱者的心情。正篇寫他因爲參悟世情，是歸隱的原因；么篇寫悠然樸質的山居情趣。

【注　釋】

❶詩眼：詩人的觀察力。蘇軾次韻吳傳正枯木歌：「君雖不作丹青手，詩眼亦自工識拔。」❷孔林喬木：孔林，孔子墓地，在山東省曲阜縣城北二里。相傳孔子死後，弟子們各將自己故鄉的樹木，種在老師墓地的周圍，所以墳塋四周的異種樹木凡百多種，因此有孔林之名。林廣十餘里，有紅牆環繞。墓前有一室東向，相傳是子貢守喪時的住所。喬木，枝幹高大的樹木。❸吳宮蔓草：吳宮，指三國時吳孫權所建的宮室。李白登金陵鳳凰臺詩：「吳宮花草埋幽徑。」本篇作者卽用其詩意。地在今江蘇省吳縣。❹楚廟寒鴉：楚廟，指戰國時楚國的宗廟，地在今湖北省江陵縣。寒鴉，烏鴉噪寒，作者用此以況示楚廟的荒涼衰落。❺投老：到老。

中呂　十二月帶❶堯民歌　寒食道中

張養浩

清明禁煙❷，雨過郊原，三四株溪邊杏桃，一兩處牆裏秋千。隱隱的如聞管絃，卻原來是流水濺濺。人家渾似武陵源❸，煙霞濛濛淡❹春天，遊人馬上裊金鞭，野老田間話豐年。山川，都來杖履邊，早子❺稱了閒居願。

【題　解】

本篇寫春郊的美景，和作者感受春光的喜悅。

【注　釋】

❶帶：在曲的小令體製中，有把兩個或三個不同的曲牌聯作一首的，叫做「帶過」。帶

過曲可全用北曲曲牌，稱爲「北帶北」；或全用南曲曲牌，稱爲「南帶南」；或南北曲牌並用，稱爲「南北兼帶」或「南北互帶」。帶過曲的兩調間，必須音律能銜接。凡用作帶過的曲調，一般都保持原狀，以求合則雙美，分則並存。帶過曲無論是兩個或三個曲牌，要看作一首，前後題意一貫，一韻到底。帶過曲以三個曲牌爲限，再有更多的意念便要改作套曲。❷清明禁烟：荊楚歲時記：「冬至後一百五日，謂之寒食，禁火三日。」寒食節在清明節前二日；亦有在冬至後一百零六日的說法，是日家家不舉火。❸武陵源：卽桃花源。陶淵明的桃花源記中所寫誤入桃花源的漁人，是武陵人。❹淡：動詞用，淡化。❺早子：早已、早就，已經的意思。子，同「則」。

【調　譜】

十二月

平平仄（上平）韻（平仄）仄平平韻平平（去上上平）句（平仄）仄平平韻平平仄（平仄）韻（平仄）仄平平韻（六句五韻：四、四、四、四、四、四）

此調散曲、雜劇並用，作散曲用須帶堯民歌，入雜劇可獨用。亦入正宮。

堯民歌

（平仄）平平仄仄平平韻（平仄）仄平平仄平平韻（平仄）平（平仄）仄仄平平韻仄仄平平仄平平韻平平（藏韻）（平上）平仄

仄平韻平仄仄平平去韻　（六句七韻：七、七、七、七、七（藏韻）五）

此調第五句是七言，但因必須藏韻，故一般人按遇韻斷句的習慣，把它分作二、五兩句；二字句可用疊字，並可在二字中間嵌入「也波」、「也麼」兩襯字。其餘規則同「十二月」。

十二月帶堯民歌　別情

王德信

自別後遙山隱隱❶，更那堪綠水粼粼❷，見楊柳飛綿滾滾，對桃花醉臉醺醺❸，透內閣香風陣陣，掩重門暮雨紛紛。怕黃昏忽地❹又黃昏，不消魂怎地不消魂，新啼痕間舊啼痕❺，斷腸人憶斷腸人。今春，香肌瘦幾分？摟❻帶寬三寸。

【題　解】

本篇寫閨婦相思之苦，極細膩，極感人，是王實甫少數傳世的小令之一。

【注　釋】

❶隱隱：不分明的情況。　❷粼粼：原意爲水清澈，此處宜作水波微漾講。　❸醺醺：酣醉和悅的樣子。　❹忽地：亦有作「不覺」。　❺新啼痕間舊啼痕：形容不停流淚。秦觀鷓鴣天詞：「枝上流鶯和淚聞，新啼痕間舊啼痕。」　❻摟：拽，拉緊的意思。

越調　小桃紅　離情　　張可久

幾場秋雨老黃花，不管離人怕。一曲哀絃❶淚雙下，放琵琶，挑燈羞看幃屏畫，聲悲玉馬❸，愁新羅帕❹，恨不到天涯❺。

【題　解】

本篇寫閨婦秋夜相思之情，悲傷而無奈。

【注　釋】

❶哀絃：哀傷的曲調。張說江上愁心賦：「紡離夢於哀絃。」❷羞看幃屏畫：幃屏，帳屏。古人常於帳屏上繡上鴛鴦戲水、並蒂蓮花等圖畫。此句意謂因見幃屏上圖畫，便更憶念丈夫在家時的親愛情形。❸玉馬：即風鈴，一名鐵馬。芸窗私志：「元帝時臨池觀竹，既枯，后每思其響，夜不能寢。帝爲作薄玉龍數十枚，以縷線懸於簷外，夜中因風相擊，聽之與竹無異。民間效之，不敢用龍，以什駿代。今之鐵馬，是其遺制。」白樸梧桐雨第四折：「吉丁當玉馬兒向檐間鬧。」❹愁新羅帕：新添的愁淚染濕了絲帕。❺恨不到天涯：謂恨自己不能追隨他以旦夕廝守。

【調　譜】

(仄平)平(仄平)仄(上去)平平韻(仄平)仄平平(上去)韻(仄平)仄平平(上去)平去韻仄平平韻(仄平)平(仄平)仄平平去韻(仄平)平(上去)(上平)韻(句)(仄平)

(上去)平(仄平)韻(句)(仄平)仄仄平平韻　(八句六韻：七、五、七、三、七、四、四、五)

此調又名絳桃春、武陵春、採蓮曲、平湖樂。散曲、雜劇均用。

小桃紅

任昱

山林鐘鼎未謀身❶，不覺生秋鬢❷，漢水秦關❸古今恨。謾❹勞神，何須斗大黃金印？漁樵近鄰，田園隨分❺，甘作武陵人❻。

【題解】

本篇寫中年之後，對前途的抉擇——歸隱田園。

【注釋】

❶山林鐘鼎未謀身：謂隱居或出仕，本身還未作決定。山林，指隱居不仕的人。漢書王吉傳：「山林之士，往而不能反；朝廷之士，入而不能出。」鐘鼎，古代富貴之家，列鼎而食，食時擊鐘奏樂。王勃滕王閣序：「閭閻撲地，鐘鳴鼎食之家。」杜甫清明詩：「鐘鼎山林各天性，濁醪粗飯任吾年。」❷生秋鬢：謂鬢邊出現了白髮。古人常以「秋」來象徵老年的到來。白居易有「秋鬢蒼茫老大時」的詩句。❸漢水秦關：謂朝代興亡，政權更替。左傳僖四年：「楚國方城以爲城，漢水以爲池。」史記正義謂秦國東有函谷、蒲津、龍門、合河等關，南有南山及武關、嶢關，西有大隴山及隴山關、大震、烏蘭等關，北有黃河南塞。」此謂楚國與秦，雖有險固的城池、關塞，亦終被滅亡。❹謾：莫、休。孫株贈妓詩：「謾圖西子爲粧樣。」❺隨分：猶隨便。李清照

鷓鴣天詞：「不如隨分尊前醉，莫負東籬菊蕊黃。」❻武陵人：謂世外桃源的居民。

小桃紅 消遣

王愛山

一溪流水水流雲❶，雨霽❷山光潤❸，野鳥山花破❹愁悶，樂閒身，拖條藤杖家家問：誰家有酒？見青帘❺高掛，高掛在楊柳岸杏花村。

【題解】

本篇寫雨霽閒行所見的美景，所感受到的愉悅，清幽淡雅，自然渾成。

【注釋】

❶水流雲：謂雲影投入清溪裏，隨水流移。❷霽：雨止。凡雨雪止、雲霧散，皆謂之霽。❸山光潤：謂山的容光煥發。❹破：消除。❺青帘：酒帘。古時酒店掛起的布招。❻杏花村：杜牧清明詩：「借問酒家何處有？牧童遙指杏花村。」

小紅桃 雜詠

盍西村

杏花開後不曾晴，敗盡遊人興，紅雪❶飛來滿芳徑。問春鶯，春鶯無語風方定。小蠻❷有情，夜涼人靜，唱徹醉翁亭❸。

【題解】

本篇係作者雜詠八首之三，寫春雨不停，春風花落，靜夜中歌姬爲他唱曲的閒情。

【注　釋】

❶紅雪：形容落花漫天似雪。❷小蠻：唐白居易有善舞的歌妓名小蠻，白氏有「楊柳小蠻腰」的詩句。❸醉翁亭：宋僧智僊建，在今安徽省滁縣西南。歐陽修爲滁州太守時，曾在此亭飲宴，修自號「醉翁」，故題此亭爲「醉翁亭」，並爲文記此事。

中呂　山坡羊　潼關懷古

張養浩

峯巒如聚❶，波濤如怒❷，山河表裏❸潼關路❹。望西都❺，意踟躕❻，傷心秦漢經行處，宮闕萬間都做了土。興，百姓苦；亡，百姓苦。

【題　解】

本篇因憑弔古蹟，感慨朝代興替的戰火摧殘，而起悲天憫人的懷抱。

【注　釋】

❶聚：會合，集合。❷怒：形容氣勢強盛、猛烈。❸山河表裏：卽表裏山河。左傳僖二十八年：「若其不捷，表裏山河，必無害也。」注：「晉國外河而內山。」後世常用「表裏山河」來形容地理形勢的險要。❹潼關路：潼關，在陝西東部，扼山西、河南入陝的孔道，當黃河之曲，據崤、函之固，城在山腰，下臨黃河，形勢絕險，是軍事要地。路，行政區域名。❺西都：周、漢兩代，都有東、西二都。西周建都鎬京，在

今陝西省長安縣西南；東周建都河南洛邑，在今洛陽縣西。西漢建都陝西長安，東漢建都河南洛陽。故自周以來，慣稱洛陽爲東都，長安爲西都。而西都都是政權始建立時京城的所在地。❻意踟躕：因意緒紛繁而徘徊流連。

【調譜】

平平（仄平）去韻，平平平去韻（仄平）平（仄平）仄平平去韻仄平平韻仄平平韻（仄平）平（仄平）仄平平去韻（仄平）仄（仄平）（二三兩字或作「平去」）平平（上平／去上）韻平句（韻）（仄平平）去（上韻）平（韻句）（仄平平）去上韻（十一句九韻：四、四、七、三、三、七、七、一、三、一、三）

此調又名「蘇武持節」。散曲、雜劇皆用。入套時皆屬商調或黃鐘。

山坡羊 燕城述懷

劉致

雲山有意❶，軒裳❷無計，被西風吹斷功名淚❸。去來兮，便休提，青山儘解招人醉。得失到頭皆物理❹，得，他命裏；失，咱命裏。

【題解】

本篇寫既老而未得功名的無奈心境，終委之於命運。

【注釋】

❶雲山有意：陶淵明在歸去來兮辭中以「雲無心以出岫」，表示自己出仕非出本意。作者則以「有意」來表示欲求名位的心情。❷軒裳：古代大夫以上有軒車、服冕。故軒

裳卽指獲得官位爵祿。❸被西風吹斷功名淚：謂暮年既至，便放棄求取功名的意念。❹物理：事物的常理。

山坡羊　西湖雜詠

薛昂夫

山光如澱❶，湖光如練❷，一步一個生綃❸面，叩逋仙❹，訪坡仙❺，揀西湖好處都游徧，管甚月明歸棹❻遠。船，休放❼轉；杯，休放淺❽。

【題　解】

作者以山坡羊四首分別寫西湖四時景色，總題西湖雜詠，本篇是春詞，寫西湖山水如畫，名勝多，到此須盡情領賞。

【注　釋】

❶澱：藍色的染料，俗稱藍靛或藍澱，簡稱澱。通志昆蟲草木：「藍三種：蓼藍、大藍、槐藍，皆可作澱。」此句謂羣山色勻如染。❷練：白色的熟絹。謝朓晚登三山還望京邑詩：「餘霞散成綺，澄江靜如練。」此句謂湖水明淨如練。❸生綃：沒有漂煮過的絲織品。古人用生綃作畫，故亦用稱畫卷。韓愈桃源圖詩：「流水盤迴山百轉，生綃數幅垂中堂。」❹叩逋仙：叩，訪問。逋仙，林逋（西元九六七—一〇二八）字君復，號逋仙，宋錢塘人。眞宗時隱居在西湖孤山上，築巢閣居，獨身以種梅養鶴自怡，自稱「梅妻子鶴」，爲古今文人佳話。仁宗時卒，賜謚「和靖先生」。工行書，喜作詩，有「林和靖詩」三卷。❺坡仙：蘇軾（西元一〇三六—一一〇一）字子瞻，

號東坡居士，宋眉州眉山人。哲宗元祐時曾知杭州，在西湖上築堤，用以開湖蓄水。堤橫截湖面，堤上建六橋九亭，並夾道植柳，湖中種菱，世稱「蘇隄」或「蘇公堤」(隄同堤)，為西湖勝景之一。宋孝宗隆興六年，卒於常州，諡「文忠」。蘇軾文章縱橫奔放，詩風飄逸，詞風開豪放一派，書畫亦有名，世稱「藝壇全才」。❻棹：划船的槳，又作船的代稱。❼放：放任、任由，讓的意思。❽淺：酒少之意。

仙呂 太常引

劉燕歌

故人別我出陽關❶，無計鎖雕鞍❷，今古別離難，蹙損了蛾眉遠山。(么篇換頭)一尊別酒，一聲杜宇，寂寞又春殘。明月小樓間，第一夜相思淚彈❸。

【題　解】

本篇寫一個女子餞別其所愛者之情，詞意悽婉。

【注　釋】

❶陽關：在今甘肅省敦煌縣西南，以位於玉門關之南而得名。漢置，為古代通西域的要隘，古人用稱遠行長別之所。王維送元二使安西詩：「勸君更盡一杯酒，西出陽關無故人。」　❷鎖雕鞍：謂強留離人。柳永定風波詞：「悔當初，不把雕鞍鎖。」　❸相思淚彈：謂為相思而悲痛灑淚。

【調　譜】

〔仄/平〕平〔仄/平〕仄仄平平韻〔仄/平〕仄仄平平韻〔仄/平〕仄仄平平韻〔仄/平〕仄仄、平平〔上/去〕平韻（四句四韻：七、五、五、七）

么篇換頭，首句換為「〔仄/平〕平〔仄/平〕仄句〔仄/平〕平〔仄/平〕仄句」兩句四言，其他三句同正篇。

此調由詞轉入曲，小令專用，須連用么篇。正篇與詞全同。

越調　天淨沙　秋思　　　　　　　　　　馬致遠

枯籐老樹昏鴉❶，小橋流水人家，古道西風瘦馬，夕陽西下，斷腸人在天涯。

【題　解】

本篇寫久客他鄉的遊子，因秋日黃昏景物而起愁思。此曲歷代有佳評，元周德清推為「秋思之祖也」（中原音韻），近人吳梅認為「純是天籟」。因傳誦久遠，異本甚多。

【注　釋】

❶昏鴉：即烏鴉。

【調　譜】

〔仄/平〕平〔仄/平〕仄平平韻〔仄/平〕平〔仄/平〕仄平平韻〔仄/平〕仄平平〔上去/去上〕韻〔仄/平〕平平〔上/去〕韻（句）〔仄/平〕平〔仄/平〕仄平平韻（五句四韻：六、六、六、四、六）

此調散曲、雜劇均用。

天淨沙　秋　　　　　　　　　　白樸

孤村落日殘霞，輕烟老樹寒鴉，一點飛鴻影下，青山綠水，白草紅葉黃花。

【題　解】

作者用同調四首，分別寫四季遠觀景物，皆優美如畫，本篇是秋詞，在蕭索之餘，亦有其可愛的一面。

天淨沙　清明日郊行

張可久

碧桃花❶下簾旌，綠楊影裏旗亭❷，幾處鶯呼燕請，馬嘶芳徑，典衣❸索❹做清明

【題　解】

本篇從所見、所聞，來表達春光處處的撩人。

【注　釋】

❶碧桃花：桃之一種，一名千葉桃，重瓣，不結實，色有白色、粉紅、深紅或灑金。羣芳譜：「千葉桃一名碧桃。」　❷旗亭：酒樓。李賀開愁歌：「旗亭下馬解秋衣，請貰宜陽一壺酒。」　❸典衣：抵押了衣服。杜甫曲江詩：「朝回日日典春衣，每日江頭盡醉歸。」　❹索：須，應、得。

天淨沙　即事

喬吉

鶯鶯燕燕春春❶，花花柳柳眞眞❷，事事風風韻韻，嬌嬌嫩嫩，停停當當❸人人❹。

【題　解】

本篇寫春日的景況，故以「卽事」爲題，卽以眼前事物爲題材。前人感事之詩，常標「卽事」爲題，故詩的分類中亦有「卽事詩」。此曲全用疊字成篇，是俳體的一種，亦稱疊字體；本篇簡鍊而自然渾成，自屬難得。

【注　釋】

❶春春：重言以見春天景象的欣榮。　❷眞眞：比喻美如仙女。唐進士趙顏於畫工處得一軟障（帷障），上繪婦人甚麗。畫工自稱是神畫，並說此女名眞眞，對著畫叫她的名字百日，就會答應，答應後用百家綵灰酒灌她，她就會活過來。趙顏照著他的話做，畫中美人果然活了，走出帷障，和平常人一樣地生活。一年後，生一子。後來趙顏懷疑她是妖怪，眞眞便帶著兒子再回到帷障上，所以畫中便多了一個小孩子（見唐杜荀鶴松窗雜記）。後世詩文常用「眞眞」來形容如幻如眞的美人。范成大去年多雪苦寒梅花至元夕猶未開詩：「花定有情堪索笑，自憐無術喚眞眞。」　❸停停當當：卽停當，妥善、完備的意思。

南呂　四塊玉　別情

關漢卿

自送別，心難捨，一點相思幾時絕❶？憑欄袖拂❷楊花雪，溪又斜❸，山又遮，人去也。

【題　解】

本篇寫閨人送別的牽縈。

【注　釋】

❶絕：盡，斷絕。❷袖拂：揮動衣袖拂開。❸溪又斜：謂溪河水道曲折。

【調　譜】

仄上平去平韻平平去韻仄上平仄平平仄平平韻仄平平平仄平仄平平上韻去仄上平去平韻（句）仄上平去上韻平去平上韻平（七句七韻或六韻：三、三、三、七、七、三、三、三、）

此調散曲、雜劇均用。

四塊玉　閒適二首

關漢卿

南畝❶耕，東山❷臥，世態人情經歷多，閒將往事思量過，賢的是他，愚的是我，爭甚麼？

舊酒沒，新醅❸潑❹，老瓦盆❺邊笑呵呵，共山僧野叟❻閒吟和，他出一對雞，我出一個鵝，閒快活。

【題　解】

此二篇以口語成文，而寓意幽深豪邁，予人以天然成渾的感覺。前篇寫閱世有得的練達人生，見心境的閒適；後篇寫貧者的逍遙自足，見生活的閒適。

【注　釋】

❶南畝：泛稱田疇。詩豳風七月：「同我子婦，饁彼南畝。」❷東山：在浙江上虞縣西南，晉謝安早年隱居於此；後人因以東山指隱居。❸醅：未過濾的酒。❹潑：形容酒滿溢出來了。❺老瓦盆：舊時農家盛酒器，盆口向外彎下，並附有舀杓。見農政全書。❻野叟：即野老、野夫，指隱者及田野農夫。

四塊玉　嘆世

馬致遠

帶月行，披星走❶，孤館寒食故鄉秋，妻兒胖了咱消瘦。枕上憂，馬上愁，死後休。

【題　解】

本篇感嘆人生爲家庭及生計而終身憂勞。

【注　釋】

❶帶月行、披星走：帶月披星，形容早出晚歸或連夜奔波，備極辛勞的情況。

正宮　叨叨令　道情

鄧玉賓

白雲深處青山下，茅庵草舍無冬夏❶，閒來幾句漁樵話，困來一枕葫蘆架❷。你省得❸也麼哥❹？你省得也麼哥？煞強如❺風波千丈❻擔驚怕。

【題　解】

本篇寫歸隱後生活的閒適逍遙。

【注　釋】

❶無冬夏：謂不再為時序的變換而牽懷於年節人情的酬應。❷葫蘆架：即葫蘆瓜棚架下。葫蘆在元曲中常用以表示「糊塗」之意。一枕葫蘆架，除了字面上所表示，在瓜棚的濃陰下睡覺之外，還有「睡得糊裏糊塗」的酣睡之意。❸省得：明白。列子楊朱：「實偽之辯，如此其省也。」注：「省，猶察也。」❹也麼哥：元明戲曲中常用的襯詞，有聲無義。亦作「也末哥」、「也波哥」，哥亦作歌。❺煞強如：總勝過、總強過。元曲中常用語詞。煞，極甚，很。亦作索強如、賽強如、須強如。❻風波千丈：喻塵世中極艱危的患難或糾紛。

【調　譜】

平〔仄平〕仄〔仄平〕平平去韻　平〔仄平〕仄〔仄平〕平平去韻　平〔仄平〕仄〔仄平〕平平去韻　平〔仄平〕仄〔仄平〕平平去韻　(仄)仄〔仄平〕也麼哥句　(仄)仄〔仄平〕也麼哥句　平〔仄平〕仄〔仄平〕平平去韻　（七句五韻：七、七、七、七、六、六、七）

此調第五、六二句必須疊用，並保留「也麼哥」三字，是本調的規式；通首協去聲韻，宜作「獨木橋」體（即全首用一個字協韻）。第五、六二句，亦可作五言。散曲、雜劇皆用。

叨叨令

鄧玉賓

一個空皮囊❶包裹著千重氣，一個乾骷髏頂戴❷著十分罪，爲兒女使盡了拖刀計❸，爲家私費盡了擔山力❹。你省得也麼哥？你省得也麼哥？這一個長生❺道理何人會❻！

【題　解】

本篇感嘆人生在世，爲生存、爲家計、爲錢財而勞神積罪，故應及早省悟。

【注　釋】

❶皮囊：指人的軀殼，此謂當人活著時。❷頂戴：承擔之意。❸拖刀計：指鋌而走險的計謀。❹擔山力：謂最大的力氣。❺長生：謂長存不衰。❻會：領悟，理解。陶淵明五柳先生傳：「好讀書，不求甚解，每有會意，便欣然忘食。」

叨叨令

佚名

黃塵萬古長安路，折碑三尺邙山墓❶，西風一葉烏江渡❷，夕陽十里邯鄲樹❸。老了人也麼哥，老了人也麼哥，英雄盡是傷心處。

【題　解】

本篇對世人追求名利功業的美夢成空，寄以無限感慨。

【注　釋】

❶邙山墓：邙山，亦稱北邙、芒山、郟山、北山，在今河南省洛陽市東北。漢魏以來，王侯公卿貴族多以此爲葬地，故後人多用以泛稱墓地。陶潛擬古詩：「一旦百歲後，相與還北邙」 ❷烏江渡：烏江，水名，在安徽省和縣東北，今名烏江浦。史記項羽紀：「於是項王乃欲東渡烏江，烏江亭長檥船待。」卽項羽自刎處。❸邯鄲樹：唐人小說枕中記及南柯太守傳，皆言人生富貴利名如夢幻。枕中記，沈旣濟撰。文記有盧生在邯鄲旅店中，遇道士呂翁，他用呂翁給他的枕頭入睡，夢中經歷了數十年的富貴榮華。夢醒時，店主人所炊的黃粱還未熟。南柯太守傳，亦稱南柯記，李公佐作。文敍淳于棼夢到槐安國，娶了公主，當了南柯郡太守，享盡富貴榮華。後因出征戰敗，公主死，因國王疑忌被遣歸，他亦夢醒。後來他在庭中的槐樹下尋得蟻穴，卽夢中的槐安國和南柯郡。這兩篇小說，都寄寓富貴無常，人生若夢之意。

雙調 折桂令 送春

貫雲石

問東君❶：何處天涯？落日啼鵑❷，流水桃花，淡淡遙山，萋萋芳草，隱隱殘霞。隨柳絮❸吹歸那搭❹？趁游絲❺落在誰家？倦理琵琶，人倚秋千❻，月照窗紗。

【題　解】

本篇寫閨婦因春懷人之情。

【注　釋】

❶東君：司春之神，亦稱東皇。唐成彥雄柳枝詞：「東君愛惜與先春，草澤無人處也新。」❷啼鵑：相傳古蜀王杜宇，化為杜鵑鳥，於暮春時悲啼不已，啼聲有如「不如歸去」。故杜鵑又名催歸，又有子規、○鴃等名。❸柳絮：成熟的柳樹種子，上有白色絨毛，隨風飛落如飄絮，故稱柳絮。也叫柳綿。❹那搭：猶何處。搭，指地方、位置，「一搭兒」是元曲中常用詞。❺趁游絲：趁，追逐。游絲，飄動的蛛絲、蟲絲，春夏間常見於空中。晏殊蝶戀花詞：「滿眼游絲兼落絮，紅杏開時，一霎清明雨。」❻秋千：我國傳統遊戲，相傳春秋時齊桓公從北方山戎引入；一說漢武帝時宮中後庭之戲。本作「千秋」，取義「千秋萬歲」以祝壽，後世倒讀為秋千，又轉為「鞦韆」。

【調　譜】

仄平仄平仄平、仄平仄平平韻仄平仄平平韻（句）仄平仄平平韻仄平仄平平句仄平平仄平仄句仄平仄平平韻仄平仄平仄平、仄平平上去平上韻仄平仄平仄平、仄平仄平平韻仄平仄平平韻仄平仄平平韻(句)仄平仄平平韻（十一句七韻：七、四、四、四、四、四、七、七、四、四、四、）

此調末句之後，可照末句平仄，任意增句；往例小令多只增三四句，散套、雜劇有增至六七句。增句每句協韻，惟倒數第二句以不協韻為宜。此調因句法寬，塡用者衆，別名有：折桂回、蟾宮曲、蟾宮引、步蟾宮、天香引、天香第一枝、秋風第一枝、廣寒秋等。詞譜云：「元人小令，不拘襯字者，莫過此詞。」白賁有「百字折桂令」小令一首，即用折桂令多加襯字，全篇共一百字。

折桂令

周德清

倚篷窗❶無語嗟呀❷，七件兒全無，做甚麼人家！柴似靈芝❸，油如甘露❹，米若丹砂❺。醬甕兒恰纔夢撒❻，鹽瓶兒又告消乏❼，茶也無多，醋也無多，七件事尚且艱難，怎生❽教我折柳攀花❽?!

【題　解】

本篇以日常生活的必需品——柴米油鹽醬醋茶爲題材，寫貧者生活的困苦，詞語輕鬆而文意傷嗟感慨。

【注　釋】

❶篷窗：卽船窗。❷嗟呀：兩字皆歎辭，表示憂歎。❸靈芝：菌類植物。古以芝爲瑞草，故名靈芝。❹甘露：甘美的露水。老子：「天地相合，以降甘露。」❺丹砂：卽硃砂。砂亦作沙。管子地數：「上有丹沙者，下有黃金。」❻夢撒：無。如元人雜劇常見「夢撒撩丁」一詞，卽沒錢的意思。❼消乏：貧乏。❽怎生：如何，怎樣。❾折柳攀花：意謂追求女性。

折桂令　九日

張可久

對青山❶強整烏紗❷，歸雁❸橫秋，倦客思家。翠袖❹殷勤，金盃錯落❺，玉手琵琶。人老去西風白髮，蝶愁來明日黃花。回首天涯，一抹斜陽，數點寒鴉。

【題　解】

本篇寫重陽節的遊賞宴集，因秋景而撩起年老的鄉思愁緒。

【注　釋】

❶對青山：重陽節登高，是我國傳統習俗，故作者以對青山起筆。❷烏紗：即烏紗帽，古代的官帽。此時作者任小官，故云。❸歸雁：南歸的鴻雁。❹翠袖：杜甫佳人詩：「天寒翠袖薄，日暮倚修竹。」故後世以翠袖稱美女。❺錯落：交錯繽紛。

雙調　沉醉東風　漁父詞　　白樸

黃蘆岸白蘋渡口，綠楊堤紅蓼❶灘頭。雖無刎頸交❷，卻有忘機❸友：點❹秋江白鷺沙鷗。傲煞❺人間萬戶侯❻，不識字煙波釣叟。

【題　解】

本篇寫漁父在大自然裏的閒適生活，愉快而滿足。

【注　釋】

❶蓼：植物名，品類甚多，有水蓼、馬蓼、辣蓼等，草本，葉味辛香，花淡紅色或白色。古人用爲調味品，入藥。❷刎頸交：謂友誼深摯，可以同生死共患難的朋友。史記廉頗藺相如傳：「卒相與驩，爲刎頸之交。」注：「要齊生死而刎頸無悔也。」❸

忘機：毫不計較、毫無巧詐機心。李白下終南山過斛斯山人宿置酒詩：「我醉君復樂，陶然共忘機。」❹點：形容飛禽低飛觸水的姿態。杜甫曲江詩：「穿花蛺蝶深深見，點水蜻蜓款款飛。」❺傲煞：謂自示其自得的驕傲。❻萬戶侯：指享利祿富貴的人，食邑萬戶之侯。史記李廣傳：「如令子當高帝時，萬戶侯豈足道哉！」

【調譜】

(仄仄平平)仄、平平(上平去上)韻(仄仄平平)平、(仄平)仄平平韻(仄平)仄平韻(句)平平仄韻仄平、(仄平)仄平平仄(或作仄平(仄平)、(仄平)仄平平)韻(仄平)仄平平仄仄平韻(仄仄平平)仄、平平去(平上)韻(七句六韻：七、七、三、三、七、七、七)

此調末兩字必用「去(平上)」。散曲、雜劇均用。

沉醉東風 秋景

盧摯

掛絕壁❶枯松倒倚，落殘霞孤鶩齊飛❷。四圍不盡山，一望無窮水，散西風滿天秋意，夜靜雲帆❸月影低，載我在瀟湘畫❹裏。

【題　解】

本篇寫秋日黃昏，水程中船上所見的美景。

【注　釋】

❶絕壁：陡峭的崖壁。世說新語言語：「桓公(溫)入峽，絕壁天懸，騰波迅急。」❷

落殘霞孤鶩齊飛：王勃滕王閣序：「落霞與孤鶩齊飛，秋水共長天一色。」係秋日黃昏美景的名句。❸雲帆：謂片帆如雲，喻帆高而輕快。❹瀟湘畫：湖南省零陵縣西有瀟水和湘水，其附近有八個勝景，宋畫家宋迪曾將這些勝景，寫爲「平遠山水」八幅，卽：平沙落雁、遠浦歸帆、山市晴嵐、江天暮雪、洞庭秋月、瀟湘夜雨、煙寺晚鐘、漁村落照。後人傳之，稱爲瀟湘八景。

沉醉東風　村居

曹　德

茅舍寬如釣舟❶，老夫閒似沙鷗，江淸白髮明，霜早黃花瘦❷，但開樽沉醉方休。江糯吹香滿穗秋，又打夠重陽釀酒。

【題　解】

本篇寫秋日閒居的情趣，亦暗寄暮年閒適的情懷。

【注　釋】

❶釣舟：猶漁舟。❷黃花瘦：菊花憔悴了。

黃鍾　刮地風　題情

趙顯宏

慵整雲鬟懶畫眉，此恨誰知？有情何怕隔年期？總是呆癡。淸明天氣，女流閒戲，鬬蹴秋千❶，有情無意。楊花❷正亂飛，鶯聲不住啼，睡夢裏過了寒食。

【題　解】

本篇寫閨婦春日相思的愁煩。

【注　釋】

❶鬪蹴秋千：卽以比賽盪秋千爲戲。鬪，競勝，比賽。蹴，踢。秋千，見貫雲石折桂令注。　❷楊花：卽柳絮。庾信春賦：「新年鳥聲千種囀，二月楊花滿路飛。」

【調　譜】

（仄平）仄平平仄（上去）平韻（仄平）仄平平韻（仄平）平（仄平）仄仄平平韻（仄平）仄平平韻（仄平）平平去韻（句）（仄平）平平去韻（仄平）仄平平句（仄平）平平去韻（上平）平（仄平）仄（上平）韻（上平）平（仄平）仄（上平）韻（仄平）仄平（上平）韻　（十一句九韻：七、四、七、四、四、四、四、四、五、五、五、四、）

此調有數式，此式只有小令作品，應為小令所專用；另有散套、雜劇用譜式，可增句。

刮地風　別思

趙顯宏

春日凝粧上翠樓❶，滿目離愁，悔教夫壻覓封侯❷，蹙損眉頭。園林春到，物華❸依舊，並枕雙欹❹，幾時能夠？團圓日是有，相思病怎休？都道我減了風流❺。

【題　解】

本篇寫閨婦春日相思之情。

【注 釋】

❶春日凝粧上翠樓：王昌齡閨怨詩：「閨中少婦不知愁，春日凝粧上翠樓；忽見陌頭楊柳色，悔教夫壻覓封侯。」凝粧，盛粧。翠樓，華美的樓閣。❷悔教夫壻覓封侯：亦王昌齡詩句，見上注。覓封侯，謂出外尋求榮華富貴。❸物華：自然景色。❹並枕雙欹：猶雙偎相依。欹，斜，傾側。❺風流：風度、儀表、風韻、神情。花蕊夫人宮詞：「年初十五最風流，新賜雲鬟便上頭。」

越調 凭闌人 寄征衣　　姚燧

欲寄君衣君不還，不寄君衣君又寒；寄與不寄間，妾身❶千萬難。

【題 解】

本篇寫閨婦懷念、盼望丈夫歸來的心情，利用矛盾猶豫心理，刻畫得細膩、眞摯而自然。

【注 釋】

❶妾身：舊時婦女自稱謙詞，亦可單用妾字。

【調 譜】

平仄 仄平平 平去仄上 平韻 平仄 仄平平 平去仄上 平韻 平仄 平 平去上上 平韻 平仄 平平去平韻 （四句四韻：七、七、五、五、）

此調一名「萬里心」，小令所常用，亦見用於雜劇。

凭闌人　暮春卽事　張可久

小玉闌干月半掐❶，嫩綠池塘春幾家？鳥啼芳樹丫❷，燕銜黃柳花❸。

【題　解】

本篇寫暮春清晨所見之如畫美景。

【注　釋】

❶月半掐：形容眉月一彎的樣子。掐，用指甲刺入。半掐，喻微量。❷樹丫：樹木分枝的地方。❸黃柳花：柳花鵝黃色，成子後，上有白毛，隨風飄落爲柳絮；古人詩篇中往往絮、花不分。

凭闌人　江夜　張可久

江水澄澄江月明，江上何人搊❶玉箏？隔江和淚聽，滿江長嘆聲。

【題　解】

本篇寫靜夜江上聞箏。除句句使用「江」字外，寫夜之靜、彈箏者之技巧、聞箏者的感動，筆觸極感人。

【注　釋】

❶搊：用手指撥弄箏或琵琶等絃索樂器。

凭闌人 金陵道中

喬吉

瘦馬馱❶詩天一涯，倦鳥❷呼愁村數家，撲頭飛柳花，與❸人添鬢華。

【題 解】

本篇寫客遊人旅途中的思鄉愁懷。

【注 釋】

❶馱：用牲畜負載。 ❷倦鳥：倦飛還巢的鳥。陶淵明歸去來辭：「鳥倦飛而知還。」

❸與：替、爲。

中呂 迎仙客 湖上送別

張可久

釣錦鱗❶，棹紅雲❷，西湖畫舫三月春。正思家，還送人，綠滿前村，煙雨江南恨。

【題 解】

本篇寫到西湖送別朋友，因而惹起自己的鄉愁。

【注 釋】

❶錦鱗：有彩色斑紋的魚。錦，喻鮮艷華美的色彩。❷棹紅雲：在晚霞投影的湖水上划船。棹，划水行船。陶淵明歸去來辭：「或命巾車，或棹孤舟。」

【調　譜】

仄平仄平上韻（句）仄平平韻仄平仄仄平平平仄平上（或仄平平仄平上平仄平上）韻仄平平韻（句）仄平去上平韻仄平仄平
平韻仄平仄平平去韻（七句五韻：三、三、七、三、三、四、五、）

此調散曲、雜劇均用，亦入正宮。

迎仙客　括山道中

張可久

雲冉冉❶，草纖纖❷，誰家隱居山半掩❸？水煙寒，溪路險，半幅青帘❹，五里桃花店❺。

【題　解】

本篇寫山居淸幽的情趣。括山，卽括蒼山，在浙江省東南部，道家以爲十大洞天福地之一。

【注　釋】

❶冉冉：慢慢前行的樣子。❷纖纖：草生茂密的樣子。❸山半掩：謂在山的遮蔽掩映中。掩，一作崦。❹靑帘：古人在酒店前豎起的布招。❺桃花店：卽酒店。古人

將桃花浸在酒中，稱爲桃花酒，飲之可治顏卻病。

小石　青杏兒　　　　　佚　名（或云趙秉文）

風雨替花愁，風雨過花也應休❶，勸君莫惜花前醉，今朝花謝，明朝花謝，白了人頭。（么篇）乘興兩三甌❷，揀溪山好處追遊❸。但教有酒身無事，有花也好，無花也好，選甚春秋？

【題　解】

本篇藉花喻人，勸人珍惜韶光，及時行樂。

【注　釋】

❶休：盡，息止。❷甌：盂，酌酒飲茶的瓦器。❸追遊：謂追尋與遨遊。

【調　譜】

仄（平仄）去平平韻平仄仄、仄（平仄）平平韻平（平仄）仄仄平平上（去）韻（句）平（平仄）仄仄句平平仄（平仄）句仄（平仄）平平韻

（六句三韻：五、六、七、四、四、四、么篇同正篇，必須連用）

此調小令專用，又名青杏子，亦入大石調及仙呂宮。大石調的青杏子，用於散套首曲。

仙呂　寄生草　勸飲　　　　　白　樸

長醉後妨何礙，不醒時有甚思。糟醃❶兩個功名字，醅渰❷千古興亡事，麯❸埋萬丈虹霓志❹，不達時皆笑屈原非❺，但知音盡說陶潛是❻。

【題　解】

本篇表現藉酒忘懷的人生觀，是元代文人所共有的消極思想。元周德清中原音韻評它：「命意、造語、下字俱好。」

【注　釋】

❶糟醃：以酒或酒糟漬物。晉書孔愉傳附孔羣：「公不見肉糟淹更堪久邪？」❷醅渰：醅，未過濾的酒。渰，通「淹」，淹沒。❸麯：同麴，酒母，釀酒或製醬用的發酵物。❹虹霓志：形容志向的高遠美麗，有如天上的彩虹。霓是副虹，位於主虹的外側。亦作虹蜺。❺屈原非：屈原（約西元前三四〇——二七八年），戰國楚人，名平，字原；又名正則，字靈均。事楚懷王，忠耿見忌，謫放，作離騷。頃襄王時，再放於江南，沉吟於湘潭之畔，澤畔的漁父見他憂愁憂思，便勸他：「聖人不凝滯於物，而能與世推移。世人皆濁，何不淈其泥而揚其波？衆人皆醉，何不餔其糟而歠其醨？何故深思高舉，自令放爲？」但屈原不願「以身之察察，受物之汶汶」，「寧赴湘流，葬於江魚之腹中」。他見楚國政治腐敗，自己無力挽救，終於五月五日，投汨羅江而死。屈原爲了保持自己的清白和清醒，卽使以生命爲代價，也在所不惜。作者以爲屈原「衆人皆醉我獨醒」的人生觀，不見得正確合理，所以說「屈原非」。❻陶潛是：陶潛（西元三六五——四二七年），晉潯陽人，字淵明；或云一名淵明，字元亮。曾爲彭澤令，因不能「爲

五斗米折腰」，棄官歸隱，以詩酒自娛而終老。陶潛嗜酒，常在酒中忘卻現在的世情與煩憂。作品中有「飲酒詩」二十首，又有「止酒詩」、「述酒詩」、「連雨獨飲詩」等，歌頌酒帶給人的快樂。後來唐詩人白居易說他：「愛酒不愛名，憂醒不憂貧……頭戴漉酒巾，人吏留不得……歸來五柳下，還以酒養眞，人間榮與利，擺落如泥塵。」後世的文人，都認爲陶潛最懂得酒中至境，他的好飲有人生哲理，就是能以酒保持淸醒，抒發才華，故作者說：「知音盡說陶潛是」。

【調　譜】

平平仄韻（句）仄仄平韻　（仄平）平（仄平）仄平平（上去）韻　（仄平）平（仄平）仄平平（上去）韻　（仄平）平（仄平）仄平平（去上）韻　（仄平）平（仄平）仄仄平平韻

（句）（仄平）平（仄平）仄平平去　（七句五韻：三、三、七、七、七、七、七、）

此調句法以整齊勻稱爲主：首兩句一聯，三、四、五三句鼎足對，末兩句一聯，全作散句不對仗者少。又首兩句本格是三字句，但多變爲六字或五字句。

寄生草

張可久

彤雲❶布，瑞雪❷鋪，朔風凜冽江天暮，浩然尋得梅花樹❸，退之迷卻藍關路❹，子猷訪戴凍回來❺，相逢不飲空歸去❻。

【題　解】

本篇寫雪天的古人韻趣。

【注　釋】

❶彤雲：陰雲。宋之問奉和春日玩雪應制詩：「北闕彤雲掩曙霞，東風吹雪舞山家。」

❷瑞雪：古人以爲初春大雪，是今年農田豐收的徵兆，所以有「瑞雪兆豐年」的諺語。

❸浩然尋得梅花樹：孟浩然（西元六八九——七四〇年），唐襄陽人。相傳他曾在雪天中尋訪梅花，元馬致遠撰有「凍吟詩踏雪尋梅」雜劇，明周憲王朱有燉又撰「孟浩然踏雪尋梅」雜劇，但兩劇都沒有流傳下來。❹退之迷卻藍關路：韓愈（西元七六八——八二四年）字退之，唐鄧州南陽人。藍關，卽藍田關（在今陝西省藍田縣）。韓愈左遷至藍關示侄孫湘詩：「雲橫秦嶺家何在？雪擁藍關馬不前。」❺子猷訪戴凍回來：王徽之，字子猷，晉會稽人，王羲之之子，爲人卓異不羈，任性放達，棄官隱居於山陰（卽會稽，今浙江紹興縣）世說新語任誕：「王子猷居山陰，夜大雪，眠覺，開室，命酌酒，四望皎然，因起仿皇，詠左思招隱詩。忽憶戴安道（逵）。時戴在剡（浙江省嵊縣南的剡溪），卽便夜乘小船就之。經宿方至，造門不前而返。人問其故？王曰：『吾本乘興而行，興盡而返，何必見戴？』」但此篇作者以爲子猷是耐不住雪天之寒而折返，與原典有異。❻相逢不飲空歸去：杜甫勸人醉酒詩：「相逢不飲空歸去，洞口桃花也笑人。」

黃鐘　賀聖朝　　佚名

春夏間，遍郊原，桃杏繁，用盡丹青❶圖畫難，道童將驢鞴上鞍❷，忍不住只恁般❸頑，將一個酒葫蘆楊柳上拴❹。

【題　解】

本篇刻畫春光的無形活力，使人心神活躍。

【注　釋】

❶丹青：泛指繪畫所用的顏料。　❷韉上鞍：猶披上坐鞍。韉，車具，此處係動詞用。

❸恁般：這樣。　❹拴：結，綁。

【調　譜】

平上去平韻仄平平韻平上去平韻仄平仄平平上上平去平韻仄平平上平平上去仄平韻仄仄平平仄仄平平韻仄平平上上平去平韻

（七句七韻：三、三、三、七、七、六、六、）

此調在黃鍾只見小令作品，與中呂宮及商調的賀聖朝不同。

雙調　湘妃怨　和盧疏齋西湖四首　馬致遠

春風驕❶馬五陵兒❷，暖日西湖三月時，管絃❸觸水鶯花市❹，不知音不到此，宜歌宜酒宜詩。山過雨顰眉黛❺，柳拖煙堆鬢絲❻，可喜殺❼睡足的西施❽。（春景）

採蓮湖上畫船兒，垂釣灘頭白鷺鷥❾；雨中樓閣烟中寺，笑王維作畫師❿，蓬萊倒影⓫參差⓬，薰風⓭來至，荷香淨時⓮，清潔煞避暑的西施。（夏景）

金巵⑮滿勸⑯莫推辭，已是黃柑紫蟹⑰時。鴛鴦不管傷心事，便白頭湖上死。愛園林一抹胭脂：霜落在丹楓上，水飄著紅葉兒，風流殺帶酒⑱的西施。（秋景）

人家籬落酒旗兒⑲，雪壓寒梅老⑳樹枝，吟詩未穩㉑推敲字㉒，爲西湖撚斷髭㉓，恨東坡對雪無詩。休道是蘇學士㉔，韓退之，難粧㉕殺傅粉㉖的西施。（冬景）

【題　解】

這四首曲是作者和盧疏齋（名摯）「西湖四時漁歌」四首之作。以西湖比西施的題旨，叶韻的字，末句的句式，和原作完全一致，而自有新意。

【注　釋】

❶驕：馬壯健的樣子。❷五陵兒：漢朝皇帝每立陵墓，都把富豪和外戚遷到陵墓附近居住。比較著名的有五：卽高祖的長陵，惠帝的安陵，景帝的陽陵，武帝的茂陵，昭帝的平陵，都在長安城北，合稱五陵。後來詩文中常以五陵爲豪門貴族聚居之地。五陵兒，卽指貴冑王孫。❸管絃：管指簫管等，絃指琴瑟等，二者通稱樂器。❹鶯花市：謂百鳥鳴、繁花放，形成一片熱鬧景觀如市集。❺山過雨顰眉黛：形容雲靄籠罩了山頭，有如美人皺起了眉頭。顰，皺眉。眉黛，古代婦女以黛畫眉，故以眉黛指眉。❻柳拖烟堆鬢絲：形容垂柳拖垂在烟霧中，有如美人輕柔的髮絲。❼可喜煞：非常令人喜愛。可喜，可愛。亦作可戲。❽睡足的西施：謂春睡剛醒的美人，迷茫中有明媚。以西施稱西湖，始自宋蘇軾飲湖上初晴後雨詩：「水光瀲灩晴方好，山色空濛雨亦

奇；欲把西湖比西子，淡粧濃抹總相宜。」爲後人所常引用的比喻。⑨垂釣灘頭白鷺鷺：白鷺羽毛潔白如絲，故俗稱鷺鷥，是棲息水邊的水鳥，腳高頸長，在水邊捕食小魚時，有如漁夫垂釣的樣子。⑩笑王維作畫師：王維（西元七〇一—七六一年），字摩詰，唐太原祁人，以詩畫名盛開元、天寶間。山水畫以水墨渲染，蕭疏清淡，世稱其詩中有畫，畫中有詩，是南宗文人畫之祖。此句謂西湖的夏景，畫船、白鷺、烟雨寺閣，是畫家筆下所無法畫得出來的。⑪蓬萊倒影：蓬萊，山名，古代傳說是神仙居所。山海經：「蓬萊山在海中。」此謂西湖的山水，美如海中仙境。⑫參差：近似，差不多。⑬薰風：和風，指初夏時的東南風。一名清明風。⑭荷香淨時：謂連荷花香氣也吹散淨盡之時。⑮卮：酒器，容量四升。⑯勸：勸酬，互相勸酒。⑰黃柑紫蟹：秋涼之後，柑由生青變成成熟的黃色；蟹也肥腴鮮美。⑱帶酒：面帶酒暈，即酡紅之色。⑲人家籬落酒旗兒：謂冬天景色，只見房舍籬笆和酒帘高懸。⑳老：動詞，顯出老態的樣子。㉑穩：妥當，妥貼。㉒推敲字：對文章字句的反覆斟酌研究。隋唐嘉話：「賈島初赴舉京師，一日，于馬上得句云：『鳥宿池邊樹，僧敲月下門。』初欲作推字，鍊之未定，不覺衝尹。時韓吏部權京尹，左右擁前，島具告所以，韓立馬良久，曰：『作敲字佳矣。』」㉓撚斷髭：把唇上的鬍子也搓揑斷了，形容文人苦思佳句的情況。㉔蘇學士：即蘇東坡。宋哲宗時，蘇東坡曾爲翰林學士、端明殿侍讀學士，故稱他蘇學士。㉕粧：粧點，刻畫形容之意。㉖傅粉：搽粉。謂多雪滿鋪的西湖景色，就如搽了粉的美人一樣。

【調譜】

(仄平)平(仄平)仄仄平平韻(仄平)仄平平(上上平去)平韻(仄平)平(仄平)仄平平去韻平平(上上平去平)上韻仄平平、(仄平)仄平平韻平平(上去)
韻(句)(仄平)仄平韻(仄平)仄平平韻（八句七韻：七、七、七、五、七、三、三、四。）

此調又名水仙子、凌波仙、凌波曲、馮夷曲。散曲、雜劇皆用；作小令可獨用，亦可與折桂令合為帶過曲。亦入中呂宮及南呂宮。首兩句、六、七兩句，宜各為對。

雙調　雁兒落帶得勝令

鄧玉賓

乾坤❶一轉丸❷，日月雙飛箭，浮生夢一場，世事雲千變。萬里玉門關❸，七里釣魚灘❹。曉日長安近❺，秋風蜀道難❻。休干❼，誤煞英雄漢，看看，星星兩鬢斑❽。

【題　解】

本篇前段（雁兒落）感嘆人生短暫多變，後段（得勝令）勸人勿為功名而浪擲青春。「帶過」體制，見前張養浩「十二月帶堯民歌」注。

【注　釋】

❶乾坤：指天地，見易說卦。❷轉丸：喻不停地循環運轉。❸萬里玉門關：謂封侯於遙遠的關外。玉門關在今甘肅省敦煌縣西北，古為通西域要道，陽關在其東南，出關者為北道。東漢班超平定西域，封定遠侯，在西域三十一年，上疏求歸，說：「臣不敢

望到酒泉郡，但願生入玉門關。」事見後漢書四十七。❹七里釣魚灘：即東漢嚴陵垂釣的七里灘，又名七里瀨，嚴陵瀨，在今浙江省桐廬縣南。嚴光字子陵，是漢光武帝劉秀少時的同學。劉秀稱帝後，派人徵覓子陵爲官，他因此退隱於富春山。後人因此稱他所居游之地爲嚴陵山、嚴陵瀨、嚴陵釣壇。事見後漢書隱逸傳。❺曉日長安近：謂人當少年時，對於名位利祿的求得，都覺得很容易。❻秋風蜀道難：謂到人生晚年時，便覺名位利祿的遙遠難期。古時由四川到陝西，要走四百七十里的崎嶇險峻棧道，名爲「連雲棧」，是川陝間的主要通道。李白蜀道難樂府：「噫吁嚱！危乎高哉，蜀道之難，難於上青天！」❼休干：別再營求了。❽星星兩鬢斑：晉左思白髮賦：「星星白髮，生於鬢垂。」後人因以星星形容鬢髮的花白，亦謂之星鬢。南齊謝朓詠風詩：「時拂孤鸞鏡，星鬢視參差。」

【調　譜】

雁兒落

（仄平）平（仄平）仄（平）上韻（仄平）仄平平去韻（仄平）平（仄平）仄（平）上韻（句）（仄平）仄平平去韻（四句三韻：五、五、五、五）

此調又名「平沙落雁」。四句宜作兩對，散套、雜劇均用，亦入商調。不能獨用作小令，作小令須與得勝令合爲帶過曲；或帶「清江引」、「碧玉簫」。

得勝令

（仄平）仄仄平平韻（仄平）（仄平）仄平平韻（仄平）仄平平去韻（句）（仄平）平（仄平）仄（平）上韻平平韻（仄平）仄平平去韻平平韻（仄平）平（仄平）（上去）

上平韻（八句七韻：五、五、五、五、二、五、二、五）

此調又名「凱歌回」，「陣陣贏」，散曲、雜劇均用，亦入商調，在套中可代尾聲用。

中呂 **陽春曲** 知幾二首　　白　樸

今朝有酒今朝醉❶，且盡樽前有限盃❷，回頭滄海又塵飛❸。日月疾❹，白髮故人稀❺。

張良辭漢❻全身計，范蠡歸湖❼遠害機。樂❽山樂水總相宜。君細推❾，今古幾人知？

【題　解】

本題剖析人生自處的道理。前篇勸人珍惜目前，後篇勸人歸隱以遠禍。知幾，謂應明白其中微妙道理。易繫辭：「幾者動之微，吉凶之先見者也。」

【注　釋】

❶今朝有酒今朝醉：權審絕句詩：「得卽高歌失卽休，多悲多恨謾悠悠，今宵有酒今宵醉，明日愁來明日愁。」❷盃：同杯字。❸滄海又塵飛：謂世事變化極速。多作「滄海桑田」，亦省作「滄桑」。神仙傳：「麻姑謂王方平曰：『自接待以來，見東海三變爲桑田；向到蓬萊，水乃淺於往者，略半也，豈復爲陵乎？』方平乃曰：『東海行

復揚塵耳。』」滄海，卽東海，或稱渤海。❹疾：急速。❺白髮故人稀：謂人到老年，朋友便日漸少了。❻張良辭漢：張良（西元前？—一八九年），字子房，漢韓人。秦末，劉邦起兵，張良爲謀士，助漢高祖滅秦楚，定天下。因見高祖輕侮大臣，故以多病而修道，辟穀杜門，棄人間事而從赤松子遊。❼范蠡歸湖：范蠡，春秋楚人，字少伯，仕越爲大夫，輔助越王句踐圖強滅吳後，以句踐爲人，可與同患難，不能共安樂，便去越入齊。世傳他載西施泛舟五湖，經商致富，到陶稱朱公。❽樂：喜愛。❾推：推算，研究。

【調　譜】

仄平平仄平仄平平上韻去仄平仄平平仄平仄平韻仄平平仄平仄仄平平韻平去平韻上仄平仄仄平平韻（五句五韻：七、七、七、三、五）

此調又名喜春來、喜春風、喜春兒。散曲、雜劇皆用。亦入正宮。

陽春曲

周德清

雨晴花柳新梳洗❶，日暖蜂蝶便整齊❷，曉寒鶯燕漸收拾❸，催喚起，早赴牡丹期❹。

【題　解】

本篇寫春朝雨霽的欣躍情景。

【注　解】

❶新梳洗：謂剛剛梳粧洗刷過。❷整齊：謂蜂蝶行列飛舞。❸收拾：解除、擺脫。
❹期：邀約、約會。詩鄘風桑中：「期我乎桑中，要我乎上宮。」

雙調　落梅風　題情

馬致遠

人初靜❶，月正明，紗窗外玉梅斜映。梅花笑人休弄影❷，月沉時一般孤另。

【題　解】

本篇寫閨婦深夜相思之深情，而在文字上只寫周圍事物的動靜，無一字及於心情，而孤單之感，躍然在字裏行間。

【注　釋】

❶人初靜：蘇軾卜算子詞：「缺月掛疏桐，漏斷人初靜。」謂長夜將盡，人都睡去。
❷弄影：影子變換出各種姿態。張先天仙子詞：「雲破月來花弄影。」❸孤另：孤獨，孤單。

【調　譜】

平平上去韻（句）仄平仄平上韻仄仄仄平平、仄平平去韻仄平平仄平平上去平上韻仄仄仄平平、仄平平去韻（五句四韻：三、三、七、七、七）

此調又名壽陽曲，或誤作落梅花。散曲、雜劇皆可用。

落梅風　烟寺晚鐘

馬致遠

寒烟細❶，古寺清。近黃昏禮佛❷人靜，順西風晚鐘三四聲，怎生教老僧禪定❸？

【題　解】

本篇是作者以八曲「落梅風」寫瀟湘八景之一。瀟湘八景，見盧摯「沉醉東風」篇注。本題「烟寺晚鐘」，寫黃昏時暮靄籠罩著山寺的清幽情景。

【注　釋】

❶細：輕柔的樣子。❷禮佛：向佛參拜。❸禪定：佛家語，謂坐禪時定心於一境，冥想妙理。禪定與布施、持戒、忍辱、精進、智惠（慧）合稱六度，爲成佛的基本功夫。

落梅風　春晚　　張可久

東風❶景，西子湖❷，濕冥冥❸柳煙花霧❹，黃鶯亂啼蝴蝶舞，幾秋千打將春去❺。

【題　解】

本篇寫暮春時西湖的美景。

【注　釋】

❶東風：猶春風。劉威早春詩：「一夜東風起，萬山春色歸。」❷西子湖：即西湖。因蘇軾「欲把西湖比西子」詩句而得名。❸濕冥冥：形容一片霧靄迷茫的樣子。冥

冥，昏暗。❹柳烟花霧：形容柳條繁花的衆多。❺將春去：古有「將去」一詞，帶去之意。唐元結將牛何處去詩：「將牛何處去？耕彼故城東。」將，攜帶。

正宮　醉太平　感懷　　張可久

人皆嫌命窘❶，誰不見錢親？水晶環❷入麪糊盆❸，纔沾粘便滾❹。文章糊了盛錢囤❺，門庭❻改做迷魂陣❼，清廉貶入睡飩餛❽，葫蘆提❾倒穩❿。

【題　解】

本篇寫對世情的憤慨，以俗語成文，與會十分淋漓盡致。

【注　釋】

❶窘：困迫。❷水晶環：比喻聰明而圓滑的人；像水晶一樣透明光滑，環一樣的圓通。❸麪糊盆：比喻一場糊塗，烏烟瘴氣的環境。❹沾黏便滾：比喻善於鑽營的人，沾惹到好處，便會離去，毫不留戀。❺盛錢囤：囤，用竹編的圓形貯穀器，用來盛錢，可見富有。❻門庭：門前的空地。史記李斯傳：「李斯置酒於家，百官長皆前爲壽，門庭車騎以千數。」庭字亦指廳，見「說文通訓定聲」庭字注。❼迷魂陣：謂使人心神迷惑，失卻本性的地方。❽睡餛飩：比喻人渾沌無知，如在夢中。餛飩，渾沌的諧音。❾葫蘆提：猶言糊塗。提亦作蹄。元曲中極常用的詞。❿穩：妥當、牢靠、安穩。

【調　譜】

(仄平)平仄(上平)韻(仄平)仄平平韻(仄平)平(仄平)仄仄平平韻(仄平)平仄(上平)韻(仄平)平(仄平)仄平平(去上)韻(仄平)平(仄平)仄仄平(去上)韻(仄平)平(仄平)仄

仄平平韻平平去(上平)韻　(八句八韻：四、四、七、四、七、七、七、四)

此調又名太平年、凌波曲。散曲、雜劇皆用。亦入仙呂宮、中呂宮。首兩句須對；五、六、七三句須作鼎足對。

仙呂　**醉中天**　佳人黑痣　　　　**白　樸**

疑是楊妃❶在，怎脫馬嵬災❷？曾與明皇捧硯來❸，美臉風流殺。叵奈❹揮毫李白，覷❺著嬌態，灑松烟❻點破桃腮。

【題　解】

本篇寫美人臉上的黑痣，使她更增妍媚。以小物入文，自然而輕雋，亦曲體文學特色之一。

【注　釋】

❶楊妃：楊玉環(西元七一九—七五六年)，號太眞，唐蒲州永樂人。得唐玄宗寵愛，封爲貴妃，以美貌見稱於後世。❷馬嵬災：陝西省興平縣內有馬嵬鎭。唐玄宗因寵愛楊貴妃，對楊家恩遇非常，兄楊國忠爲相，姊妹都封國夫人，權重一時，天下側目，導天致寶十四年的安史之變，次年亂兵入關，玄宗倉皇奔蜀，途次馬嵬驛，衞兵殺死楊國忠，

玄宗賜楊貴妃死，葬於馬嵬坡。❸曾與明皇捧硯來：與，爲，替。唐玄宗天寶十四年間，宮中牡丹盛開，玄宗騎「照夜白」，貴妃乘步輦，在興慶池東的沈香亭前賞花。玄宗「賞名花，對妃子」，十分愉快，吩咐宣詔翰林學士李白入宮作新詞，李白因成「清平調」三章。相傳李白入宮時，酒醉未醒，玄宗令楊國忠爲他捧硯，高力士爲他脫靴。史籍或稗官都未見有貴妃捧硯，或爲明皇捧硯之說。曲家用典，常常不太求眞。❹叵奈：無奈，可恨。❺覷：集中視力，瞄；猶俗話：眯著眼睛看。❻松烟：用松木燒出的烟灰，古代製墨多用此爲原料。楊愼說：「松烟墨深重而不姿媚，油烟墨姿媚而不深重。」（洞天墨錄）近世以安徽出產的松烟墨爲最好。

【調譜】

仄平仄平仄平去韻平仄平仄仄平平韻平仄仄平仄平平仄去平上上句平仄仄平平上韻去平仄仄平平仄平上韻平仄平平去韻平仄平平仄去上平平韻（七句七韻：五、五、七、五、六、四、六。末句可作七字句）

此調散曲、雜劇均用，亦入越調、雙調。此調常與「醉扶歸」調相誤題。「醉扶歸」六句，末句去聲韻；「醉中天」七句，末句平聲韻。

醉中天

佚　名

淚濺端溪硯❶，情染錦花箋，日暮簾櫳❷生暖烟，睡煞梁間燕❸。人比青山更遠❹，梨花庭院，月明閒卻秋千。

【題解】

本篇寫閨婦的悲傷寂寞，躍現出無限相思之情。

【注釋】

❶端溪硯：今廣東省德慶縣，古爲端溪縣，縣東有端溪水，其地有三洞，以產硯石著稱於世，稱爲端硯或端溪硯。自唐以後，端溪硯日益受人重視，宋人著有「端溪硯譜」一卷，清吳蘭修撰有「端溪硯史」三卷。❷簾櫳：竹簾和窗牖。櫳，窗櫺的橫直格。❸睡煞梁間燕：謂傳箋無使者。❹人比青山更遠：謂征人尚未上歸途。歐陽修踏莎行詞：「平蕪盡處是春山，行人更在春山外。」

醉扶歸 禿指甲

佚名

十指如枯筍❶，和袖捧金樽，搊❷殺銀箏字不眞，揉癢天生鈍。縱有相思淚痕，索❸把拳頭搵❹。

【題解】

本篇亦以小事爲題材，嘲笑禿指甲的女人沒有情韻。

【注釋】

❶枯筍：古人以「春筍」一詞形容女子手指的纖細柔嫩，枯筍便從反意設想。❷搊：彈絃索樂器時的手指撥弄法。❸索：須要。❹搵：拭。

【調譜】

仄平仄仄平平（或仄平平平仄）韻仄平仄平上平韻仄平仄平平平去（或仄平仄平平仄仄平）韻仄平仄平平上去韻

仄平仄平平上去上平韻仄平仄平平去韻（六句六韻：五、五、七、五、六、五）

此調前五句與「醉中天」完全相同，故元明曲籍常互相誤題。第五、六句間可增句：「仄平仄仄平平韻（句）」。

正宮 黑漆弩 漁父詞

白賁

儂家❶鸚鵡洲❷邊住，是個不識字漁父，浪花中一葉扁舟❸，睡煞❹江南烟雨。（么篇換頭）覺來時滿眼青山，抖擻❺綠簑歸去。算從前錯怨天公，甚也有安排我處。

【題解】

本篇寫漁父生活的閒適，表現一種樂於隱居的心情。

【注釋】

❶儂家：自稱，猶言吾家，我。❷鸚鵡洲：在湖北省漢陽縣西南，長江中的一片沙洲。東漢末，黃祖為江夏太守，祖長子射，大會賓客，客中有獻贈鸚鵡的，禰衡因而作鸚鵡賦，也因此把這沙洲命名為鸚鵡洲。唐崔顥黃鶴樓詩：「晴川歷歷漢陽樹，芳草萋

萋鸚鵡洲。」 ❸一葉扁舟：一隻輕盈的小船。 ❹睡煞：沉睡，酣睡。 ❺抖擻：振刷、抖落塵垢。

【調 譜】

平平(平上/仄去)平平去韻(仄仄/平平)仄平上（或(仄/平)仄(仄/平)去平上）韻仄平平、仄仄平平句仄(仄/平)平平上韻

（四句三韻：七、七、七、五）

正篇第二句，正格六字，但多變為七字。

仄平平、仄仄平平句仄仄仄平平去韻仄平平(仄/平)仄平平句去上仄、(仄/平)平上去韻（四句二韻：七、六、七、七）

么篇換頭，句法稍變。

此調又名「學士吟」，「鸚鵡曲」，小令專用，么篇須連用。

黑漆弩 感事

馮子振

黃金難買朱顏❶住❷，駟馬客❸羨跨牛父❹。石將軍百斛明珠❺❻，幾日歡雲娛雨❼。（么篇換頭）趁春歸一瞬流鶯，萬事夕陽西去。舊嬋娟❽落在誰家？箇裏❾是高人❿省處⓫。

【題 解】

本篇寫對世情人生的感觸，省悟富貴榮華轉眼空的道理，使人玩味。

【注　釋】

❶朱顏：紅潤的面容；也泛指少時美好的面容。李煜虞美人詞：「雕欄玉砌應猶在，只是朱顏改。」❷住：停留。❸駟馬客：古代的貴官，坐車是一車套四馬。作者此詞，用指高官、貴族。❹跨牛父：騎在牛背上的農夫。❺石將軍百斛明珠：晉石崇（西元二四九—三〇〇年）字季倫，南皮人。歷任散騎常侍、荆州刺史等職。富而奢靡，嘗用三斛珍珠購買歌妓綠珠（西元？—三〇〇年），在河南建金谷園。後因司馬倫嬖臣孫秀垂涎綠珠美色，向崇求綠珠，石崇不肯，孫秀向司馬倫進讒言，石崇的母兄妻子十五人因此死，綠珠跳樓自殺，石崇被殺。❼幾日歡雲娛雨：謂能享得多少時候的雲雨歡娛。宋玉高唐賦序記楚懷王遊高唐，夢巫山之女薦枕席，自稱旦爲朝雲，暮爲行雨。後世因以「雲雨」喻男女幽合。❽舊嬋娟：舊日的美人，指綠珠。❾箇裏：這裏，其中，內裏，謂其間的道理。❿高人：超越世俗的人，指思想高超。⓫省處：應該思省、覺悟的地方。

中呂　賣花聲　悟世

喬　吉

肝腸❶百鍊爐間鐵❷，富貴三更❸枕上蝶❹，功名兩字酒中蛇❺。尖風❻薄雪❼，殘杯冷炙❽，掩靑燈竹籬茅舍❾。

【題　解】

本篇寫對富貴功名虛無難求的醒悟，退隱安貧便無此痛苦。

【注　釋】

❶肝腸：喻人的內心。❷百鍊爐間鐵：形容飽受冷、熱的煎熬。❸三更：半夜。舊時分一夜爲五更，半夜子時爲三更，卽夜十一時至一時。❹枕上蝶：卽夢蝶。莊子齊物論：「昔者莊周夢爲蝴蝶，栩栩然蝴蝶也。自喻適志與，不知周也。俄然覺，則蘧蘧然周也。」後人多借此寓言以比喻生命、事物的變幻無常。❺酒中蛇：漢應劭風俗通九怪神，記杜宣飲酒，見杯中似有蛇，酒後胸腹作痛，多方醫治不癒；後知爲壁上所懸赤弩照於杯，形如蛇，病卽癒。事亦見晉書樂廣傳。後人因以「杯弓蛇影」或「蛇影杯弓」形容人疑神疑鬼，自相驚擾。此句則以喻功名之念，如蛇入人肚腹之中，令人有不能釋除的痛苦。❻尖風：刺骨的風。尖，銳利。❼薄雪：逼人的雪。薄，逼迫。亦有不安全環境的寓意。詩小雅小旻：「戰戰兢兢，如臨深淵，如履薄冰。」❽殘杯冷炙：吃剩的酒肉，比喻受富家豪貴的施捨。北齊顏之推顏氏家訓雜藝：「唯不可令有稱譽，見役勳貴，處之下座，以取殘杯冷炙之辱。」杜甫奉贈韋左丞文二十二韻詩：「殘杯與冷炙，到處潛悲辛。」炙，燒烤的肉。❾掩青燈竹籬茅舍：謂掩上茅舍的竹籬，做一個安貧的隱者，伴青燈以讀書爲樂。

【調　譜】

(仄平)平(仄平)仄平平仄韻(仄平)仄平平仄仄平韻(仄平)平(仄平)仄仄平平韻(仄平)平(仄平)仄韻（句）(仄平)平(上平)去韻仄平平、仄平平去韻　（六句五韻：七、七、七、四、四、七）

此調散曲專用。亦入雙調，一名昇平樂（第二格）。

賣花聲 懷古

張可久

美人自刎烏江岸❶，戰火曾燒赤壁山❷，將軍空老玉門關❸。傷心秦漢❹，生民塗炭❺，讀書人一聲長嘆。

【題解】

本篇是作者以「賣花聲」寫「懷古」的兩首之一。以一個讀書人的立場，慨嘆古來英雄豪傑爭戰的結果，是以性命犧牲、山河焦土、封侯異域爲代價。

【注釋】

❶美人自刎烏江岸：秦末，楚項羽與劉邦爭天下，後來，項羽被劉邦所敗，逃到烏江欲東渡，忽覺「天之亡我，我何渡爲？」遂與美人虞姬自刎死。事見史記項羽本紀。烏江，在今安徽和縣東北。❷戰火曾燒赤壁山：三國時，蜀與吳聯軍，與曹操相戰於赤壁。曹操將船艦相接佔優勢，周瑜部將黃蓋獻計，用蒙衝鬬艦（卽戰船）載灌油的枯柴，利用風勢，發火燒盡曹操船艦，延及岸上，人馬傷亡甚衆，曹操大敗。事資見治通鑑。❸將軍空老玉門關：後漢書班超傳：「超自以久在絕域，年老思土，上疏曰：『臣不敢望到酒泉郡，但願生入玉門關。』帝感其言，乃徵超還。」當時班超因通西域有功，封定遠侯，淹留西域（今新疆一帶）三十一年，故有思鄉盼歸國土的渴望。❹秦漢：喻朝代

政權的興替。❺生民塗炭：喻百姓陷於災難困苦之中。尚書仲虺之誥：「有夏昏德，民墜塗炭。」塗炭，爛泥和炭火。

賣花聲 客況

張可久

登樓北望思王粲❶，高臥東山憶謝安❷，悶來長鋏爲誰彈❸？當年射虎，將軍何在❹？冷淒淒霜凌古岸。

【題解】

本篇寫客遊不遇的感觸，思古人，傷自己，情思悲怨。

【注釋】

❶登樓北望思王粲：王粲（西元一七七－二一七年），字仲宣，三國魏高平人。博學多識，文思敏捷。漢獻帝初，避亂往荊州依劉表，因貌不揚而性孤傲，劉表不任用，落魄荊楚間。嘗與許達登溪山風月樓吟詠，王粲常登樓而望鄉思親，潸然淚下，並作登樓賦，賦中有「登玆樓以四望兮，聊暇日銷憂」句。後歸曹操，任丞相掾，累官侍中。爲建安七子之一。後元人鄭光祖撰「醉思鄉王粲登樓」雜劇，通稱「王粲登樓」。❷高臥東山憶謝安：謝安（西元三二〇－三八五年），字安石，晉陽夏人。早年隱居於浙江省上虞縣西南之東山，後又遊憩於臨安及金陵的東山，後世因以東山指隱居。高臥，高枕而臥，謂安閒無事。世說新語排調：「謝公（安）在東山，朝命屢降而不動。……（高靈）戲曰：

『卿屢違朝旨，高臥東山，諸人每相與言，安石不肯出，將如蒼生何？』」❸長鋏爲誰彈：長鋏，長劍的把。戰國時，馮驩（也作馮煖、馮諼）因貧爲齊孟嘗君食客，而一再彈劍而歌，唱「長鋏歸來乎！食無魚」、「出無車」、「無以爲家」。後爲孟嘗君收債於薛，焚券以市義於民。及孟嘗君被廢，歸薛而民皆迎之。終賴馮驩之力，得以復其位。事見戰國策齊策及史記孟嘗君傳。此句作者謂自己沒有遇到可以容他彈鋏而歌，值得自己爲他效力的人。❹當年射虎，將軍何在：射虎，指漢李廣善射的故事。史記李廣傳：「廣出獵，見草中石，以爲虎而射之，中石沒鏃，視之石也。因復更射之，終不能復入石矣。廣所居郡聞有虎，嘗自射之。及居右北平射虎，虎騰傷廣，廣亦竟射殺之。」後來詩文中常用「射虎」形容武將射藝的高強。此處兩句，作者意謂：李廣因射藝高強，而成名將，今亦不可見了。

正宮　塞鴻秋　代人作

貫雲石

戰❶西風幾點賓鴻❷至，感起我南朝千古傷心事❸，展花箋欲寫幾句知心事❹，空教我停霜毫❺半晌❻無才思❼。往常得興時，一掃無瑕疵❽，今日個❾病懨懨❿剛寫下兩個相思字。

【題　解】

本篇寫因秋景撩起相思；但不是作者自己的情懷。

【注　釋】

❶戰：搏鬪；形容鴻雁冒風飛行的艱苦。❷賓鴻：雁之大者爲鴻。鴻雁是季候鳥，春返北，秋往南，來往如賓客，故稱賓鴻。禮月令：「鴻雁來賓。」❸南朝千古傷心事：此南宋吳彥高「人月圓」中句。吳彥高名激（或作滑），於靖康末奉命出使北軍，因名士被留。曾在燕山張總持家宴集，張的歌姬中有前宋宣和殿宮女，神情悲戚。吳彥高特爲她作人月圓，上闋：「南朝千古傷心地，曾唱後庭花；舊時王謝堂前燕子，飛向誰家？」詞極淒愴，一時盛傳南北。其中「地」字或作「事」；「曾」字或作「還」。南朝陳後主荒淫亡國，「玉樹後庭花」一曲，於陳亡之後仍盛行於民間，故爲文士用以哀念故國情思的寄託。但本篇作者襲用吳彥高的成句，只取「千古傷心事」之意，而無故國傷亡之思。❹知心事：謂內心秘密的情意，只有所愛的人才能知道。❺霜毫：毛筆。霜，白色。❻半晌：半刻，好大一會兒。❼才思：猶靈感。❽一掃無瑕疵：謂文章一揮而就，不須修改。❾個：助詞。❿病懨懨：謂心情煩苦，精神不振。歐陽修定風波詞：「把酒送春惆悵甚，長恁，年年三月病懨懨。」⓫剛：方纔、只。

【調　譜】

仄平平仄平仄平平去韻仄平平仄平仄平平去韻仄平平仄平仄平平去韻仄平平仄平仄平平去韻仄平仄仄平平（或仄平平仄平仄平）韻（句）仄平仄平平去韻仄平平仄平仄平平去韻　（七句六韻：七、七、七、七、五、五、七）

此調除五、六句外，其餘與「叨叨令」同。散曲、雜劇均用，亦入仙呂宮、中呂宮。

塞鴻秋

張養浩

春來時綽然亭❶香雪梨花會❷，夏來時綽然亭雲錦❸荷花會，秋來時綽然亭霜露黃花會，冬來時綽然亭風月梅花會。春夏與秋冬，四時皆佳會，主人此意誰能會？

【題　解】

本篇寫綽然亭四季花開的美景，顯現出作者歸隱的快樂。

【注　釋】

❶綽然亭：張養浩辭官歸田後，在別業雲莊中所築的小亭；由亭四望，遠有山林泉石之勝，近則芳叢秀繞，景色宜人，是他最喜愛的休憩處，在其作品中，記此亭的詩文不少。歸田類稿雲莊記：「亭取其閒適，名曰綽然。」❷會：在詩、詞、曲等韻文中，有通篇用同一字的叶韻法，謂之「獨木橋」體；本篇卽單用「會」字叶韻的範例。❸雲錦：綽然亭下池名。歸田類稿雲莊記：「池取其芳，名曰雲錦。」

塞鴻秋　春情

張可久

疏星淡月秋千院，愁雲恨雨❶芙蓉面❷，傷心燕足留紅線❸，惱人鸞影閒團扇❹。獸爐❺沉水烟❻，翠沼❼殘花片，一行行寫入相思傳❽。

【題　解】

本篇寫春夜閨中的寂寞相思。

【注　釋】

❶愁雲恨雨：謂愁似雲，恨如雨，雲雨二字，形容愁恨的湧起。❷芙蓉面：形容女子容顏嬌美，以荷花比之。白居易長恨歌：「芙蓉如面柳如眉。」❸燕足留紅線：比喻失去伴侶的孤單淒涼。南朝時衞敬瑜早死，他的妻子王氏十六歲就守寡。王氏的房子上有燕子窩，常有燕子成雙來去。後來，燕子忽然一隻孤飛，她因此感傷自己，就在孤飛的燕子的腳上，繫上紅線。次年，又見這隻燕子重回舊巢來，紅線還在牠腳上。❹惱人鸞影閒團扇：謂團扇上鸞鳳雙飛的畫面，使她看了煩惱，所以把扇閒放在一旁。團扇，圓形的扇子。鸞鳳雙飛，象徵夫妻好合。❺獸爐：獸形的香爐。❻沉水烟：沉香又稱沉水香或沉水。沈懷遠南越志：「交趾蜜香樹，彼人取之，先斷其積年老木根；經年，其外皮、幹俱朽爛，木心與枝節不壞，堅黑沉水者，卽沉香。」宋胡宿侯家詩：「沉水薰衣白璧堂。」❼翠沼：綠色的池子。韻會：「圓曰池，曲曰沼。」❽傳：記載，此處指文章。

第四節　散　套

(一)　散套的型式

對而言。又叫大令或樂府。

散套亦稱套數，各套獨立，不相連屬，所以稱「散」，和劇曲的套與套間須密切聯繫相

散套的組成，是將宮調相同的幾個曲牌，聯成一支長歌，它的構造型式，一般分爲：引子、正曲、尾聲三部分，引子、尾聲各用一個曲牌，正曲是作者抒情述志的部分，不加限制，前人的散套，有聯貫數十曲牌的長調。寫作散套，亦是按題塡詞，和作小令一樣，但須注意下面幾項事情：

一、每套必用尾聲，來結束樂曲和詞意。

二、全套必須一韻到底，不能換韻。不同曲牌內，韻字可以重用。

三、文詞以和平雅正爲尙，內容以抒情遣興爲主，間或有演述故事，但不能用科、白。

四、曲牌可以重用。

㈡ 散套的種類

散套是聯結小令而成，聯套的方式有三種：北曲散套、南曲散套、南北合套，分述如下。

一、北曲散套

北曲散套，卽全用北曲曲牌所成的套，曲牌性質，分正、輔兩種作用。正曲的曲牌，板眼完整，音節曲折有致，足以暢情詠懷，是一套中的主要部分。輔曲曲牌，或音節疏簡，板眼不必完全，套首的引子，套末的尾聲，都是輔曲。有時引子省略，所以至簡的北曲散套，

僅有一調一煞，兩個曲牌的短套。

北曲散套有「借宮」之法，卽不同宮調內的曲牌，如果管色相同，便可以互相通用，北曲各宮調中曲牌，半數可以互借爲用。但清人劉熙載曲概說：「曲有借宮，然但有例借，而無意借。旣須考得某宮調可借某牌名，更須考得部位宜置何處，乃得節律有常。」正、輔曲牌的聯貫，借宮曲牌的配置，本有音律的規法，但因聯法已經不能考知，今人作北曲散套，只有遵照前人的成式了。

二、南曲散套

全用南曲曲牌聯成的套，便是南曲散套。曲牌的性質亦分三類：引子、過曲、尾聲。引子不論宮調，亦不必全塡。過曲卽正曲，是由引子轉過正曲之意。

三、南北合套

南北合套，創始於元人沈和，故合套由來甚早，約在元中葉以後。沈和字和甫，杭州人，明音律，善詞翰。

南北合套的聯成，一般是用一北曲間一南曲，南北相間以成套，以南曲起首或北曲起首皆可。合套所用的曲牌，雖以南北曲牌宮調相近者，相間排列爲原則，但以北曲部分爲主；且北曲部分，就是一個完整的套式，而挿入南曲曲牌，若抽去南曲部分，則北曲仍然是一個完整的套式。南北合套，是調和南北曲的聲情，使得中和之妙。

聯曲成套的方式，一般以上述三種爲普遍。此外，亦見有省去尾聲的散套；南曲又有將一個曲牌重用，疊至數遍或數十遍，加尾聲而成套，甚至連尾聲也省去的一調重頭所成套，都是套式的變格。

南北曲的樂律聲情，今人能考知者無幾了，但塡作長篇的套曲，仍可依照前人的成例和曲譜來撰作。

㈢ 元人散套選

黃鐘 侍香金童❶

關漢卿

春閨院宇，柳絮飄香雪，簾幙輕寒雨乍❷歇，東風落花迷粉蝶，芍藥❸初開，海棠才謝。

么 篇❹

柔腸❺脈脈❻，新愁千萬疊❼，偶記年前人乍別，秦臺玉簫聲斷絕❽，雁底關河，馬頭明月❾。

降黃龍衮❿

鱗鴻無個⓫，錦箋慵寫，腕鬆金，肌削玉，羅衣寬徹⓬，淚痕淹破，胭脂雙頰；

寶鏡愁臨，翠鈿⑬羞貼。

么篇⑭

等閒⑮辜負，好天良夜，玉爐中，銀臺上，香消燭滅，鳳幃冷落，⑯鴛衾⑰虛設，玉筍頻搓⑱，繡鞋重攧⑲。

出隊子⑳

聽子規啼血㉑，又西樓角韻咽㉒，半簾花影自橫斜，畫簷間丁當風弄鐵㉓，紗窗外，琅玕敲瘦節㉔。

么篇㉕

銅壺玉漏㉖催淒切，正更闌㉗人靜也。金閨瀟灑轉傷嗟，蓮步㉘輕移呼侍妾，把香桌兒安排打㉙快些。

神仗兒煞㉚

深沉㉛院舍，蟾光㉜皎潔，整頓了霓裳㉝，把名香謹爇㉞，伽伽㉟拜罷，頻頻禱祝：不求富貴豪奢，只願得夫妻每㊱早早圓備㊲者。

【題　解】

本篇寫春夜閨中相思之情。

【注　釋】

❶侍香金童：詞牌名，轉入於曲。王仁裕開元天寶遺事：「(王元寶)常於寢帳牀前，雕矮童二人，捧七寶博山爐，自暝焚香徹曉。」調名由此而得。本篇此曲文意，言春歸而人未歸。❷乍：初，剛。❸芍藥：春末夏初開花，花大而艷麗，名色繁多，供觀賞，根入藥。❹么篇：此曲文意，言深閨與征人，兩相縈繫。❺柔腸：多指女性纏綿的情意。李清照點絳唇詞：「寂寞深閨，柔腸一寸愁千縷。」❻脈脈：含情不語的樣子。古詩十九首之十：「盈盈一水間，脈脈不得語。」❼疊：層、重。❽秦臺玉簫聲斷絕：謂良人遠別，閨婦寂寞，即江淹詩：「蕩子從征久，鳳樓簫管閑」之意。相傳秦穆公時，有善吹簫的蕭史，而穆公女弄玉好之，遂結爲夫婦，蕭史教弄玉作鳳鳴。數十年後，吹簫似鳳聲，有鳳凰來停在屋上，穆公便爲弄玉夫婦築「鳳臺」(亦叫鳳女臺)。數年後，某天，弄玉夫婦都隨鳳凰飛去(見列仙傳)。鳳臺，詩文中常作秦臺、鳳樓。❾雁底關河、馬頭明月：謂良人在征途上，過關渡河時見鴻雁飛過，必興歸思；夜間倚馬望月，便會對月懷閨人。❿降黃龍滾：此曲文意，寫閨中人爲相思而憔悴。⓫鱗鴻無個：謂全無信息。鱗鴻，即魚和雁，代稱書信。傅咸紙賦：「鱗鴻附便，援筆飛

書。」⑫腕鬆金……寬徹：形容整個人消瘦下來：腕上金釧鬆落，肌肉削減，衣服顯得寬大了。⑬翠鈿：綠玉製的婦女首飾，翠翹，金鈿。⑭么篇：此曲文意，寫爲辜負良宵而焦躁無奈。⑮等閒：平白地。劉禹錫竹枝詞：「長恨人心不如水，等閒平地起風波。」⑯鳳幃：繡有彩鳳或鳳凰的帷帳，古人以此象徵夫妻和樂。⑰衾：大被。⑱玉筍頻搓：不住地搓手。玉筍，美稱美女的手指和腳趾。韓偓詠手詩：「腕白膚紅玉筍芽，調琴抽線露尖斜。」⑲擷：頓。⑳出隊子：此曲文意，寫閨房外遠近的聲音、景物，莫不助人悲戚。㉑子規啼血：子規，即杜鵑鳥，在暮春時鳴叫不已，啼聲淒厲，或至口中流血（見禽經）、古人謂其啼聲似「不如歸去」。白居易琵琶行：「杜鵑啼血猿哀鳴。」㉒西樓角韻咽：舊時在城垣四角建「角樓」，是瞭望用的城樓。詩文中多寫西樓，因爲離人所往，或長安，或西域，都在西面。角韻，軍號的聲音。咽，悲鳴。㉓鐵：指鐵馬，即風鈴。㉔琅玕敲瘦節：謂風吹過，使竹子發生互相碰擊的聲音。琅玕，竹子。杜甫鄭駙馬宅宴洞中詩：「主家陰洞細烟霧，留客夏簟青琅玕。」㉕么篇：此曲文意，由傷悲轉向收結。㉖銅壺玉漏：古代的計時器。銅壺中裝清水，下開孔，漏水入兩壺，右爲夜，左爲晝。受水壺上有銅人抱時刻漏箭。玉漏，玉製的計時器。㉗更闌：更深夜盡。闌，殘、盡。㉘蓮步：稱美人的腳步。南齊東昏侯鑿金爲蓮花，以貼地，令潘妃行其上，曰：「步步生蓮花。」㉙打：打點，料理。㉚神仗兒煞：此曲係本套尾聲，其文詞以拜月禱祝夫妻團圓，結束全篇文意。㉛深沉：幽靜隱蔽。㉜蟾光：月光。古代神話，謂月中有蟾蜍，故稱月爲蟾。蟾蜍，即癩蝦蟆。司馬光佇月亭詩：「孤蟾久未上，五馬不成歸。」㉝霓裳：即彩衣。謂以虹霓爲裳；裳，卽裙。㉞爇：燒。㉟伽伽：伽字在佛教中是梵文音譯過來，合其他音以成詞。在此可作虔誠下拜的意思講。㊱每：同「們」，表示多數的詞尾。㊲圓備：猶團圓，和美。㊳者：猶「吧」！語末表祈求語氣詞。

秋思

馬致遠

【雙調】夜行船❶

百歲光陰一夢蝶❷，重回首往事堪嗟！昨日春來，今朝花謝。急罰盞❸夜闌燈滅。

喬木查❹

想秦宮❺漢闕❻，都做了衰草牛羊野，不恁麼漁樵沒話說❼，縱荒墳橫斷碑，不辨龍蛇❽。

慶宣和❾

投至❿狐蹤與兎穴，多少豪傑？鼎足雖堅半腰裏折⓫。魏耶？晉耶⓬？

落梅風⓭

天教你富，莫太奢，沒多時好天良夜。富家兒更做道你心似鐵，爭辜負⑭了錦堂風月。

風入松⑮

眼前紅日又西斜，疾似下坡車⑯，不爭鏡裏添白雪⑰，上牀與鞋履相別⑱。休笑鳩巢計拙⑲，葫蘆提⑳一向裝呆㉑。

撥不斷㉒

利名竭，是非絕㉓，紅塵不向門前惹，綠樹偏宜屋角遮，青山正補牆頭缺㉔，更那堪㉕竹籬茅舍㉖。

離亭宴帶歇指煞㉗

蛩吟㉘罷一覺才寧貼㉙，雞鳴時萬事無休歇，何年是徹㉚？看密匝匝蟻排兵㉛，亂紛紛蜂釀蜜，急攘攘㉜蠅爭血。裴公綠野堂㉝，陶令白蓮社㉞。愛秋來時那些：和露摘黃花㉟，帶霜分紫蟹㊱，煮酒燒紅葉㊲。想人生有限杯，渾㊳幾箇重陽節。人問我，頑童記者㊴：便北海㊵探吾來，道東籬醉了也㊶。

【題　解】

本篇以「秋思」二字爲題，意謂寫秋天的感想，但作者在文中所寫的秋景，只有末調後段幾句，所以，他所要表現的，不是自然季節之秋，而是寫「人生晚年」之秋，表現人生暮年的隱逸情懷。由於思理入微，見解透闢，道盡當時一般知識份子的心態，故自元以來，甚得士林推重。元周德清中原音韻評說：「此方是樂府，不重韻，無襯字，韻險語俊。諺曰：百中無一；余曰：萬中無一。」明王世貞也推爲散套中第一傑作。由於傳誦既久又普遍，異本甚多。

【注　釋】

❶夜行船：此曲文意，是全篇主題的攏起：感慨人生多變，好景難留，宜及時行樂。❷百歲光陰一夢蝶：言人生一世，事多變幻無常。莊子齊物論：「昔者莊周夢爲蝴蝶，栩栩然蝴蝶也。自喻適志與，不知周也。俄然覺，則蘧蘧然周也。不知周之夢爲蝴蝶與？蝴蝶之夢爲周與？」❸罰盞：滿飲一杯稱爲「浮白」。罰、浮，一聲之轉。❹喬木查：又名銀漢浮槎。此曲文意，說帝王功業雖極彪炳，後來也不曾留下些什麼。❺秦宮：指秦始皇所築的阿房宮，故址在今陝西省長安縣西。三輔黃圖：「阿房宮，亦曰阿城。惠文王造宮未成而亡。始皇廣其宮規，恢三百餘里，離宮別館，彌山跨谷，輦道相屬，閣道通驪山八百餘里。」後至秦二世三年十二月，楚項羽入函谷關，燒秦宮室，火三月不息。杜牧阿房宮賦：「楚人一炬，可憐焦土。」❻漢闕：指漢武帝時建

築的鳳闕。史記孝武紀：「於是作建章宮，……其東則鳳闕，高二十餘丈。」因其上有銅鳳皇，故名。漢書東方朔傳：「起建章，左鳳闕，右神明，號稱千門萬戶。」❼不恁麼漁樵沒話說：恁麼，卽今說「如此」「這樣」。漁樵閒談，以前朝興亡爲談資，故沒有朝代的興亡變遷，漁夫樵夫，便沒有可談之事了。❽不辨龍蛇：謂分辨不出碑上的字跡，古人用龍蛇來形容秦漢的篆文。一說龍蛇係指墳墓裏的人，是英雄（龍）或凡人（蛇），其意卽英雄凡夫，終是同歸黃土。❾慶宣和：此牌末二句須叠。此曲文意，轉到古來豪傑的功業，也隨時光而改變。❿投至：元人俗語，猶言「等待到」、「到了」，及至。⓫鼎足雖堅半腰裏折：鼎足，喻東漢末，魏、蜀、吳三國平分天下的鼎峙局勢。但這種英雄對峙的情況，也不曾維持多久，後來蜀、吳被魏所滅，司馬氏又篡魏而建立了晉。⓬魏耶、晉耶：作者爲元代人，魏、晉都是久遠之前的歷史了，文後有「如今安在哉」的疑問感歎。⓭落梅風：又名壽陽曲，或誤作落梅花。此曲文意，寫富人雖有享受生活的條件，但都由於奢求更多財富而耗盡了心思，乃至辜負了美景良辰。以上三調，寫一般世人。⓮爭辜負：爭，卽「怎」。辜負，虧負，對不起；此處引伸爲「錯過」之意。⓯風入松：此曲文意，轉到自己的人生感想。⓰眼前紅日又西斜，疾似下坡車：二句比喻自己晚景在目，更覺餘光難以駐留。⓱不爭鏡裏添白雪：言在無意中驚覺年華已老。不爭，不料，想不到。白雪：髮白如雪。⓲上牀與鞋履相別：言老年人可能隨時死亡。舊時俗諺：今夜脫下鞋和襪，明早知他穿不穿？⓳鳩巢計拙：方言：「鳩，蜀謂之拙鳥，不善營巢，取他鳥巢居之。」禽經：「鳩拙而安。」作者用此以喻自己不善營生，卻能隨遇而安。⓴葫蘆提：提或作蹄、題。宋元時俗語，凡人糊里糊塗，馬馬虎虎，都謂之葫蘆提。亦作鶻突。㉑裝呆：假裝癡呆。表示人生難得糊塗，笑笨也由他吧！㉒撥不斷：又名續斷絃，可增句。此曲文意，寫自己看破世情，以安貧隱居爲樂。㉓利名竭，是非絕：自言逐利求名之心已盡，人世的是非之爭也就斷絕。此二句一對。㉔紅塵……牆頭缺：此三句鼎足對。紅塵，喻塵世俗務；向門前惹，向門外去招引。綠樹偏宜屋角遮，表示居住的地方十分隱蔽，連屋角也被茂密的樹叢所遮蓋了。青山正補牆頭缺，言崩缺的牆頭，正好看到青山矗立，也成一景。㉕更那堪：詩詞曲常用語，更兼，況又的意思。㉖竹籬茅舍：言亦足爲棲息安身的地方。㉗離亭帶歇指煞：此曲是本套的尾聲，作者感慨人生在世多奔波勞苦，所以要珍惜晚景餘年，以不再爲世俗的人情應酬而浪費光陰作結。㉘蛩吟：蟋蟀的鳴聲。蟋蟀是秋夜在室內鳴叫的。詩豳風七月：「十月蟋蟀入我牀下。」㉙寧貼：安寧貼伏。㉚徹：完盡、結束。㉛密匝匝蟻排兵：密匝匝，層層圍繞的密集。蟻排兵，蟻羣尋覓食物，像軍隊排陣一樣。㉜急攘攘：忙亂的樣子。㉝裴公綠野堂：裴度（西元七五六—八三九年），字中立，唐河東聞喜人，德宗貞元進士。憲宗時，因平淮蔡不奉朝命奏功，以功封晉國公，故稱裴公，入知政事，爲憲宗，穆宗時名相。裴度功高持正，不爲朝臣所喜。文宗時，徙東都留守。退休後，在東都午橋（今河南洛陽城南十里）建綠野堂別墅，與白居易、劉禹錫等名士宴樂其間，不問世事。㉞陶令白蓮社：晉陶潛，一名淵明（西元三六五—四二七年），曾任彭澤令，故稱陶令。白蓮社，晉高僧慧遠與僧徒慧永、慧持，及名士劉遺民、雷次宗等十八人，在廬山東林寺結社，禮佛誦經，同修西方淨業，因寺中多植白蓮，故稱白蓮社。陶淵明任彭澤令後，以「不能爲五斗米折腰」，棄官歸隱潯陽故里，常與社中人往還，但未入社。㉟黃花：指秋天的黃菊。㊱紫蟹：蟹殼紫青色，煮熟後爲紫紅色，故稱紫蟹。今河北寧河縣出產的蟹，就稱爲紫蟹。每年入秋經霜之後，蟹肉最肥美。㊲紅葉：秋涼之後，楓、柿、黃櫨木等植物的葉，變爲紅色。㊳渾：全，總共之意。㊴記者：記住。者，元人習用的語氣詞，猶現在口語「着」。㊵北海：漢時郡名，在山東省東部，東漢改爲北海國。獻帝時孔融曾爲北海相，故人稱「孔北海」。孔融（西元一五三—二〇八年）字文舉，孔子後裔，博學善文章，性好客，嘗說：「座上客常滿，樽中酒不空，吾無憂矣。」㊶道東籬醉了也：託辭酒醉不見客之意。東籬，作者的號。

孤館雨留人

馬致遠

【仙呂】**賞花時**❶

鞍馬區區❷山路遙，月暗星稀天欲曉，雲氣布荒郊，前途店少，僅此避風雹❸。

么❹

客舍❺駸駸❻過幾朝，雨哨紗窗魂欲消，離故國❼路途遙。柴門靜悄，無意飲香醪❽。

賺煞❾

聽林間，寒鴉噪❿，野店江村未曉，風刮得關山葉亂飄。料前村冷落漁樵。悶無聊，心內如燒，昏慘慘孤燈不住挑。濃雲漸消，月明斜照，送清香梅綻灞陵橋⓫。

【題　解】

本篇寫旅途上受困於雨，在荒郊的孤館裏等待雨停的焦躁心情。

【注　釋】

❶賞花時：此曲文意，寫趕路的人，晨起見天氣已變，而荒郊唯此可避風雪。❷區區：小小。❸雹：冰雹。❹么：此曲文意，寫在幾天的等待中，焦躁而無聊的無奈。❺客舍：旅舍。史記商君傳：「商君亡至關下，欲舍客舍。」❻鬖鬖：疾速。梁簡文帝如影詩：「朝光照皎皎，夕漏轉鬖鬖。」❼故國：故鄉。杜甫上白帝城詩：「取醉他鄉客，相逢故國人。」❽醪：濁酒。❾賺煞：此曲文意分兩段：前段仍寫等待時的無聊煩惱；後段是末三句，寫天氣轉好，終又登程上路。❿寒鴉噪：寒天的烏鴉在喧叫。⓫灞陵橋：灞本作霸。霸陵是漢文帝的陵墓，在陝西省長安縣東。漢人跨水作橋，送客至此，折柳贈別。故歷代詩文中，常以灞陵、灞橋，代稱離思或送別處。李白憶秦娥詞：「年年柳色，灞陵傷別。」唐人亦謂之「銷魂橋」。

春　情

高安道

【仙呂】賞花時❶

香爇❷龍涎❸寶篆❹殘，簾捲蝦鬚❺春晝閒，心事苦相關，春光欲❻，無一字報平安。

尾❼

意無聊，愁無限，花落也鶯慵燕懶，兩地相思會面難，上危樓❽憑暖雕闌❾。暢❿心煩，盼殺人也秋水春山。幾時看寶髻鬅鬆⓫雲亂綰⓬。怕的是樽空酒闌⓭，月斜人散，背銀燈偷把泪珠彈⓮。

【題　解】

本篇寫閨婦盼望丈夫歸來的心情。

【注　釋】

❶賞花時：此曲文意，寫閨人暮春寂寞的相思。❷爇：燒、點燃。❸龍涎：薰香名。是抹香鯨病胃的一種分泌物，以得於海上，因稱龍涎，亦名龍泄。和以其他香物，香味更烈而經久不散，是一種珍貴香料。唐時稱爲阿末香（阿拉伯語的對譯）。❹寶篆：形容香爐上曲折上升的烟，狀如篆體字。秦觀海棠春詞：「翠被晚寒輕，寶篆沉烟裊。」❺蝦鬚：簾子的流蘇。亦代稱簾子：唐陸暢詠簾詩：「勞將素手捲蝦鬚，瓊室流光更綴珠。」❻欲晚：將盡。❼尾：此曲文意，刻畫久盼不歸的怨望悲傷。❽危樓：高樓。❾憑暖雕闌：謂佇立眺望久久，闌干也靠得暖熱了。❿暢：甚。董西廂：「青衫忒離俗，裁得暢可體。」元人常用「暢好」一詞，實在之意。⓫鬅鬆：頭髮散亂的

樣子。王和卿一半兒曲：「待不梳粧怕娘左猜，不免揷金釵，一半兒鬅鬆一半兒歪。」

⑫綰：旋繞打結。古代婦女盤髮爲髻，叫做綰髻。⑬酒闌：宴會終了。闌，盡、殘。史記高祖紀：「酒闌，呂公因目固留高祖。」⑭兪把淚珠彈：謂暗自悲傷落淚。淚，卽淚。彈淚，彈灑眼淚，形容心情悲痛。

附錄・散曲作者簡介

王和卿

王和卿，大名（河北大名縣）人，生平不可考，鍾嗣成錄鬼簿將他列於「前輩名公」中，稱他「王和卿學士」。孫楷第元曲家考略說他名鼎，汴（河南開封）人。王和卿以散曲名世，無雜劇，所作多諧謔滑稽，正如他佻達玩世的人生態度。與關漢卿知交而常加譏謔，關漢卿總是還答不過。相傳元世祖中統初年時，燕市（卽今北平市）出現了極大的一隻蝴蝶，王和卿爲牠寫了一曲醉中天：「彈破莊周夢，兩翅駕東風，三百座名園一採一箇空。誰道風流種，諕殺尋芳的蜜蜂。輕輕飛動，把賣花人搧過橋東。」使高才的關漢卿擱筆，王和卿因此才名更盛。作品存於今者有小令二十一首，套曲一。

王愛山

王愛山，字敬甫，長安（陝西西安）人，生平不詳。今存小令十四首。

王德信

王德信，字實甫，又作實父，大都（卽今北平市）人。生平事蹟不詳，與關漢卿同時。王實甫是元初雜劇名家，作有雜劇十四種，今存西廂記、麗春堂、破窰記三種；西廂記享有「北曲第一」的盛譽，影響中國劇壇及社會思潮至巨。與關漢卿、白樸、馬致遠、鄭光祖、喬吉合稱「元曲六大家」。明朱權太和正音譜說：「王實甫之詞，如花間美人。鋪敍委婉，深得騷人之趣。極有佳句，若玉環之出浴華淸，綠珠之採蓮洛浦。」所作散曲，亦濃麗晶瑩，今存小令一首，套曲二。

白　賁

白賁，字无咎，原籍太原文水（山西文水縣）人，自高祖白顯移居錢塘（浙江杭縣），便稱錢塘人。父白珽（字湛淵），是南宋江、浙等處的儒學提舉，以詩文名於時，宋亡隱居於杭州。无咎的生平無詳細資料，但知他在元仁宗延祐間做過忻州（山西代縣）太守，因與監郡不和被謗，幾得罪。元英宗至治三年（西元一三二三），爲溫州平陽州教授，後來又爲文林郎南安路總管府經歷。淸姚際恒曾見他所作畫，評以「作花古雅」。他在世時以樂府有名，太和正音譜列爲最上品，並說：「白无咎之詞，如太華孤峯，孑然獨立，巋然挺出，若孤峯之揷晴旲，使人莫不仰視也，宜乎高薦。」他是散曲家，作品今存小令三首，套曲二；尤以鸚鵡曲享盛名，和作很多，馮子振卽有和韻三十九首。

白　樸

白樸，字仁甫，後改字太素，號蘭谷。原籍隩州（山西河曲縣東南），生於金哀宗正大三年（西元一二二六），金亡後，徙家眞定（河北正定縣），故又以爲眞定人。白樸幼時，家勢顯貴，父白華，仕金爲樞密院判官，以儒者知兵見重當時。白華有三子，白樸居次。金哀宗天興元年（西元一二三二）十二月，元兵攻陷汴京，哀宗出亡，白華棄家相從，妻張氏失散，白樸時七歲，得世叔父元好問收留養育，並隨元家北渡。元、白兩家，是唐代元稹、白居易以來就建交，世代相契。而元好問在晚輩子侄中，又特別愛白樸的穎悟，以親子侄之情來教養他，所以白樸自幼卽奠下學問文才基礎，也深受元好問的影響。金亡後，白華父子卜居滹陽（○沱河之北，指河北正定縣），專心教導兒子，白樸也在日漸成長中有名，成爲後進中的翹楚。但幼年戰亂倉皇失母家散的創傷，使他時常悒鬱無歡，不求干祿，也不隱居避世，而甘守貧困，放浪形骸，寄情於文章山水，優游地走完人生的旅程，連卒年也無法確考，但至少享年六十六歲以上（六十六歲仍有詞作）。白樸死後，元廷因他兒子有功，追贈他嘉議大夫、太常禮儀院太卿。白樸是以戲曲名世的大家，和關漢卿、王德信、馬致遠、鄭光祖、喬吉合稱元代雜劇六大家，或和關、馬、鄭合稱四大家。作有雜劇十六種，今存完整的有梧桐雨、牆頭馬上、東牆記三種，以梧桐雨流傳最盛，無論文詞和佈局，都有高度的藝術技巧，吳梅以爲它的成就，駕越西廂記。明朱權太和正音譜說：「白仁甫之詞，如鵬摶九霄。風骨磊磈，詞源滂沛，若大鵬之起北溟，奮翼凌乎九霄，有一舉萬里之志，宜冠於首。」王國維則認爲他在四大家中，應列位第二；以爲白樸在元代曲家中的地位，就像詩中的劉夢得，詞中的蘇東坡，兼具婉約與豪放之美。白樸散曲原無專集，清人在各選本中輯得小令三十六首，套曲四，合爲一卷，附在他的詞集「天籟集」之後，題名「天籟集摭遺」。今隋樹森全元散曲收有小令三十七首，套曲四。白樸散曲，亦兼具清麗與豪放之美，在元初崇尚本色的曲壇中，另有他自己的風格。

任昱

任昱，字則明，四明（浙江寧波市西南有四明山）人，與張可久、曹明善同時。年輕時好遊平康，作小樂章流傳於婦女中，後來決志讀書。今存小令五十九首，套曲一；文詞亦淸雅流麗。

周德清

周德清，號挺齋，高安（江西高安縣）人，生卒年不詳，約元仁宗延祐初前後在世。宋周美成的後裔，工樂府，善音律，他有感於當時歌壇上的作者、歌者，句法韻律多謬誤，便著中原音韻一書，以爲正語之本，變雅之端，將韻分爲十九部，平聲分陰陽，仄聲分上去，入聲取消，入聲字分派到三聲中，此書終成爲北曲叶韻的標準；又末附小令定格，詳論聲格得失，成爲曲家塡詞的圭臬，極有功於曲學。又作有散曲傳世，今存小令三十一首，套曲三。明朱權太和正音譜說：「周德清之詞，如玉笛橫秋。」

姚燧

姚燧，字端甫，號牧庵，洛陽（河南洛陽）人，南宋理宗端平三年（西元一二三六，蒙古滅金第三年）生。他三歲喪父，由伯父姚樞嚴厲督教長成，受楊奐賞識，妻以女。十八歲遊學長安，受教於許衡。後因許衡的引薦，由秦王府文學，累遷到榮祿大夫、翰林學士承旨、知制誥，兼修國史，七十五歲時告假回家，次年卒，時爲元仁宗皇慶元年（西元一三一二），七十六歲，諡文。姚燧以文章經學有名於元代，窮理躬行，是一代的名儒名臣；文章豪雄剛正，亦倡導古文，時人把他比作韓愈和歐陽修，作有牧庵文集五十卷。他又作有散曲，是文章之餘的抒情之作，只有小令二十九首，套曲一，但辭句淺直，而情意深曲，平淡中有絢爛，另有境界。朱權太和正音譜把他和董解元、盧疏齋並列，認爲是詞林的英傑。

胡祇遹

胡祗遹，字紹開，號紫山，磁州武安（河北武安縣）人。少孤，既長，讀書，見知於名流。元世祖中統初，張文謙宣撫大名（河北大名縣），辟他爲員外郎，後因建言忤權奸，先後出治太原、濟寧、鉅野，以敦教易俗聞於世，元廷徵他爲耆德者十人之首。卒年六十七，贈禮部尚書，諡文靖。今存小令十一首。朱權太和正音譜說：「胡紫山之詞，如秋潭孤月。」

盍西村

盍西村，盱眙（江蘇盱眙縣）人，生平不詳，各種曲本有盍志學、盍士常之名，人或揣測是其名與字，而西村是號。今存小令十八首，套曲一。朱權太和正音譜說：「盍西村之詞，如清風爽籟。」

馬致遠

馬致遠，號東籬，大都（今北平市內城）人。自少飽讀詩書，後來做過江浙行省務官，而終老於江南。當時政治黑暗，讀書人難有進身之路，東籬懷才不遇，便把才情宣洩於歌曲文詞中，和李時中、花李郎、紅字公合組書會（職業的賣藝說書者的團體），元賈仲明有凌波仙詞說他：「戰文場，曲狀元，姓名香貫滿梨園。」從他的作品中，可知他由「困煞中原一布衣，悲，故人知不知？登樓意，恨無上天梯」的壯懷憤懣，而至「半世逢場作戲，險些兒誤了終焉計！白髮勸東籬，西村最好幽棲，老正宜」的投老林泉自放的心境。著有雜劇十六種，名列「元曲六大家」或「四大家」之中，傳世的七種：漢宮秋、薦福碑、岳陽樓、青衫淚、黃粱夢、陳摶高臥、任風子。漢宮秋是他平生傑作，明臧晉叔取爲元人雜劇之首，也是元明以來作昭君劇的絕調，並有英文譯本和日文詳註本。散曲有小令一百十七首，套曲十六，小令以天淨沙（秋思）爲最，套曲以秋思（夜行船套）爲最，均稱爲元人第一。馬致遠的散曲，擴大了曲的範圍，提高了曲的意境，洗淨了諧謔狎褻之氣，以揮灑自如的才情筆鋒，寫下各種題材，寄託了無端的感慨，在豪放的風格中，亦有極閒適恬靜、清麗細密之作，因而提升了元曲的地位，使元人散曲，成爲唐詩宋詞之後的「新體詩」，爲姚燧、張養浩、盧摯等清麗恬適風格的宗師。朱權太和正音譜說：「馬東籬之詞，如朝陽鳴鳳。其詞典雅清麗，可與靈光景福，兩相頡頏，有振鬣長鳴，萬馬皆瘖之意；又若神鳳飛鳴於九霄，豈可與凡鳥共語哉？

宜列羣英之上。」盧前元人雜劇全集跋說：「王國維謂馬致遠於詩似儀山，於詞似歐陽永叔。明甯獻王朱權曲品，躋致遠於第一。蓋元中葉以後，曲家多以馬爲宗，其影響於金元雜劇者，誠非鮮也。」任訥曲諧說：「雜劇推元四家，余謂散曲必獨推東籬，小山雖亦散曲專家，終是別調耳，餘人皆非專家。既然散、劇兼長，則古今羣英，以東籬爲領袖，可謂至當矣。」可見他受後人的極致推崇。

曹德

曹德，字明善，生卒年及里籍不詳。明鈔本錄鬼簿說他做過衢州路（屬今浙江省）吏，曾因作清江引二曲，諷太師伯顏擅權，以無罪殺剡王徹徹都，和高昌王帖木兒不花，名聞都下。作品今存小令十八首。

張可久

張可久，字小山，慶元（浙江鄞縣）人。生卒年不能確考，元順帝至正初年（西元一三四一為至正元年）時，他七十多歲，還在浙江做李祁的幕僚，估計他享壽當在八十歲以上。據曹明善錄鬼簿說，他早年做過掌稅收的路吏（民務官），掌省署文牘的首領官，又做過桐廬（浙江桐廬縣）的典吏，仕途際遇，微不足道，而以飽讀書史，工於散曲，文名遍遠近。他漫遊各地名勝，和達官名士、禪師道人相交，他把懷才不遇的抑鬱，遊踪和感懷，都藉著歌詞題詠出來。晚年隱居西湖，作品更多，吟賞山水的情韻，最令人神往。張可久和馬致遠，稱爲「曲中雙絕」，而張可久專力於散曲，小令尤多，在世時已享盛名。他的作品，元時已刊行了今樂府、吳鹽、蘇隄漁唱、小山北曲聯樂府三卷、外集一卷、小山樂府等；近人任訥輯爲小山樂府六卷，收入散曲叢刊第五種，共收小令七五一首，套曲七，是元代散曲作家所存數量最多的一個。他的作品，題材豐富，抒情寫景，錘鍊自然而獨具風格，又善於嘲笑社會，可謂尺幅千里。他把馬致遠的清麗細密，更加發揮，不落俳諧，又工於字句的鍛鍊，終於確立了元曲與唐詩宋詞並駕齊驅的地位。朱權太和正音譜說：「張小山之詞，如瑤天笙鶴。其詞淸而且麗，華而不艷，有不吃烟火食氣，眞可謂不羈之才。若被太華之仙風，招蓬萊之海月，誠詞林之宗匠也。當以九方皐之眼相之。」

張養浩

張養浩，字希孟，號雲莊，濟南（山東濟南）人。元世祖至元六年（西元一二六九）生，元文宗天曆二年（西元一三二九）卒，六十一歲。幼時勤學，晝夜不輟。及長，遊京師，受平章不忽木的賞識，拜官禮部令史。後來做堂邑（山東堂邑縣）縣尹，去官十年後，堂邑人民還爲他豎建頌德碑。他做監察御史時，直言疏論時政，和當政者不合，構罪罷去。後因宦海風波多煩倦，於元英宗時，棄官歸養老父，丁憂後多次徵召，皆不就，隱居在雲莊別業，享田園泉石之樂。元文宗天曆二年，關中（陝西省境地）大旱，饑民相食，朝廷特拜他陝西行臺中丞，去賑解災荒。他聞命立卽散家財給鄉里貧民，便登程赴任。到了任所，四個月不曾回寓所，日夜在公署中籌畫賑救的事，常爲饑民悲傷，終於因爲過勞而病卒，關中人民如喪父母。文宗至順二年（西元一三三一），贈攄誠宣慰功臣，追封濱國公，諡文忠。張養浩生性耿介恬淡，感憤仕途黑暗，棄官之後，在雲莊的遂閒堂隱居，常以小曲自抒懷抱，又寫閒暇之樂。他的散曲，不在他的文集歸田類稿中，而另本名爲「雲莊休居自適小樂府」，簡稱雲莊樂府。全元散曲收他的小令一六一首，套曲二。朱權太和正音譜說：「張雲莊之詞，如玉樹臨風。」明艾俊雲莊樂府序說：「閒中獨樂，斂心上之經綸，吐胸中之錦繡。凡所接於目而得於心者，因制爲小令二十七首。情由外感，樂自中出，言眞理到，和而不流，使人名利之心都盡。」張養浩在當時是名儒名臣，心胸器度，自不同於一般江湖文士，所以在他的散曲中，常透現出一種超然脫俗的氣韻，使人清心滌慮，而文詞醇厚質樸，淺明易懂，於元曲家中自樹一格。

高安道

高安道，生平不詳，今存套曲三。

貫雲石

貫雲石，原名小雲石海涯，蒙古畏吾兒族人，元世祖至元二十三年（西元一二八六）生。祖父阿里海涯，是元朝建國功臣，封楚國公。父名貫只哥，他就以貫字爲姓，自號酸齋。他生得神彩秀異，十多歲時好騎射，雄武有力，後來喜歡讀書，能一目五行並下，爲文立意和詞句，能自創新意。長大後，承襲先人官爵，做兩淮萬戶府達魯花赤，守永州，軍紀嚴肅，暇時好宴集歌唱，不拘形跡。後來宦情日薄，將官爵全部讓給弟弟忽都海涯，去跟姚燧讀書，姚燧對於他作的文章歌曲，都很賞識。後來因太子（後來的元仁宗）慕賢徵他做「說書秀才」，入宮教其子（後來的元英宗）讀書。仁宗登位後，他歷官翰林侍讀學士、中奉大夫、知制誥等職，並修撰國史。對於會議科舉事，貢獻很多。後來覺得案牘煩勞，有違自己辭爵本意，便以病辭官，埋名隱居江南，在杭州賣藥度日。元泰定帝泰定元年（西元一三二四）五月八日卒，三十九歲。追封京兆郡公，謚文靖。貫雲石以元蒙貴族，醉心漢人文藝，嚮慕山水悠游的生活，視富貴如浮雲，名利如敝屣，此清幽懷抱，表現在文章詞曲上，便有典雅卓越，駿逸豪邁的韻味，文詞冠冕當行，與當時曲家徐再思（號甜齋）齊名並稱，有「酸甜樂府」行世。近人盧前重輯的「酸甜樂府」，得酸齋小令八十六首，套曲九。朱權太和正音譜說：「貫酸齋之詞，如天馬脫羈。」

喬吉

喬吉，一作吉甫，字夢符（或作孟符），號笙鶴翁，又號惺惺道人，太原（山西太原縣）人。元世祖至元十七年（西元一二八〇）生。他儀容秀美，博學多能，又善詞章，以詞曲見重於當時，曾經對作樂府之法，提出具體方法，說：「作樂府亦有法，曰『鳳頭、豬肚、豹尾』六字是也。大概起要美麗，中要浩蕩，結要響亮，尤貴在首尾貫串，意思清新。苟能若是，斯可以言樂府矣。」他早年在青樓追歡買笑，題贈給妓女的詩詞很多，中年以後，以威嚴自正，受人敬畏，寓居在杭州，有題詠西湖的梧葉兒一百首。他一生潦倒，流浪江湖四十年，因而寄情詩酒，寫成的作品很多；他在世時曾想刊行，未成而卒。元順帝至正五年（西元一三四五）二月，病死於家，六十五歲。著有雜劇十一種，和關漢卿、王實甫、白樸、馬致遠、鄭光祖合稱「元曲六大家」。流傳下來的，只有揚州夢、金錢記、兩世姻緣三種，寫的都是才子佳人式的戀愛喜劇，是以雋新的辭藻取勝的陳套題材。他的散曲，在元明時有「惺惺道人樂府」、「文湖州集詞「及「喬夢符小令」三種。近人任訥輯爲「夢符散曲」三卷，收小令近二百首，套曲十；全元散曲則得二百零九首，套曲十一。朱權太和正音譜說：「喬夢符之詞如神鰲鼓浪。若天吳跨神鰲，噀沫於大洋，波濤洶湧，截斷衆流之勢。」明人李開先以爲喬夢符是元代詞家的翹楚，以「天吳跨神鰲」來評他的作品，只能見他「雄健」一面，還未能盡道夢符作品的特點。李開先說：「以予論之，蘊藉包含，風流調笑，種種出奇，而不失之怪；多多益善，而不失之煩；句句用俗，而不失其爲文，自可謂與之傳神。」後之論者，大概更欣賞夢符的散曲，認爲他雅俗並用，較之張可久的騷雅蘊藉，尤得曲家的妙諦。故喬夢符的散曲價值，更勝過戲曲。劉大杰把張可久和喬夢符，稱爲元代後期散曲的「雙璧」。

馮子振

馮子振，字海粟，號怪怪道人，又號瀛洲客，攸州（湖南攸縣）人。元憲宗七年（西元一二五七，南宋理宗寶祐五年）生，元仁宗延祐二年（西元一三一五）卒，五十九歲，官至集賢待制，以博學英詞，行文迅捷，名重當時。貫雲石陽春白雪序稱他：「馮海粟豪辣灝爛，不斷古今。」他的散曲，風格豪放，全元散曲收小令四十五首，主要是和白无咎的鸚鵡曲。

趙顯宏

趙顯宏，號學村，生平里簡不詳。今存小令二十一首，套曲二。

劉致

劉致，字時中，號逋齋，石州寧鄉（山西平陽縣）人，官至翰林待制。今存小令七十四首，套曲四。其詞雅潔典麗，與喬吉、張可久風格相似。

劉燕歌

劉燕歐，元時名妓。生平不詳。所存作品，惟太常引一首。

鄧玉賓

鄧玉賓，生平里籍不詳。錄鬼簿稱「鄧玉賓同知。」作品今存小令七首，套曲四。朱權太和正音譜說：「鄧玉賓之詞，如幽谷芳蘭。」

薛昂夫

薛昂夫，名超吾，一字九皋，回鶻（即蒙古畏吾兒族）人。漢姓馬，故亦稱馬昂夫、馬九皋，皆以字行。官三衢路達魯花赤。善篆書，有詩名，與薩都剌、張可久等文士相酬和。其詩詞新嚴飄逸，如龍駒奮迅。朱權太和正音譜誤析爲兩人，說：「薛昂夫之詞，如雪窗翠竹。」又說：「馬九皋之詞，如松陰鳴鶴。」皆疏放自然之意；亦喬吉、張可久之流風。作品今存小令六十五首，套曲三。

盧摯

盧摯，字處道，又名莘老，號疏齋，又號嵩翁，涿郡（河北涿縣）人。南宋理宗端平二年（西元一二三五，蒙古滅金次年）生，博洽能文，官至翰林學士，遷承旨，元成宗大德四年（西元一三〇〇）卒，六十五歲。生平事蹟難詳考，著有疏齋集、文章要訣。元初中州文獻，工文章者，姚燧、盧摯並稱；善詩者，劉因、盧摯齊名。論曲則盧摯居首。疏齋的散曲，兼具豪放、端謹與清麗，誠一代詞林宗匠。貫雲石陽春白雪序說：「疏齋嫵媚，如仙女尋春，自然笑傲。」今存小令一百二十首。

關漢卿

關漢卿，號已齋叟，金末生於祁州（河北安國縣），祖籍山西解縣，以久居大都（今北平），故稱他大都人。金亡後，曾任職太醫院。入元後，在大都參與玉京書會，他能編寫劇本、演戲、教戲，與倡優往來，遠近知名，所以賈仲明錄鬼簿說他：「驅梨園領袖，總編修師首，捻雜劇班頭。」太和正音譜說他是雜劇之始，元廷亦欣賞他的作品。他多才多藝，一生寄身優伶妓女間，詩曲琴舞，無一不會，也因此使他對於現實社會的體會，有極眞切的感受，成為他寫作時極豐盛的題材。他所作雜劇，共有六十四本，是元代劇作家作品最多的一個，完整地流傳至今的，也有十四本：拜月亭、調風月、謝天香、救風塵、蝴蝶夢、金線池、竇娥寃、切鱠旦、緋衣夢、哭存孝、陳母教子、西蜀夢、單刀會、玉鏡臺。另有殘本三本：哭香囊、春衫記、孟良盜骨。關漢卿的雜劇，善寫複雜的人情世態，筆下人物，個性分明，英雄節婦，固然動人，卽使倡優妓女，亦有其可敬可愛的一面，描寫女性的作品，多令人感動。情節曲詞，又通俗有趣，故廣受歡迎。明人韓邦奇最激賞關漢卿的作品，把他比作司馬遷。朱權太和正音譜說：「關漢卿之詞，如瓊筵醉客。觀其詞語，乃可上可下之才。蓋所以取者，初為雜劇之始，故卓以前列。」王國維宋元戲曲史說：「關漢卿一空倚傍，自鑄偉詞，而其言曲盡人情，字字本色，故當為元人第一。以唐詩喻之，則漢卿似白樂天；以宋詞喻之，則漢卿似柳耆卿。明寧獻王曲品，躋馬致遠於第一，而抑漢卿於第十。蓋元中葉以後，曲家多祖馬鄭而祧漢卿，故寧王之評如是，其實非篤論也。」今人稱「元曲六大家」——關漢卿、王實甫、白樸、馬致遠、鄭光祖、喬吉，關漢卿亦在首位。關漢卿的散曲，今存小令五十七首，套曲十三，多以兒女柔情為題材，亦倩麗動人。從他的散曲中，可知他是個喜詼俳諧的玩世人物，南呂一枝花套，以不伏老為題，備述他人生生活情況，流連風月，曲盡情態，最為後人所樂道。

叁、劇　曲

第一節　劇曲概說

曲依照內容與性質可分爲散曲與劇曲兩類：散曲是抒情寫景的曲子，只有曲文，沒有賓白，只能清唱，不能串演。劇曲是演故事的曲子，除了曲文之外，另加賓白與動作，適合於舞臺上表演的。散曲是詩歌的性質，而劇曲是戲劇的形式。

劇曲分爲雜劇與傳奇兩種：雜劇是短篇的戲劇，盛行於元朝；傳奇是長篇的戲劇，盛行於明清。元雜劇都是北曲寫成的，所以又稱北曲雜劇，一本分爲四折，一折限用一宮調的套曲組成，前面可以加一個楔子作爲序幕，後面可以加題目正名作爲結束。如馬致遠的漢宮秋、白樸的梧桐雨、關漢卿的竇娥寃、鄭光祖的倩女離魂等都是。如果故事比較長，一本四折寫不完，也可以叠合數本把整個故事演完，如王實甫的西廂記有五本，每一本都分四折，自具題目段落，可以獨立，也可以連貫。明清以後，南曲比較盛行，於是有用南曲寫的雜劇，叫做南曲雜劇，或簡稱南雜劇，體式也不如元雜劇整齊，有一本五折、六折或七折、八折的，也有一本一折的短劇。而且元雜劇是一種獨腳戲，只有主腳可以唱，其他配腳只說不唱，故可分爲末本與旦本，正末（男主角）唱的劇本稱爲末本，如漢宮秋就是末本，整本都是正末漢元帝一人所唱。正旦（女主角）唱的劇本稱爲旦本，如竇娥寃就是旦本，整本都是正旦竇娥所唱。明清的南雜劇打破了這種主腳纔能唱的限制，任何腳色都可以唱，可以獨唱，也可以合唱或接唱，在演唱的技巧上推進了一步。

傳奇是長篇的戲劇，一本都在三、四十齣以上，它繼承了宋元南戲的傳統，所用的曲調以南曲爲主，而兼採一些北曲配合場面，一齣不限一套曲子，也不限一個宮調，而且所有的腳色都可以唱，在表演技巧上比元雜劇生動變化，所以現在還能表演的劇曲，傳奇比雜劇多。如琵琶記高堂稱壽一齣，生蔡伯喈、旦趙五娘、外蔡公、淨蔡婆，四個腳色都可以唱，有時獨唱，有時接唱，有時合唱，四個腳色都可以把他們的理想與希望唱出來。一本傳奇大都在三四十齣以上，也許當初是整本表演的，但是演變到後來只能保留一些精華的折子戲，如牡丹亭五十五齣，現在舞臺上能表演的只有閨塾、遊園、驚夢、拾畫等齣，長生殿五十齣，現在舞臺上能表演的只有定情、絮閣、驚變、酒樓、聞鈴、哭像、彈詞等齣，其他齣已經沒有人表演了。

雖然元、明、清三代都有雜劇的作品，但是以元雜劇最爲本色當行，王國維認爲元雜劇是中國文學中最自然的文學，也是最有意境的文學，它寫情則沁人心脾，寫景則在人耳目，敍事則如其口出。日人青木正兒把元雜劇分成本色派與文采派：曲辭樸素，多用口語的爲本色派；曲辭藻麗，崇尚雅言的爲文采派。本篇馬致遠的漢宮秋正是文采派的代表作，而關漢卿的竇娥冤則是本色派的代表作。高明的琵琶記是第一本傳奇的作品，以前稱爲南戲，多半是民間的作品，淺近俚俗，沒有什麼文學價值，高明是一位高級文人，創作了琵琶記之後，提高了傳奇的地位，也影響後來的傳奇作品，可以說是傳奇的經典之作。明代是傳奇極盛的時期，作家輩出，作品繁多，其中以湯顯祖最具才華，他的牡丹亭千古流傳，堪稱傑作。清代的傳奇有南洪北孔之稱，孔尚任的桃花扇與洪昇的長生殿南北對峙，特別是長生殿集一切傳奇的優點，可說是不朽的佳作了。

第二節　雜劇

元　馬致遠

漢宮秋

楔子

（沖末❶扮番王引部落上，詩云：）氈帳❷秋風迷宿草，穹廬❸夜月聽悲笳。控弦❹百萬為君長，款塞❺稱藩屬漢家。某乃呼韓耶單于是也。久居朔漠，獨霸北方。以射獵為生，攻伐為事。文王❻曾避俺東徙，魏絳❼曾怕俺講和。獯鬻玁狁❽，逐代易名；單于可汗❾，隨時稱號。當秦漢交兵之時，中原有事，俺國強盛，有控弦甲士百萬。俺祖公公冒頓單于❿，圍漢高帝于白登七日，用婁敬⓫之謀，兩國講和，以公主嫁俺國中。至惠帝、呂后以來，每代必循故事，以宗女歸俺番家。宣帝之世，我衆兄弟爭立不定⓬，國勢稍弱。今衆部落立我為呼韓耶單于，實是漢朝外甥。我有甲士十萬，南移近塞，稱藩漢室。昨曾遣使進貢，欲請公主，未知漢帝肯尋盟約否。今日天高氣爽，衆頭目每⓭，向沙堤射獵一番，多少是好。正是：番家無產業，弓矢是生涯。（下）。（淨⓮扮毛延壽上，詩云：）為人鵰心鴈爪⓯，做事欺大壓小。全憑諂佞姦貪，一生受用不了。某非別人，毛延壽的便是。見在漢朝駕下為中大夫⓰之職。因我百般巧詐，一味諂諛，哄的皇帝老頭兒十分歡喜。言聽計從，朝裏朝外，那一個不敬我，那一個不怕我。我又學的一個法兒，只是教皇帝少見儒臣，多昵女色⑰，我這寵幸纔得牢固。道尤未了，聖駕早上。（正末扮漢元帝引內官宮女上，詩云：）嗣傳十葉繼炎劉⑱，獨掌乾坤四百州。邊塞久盟和議策，從今高枕已無憂。某漢元帝⑲是也。俺祖高皇帝奮布衣，起豐沛⑳，滅秦屠項㉑，掙下這等基業，傳到朕躬，已是十代。自朕嗣位以來，四海晏然㉒，八方寧靜，非朕躬有德，皆賴衆文武扶持。自先帝晏駕㉓之後，宮女盡放出宮去了，今後宮寂寞，如何是好。（毛延壽云：）陛下，田舍翁多收十斛麥，尚欲易婦㉔，況陛下貴為天子，富有四海，合無㉕遣官徧行天下，選擇室女㉖，不分王侯、宰相、軍民、人家，但要十五以上二十以下者，容貌端正，盡選將來，以充後宮，有何不可。（駕㉗云：）卿說的是，就加卿為選擇使，齎領㉘詔書一通，徧行天下刷選㉙，將選中者，各圖形一軸送來，朕按圖臨幸，待卿成功回時，別有區處㉚。（唱：）

（仙呂賞花時）四海平安絕士馬，五穀豐登沒戰伐。寡人待刷室女選宮娃㉛，你避不的驅馳困乏，看那一個合屬俺帝王家。

注釋

❶沖末：元雜劇腳色名。也作沖末，以別於主腳之正末，故又稱二末。❷氈帳：用氈做成的帳篷，匈奴人所居。薛道衡王昭君詩：「毛裘易羅綺，氈帳代帷屏。」❸穹廬：氈帳。史記匈奴傳：「匈奴父子乃同穹廬而臥。」❹控弦：拉弦，此指弓箭手。史記劉敬傳：「冒頓為單于，兵彊，控弦三十萬。」❺款塞：叩塞門，指通好或內

附。史記太史公自序：「海外殊俗，重譯款塞。」❻文王：應作大（ㄊㄞ）王。即周朝先祖古公亶父，武王時追尊爲大王。孟子梁惠王下：「昔者大（ㄊㄞ）王居邠，狄人侵之，事之以皮幣不得免焉……去邠，踰梁山，邑于岐山之下居焉。」❼魏絳：春秋時晉國大夫，曾勸晉悼公與邊境的戎人講和。左傳襄公四年：「無終（山戎國名）子嘉父使孟樂如晉，因魏莊子（絳）納虎豹之皮，以請諸戎，晉侯曰：『戎狄無親而貪，不如伐之。』魏絳曰：『諸侯新服，陳新來和，將觀於我，我德則睦，否則攜貳，勞師於戎，而楚伐陳，必弗能救，是棄陳也，諸華必叛，戎，禽獸也，獲戎失華，無乃不可乎？』……公曰：『然則莫如和戎乎？』對曰：『和戎有五利焉。……』公說，使魏絳盟諸戎。」❽獯鬻玁狁：ㄒㄩㄣ ㄩˋ ㄒㄧㄢˇ ㄩㄣˇ，我國古代北方民族名。夏時稱獯鬻，周時稱玁狁，漢稱匈奴。孟子梁惠王下：「惟智者爲能以小事大，故大王事獯鬻，勾踐事吳。」詩小雅采薇：「靡室靡家，玁狁之故。」❾單于可汗：漢時匈奴稱其君長爲單（ㄔㄢˊ）于。史記匈奴傳：「匈奴單于曰頭曼。」注：「單于者，廣大之貌，言其象天單于然。」我國古代鮮卑、突厥、回紇、蒙古等族的君長稱可（ㄎㄜˋ）汗（ㄏㄢˊ）。木蘭詩：「昨夜見軍帖，可汗大點兵。」❿冒頓：ㄇㄛˋ ㄉㄨ。秦漢初匈奴單于。公元前二〇九年殺其父頭曼自立，有戰士號稱三十萬，東滅東胡，西破月氏，進佔今河套地，並南下包圍漢高祖於白登，惠帝時復遺書辱呂后，漢不得已，與之和親，並納歲幣。⓫婁敬：漢初齊人。以戍隴西過雒陽，勸漢高祖建都長安，賜姓劉氏，拜爲郎中，號奉春君，出使匈奴，知匈奴兵強，言不可擊，高祖怒而囚之。及高祖爲匈奴圍於白登，乃封敬爲建信侯，敬獻策與匈奴和親，並徙山東諸侯後代豪強，充實關中，共十餘萬口以備胡。⓬

我衆兄弟爭立不定：漢宣帝以後，匈奴屢爲漢所敗，勢漸不振，析分爲五單于：呼韓邪單于（左部稽侯）、屠耆單于（右部日逐王）、呼揭單于（西方呼揭王）、車犁單于（右奧鞬王）、烏藉單于（右部烏藉都尉）。五單于互相爭奪，後歸併於呼韓邪單于。⑬頭目每：頭目，指將領長官。宋史兵志四：「又自相推擇家資武藝衆所服者爲社頭、社副、錄事，謂之頭目。」每，同們，表示多數的意思。⑭淨：元雜劇腳色名，一般扮演性格剛烈或粗魯、奸險的人物，俗謂花臉。⑮雕心鴈爪：比喻心狠手辣。⑯中大夫：漢時官名，執掌禮儀。⑰只是教皇帝少見儒臣二句：唐代宦官仇士良語。新唐書宦官傳：「士良曰：『天子不可令閑暇，暇必觀書，見儒臣，則又納諫，智深慮遠，減玩好，省游幸，吾屬恩且薄而權輕矣。爲諸君計，莫如殖貨財，盛鷹馬，日以毬獵、聲色蠱其心，極侈靡使悅不知息，則必斥經術，闇外事，萬機在我，恩澤權力欲焉往哉。』」⑱嗣傳十葉繼炎劉：繼承炎劉傳統爲第十代的國君。漢朝爲劉邦所建，以火德王天下，故稱炎劉。西漢世系爲高、惠、文、景、武、昭、宣、元、成、哀、平、孺子嬰，元帝其實是第八代，舉其成數故言十葉。⑲漢元帝：孝元皇帝乃其死後的謚號，不當在生時自稱自己的謚號，應該稱：某漢帝劉奭是也。這是馬致遠的疏忽，元人雜劇在用典故或稱呼時，往往不拘時代的先後，也許是爲了通俗的緣故罷。⑳奮布衣起豐沛：劉邦出身於平民。布衣，布製的衣服，也指平民。呂氏春秋行論：「人主之行與布衣異。」劉邦起兵於豐沛。豐沛，沛縣豐邑，是漢高祖的故鄉。㉑滅秦屠項：消滅秦朝，打敗項羽。㉒四海晏然：天下太平。晏然，安逸。莊子山木：「聖人晏然體逝而終矣。」漢書宣帝紀：「北邊晏然靡有兵革之事。」㉓晏駕：古人諱言帝王死亡，稱曰晏駕。晏，晚的意思。戰國策秦策五：「秦王老矣，一日晏駕，雖有子異人，不足以結秦。」㉔田舍翁二句：田舍翁，老農夫。南部新書甲：「唐高宗欲廢王皇后，立武昭儀，猶豫未定。許南揚宣言于朝曰：『田舍翁種得十斛麥，尚須換卻舊婦，況天子富有四海，立一皇后，有何不可。』上意乃定。」㉕合無：何不。㉖室女：即處女，未出嫁的女子。鹽鐵論刑德：「室女、童婦，咸知所避。」㉗駕：總稱帝王的車乘。獨斷下：「天子出車駕次第，謂之鹵簿：有小駕，有法駕。」元雜劇因稱帝王后妃爲駕，故演帝王后妃的雜劇稱駕頭雜劇。㉘齎領：帶領。齎，攜帶行裝。漢書食貨志下：「干戈日滋，行者齎。」㉙刷選：搜尋，挑選。㉚區處：分別處置、處理。漢書黃霸傳：「鰥寡孤獨有死無以葬者，鄉部書言，霸具爲區處。」㉛宮娃：宮女，美女。孟郊和薔薇花歌：「忽驚錦浪洗新色，又似宮娃逞妝飾。」

第一折

（毛延壽上，詩云：）大塊黃金任意撾❶，血海王條❷全不怕。生前只要有錢財，死後那管人唾罵。某毛延壽，領著大漢皇帝聖旨，徧行天下，刷選室女，已選勾❸九十九名；各家儘肯餽送，所得金銀，却也不少。昨日來到成都秭歸縣❹，選得一人，乃是王長者之女，名喚王嬙，字昭君，生得光彩射人，十分艷麗，真乃天下絕色。爭奈他本是庄農人家，無大錢財，我問他要百兩黃金，選為第一，他一則說家道貧窮，二則倚著他容貌出衆，全然不肯。我本待退了他……（做忖科❺，云：）不要倒好了他，眉頭一縱，計上心來，只把美人圖，點上些破綻❻，到京師必定發入冷宮，教他受苦一世。正是：恨小非君子，無毒不丈夫。（下）（正旦扮王嬙引二宮女上，詩云：）一日承宣入上陽❼，十年未得見君王❽。良宵寂寂誰來伴，惟有琵琶引興長。妾身王嬙，小字昭君，成都秭歸人也。父親王長者，平生務農為業。母親生妾時，夢月入懷，復墜於地，後來生下妾身❾。年長一十八歲，蒙恩選充後宮。不想使臣毛延壽，問妾身索要金銀，不曾與他，將妾影圖點破，不曾得見君王，現今退居永巷❿。妾身在家頗通絲竹，彈得幾曲琵琶，當此夜深孤悶之時，我試理一曲消遣咱⓫。（做彈科）（駕引內官提燈上，云：）某漢元帝，自從刷選室女入宮，多有不曾寵幸，煞是怨望咱。今日萬幾⓬稍暇，不免巡宮走一遭，看那個有緣的得遇朕躬也呵。（唱：）

（仙呂點絳唇）車輾殘花，玉人月下吹簫罷⓭；未遇宮娃，是幾度添白髮。

（混江龍）料必他珠簾不掛，望昭陽⓮一步一天涯⓯。疑了些無風竹影⓰，恨了些有月窗紗。他每見絃管聲中巡玉輦⓱，恰便似斗牛星畔盼浮槎⓲。（旦做彈科）（駕云：）是那裏彈的琵琶響。（內官云：）是。（正末唱：）是誰人偷彈一曲，寫出嗟呀。（內官云：）快報去接駕。（駕云：）不要。（唱：）莫便要忙傳聖旨，報與他家。我則怕乍蒙恩把不定心兒怕。驚起宮槐宿鳥，庭樹栖鴉⓳。

（云：）小黃門⓴，你看是那一宮的宮女彈琵琶，傳旨去教他來接駕，不要驚諕著他。（內官報科，云：）兀那彈琵琶的是那位娘娘，聖駕到來，急忙迎接者。（旦趨接科）（駕唱：）

（油葫蘆）恕無罪吾當㉑親問咱，這裏屬那位下㉒，休怪我不曾來往乍行踏。我特來塡還㉓你這淚濕揾鮫綃帕㉔，溫和你露冷透凌波襪㉕。天生下這艷姿，合是我寵幸他。今宵畫燭銀臺下，剗地管喜信爆燈花㉖。

（云：）小黃門，你看那紗籠內燭光越亮了，你與我挑起來看咱。（唱：）

（天下樂）和他也弄著精神射絳紗㉗，卿家，你覷咱，則他那瘦岩岩影兒可喜殺㉘。

（旦云：）妾身早知陛下駕臨，只合遠接，接駕不早，妾該萬死。（駕唱：）迎頭兒稱妾身，滿口兒呼陛下，必不是尋常百姓家。

（云：）看了他容貌端正，是好女子也呵。（唱：）

（醉中天）將兩葉賽宮様㉙眉兒畫，把一個宜梳裏㉚臉兒搽，額角香鈿貼翠花㉛，一笑有傾城價㉜。若是越勾踐姑蘇臺上見他㉝，那西施半籌也不納㉞，更敢早十年敗國亡家。

（云：）你這等模樣出衆，誰家女子。（旦云：）妾姓王，名嬙，字昭君，成都秭歸縣人。父親王長者，祖父以來務農為業，閭閻㉟百姓，不知帝王家禮度。（駕唱：）

（金盞兒）我看你眉掃黛鬢堆鴉㊱，腰弄柳臉舒霞㊲。那昭陽到處難安插，誰問你一犂兩壩㊳做生涯。也是你君恩留枕簟，天教雨露潤桑麻㊴。既不沙㊵俺江山千萬里，直尋到茅舍兩三家。

（云∶）看卿這等體態，如何不得近幸。（旦云∶）妾父王長者當初選時，使臣毛延壽索要金銀，妾家貧寒無湊，故將妾眼下點成破綻，因此發入冷宮。（駕云∶）小黃門，你取那影圖來看。（黃門取圖看科）（駕唱∶）

（醉扶歸）我則問㊶那待詔㊷別無話，却怎麽這顏色不加搽㊸，點得這一寸秋波㊹玉有瑕。端的是卿眇目他雙瞎，便宜的八百姻嬌㊺比並他，也未必強如俺娘娘帶破賺㊻丹青畫。

（云∶）小黃門，傳旨說與金吾衛㊼，便拏毛延壽斬首報來。（旦云∶）陛下，妾父母在成都，見隸民籍，望陛下恩典寬免，量與些恩榮咱。（駕云∶）這個煞容易。（唱∶）

（金盞兒）你便晨挑菜夜看瓜，春種穀夏澆麻㊽。情取棘針門粉壁上除了差法㊾，你向正陽門㊿改嫁的倒榮華。俺官職頗高如村社長，這宅院剛大似縣官衙。謝天地可憐窮女壻，再誰敢欺負俺丈人家。

（云∶）近前來聽寡人旨，封你做明妃(51)者。（旦云∶）量妾身怎生消受的陛下恩寵。（做謝恩科）（駕唱∶）

（賺煞）且盡此宵情，休問明朝話。（旦云∶）陛下明朝早早駕臨，妾這裏候駕。（駕唱∶）到明日多管是醉臥在昭陽御榻。（旦云∶）妾身微賤，雖蒙恩寵，怎敢望與陛下同榻。（駕唱∶）休煩惱吾當且是耍，鬭卿來便當眞假(52)。恰纔家輦路兒熟滑(53)，怎下的眞個長

門再不踏㉑。明夜裏西宮閣下，你是必悄聲兒接駕，我則怕六宮人攀例撥琵琶。（下）

（旦云：）駕回了也，左右且掩上宮門，我睡些去。（下）

注釋

❶搊：ㄓㄨㄚ，抓。❷血海王條：王條，王法。血海，形容關係生死的重大事情。❸勾：通夠。秦觀滿宮花詞：「從今後，休道共我，夢見也不能得勾。」❹成都秭歸縣：相傳王昭君爲蜀中秭歸人，秭歸在今湖北省西部。成都在這裏代表蜀中。❺做忖科：做出想的動作。忖，揣度，思量。科，動作。元人雜劇除了歌曲外，還配合科白來表演故事，科是動作，白是對話。下文「做彈科」，就是做出彈琵琶的動作。❻破綻：裂縫，漏洞。方回登屋東山作詩：「壞屋如敝衣，隨意補破綻。」這裏指汚點。❼上陽：唐高宗所建的宮殿，在洛陽禁宛的東邊。是唐代的冷宮。白居易上陽白髮人詩：「皆云入內便承恩，臉似芙蓉胸似玉。未容君王得見面，已被楊妃遙側目。妬令潛配上陽宮，一生遂向空房宿。」❽十年未得見君王：中國古典戲曲時空的變化非常自由。本折先由毛延壽上場說明選拔宮女的經過，下場之後，王昭君隨即上場，這一上一下之間，已事隔十年。❾夢月入懷三句：古時迷信謂夢月而生的子女必貴。漢元帝王皇后母（漢書元后傳）、三國吳孫策母（搜神記十）、梁元帝母（南史梁元帝紀），都有夢月的傳說。❿永巷：漢宮中的長巷，是幽禁妃嬪、宮女的地方。史記呂后紀：「呂后最怨戚夫人及其子趙王，迺令永巷囚戚夫人。」⓫咱：句末助詞。元曲中常用。元曲選關漢卿玉鏡臺二：「將琴過來，教小姐操一曲咱。」下文「煞是怨望咱」的咱也是句末助詞。

⑫萬幾：指帝王日常的紛繁政務。也作萬機。書皋陶謨：「兢兢業業，一日二日萬幾。」⑬玉人月下吹簫罷：玉人，指容貌美麗的人。此處用杜牧寄揚州韓綽判官詩：「二十四橋明月夜，玉人何處教吹簫。」⑭昭陽：宮殿名。漢武帝時後宮八區中有昭陽殿，成帝時，趙飛燕住在這裏，這裏指後宮皇帝時常臨幸的地方。王昌齡長信宮詩：「玉顏不及寒鴉色，猶帶昭陽日影來。」⑮一步一天涯：一步形容近，一天涯形容遠。即咫尺天涯，可望而不可及。⑯疑了些無風竹影：極言盼望皇帝臨幸的殷切。此句用李益竹窗聞風寄苗發司空曙詩：「微風驚暮坐，臨牖思悠哉。開門復動竹，疑是故人來。」蘇東坡賀新郎詞：「簾外誰來推繡戶，枉教人夢斷瑤臺曲，又卻是，風敲竹。」⑰玉輦：古代帝王的座車。文選潘岳藉田賦：「天子乃御玉輦，蔭華蓋。」⑱斗牛星畔盼浮槎：極言機會難逢。斗牛，指北斗星與牽牛星。浮槎，木筏。博物志：「天河與海通，近世有人居海渚者，年年八月有浮槎去來不失期。人有奇志，立飛閣於槎上，多齎糧，乘槎而去，至一處，有城郭狀，居舍甚嚴，遙望宮中多織婦，見一丈夫牽牛渚次飲之；此人問：『此是何處？』答曰：『君還至蜀郡，訪嚴君平則知之。』後至蜀，問君平，曰：『某年月日有客星犯牽牛宿。』計年月正是此人到天河時也。」⑲宮槐宿鳥二句：比喻其他的宮女。⑳小黃門：東漢給事內廷的黃門令、中黃門諸官都以宦官充任，後遂稱宦官爲黃門。㉑吾當：我。漢元帝自稱。當，助詞，無義。下文「吾當僝僽」同意。㉒那位下：那一宮。下，助詞，無義。㉓填還：償還，報答。㉔鮫綃帕：用鮫人所織的綃製成的手帕，形容手帕的華貴。㉕露冷透凌波襪：形容宮女在階前等候皇帝臨幸，夜間冰冷的露水濕透了羅襪。凌波，形容女子行走時的輕盈美妙，曹植洛神賦：

「凌波微步，羅襪生塵。」李白宮詞：「玉階生白露，夜久侵羅襪。」㉖剗地管喜信爆燈花：剗地，形容燈花爆裂的聲音。燈花，燈心的餘燼，爆成花形。古人以燈花爲吉兆。西京雜記三：「夫目瞤得酒食，燈火華得錢財。」杜甫獨酌成詩：「燈花何太喜，酒綠正相親。」㉗和他也弄著精神射絳紗：這裏借絳紗中的燭光來描寫王昭君的美貌光彩照人。㉘則他那瘦岩岩影兒可喜殺：這裏也是借燭光瘦瘦的影子很可愛來描寫王昭君。此句與上句皆是移花接木、指桑罵槐的寫法。可喜殺，可愛極了。㉙宮樣：宮中流行的式樣。韓偓忍笑詩：「宮樣梳頭淺畫眉，晚來粧飾更相宜。」㉚梳裹：梳髮裹頭巾。梳粧打扮。柳永定風波詞：「暖酥銷，膩雲嚲，終日厭厭倦梳裹。」㉛額角香鈿貼翠花：王昭君的額頭上貼著珠玉組成花形的裝飾。㉜一笑有傾城價：形容王昭君巧笑美麗，迷人之極。漢書外戚傳：「北方有佳人，絕世而獨立；一顧傾人城，再顧傾人國。寧不知傾城與傾國，佳人難再得。」㉝若是越勾踐二句：這裏借西施描寫王昭君的美麗。西施是春秋時越國的美女。相傳越王勾踐爲吳所敗，退守會稽，命范蠡求得美女西施與鄭旦，進於吳王夫差，吳王大悅，迷惑忘政，終日宴遊於姑蘇臺，後卒被越勾踐所滅。按照本事應作「若是吳夫差姑蘇臺上見他」才對，因姑蘇臺在今江蘇省吳縣的姑蘇山上，地屬春秋時吳國，且納西施者爲夫差而非勾踐。但此句於「踐」字非作仄聲不可，若作「差」則爲平聲，不合音律，且「吳夫差姑蘇」五字中有四字疊韻，聲情不美，故乃改爲「越勾踐」，足見曲中爲了講求語言旋律與音樂旋律的融合，有時不惜錯用典故以遷就之。㉞半籌也不納：卽一籌莫展，無計可施。籌，算籌。㉟閭閻：泛指民間。閭，里門；閻，里中門。史記蘇秦傳：「夫蘇秦起閭閻，連六國從親，此其智有過人者。」㊱眉掃黛鬢堆鴉：淡掃蛾眉，宮鬢堆鴉。古代女子以黛青畫眉。堆鴉，髻名。程俱詩：「笑引壺觴成一醉，歌筵遙想髩堆鴉。」髩同鬢。㊲腰弄柳臉舒霞：腰如柳細，臉若霞紅。白居易詩：「櫻桃樊素口，楊柳小蠻腰。」㊳一犁兩壩：指農村生活。犁，耕地翻土的農具。壩，截河攔水的河堰。㊴也是你君恩留枕簟二句：以上天降雨露滋潤桑麻，比喻皇帝的恩寵及於昭君之家。雨露與桑麻，都是一語雙關。桑麻是農家之物，代表王昭君，因昭君自稱農家女子。枕簟，枕蓆。㊵既不沙：既不然，要不是這樣。沙，語助詞，無義。元曲習用語。㊶則問：只問。則，僅，只。荀子勸學：「口、耳之間則四寸耳，曷足以美七尺之軀哉？」下文「則怕」「則恨」皆同此義。㊷待詔：這裏指毛延壽。詔，皇帝詔書。待詔，猶言候命。漢時以才技徵召未有正官者，使之待詔，有待詔公車、待詔金馬門等名目。毛延壽爲畫工，故稱待詔。㊸卻怎麼這顏色不加搽：爲什麼這麼美麗的容顏沒有好好的描畫出來？搽，塗抹，敷。㊹秋波：形容美人的眼睛如秋水的明淨。蘇軾百步洪詩：「佳人未肯回秋波，幼輿欲語防飛梭。」㊺姻嬌：指後宮中已被皇帝寵幸的美女。㊻破賺：破綻，缺點。㊼金吾衛：皇帝的侍衛。漢代有執金吾。漢書百官公卿表：「中尉，秦官，掌徼循京師，……武帝太和元年更名執金吾。」古今注輿服：「漢朝執金吾，金吾亦棒焉，以銅爲之，黃金塗兩末，謂爲金吾。」㊽你便晨挑菜二句：此二句描寫農家生活，因爲王昭君的父母是農夫，上句寫一日的早晚，下句寫一年的四季。㊾情取棘針門粉壁上除了差法：管教裔門免除了你家的賦稅差役。情取，管教，一定使。棘針門，卽棘門。古代帝王外出，在止宿處插戟爲門，稱棘門。周禮天官掌舍：

「爲壇壝宮棘門。」注：「棘門，以戟爲門。」這裏指朝廷或官署。粉壁，宋元時張貼法令、謄寫告示的牆壁。差法，卽差發，徵調，賦斂。彭大雅黑韃事略：「其賦斂差發，數馬而乳，宰羊而食，皆視民戶畜牧之多寡而徵之，猶漢法之上供也。」㊿正陽門：宋代汴京宮城門名，卽宣德門；明道元年改稱正陽門。(51)明妃：王昭君因避晉文帝司馬昭諱，改稱明君，後人又稱明妃。文選江淹恨賦：「若夫明妃去時，仰天太息，……望君王兮何期，終蕪絕兮異域。」(52)斸卿來便當眞假：斸通逗，戲弄，開玩笑。眞假，此爲偏義複詞，作「眞」解。(53)恰纔家輦路兒熟滑：剛才已把輦車來往的路途認得熟悉了。恰纔家，剛才；家，語助辭。輦路，天子車駕常經之路。文選班固西都賦：「輦路經營，脩除飛閣。」(54)怎下的眞個長門再不踏：怎下的，怎麼忍心得下，怎捨的。長門，漢宮名，竇太主獻長門園，武帝更名長門宮。時陳皇后失寵於武帝，別居在長門宮。王昭君居冷宮，故借長門以指其所居。

第二折

（番王引部落上，云）某呼韓單于，昨遣使臣款漢❶，請嫁公主與俺；漢皇帝以公主尚幼爲辭，我心中好不自在。想漢家宮中無邊宮女，就與俺一個打甚不緊❷。直將使臣趕回，我欲待起兵南侵，又恐怕失了數年和好，且看事勢如何，別做道理。（毛延壽上，云：）某毛延壽，只因刷選宮女，索要金銀，將王昭君美人圖點破，送入冷宮，不想皇帝親幸，問出端的❸，要將我加刑，我得空逃走了，無處投奔，左右是左右❹，將著這一軸美人圖獻與單于王，著他按圖索要，不怕漢朝不與他。走了數日，來到這裏，遠遠的望見人馬浩大，敢是穹廬也。（做問科，云：）頭目❺，你啓報單于王知道，說漢朝大臣來投見哩。（卒報科）（番王云：）著他過來。（見科，云：）你是甚麼人？（毛延壽云：）某是漢朝中大夫毛延壽，有我漢朝西宮閣下美人王昭君，生得絕色。前者大王遣使求公主時，那昭君情願請行❻；漢主捨不得，不肯放來。某再三苦諫，說：『豈可重女色，失兩國之好？』漢主倒要殺我。某因此帶了這美人圖獻與大王，可遣使按圖索要，必然得了也。這就是圖樣。（進上看科）（番王云：）世間那有如此女人，若得他做閼氏❼，我願足矣。如今就差一番官率領部從，寫書與漢天子，求索王昭君與俺和親，若不肯與，不日南侵，江山難保。就一壁廂引控甲士❽，隨地打獵，延入塞內，偵候動靜，多少是好。（下）（旦引宮女上，云：）妾身王嬙，自前日蒙恩臨幸，不覺又旬月❾。主上昵愛過甚，久不設朝。聞的升殿去了，我且向妝臺邊梳妝一會，收拾齊整，只怕駕來好伏侍。（做對鏡科）（駕上，云：）自從西宮閣下得見了王昭君，使朕如痴似醉，久不臨朝，今日方才升殿，等不的散了，只索再到西宮看一看去。（唱：）

（南呂一枝花）四時雨露勻，萬里江山秀。忠臣皆有用，高枕已無憂。守著那皓齒星眸，爭忍的虛白晝。近新來染得些證候❿，一半兒爲國憂民，一半兒愁花病酒。

（梁州第七）我雖是見宰相似文王施禮，一頭地⓫離明妃早宋玉悲秋⓬。怎禁他帶天香著莫定龍衣袖⓭，他諸餘⓮可愛，所事兒相投⓯。消磨人幽悶，陪伴我閒遊。偏宜向梨花月底登樓，芙蓉足下藏鬮⑯。體態是二十年挑剔就的溫柔，姻緣是五百載該撥下的配偶。臉兒有一千般說不盡的風流。寡人乞求，他左右。他比那落伽山觀自在無楊柳，見一面得長壽⑰。情繫人心早晚休，則除是雨歇雲收⑱。

（做望見科，云：…）且不要驚著他，待朕悄悄地看咱。

（隔尾）恁的般長門前抱怨的宮娥舊，怎知我西宮下偏心兒夢境熟。愛他晚妝罷描不成畫不就，尚對菱花⑲自羞。（做到且背後看科）（唱：…）我來到這妝臺背後，元來廣寒殿嫦娥在這月明裏有⑳。

（且做接駕科）（外㉑扮尚書㉒，丑㉓扮常侍㉔上，詩云：…）調和鼎鼐理陰陽，秉軸持鈞政事堂㉕。只會中書陪伴食㉖，何曾一日為君王。某尚書令五鹿充宗㉗是也。這個是內常侍石顯㉘。今日朝罷，有番國遣使來索王嬙和番，不免奏駕。來到西宮閣下，只索進去。（做見科，云：…）奏的我主得知：如今北番呼韓單于差一使臣前來，說毛延壽將美人圖獻與他，索要昭君娘娘和番，以息刀兵，不然他大勢南侵，江山不可保矣。（駕云：…）我養軍千日，用軍一時；空有滿朝文武，那一個與我退的番兵，都是些畏刀避箭的，恁不去出力，怎生教娘娘和番？（唱：…）

（牧羊關）興廢從來有，干戈不肯休。可不食君祿命懸君口。太平時賣你宰相功勞，有事處把俺佳人遞流㉙。你們乾請了皇家俸，著甚的分破帝王憂。那壁廂鎖樹的怕彎著手㉚，這壁廂攀欄的怕擷破了頭㉛。

（尚書云：…）他外國說陛下寵昵王嬙，朝綱盡廢，壞了國家，若不與他，興兵弔伐㉜。臣想紂王只為寵妲己㉝，國破身亡，是其鑒也。（駕唱：…）

（賀新郎）俺又不曾徹青霄高蓋起摘星樓㉞，不說他伊尹扶湯㉟，則說那武王伐紂。有一朝身到黃泉後，若和他留侯留侯厮遘㊱，你可也羞那不羞。您臥重裀㊲食列鼎㊳，乘肥馬衣輕裘㊴。你須見舞春風嫩柳宮腰瘦，怎下的教他環珮影搖青塚月，琵琶聲斷黑江秋㊵。

（尚書云：…）陛下，嗒㊶這裏兵甲不利，又無猛將與他相持；倘若疎失㊷，如之奈何？望陛下割恩與他，以救一國生靈之命。（駕唱：…）

（鬬蝦蟆）當日個誰展英雄手，能梟項羽頭，把江山屬俺炎劉。全虧韓元帥九里山前戰鬬，十大功勞成就㊸。恁也丹墀㊹裏頭，枉被金章紫綬㊺。恁也朱門㊻裏頭，都寵著歌衫舞袖。恐怕邊關透漏㊼，央及㊽家人奔驟。似箭穿著鴈口，沒個人敢咳嗽。吾當僝僽㊾，他也他也紅妝年幼，無人搭救。昭君共你每有甚麼殺父母冤讐？休休，少不的滿朝中都做了毛延壽，我呵！空掌著文武三千隊，中原四百州，只待要割鴻溝㊿。陡恁的(51)千軍易得，一將難求。

（常侍云：）見今番使朝外等宣。（駕云：）罷罷罷，教番使臨朝來。（番使入見科，云：）呼韓耶單于差臣南來奏大漢皇帝：北國與南朝，自來結親和好，曾兩次差人求公主不與。今有毛延壽將一美人圖獻與俺單于，特差臣來單索昭君為閼氏，以息兩國刀兵。陛下若不從，俺有百萬雄兵，刻日南侵，以決勝負。伏望聖鑒不錯。（駕云：）且教使臣館驛中安歇去。（番使下）（駕云：）您衆文武商量，有策獻來，可退番兵，免教昭君和番。大抵是欺娘娘軟善，若當時呂后在日，一言之出，誰敢違拗？若如此，久已後，也不用文武，只憑佳人平定天下便了。（唱：）

（哭皇天）你有甚事疾忙奏，俺無那鼎鑊邊滾熱油[52]。我道你文臣安社稷[53]，武將定戈矛[54]。你只會文武班頭[55]，山呼萬歲[56]，舞蹈揚塵[57]，道那聲誠惶頓首[58]。如今陽關[59]路上，昭君出塞；當日未央宮裏，女主垂旒[60]。文武每，我不信你敢差排[61]呂太后。枉以後龍爭虎鬥，都是俺鸞交鳳友[62]。

（旦云：）妾既蒙陛下厚恩，當效一死，以報陛下。妾情願和番，得息刀兵，亦可留名青史[63]。但妾與陛下闈房[64]之情，怎生拋捨也！（駕云：）我可知捨不的卿哩！（尚書云：）陛下割恩斷愛，以社稷為念，早早發送娘娘去罷。（駕唱：）

（烏夜啼）今日嫁單于宰相休生受[65]，早則俺漢明妃有國難投。它那裏黃雲不出青山岫。投至[66]兩處凝眸，盼得一鴈横秋。單注著寡人今歲攬閒愁，王嬙這運添憔瘦。翠羽冠，香羅綬，都做了錦蒙頭煖帽，珠絡縫貂裘[67]。

（云：）卿等今日先送明妃到驛中，交付番使，待明日朕親出灞陵橋[68]送餞一盃去。（尚書云：）只怕使不的，惹外夷恥笑。（駕云：）卿等所言，我都依著；我的意思，如何不依？好歹去送一送，我一會家只恨毛延壽那廝。（唱：）

（三煞）我則恨那忘恩咬主賊禽獸，怎生不畫在凌烟閣[69]上頭？紫臺行[70]都是俺手裏的眾公侯，有那椿兒不共卿謀，那件兒不依卿奏？爭忍教第一夜夢迤逗[71]從今後不見長安望北斗[72]，生扭做織女牽牛[73]。

（尚書云：）不是臣等强逼娘娘和番，奈番使定名索取，況自古以來，多有因女色敗國者。（駕唱：）

（二煞）雖然似昭君般成敗都皆有，誰似這做天子的官差不自由。情知他怎收那膔滿的紫驊騮，往常時翠轎香兜，兀自倦朱簾揭繡，上下處要成就[74]。誰承望月自空明水自流[75]，恨思悠悠。

（旦云：）妾身這一去，雖為國家大計，爭奈捨不的陛下。（駕唱：）

（黃鍾尾）怕娘娘覺餓時吃一塊淡淡鹽燒肉，害渴時喝一杓兒酪和粥。我索折一枝斷腸柳，餞一盃送路酒。眼見得趕程途，趁宿頭[76]。痛傷心，重回首。則怕他望不見鳳閣龍

樓，今夜且則向灞陵橋畔宿。（下）

注釋

❶款漢：與漢朝通好。款，叩，敲。❷打甚不緊：有什麼要緊，卽不要緊的意思。也作打甚麼不緊。❸端的：究竟，委細。樂府詩集讀曲歌：「闊面行負情，詐我言端的。」❹左右是左右：反正做錯了，就將錯就錯。也作反正是反正。❺頭目：見前楔子注⑬。❻昭君情願請行：後漢書南匈奴傳：「昭君入宮數歲，不得見御，積悲怨，乃請掖庭，令求行。」❼閼氏：ㄧㄢ ㄓ。漢時匈奴稱其君長之妻妾爲閼氏。史記匈奴傳：「單于有太子名冒頓。後有所愛閼氏，生少子，而單于欲廢冒頓而立少子。」❽一壁廂引控甲士：一方面率領軍隊。一壁廂，一邊，一面。元曲選關漢卿魯齋郎一：「一壁廂黃鸝聲恰恰，一壁廂血淚滴漣漣。」引控，率領。❾旬月：十整月。漢書車千秋傳：「特以一言寤意，旬月取宰相封侯，世未嘗有也。」❿證候：症狀，病況。陶弘景肘後百一方序：「撰效驗方五卷，具論諸病證候，因藥變通。」⓫一頭地：一到，及到。⓬宋玉悲秋：宋玉，戰國時楚國的辭賦家。他所作的九辯裏有「悲哉秋之爲氣也。」這裏借來描寫漢元帝一旦離明妃，心中就像宋玉悲秋那樣的悽涼。⓭怎禁他帶天香著莫定龍衣袖：怎麼禁得住王昭君身上帶著天然的香氣沾染在我龍袍的衣袖上。著莫定，沾染到。著莫也作著摸、著末、著抹。⓮諸餘：種種，諸般。韓愈贈劉師服詩：「朱顏皓頸訝莫親，此外諸餘誰更數。」⓯所事兒相投：所做的每一件事都能投合我的心意。⓰藏鬮：或作藏鉤。古代的一種遊戲：把許多人分爲兩方，一方把

鈎藏在手裏，讓對方猜，猜中就算贏了。漢武故事：「鈎弋夫人少時手拳，帝披其手，得一玉鈎，手得展，故因爲藏鈎之戲，後人效之。」李白宮中行樂詞：「更憐花月夜，宮女笑藏鈎。」司馬光春帖子詞：「藏鬮新過臘，習舞競裁衣。」⑰他比那落伽山二句：王昭君比起那落伽山上的觀世音祇少了手中拿的楊柳，見他一面，令人長壽。落伽山卽普陀山，也稱補陀落迦、補怛洛迦。在今浙江省普陀縣，四面環海，風景佳麗，相傳是觀世音修養的地方。觀自在，觀世音菩薩的別名。元曲選武漢臣玉壺春三：「謝姨姨肯憐才，則你是洛伽山救苦的觀自在。」這裏以觀音比喻王昭君的美麗。⑱情繫人心二句：對王昭君的依戀之情深繫於心坎之中，什麼時候纔能解除呢？除非是歡愛消亡的一天。古諺語：「塵隨車馬何年盡，情繫人心早晚休。」早晚，何時。李白口號贈楊徵君詩：「不知楊伯起，早晚向關西？」雨歇雲收，用宋玉高唐賦楚王與神女的故事。⑲菱花：古代銅鏡中，六角形的或鏡背刻有菱花的，叫菱花鏡。後來詩文中常用菱花代稱鏡子。李白代美人愁鏡詩：「狂風吹卻妾心斷，玉筯並墮菱花前。」⑳元來廣寒殿句：比喻在鏡中看到昭君的影子。廣寒殿，卽月宮。也作廣寒宮。洞冥記：「冬至後，月養魄於廣寒宮。」龍城錄明皇夢遊廣寒宮：「頃見一大宮府，榜曰：廣寒清虛之府。」月明，指明亮的銅鏡，銅鏡圓圓的有如滿月一般。㉑外：元雜劇腳色名。在元刊本雜劇中有外旦、外末、外淨等名稱，總稱爲外，意卽旦、末、淨正腳之外的次要腳色。明傳奇的外，則專指外末而言。崑曲的外，則趨向老生之義。㉒尚書：官名。秦時本爲少府屬官，掌殿內文書，職位很低。漢成帝時設尚書員，羣臣章奏都經過尚書，位雖不高而權很大。魏晉後，職位漸高，至唐卽成眞宰相。㉓丑：戲劇裏面敷粉墨，插科打諢的滑稽角色，俗稱小花面，小丑。元雜劇無丑腳，此係明人所添加，南戲傳奇之丑腳，在元雜劇卽爲副淨。丑的來源，一說出於紐元子，夢粱錄二十：「雜扮，或曰雜班，又名紐元子，又謂之拔和，卽雜劇之後散段也。頃在汴京時，村落野夫，罕得入城，遂撰此端。多是借裝爲山東、河北村叟，以資笑端。」這種「以資笑端」的小戲又名「紐元子」，省稱「紐」，又省稱「丑」，乃以「丑」爲其主演的腳色名。㉔常侍：官名。秦置散騎，又置中常侍散騎，隨侍皇帝，漢沿置。東漢改用宦官，從入內宮，侍從左右，掌管文書、詔令，因親近帝后，其權力甚大。㉕調和鼎鼐二句：調和鼎鼐，燮理陰陽，秉鈞持軸，都比喻宰相治理國家大事。鼎鼐，烹飪器具，比喻宰輔之位。韋莊和薛先輩見寄初秋寓懷卽事之作同舊韻詩：「期君調鼎鼐，他日俟羊斟。」燮理，協調治理。書周官：「立太師太傅太保，玆惟三公，論道經邦，燮理陰陽。」傳：「此惟三公之任，佐王論道，以經緯國事，和理陰陽。」秉軸持鈞，比喻執掌國政；軸卽車軸，以當車之重任；鈞爲衡石，以權國之輕重。臆乘宰相稱號：「人爵之崇，莫若秉軸。」干寶晉紀總論：「選者爲人擇官，官者爲身擇利，而秉鈞當軸之士，身兼官以十數。」㉖中書陪伴食：居其位，食其祿，而不能任其事。卽尸位素餐。中書指中書省，爲全國最高的行政機關。舊唐書盧懷愼傳：「開元三年遷黃門監，懷愼與紫微令姚崇對掌樞密。懷愼自以爲吏道不及崇，每事皆推讓之。時人謂之伴食宰相。」宋史胡銓傳：「孫近傅會檜議，遂得參知政事。天下望治，有如饑渴，而近伴食中書，漫不敢可否事。」㉗五鹿充宗：西漢人，複姓五鹿，字君孟，官少府，是權臣石顯的黨羽。㉘石顯：西漢時的宦官，字君房，濟南人，爲元帝所寵任，官中書令，權勢很大。㉙

遞流：遞解流放到邊遠的地方，古代對罪臣的刑罰之一。㉚那壁廂鎖樹：那壁廂，那一邊。鎖樹，晉代漢國劉聰想建築一座高樓，他的臣子陳元達諫阻，劉聰大怒，要斬陳元達，陳元達就把自己鎖在樹上，旁人拖也拖不下來。㉛這壁廂攀欄：這壁廂，這一邊。攀欄，漢代朱雲上書給皇帝，請求斬佞臣張禹，皇帝大怒，要殺朱雲，朱雲攀上殿檻，檻折。因爲旁人的請求，才沒有殺他。這裏用他們兩人來反譏那些怕事，不肯出頭的臣子。㉜弔伐：弔民伐罪。撫慰人民，討伐有罪。孟子梁惠王下：「誅其君而弔其民。」宋書索虜傳：「弔民伐罪，積後己之情。」晉書慕容垂載記：「弔伐之義，先代常典。」㉝妲己：商王紂之妃。姓己名妲，有蘇氏女。紂王十分寵愛，助紂爲虐，周武王滅紂，被殺。㉞摘星樓：古代傳說：商紂王爲妲己建造一座高樓，叫做摘星樓。㉟伊尹扶湯：伊尹輔佐商湯消滅夏桀。鄭光祖有伊尹扶湯雜劇。㊱留侯廝遘：留侯，漢張良的封爵。張良幫助劉邦平定天下後，高祖使良自擇三萬戶，良願封留，於是封爲留侯。廝遘，相遇。㊲重裀：兩層厚軟的坐席、牀褥。也作重鞇、重茵。韓詩外傳六：「又與子從君東而至阿，遭齊君重鞇而坐，吾君單鞇而坐。」後漢書祭遵傳：「時遵有疾，詔賜重茵，覆以御蓋。」㊳列鼎：陳列盛饌。鼎是古代的食器，依地位高低而鼎數不同，士三鼎，大夫五鼎。列鼎而食，形容飲食的豐富。說苑建本：「累茵而坐，列鼎而食。」㊴乘肥馬衣輕裘：比喻生活極爲享受。論語雍也：「赤之適齊也，乘肥馬，衣輕裘。」㊵環珮影搖青塚月二句：用金王元節明妃詩：「環珮魂歸青塚月，琵琶聲斷黑江秋。漢家多少征西將，泉下相逢也合羞。」青塚指王昭君的墳墓，在歸綏城東南約三十里，黑河南岸，其墓生長青草，故稱青塚。此時昭君尚未和番，亦未去世，用青塚之典故不合理。張相文塞北紀遊：「塞北地多白沙，空氣映之，凡山林村阜，無不黛色橫空，若潑濃墨，故山曰大青山，河曰大黑河。」石崇王明君辭序：「昔公主嫁烏孫，令琵琶馬上作樂，以慰其道路之思，其送明君，亦必爾也。」㊶喒：ㄗㄢˊ，我，同咱。元曲選白樸牆頭馬上一：「喒兩個去後花園內看一看來。」㊷疎失：即疏失。因疏忽造成過失。顏氏家訓文章：「陸機爲齊謳篇，前敍山川物產風教之盛，後章忽鄙山川之情，疏失厥體。」㊸全虧韓元帥二句：韓元帥即漢初開國功臣韓信。傳說他在九里山擺下十面埋伏，打敗項羽。又傳說他一生曾爲漢高祖立下①明修棧道，暗渡陳倉。②擊殺章邯等三秦王，取關中地。③涉西河，虜魏王豹。④渡井陘，殺陳餘，並趙王歇。⑤擒夏悅，斬張仝。⑥襲破齊歷下軍，擊走田橫。⑦夜堰淮河，斬周蘭、龍且二大將。⑧廣武山小會垓。⑨九里山十面埋伏。⑩追項王陰陵道上，逼他烏江自刎等十大功勞。㊹丹墀：古代宮殿前的石階，漆成紅色，稱爲丹墀。文選張衡西京賦：「右平左墄，青瑣丹墀。」㊺金章紫綬：黃金做的印章及紫色的絲帶。秦漢時丞相金印紫綬，後簡稱金紫。史記蔡澤傳：「懷黃金之印，結紫綬於要。」漢書百官公卿表：「相國丞相皆秦官，金印紫綬。」㊻朱門：紅色的門，古代王侯貴族的住宅大門漆成紅色，表示尊貴。因稱豪門爲朱門。杜甫自京赴奉先縣詠懷五百字詩：「朱門酒肉臭，路有凍死人。」㊼邊關透漏：邊塞被敵人攻進來。㊽央及：即殃及。累及，連累。㊾僝僽：憂愁煩悶。王質清平樂詞：「從來清瘦，更被春僝僽。」㊿鴻溝：古渠名。故道大部循今河南賈魯河東，由滎陽北引黃河水曲折東至淮陽入潁水。秦末項羽劉邦約中分天下，以鴻溝爲界，西爲漢，東爲楚，即此。(51)陡恁的：驟然之間。(52)俺無那鼎鑊邊滾熱油：無那，無奈。鼎鑊，本是烹飪器，古代酷刑，用鼎鑊以烹人。漢書酈食其傳：「酈生自匿監門，待主然後出，猶不免鼎鑊。」鼎鑊邊滾熱油形容焦急萬分之狀。㊾社稷：指國家。社爲土神，稷爲穀神，爲天下諸侯所祭。周禮春官大宗伯：「以血祭祭社稷五祀五嶽。」注：「社稷土穀之神，有德者配食焉。」孟子盡心下：「民爲貴，社稷次之，君爲輕。」㊹戈矛：都是兵器名，用以指戰事。㊺文武班頭：文臣武將的首領。班頭，首領，同班首。關漢卿不伏老曲：「我是箇普天下郎君領袖，蓋世界浪子班頭。」㊻山呼萬歲：古代臣民對皇帝舉行頌祝儀式，叩頭高呼萬歲者三，叫作山呼。張說大唐祀封禪頌：「五色雲起，拂馬以隨人；萬歲山呼，從天而至地。」元史禮樂志：「曰跪左膝，三叩頭，曰山呼，曰山呼，曰再山呼。」注：「凡傳山呼，控鶴呼譟，應和曰萬歲；傳再山呼，應曰萬萬歲。」㊼舞蹈揚塵：古時朝拜帝王的禮節。曲洧舊聞二：「張康節預政，屢請老不許。詔三日一至樞密院，進見勿舞蹈。」㊽誠惶頓首：古代臣子向皇帝上書，結尾皆言「誠惶頓首」，以爲請罪之辭。曹植上責躬應詔詩表：「謹拜表並獻詩二篇，辭旨淺末，不足采覽，貴露下情，冒顏以聞。臣植誠惶誠恐，頓首頓首，死罪死罪。」㊾陽關：關名。在今甘肅省敦煌縣西南。以居玉門關之南而得名。是古代通西域的必經之路。王維送元二使安西詩：「勸君更進一杯酒，西出陽關無故人。」60未央官裏二句：指呂后執政。未央官，西漢的官殿名。呂后是漢高祖的皇后，名雉，生惠帝；惠帝卒，立少帝，后臨朝稱制；又殺少帝立恆山王義爲帝，分王諸呂。垂旒，帝王貴族冠冕上的裝飾，用絲繩繫玉下垂，這裏指垂簾聽政之意。即女后臨朝聽政。舊唐書高宗紀：「自誅上官儀後，上每視朝，天后垂簾於御座後，政事大小，皆預聞之，內外稱爲二聖。」(61)差排：差遣，安排。(62)枉以後龍爭虎鬭二句：從今以後都不必對敵作戰，只要我的妃子去和親就行了。(63)青史：古代以竹簡記事，故稱史籍爲青史。岑參輪臺歌奉送封大夫出師西征詩：「古來青史誰不見，今見功名勝古人。」(64)幃房：卽帷房，指婦女居住的內室。宋書后妃傳論：「且愛止帷房，權無外授。」(65)生受：爲難，麻煩。黃庭堅宴桃源詞：「生受，生受，更被養娘催繡。」(66)投至：及到。關漢卿拜月亭劇：「韻悠悠比及把角品絕，碧熒熒投至那燈兒滅。」(67)翠羽冠四句：意指由漢朝的宮裝改換成匈奴的服飾。(68)灞陵橋：卽霸橋。在長安東。三輔黃圖六：「霸橋在長安東，跨水作橋。漢人送客至此橋，折柳贈別，……唐人以送別者多於此，因亦謂之銷魂橋。」(69)淩烟閣：卽凌煙閣。古代帝王爲表彰功臣而建築的高閣，繪有功臣圖像。庾信周柱國大將軍紇干弘神道碑：「天子畫凌煙之閣，言念舊臣；出平樂之宮，實思賢傅。」唐太宗貞觀十七年、代宗廣德元年都有繪畫功臣像於凌煙閣的記載。(70)紫臺行：在皇宮裏。紫臺，指帝王所居。也作紫宮。江淹恨賦：「若夫明妃去時，仰天太息，紫臺稍遠，關山無極。」杜甫詠懷古跡詩：「一去紫臺連朔漠，獨留青塚向黃昏。」(71)夢迤逗：夢魂牽惹。(72)從今後不見長安望北斗：今日離別之後，王昭君望不見長安，而元帝也只能望著北斗星思念昭君了。(73)生扭做織女牽牛：硬弄成像織女跟牛郞那樣兩地相思不能見面。織女與牽牛都是天上星名，織女在銀河西邊，牽牛俗稱牛郞，在銀河東邊。古代神話，以牛郞織女爲夫婦，每年七月七日相會一次。曹植洛神賦：「歎匏瓜之無匹兮，詠牽牛之獨處。」生扭做，勉強扭做，硬扭做，活生生的弄成的意思。(74)情知他四句：明明知道王昭君怎麼能夠控制那肥壯的駿馬奔波呢？平常時嬌生慣養，坐著轎子也懶得去捲起繡簾，而上下轎更要人扶持。情知，明知。駱賓王豔情代郭氏答盧照鄰詩：「情知唾井終無理，情知覆水也難收。」膔滿，牛馬肥壯的樣子，膔同膘，ㄅㄧㄠ，樂府詩集企喻歌辭：「放馬大澤中，草好馬著膔。」紫驊騮：紫色的駿馬。荀子性惡：「驊騮、騹驥、纖離、綠耳，此皆古之良馬也。」注：「皆周穆王八駿名。」兜，一作篼，竹轎。兀自，還，尚。董解元西廂記三：「懷兒裏兀自有簡帖。」 ⑮誰承望月自空明水自流：誰想到從今以後好景虛設，良辰空度。承望，料想，指望。王實甫西廂記二本三折：「當日所望無成，誰承望一緘書倒為了媒證。」 ⑯趁宿頭：趕到可以住宿的地方。

第三折

（番使擁旦上，奏胡樂科，旦云：）妾身王昭君，自從選入宮中，被毛延壽將美人圖點破，送入冷宮，甫能❶得蒙恩幸，又被他獻與番王形像。今擁兵來索，待不去，又怕江山有失，沒奈何，將妾身出塞和番。這一去，胡地風霜，怎生消受也。自古道：「紅顏勝人多薄命，莫怨春風當自嗟❷。」（駕引文武內官上，云：）今日灞橋餞送明妃，卻早來到也。（唱：）

（雙調新水令）錦貂裘生改盡漢宮妝，我則索看昭君畫圖模樣❸。舊恩金勒短，新恨玉鞭長❹。本是對金殿鴛鴦❺，分飛翼怎承望。

（云：）您文武百官計議，怎生退了番兵，免明妃和番者。（唱：）

（駐馬聽）宰相每商量，大國使還朝多賜賞。早是俺夫妻悒怏⑥，小家兒出外也搖裝⑦。尚兀自渭城衰柳助凄涼，共那灞橋流水添惆悵⑧。偏您不斷腸，想娘娘那一天愁都撮在琵琶上。

（做下馬科）（與旦打悲科）（駕云：）左右慢慢唱者，我與明妃餞一盃酒。（唱：）

（步步嬌）您將那一曲陽關⑨休輕放，俺咫尺如天樣⑩，慢慢的捧玉觴⑪。朕本意待尊前捱些時光，且休問劣了宮商⑫，您則與我半句兒俄延⑬著唱。

（番使云：）請娘娘早行，天色晚了也。（駕唱：）

（落梅風）可憐俺別離重，你好是歸去的忙。寡人心先到他李陵臺⑭上，回頭兒卻纔魂夢裏想，便休題貴人多忘⑮。

（旦云：）妾這一去，再何時得見陛下？把我漢家衣服都留下者。（詩云：）正是：「今日漢宮人，明朝胡地妾；忍著主衣裳，為人作春色⑯。」（留衣服科）（駕唱：）

（殿前歡）則甚麼留下舞衣裳，被西風吹散舊時香⑰。我委實⑱怕宮車再過青苔巷，猛到椒房⑲，那一會想菱花鏡裏妝，風流相，兜的又橫心上⑳。看今日昭君出塞，幾時似蘇武還鄉㉑。

（番使云：）請娘娘行罷，臣等來多時了也。（駕云：）罷罷罷，明妃你這一去，休怨朕躬也。（做別科，駕云：）我那裏是大漢皇帝！（唱：）

（鴈兒落）我做了別虞姬楚霸王㉒，全不見守玉關征西將㉓。那裏取保親的李左車，送女客的蕭丞相㉔。

（尚書云：）陛下不必掛念。（駕唱：）

（得勝令）他去也不沙㉕架海紫金梁，㉖枉養著那邊庭上鐵衣郎，您也要左右人扶侍，俺可甚糟糠妻下堂㉗？您但提起刀鎗，却早小鹿兒心頭撞㉘。今日央及煞娘娘，怎做的男兒當自強㉙。

（尚書云：）陛下，咱回朝去罷！（駕唱：）

（川撥棹）怕不待放絲韁，咱可甚鞭敲金鐙響㉚。你管燮理陰陽，掌握朝綱，治國安邦，展土開疆。假若俺高皇，差你個梅香㉛，背井離鄉，臥雪眠霜，若是他不戀恁春風畫堂㉜，我便官封你一字王㉝。

（尚書云：）陛下不必苦死留他，著他去了罷。（駕唱：）

（七弟兄）說甚麼大王，不當，戀王嬙。兀良㉞怎禁他臨去也回頭望，那堪這散風雪旌節㉟影悠揚，動關山鼓角聲悲壯。

（梅花酒）呀！俺向著這迥野悲涼，草已添黃，色早迎霜。犬褪得毛蒼，人搠起纓鎗，馬負著行裝，車運著餱糧㊱，打獵起圍場㊲。他他他傷心辭漢主，我我我攜手上河梁㊳。他部從入窮荒，我鑾輿㊴返咸陽，返咸陽過宮墻，過宮墻遶迴廊，遶迴廊近椒房，近椒房月昏黃，月昏黃夜生涼，夜生涼泣寒螿㊵，泣寒螿綠紗窗，綠紗窗不思量。

（收江南）呀！不思量除是鐵心腸！鐵心腸也愁淚滴千行。美人圖今夜掛昭陽，我那裏供養㊶，便是我高燒銀燭照紅妝㊷。

（尚書云：）陛下回鑾罷，娘娘去遠了也。（駕唱：）

（鴛鴦煞）我煞大臣行說一個推辭謊㊸，又則怕筆尖兒那火編修講㊹。不見他花朶兒精神，怎趁㊺那草地裏風光。唱道佇立多時，徘徊半晌，猛聽的塞鴈南翔呀呀的聲嘹亮。却原來滿目牛羊，是兀那載離恨的氈車㊻半坡裏響。（下）

（番王引部落擁昭君上云：）今日漢朝不棄舊盟，將王昭君與俺番家和親。我將昭君封為寧胡閼氏㊼，坐我正宮。兩國息兵，多少是好。衆將士，傳下號令，大衆起行，望北而去。（做行科）（旦問云：）這裏甚地面了？（番使云：）這是黑龍江㊽，番漢交界去處；南邊屬漢家，北邊屬我番國。（旦云：）大王，借一盃酒，望南澆奠㊾，辭了漢家，長行去罷。（做奠酒科，云：）漢朝皇帝，妾身今生已矣，尚待來生也。（做跳江科）（番王驚救不及，歎科，云：）嗨！可惜！可惜！昭君不肯入番，投江而死。罷罷罷！就葬在此江邊，號為青塚者。我想來，人也死了，枉與漢朝結下這般讎隙，都是毛延壽那廝搬弄出來的。把都兒(50)，將毛延壽拿下，解送漢朝處治，我依舊與漢朝結和，永為甥舅，却不是好。（詩云：）則為他丹青畫誤了昭君，背漢主暗地私奔。將美人圖又來哄我，要索取出塞和親。豈知道投江而死，空落的一見消魂。似這等姦邪逆賊，留著他終是禍根。不如送他去漢朝哈喇(51)，依還的甥舅禮兩國長存。（下）

注釋

❶甫能：方纔。也作副能、付能。秦觀鷓鴣天詞：「甫能炙得燈兒了，雨打梨花深閉門。」❷紅顏勝人二句：語出歐陽修的明妃曲。容貌美麗的人大抵命運都不好，無須埋怨良辰美景虛擲，只好嗟歎自己的薄命。❸錦貂裘二句：昭君穿著匈奴的服裝，硬生生地把漢宮的妝扮改換掉了，如今我要看昭君的眞模樣只能在畫圖中了。❹舊恩金勒短二句：卽景比興。從前的恩愛就像馬口勒鐵那樣的短，而新近的離恨有如策馬的玉鞭那麼長。❺金殿鴛鴦：比喻朝廷上一對恩愛夫妻。李白宮中行樂詞：「玉樓巢翡翠，金殿鎖鴛鴦。」❻悒怏：惆悵，憂鬱不樂。西廂記一：「聽說罷心懷悒怏，把一天愁都撮在眉尖上。」❼小家兒出外也搖裝：一般小戶人家出外也要搖裝一番，更何況是帝王之家呢？搖裝，或作遙裝，是古代的一種習俗：將有遠行的人，事先選擇一個吉利的日子出門，親友在江邊餞行，上船移棹卽返，另日再正式出發。沈約卻東西門

行：「搖裝非短晨，還歌豈明發。」❽渭城衰柳助淒涼二句：即景抒情。渭城與灞橋都是古代送別的地方。渭城在今陝西省咸陽縣東。王維送元二使安西詩：「渭城朝雨浥輕塵，客舍青青柳色新。」灞橋見前折注68。❾一曲陽關：陽關曲是古時送別所唱的歌曲。也稱渭城曲。王維送元二使安西詩：「勸君更盡一杯酒，西出陽關無故人。」❿咫尺如天樣：即咫尺天涯，可望而不可及。八寸曰咫，咫尺比喻距離很近。魚玄機隔漢江寄子安詩：「含情咫尺千里，況聽家家遠砧。」⓫玉觴：玉做的酒杯。班固東都賦：「列金罍，班玉觴。」⓬劣了宮商：音調不和諧。宮商為宮商角徵羽五音的代表，指音樂而言。⓭俄延：捱延。拖延時間。俄與捱，一聲之轉。元刊本霍光鬼諫一：「休那裏俄延歲月，打捱時光。」⓮李陵台：在今內蒙古波羅城。李陵，漢隴西成紀人。字少卿。名將李廣之孫。武帝時任騎都尉。天漢二年，率步兵五千人擊匈奴，戰敗投降，單于立為右校王。李陵曾登臺望鄉。⓯貴人多忘：人一富貴，事情煩多，又趨奉者多，故易忘記。唐摭言恚恨：「君之此恩，頂上相戴，儻也貴人多忘，國士難期，使僕一朝出其不意，與君並肩臺閣，側眼相視，今始悔而謝僕，僕安能有色於君乎？」⓰今日漢宮人四句：前二句出於李白王昭君詩，後二句出於陳師道妾薄命詩。⓱西風吹散舊時香：元詩人元淮昭君出塞詩：「西風吹散舊時香，收起宮妝換北妝。猶帽貂裘同錦綺，翠眉蟬鬢怯風霜。草白雲黃金勒短，舊愁新恨玉鞭長。一天怨在琵琶上，試倩征鴻問漢皇。」恐是檃括本劇新水令、駐馬聽等曲而成。⓲委實：確實。呂頤浩辭免赴召乞納節致仕劄子：「如是託疾，自當明正典刑；如委實抱病，伏望天慈，放臣閑退。」⓳椒房：漢皇后所居的宮殿，以椒和泥塗壁，取溫、香、多子之義。漢書車千秋傳：「曩者，江充先治甘泉宮人，轉至未央椒房，…今丞相親掘蘭臺蠱驗，所明知也。」注：「椒房，殿名，皇后所居也。」⑳風流相兜的又橫心上：舉止瀟灑，品格清高的美麗容貌突然又出現在我心上。兜的，立刻，突然。西廂記二本一折：「從見了那人，兜的便親。」㉑蘇武還鄉：蘇武，西漢杜陵人，字子卿。武帝天漢元年以中郎將出使匈奴，被留。匈奴單于脅迫他投降，他不肯，遂被放逐北海，使牧公羊，俟羊產子纔能釋放。武嚙雪食草籽呑氈，持漢節牧羊十九年，節旄盡落。昭帝卽位，與匈奴和親，武得歸，拜爲典屬國。宣帝時賜爵關內侯，圖形於麟麒閣。㉒別虞姬楚霸王：漢元帝以虞姬和項羽的生離死別比喻他和王昭君的難分難捨。史記項羽本紀：「項王軍壁垓下，兵少食盡，漢軍及諸侯兵圍之數重。夜聞漢軍四面皆楚歌，項王乃夜起，飲帳中。有美人名虞，常幸從；駿馬名騅，常騎之。於是項王乃悲歌忼慨，自爲詩曰：『力拔山兮氣蓋世，時不利兮騅不逝，騅不逝兮可奈何，虞兮虞兮奈若何！』歌數闋，美人和之。項王泣數行下，左右皆泣，莫能仰視。」㉓守玉關征西將：玉關，卽玉門關，在今甘肅省敦煌縣西北，古爲通西域要道。庾信竹杖賦：「親友離絕，妻孥流轉，玉關寄書，章臺留別。」征西將，指出征西域的將領，如衞青、霍去病等。㉔保親的李左車二句：保親的，指做媒促成婚姻的人；送女客，過去的婚禮，女子出嫁時，由親戚一人陪送到夫家，叫送女客。李左軍，漢初著名的謀士。蕭丞相，漢高祖的宰相蕭何。歷史上沒有記載李左車和蕭何如何做媒送親的事，這裏漢元帝諷刺文武大臣只會做保親和送女客的，別無其他功勞。㉕不沙：不是。沙字無義。㉖架海紫金梁：元雜劇常用「擎天白玉柱，架海紫金梁。」比喻擔當國家重任的人。㉗俺可甚糟糠妻下堂』：我爲什麼把共過苦日子的妻子休棄呢。後漢書宋弘傳：「帝姊湖陽公主新寡，帝與共論朝臣，微觀其意，主曰：『宋公威容德器，羣臣莫及。』帝曰：『方且圖之。』後弘被引見，帝令主坐屏風後，因謂弘曰：『諺言：貴易交，富易妻。人情乎？』弘曰：『臣聞：貧賤之交不可忘，糟糠之妻不下堂。』帝顧謂主曰：『事不諧矣。』」糟，酒滓。糠，穀皮。貧賤的人所吃的食物，後以糟糠爲妻的代稱。妻子被丈夫遺棄或要求離婚稱下堂。㉘小鹿兒心頭撞：也作小鹿兒撞，小鹿兒跳。元曲習用語。因緊張而心頭跳動，就像小鹿撞觸心頭一樣。㉙男兒當自強：諺語：「將相本無種，男兒當自強。」㉚咱可甚鞭敲金鐙響：我可有什麼辦法做到鞭敲金鐙響。「鞭敲金鐙響，人唱凱歌回。」形容勝利回朝得意的樣子。㉛梅香：宋元戲曲話本中用作婢女的通稱。白樸東牆記一：「更有個小妮子，是小姐使喚的梅香，亦能吟詩寫染。」㉜春風畫堂：指富貴人家及其富貴的生活。㉝一字王：指用一個字作爲封號的王。遼有一字王，如趙王魏王等。若爲郡王，則用二字，如混同郡王、蘭陵郡王，位次於一字王。金元僅親王得封一字王。㉞兀良：用在句首表示語氣的語助詞，或作加強語氣，或作驚歎語氣，如啊呀！㉟旌節：旌旗與符節。唐代節度使專制軍事，有雙旌雙節。韓愈除官赴闕至江州寄鄂岳李大夫詩：「故人辭禮闈，旌節鎭江圻。」㊱餱糧：乾糧。詩大雅公劉：「迺積迺倉，迺裹餱糧。」㊲圍場：古代供皇帝、貴族設圍打獵的場地。宋史禮志二四：「太祖建隆二年始校獵於近郊，先出禁軍爲圍場。」㊳攜手上河梁：文選李陵與蘇武詩：「攜手上河梁，遊子暮何之。」河梁，河上的橋梁。指分別的地方。㊴鑾輿：皇帝所乘的車子，車上有鑾鈴，鈴聲如鸞鳳之鳴。文選班固西都賦：「於是乘鑾輿，備法駕，帥羣臣，披飛廉，入苑門。」 ㊵寒螿：卽寒蟬，蟬的一種。至深秋天寒則不鳴，故又稱瘖蜩。文選劉鑠擬古詩：「寒螿翔水曲。」 ㊶供養：佛教稱供獻神佛或設飯食招待僧侶爲供養。景德傳燈錄忍太師：「唐武后聞之，召至都下，於內道場供養。」這裏指元帝把王昭君的美人圖奉若神明一般。 ㊷高燒銀燭照紅妝：蘇軾海棠詩：「東風嫋嫋泛崇光，香霧空濛月轉廊。只恐夜深花睡去，高燒銀燭照紅妝。」這裏的紅妝指王昭君的圖像。 ㊸我煞大臣行說一個推辭謊：我原打算在大臣們面前找個藉口，說個謊話。 ㊹又則怕筆尖兒那火編修講：又只怕被那一些握著筆管，掌修國史的編修們記載下來。火同伙。編修，官名。宋代有史館編修，掌修國史。 ㊺怎趁：怎麼調適，怎麼適應。 ㊻氈車：金國的后妃所坐的車子，用錦緣青氊作車蓋。蘇軾臺頭寺步月得人字詩：「遙知金闕同清景，想見氈車碾暗塵。」 ㊼寧胡閼氏：本是漢元帝賜昭君的封號。寧胡，安撫匈奴。 ㊽黑龍江：當作黑江。黑江卽黑河，蒙古名伊克土爾根，水中泥色似金，故亦名金河。有二源：一出綏遠省歸綏縣東北官山南流；一出察哈爾省海拉蘇臺北流，在歸綏縣南相合，曲折西南流，經托克托縣注入黃河。馬致遠四塊玉曲：「雁北飛，人北望。拋閃煞明妃也漢君王。小單于把盞呀刺刺唱，青草畔有收酪牛，黑河邊有扇尾羊，他只是思故鄉。」可見馬致遠不致以「黑江」爲「黑龍江」，恐是明人臆改致誤。 ㊾澆奠：用酒澆沃地上以祭祀。 ㊿把都兒：勇士。蒙古話。也作拔突、阿禿兒、巴圖魯。 (51)哈喇：殺。蒙古話。也作阿蘭。

第四析

（駕引內官上，云：）自家漢元帝，自從明妃和番，寡人一百日不曾設朝。今當此夜景蕭索，好生煩惱。且將這美人圖掛起，少解悶懷也呵。（唱：）

（中呂粉蝶兒）寶殿涼生，夜迢迢六宮人靜。對銀臺❶一點寒燈，枕席間，臨寢處，越顯的吾身薄倖❷。萬里龍廷❸，知他宿誰家一靈眞性❹。

（云：）小黃門，你看爐香盡了，再添上些香。（唱：）

（醉春風）燒盡御爐香，再添黃串餅❺。想娘娘似竹林寺❻不見半分形；則留下這個影，影。未死之時，在生之日，我可也一般恭敬。

（云：）一時困倦，我且睡些兒。（唱：）

（叫聲）高唐夢❼苦難成，那裏也愛卿愛卿，却怎生無些靈聖；偏不許楚襄王枕上雨雲情❽。

（做睡科）（旦上，云：）妾身王嬙，和番到北地，私自逃回。兀的不是我主人！陛下，妾身來了也。（番兵上，云：）恰纔我打了個盹，王昭君就偷走回去了。我急急趕來，進的漢宮，兀的不是昭君！（做拏旦下）（駕醒科，云：）恰纔見明妃回來，這些兒如何就不見了。（唱：）

(剔銀燈) 恰纔這搭兒單于王使命，呼喚俺那昭君名姓。偏寡人喚娘娘不肯燈前應，却原來是畫上的丹青。猛聽得仙音院⑨，鳳管⑩鳴，更說甚簫韶九成⑪。

(蔓青菜) 白日裏無承應⑫，教寡人不曾一覺到天明，做的個團圓夢境。(鴈叫科，唱：)却原來鴈叫長門兩三聲，怎知道更有個人孤另⑬。

(鴈叫科) (唱：)

(白鶴子) 多管是春秋高⑭觔力⑮短，莫不是食水少骨毛輕？待去後愁江南網羅寬，待向前怕塞北雕弓硬。

(么篇) 傷感似替昭君思漢主，哀怨似作薤露⑯哭田橫⑰，淒愴似和半夜楚歌聲⑱，悲切似唱三疊陽關令⑲。

(鴈叫科) (云：) 則被那潑毛團⑳叫的悽楚人也。(唱：)

(上小樓) 早是我神思不寧，又添個寃家㉑纏定。他叫得慢一會兒，緊一聲兒，和盡寒更。不爭㉒你，打盤旋，這搭裏同聲相應，可不差訛了四時節令㉓。

(么篇) 你却待尋子卿㉔，覓李陵㉕。對著銀臺，叫醒咱家，對影生情。則俺那遠鄉的，漢明妃，雖然得命㉖，不見你個潑毛團也耳根清淨。

（雁叫科）（云…）這雁兒呵！（唱…）

（滿庭芳）又不是心中愛聽，大古似㉗林風瑟瑟㉘，岧溜泠泠㉙。我只見山長水遠天如鏡，又生怕誤了你途程，見被你冷落了瀟湘暮景㉚，更打動我邊塞離情。還說甚過留聲㉛，那堪更瑤階夜永，嫌殺月兒明。

（黃門云…）陛下省煩惱，龍體為重。（駕云…）不由我不煩惱也。（唱…）

（十二月）休道是咱家動情，你宰相每也生憎。不比那雕梁燕語，不比那錦樹鶯鳴。漢昭君離鄉背井，知他在何處愁聽。

（雁叫科）（唱…）

（堯民歌）呀呀的飛過蓼花汀㉜，孤雁兒不離了鳳凰城㉝。畫簷間鐵馬㉞響丁丁，寶殿中御榻冷清清，寒也波更㉟，蕭蕭落葉聲，燭暗長門靜。

（隋煞）一聲兒遶漢宮，一聲兒寄渭城。暗添人白髮成衰病，直恁的㊱吾家可也勸不省。

（尚書上，云…）今日早朝散後，有番國差使命綁送毛延壽來，説因毛延壽叛國敗盟，致此禍釁。今昭君已死，情願兩國講和，伏候聖旨。（駕云…）既如此，便將毛延壽斬首，祭獻明妃。著光祿寺㊲大排筵席犒賞㊳來使回去。（詩云…）葉落深宮雁叫時，夢回孤枕夜相思。雖然青塚人何在？還為蛾眉斬畫師。

題目　沈黑江明妃青塚恨

正名㊴　破幽夢孤鴈漢宮秋

注釋

❶銀臺：點銀燭的臺。掛著王昭君的畫像。卽前折「高燒銀燭照紅妝。」❷薄倖：薄情，無情。邵雍落花吟：「多情惟粉蝶，薄倖是游蜂。」❸龍廷：同龍庭。匈奴單于祭天地鬼神的地方。文選班固封燕然山銘：「躡冒頓之區落，焚老上之龍庭。」❹一靈眞性：指神靈，魂魄。❺黃串餅：卽黃篆餅。放在香爐裏燃燒，形狀像篆文的香餅。❻竹林寺：佛敎傳說中神僧羅漢所住的靈境。時隱時現，凡人不易到達。❼高唐夢：宋玉高唐賦序：「楚襄王與宋玉游於雲夢之臺，望高唐之觀，上有雲氣，王問玉曰：『此何氣也？』玉曰：『所謂朝雲也。』王曰：『何謂朝雲？』玉曰：『昔者先王嘗遊高唐，怠而晝寢，夢見一婦人曰：「妾巫山之女也，爲高唐之客，聞君遊高唐，願薦枕席。」王因而幸之。去而辭曰：「妾在巫山之陽，高丘之岨，旦爲朝雲，暮爲行雨，朝朝暮暮，陽臺之下。」』」後世稱男女歡合之夢爲巫山夢、高唐夢、陽臺夢。❽楚襄王枕上雨雲情：見上注。❾仙音院：蒙古汗國中統元年設立的掌管樂工供奉祭享的機關。元王朝建立後改爲玉宸院。❿鳳管：卽鳳簫，亦卽排簫（笙），用小竹管編成，一管一音，根據音的高低排列在一起，形狀像鳳的翅膀。鮑照登廬山詩：「傾聽

鳳管賓，紖望釣龍子。」⑪簫韶九成：韶是舜的音樂，用簫演奏，故稱簫韶。九成卽九變，變換九次旋律，也就是九個樂章。書益稷：「簫韶九成，鳳皇來儀。」後來簫韶代表高雅美妙的音樂。⑫承應：照料侍奉。⑬孤另：卽孤零。孤獨。張昱梅花水月仙子畫詩：「欲向姮娥訴孤另，浪中亦自有團圓。」⑭春秋高：年齡大了。戰國策秦策五：「王之春秋高，一日山陵崩，太子用事，君危於累卵，而不壽於朝生。」⑮劬力：劬同筋。⑯薤露：ㄒㄧㄝˋ ㄌㄨˋ，漢代的輓歌。古今注音樂：「薤露、蒿里，並喪歌也。出田橫門人。橫自殺，門人傷之，爲之悲歌，言人命如薤上之露，易晞滅也，亦謂人死魂魄歸乎蒿里，故有二章。……至孝武時，李延年乃分二曲，薤露送王公貴人，蒿里送士大夫庶人，使挽柩者歌之，世呼爲挽歌。」歌詞是：「薤上露，何易晞。露晞明朝更復落，人死一去何時歸。」⑰田橫：秦末齊王田榮之弟，榮死之後代領其衆，擊項羽，復齊地，立榮子廣爲齊王，後廣被韓信所擄，橫乃自立爲齊王。漢滅楚，橫率領從屬五百餘人逃避海島。高祖招降他：「田橫來，大者王小者侯；不來，且舉兵加誅焉。」橫乃與二客詣洛陽，未至三十里，曰：「橫始與漢王俱南面稱孤，今奈何北面事之？」遂自殺。高祖以王禮葬之，拜二客爲都尉，二客皆自刎。居海島中的五百餘人也都自殺。⑱半夜楚歌聲：見第三折注㉒。⑲三疊陽關令：陽關令卽陽關曲，見第三折注⑨。三疊，重疊三次。蘇軾東坡志林七：「舊傳陽關三疊，然今世歌者，每句再疊而已。若通一首言之，又是四疊。皆非是。或每句三唱，以應三疊之說，則叢然無復節奏。余在密州，文勛長官以事至密，自云得古本陽關，每句皆再唱，而第一句不疊，乃知古本三疊蓋如此。及在黃州，偶得樂天對酒詩：『相逢且莫推辭醉，聽唱陽關第四聲。』注云：『第四聲，勸君更進一杯酒。』以此驗之，若一句再疊，則此句爲第五聲，今爲第四聲，則第一句不疊審矣。」按元陽春白雪有大石調陽關三疊詞，與蘇軾之論合，九宮大成譜尙保留歌譜。⑳潑毛團：對飛禽走獸的貶稱。這裏指鴈。㉑寃家：仇敵。這裏指鴈。朝野僉載六：「梁簡文王之生，誌公謂武帝曰：『此子與寃家同年生。』」㉒不爭：只爲。西廂記四本二折：「不爭你握雨攜雲，常使我提心在口。」㉓可不差訛了四時節令：可不是讓江南的人弄錯了四季的時間？秋鴈南飛，代表秋天的景物。㉔子卿：卽蘇武。見第三折注㉑。㉕李陵：見第三折注⑭。㉖得命：薄命。㉗大古似：大概是。㉘瑟瑟：風聲。文選劉楨贈從弟詩：「亭亭山上松，瑟瑟谷中風。」㉙嵓溜泠泠：岩石間泉水泠泠然流動的聲音。嵓，卽岩。陸機招隱詩：「山溜何泠泠，飛泉漱鳴玉。」㉚冷落了瀟湘暮景：湖南有瀟水湘江，宋迪的瀟湘八景圖中有「平沙落鴈」。這裏的意思是：鴈兒停留在漢宮，不往江南飛，豈不是冷落了瀟湘暮景？㉛還說甚過留聲：還說什麼鴈過留聲呢？古諺語：「雁過留聲，人過留名。」㉜蓼花汀：長滿蓼花的水邊。蓼的種類很多，這裏指水蓼，味辛，秋日開花。㉝鳳凰城：指皇城。㉞鐵馬：掛在屋簷上的風鈴。卽簷馬。也稱風鈴、風馬兒。孟昉詩：「風弄虛簷鐵馬鳴。」芸窗私志：「元帝時臨池，觀竹既枯，后每思其響，夜不能寢；帝爲作薄玉龍數十枚，以縷線懸於簷外，夜中因風相擊，聽之與竹無異。民間效之，不敢用龍，以什駿代，今之鐵馬是其遺制。」㉟寒也波更：寒夜打更的聲音。駱賓王別李嶠得勝字詩：「寒更承永夜，涼景向秋澄。」也波，語助詞，無義。堯民歌第五句常用此二字，大概是專爲符合調子而挿入的用語。㊱直恁的：卽使如此，縱說這樣。恁的，指上句「暗添人白髮成衰病。」 ㊲光祿寺：官名。北齊設光祿寺，置卿和少卿，掌管皇室膳食帳幕。唐以後成爲專管皇室祭品、膳食及招待酒宴之官。 ㊳犒賞：以酒食財物享賜將士。新唐書李絳傳：「俄而田興果立，以魏博聽命，……絳復曰：『王化不及魏博久矣，一日挈六州來歸，不大犒賞，人心不激。請斥禁錢百五十萬緡賜其軍。』」 ㊴題目正名：元雜劇每本最後用二句或四句對句，把全劇大意總結起來，稱爲題目正名。

竇娥冤

元　關漢卿

楔子

（卜兒❶蔡婆上，詩云：）花有重開日，人無再少年。不須長富貴，安樂是神仙。老身蔡婆婆是也，楚州❷人氏，嫡親三口兒家屬。不幸夫主亡逝已過，止有一個孩兒，年長八歲，俺娘兒兩個，過其日月。家中頗有些錢財，這裏一個竇秀才，從去年問我借了二十兩銀子，如今本利該銀四十兩。我數次索取，那竇秀才只說貧難，沒得還我。他有一箇女兒，今年七歲，生得可喜，長得可愛，我有心看上他，與我家做箇媳婦，就准❸了這四十兩銀子，豈不兩得其便。他說今日好日辰，親送女兒到我家來。老身且不索錢去，專在家中等候，這早晚竇秀才敢待來也。（沖末扮竇天章引正旦扮端雲上，詩云：）讀盡縹緗❹萬卷書，可憐貧殺馬相如。、漢庭一日承恩召，不說當壚說子虛❺。小生姓竇名天章，祖貫長安京兆人也。幼習儒業，飽有文章；爭奈❻時運不通，功名未遂。不幸渾家❼亡化已過，撇下這個女孩兒，小字端雲，從三歲上亡了他母親，如今孩兒七歲了也。小生一貧如洗，流落在這楚州居住。此間一箇蔡婆婆，他家廣有錢物；小生因無盤纏❽，曾借了他二十兩銀子，到今本利該對還他四十兩。他數次問小生索取，教我把甚麼還他；誰想蔡婆婆常常着人來說，要小生女孩兒做他兒媳婦。況如今春榜⑨動，選場開，正待上朝取應⑩，又苦盤纏缺少。小生出於無奈，只得將女孩兒端雲送與蔡婆婆做兒媳婦去。（做歎科，云：）嗨！這箇那裏是做媳婦？分明是賣與他一般。就准了他那先借的四十兩銀子，分外但得些少東西，勾小生應舉之費，便也過望了。說話之間，早來到他家門首。婆婆在家麼？（卜兒上，云：）秀才，請家裏坐，老身等候多時也。（做相見科，竇天章云：）小生今日一徑的將女孩兒送來與婆婆，怎敢說做媳婦，只與婆婆早晚使用。小生目下就要上朝進取功名去，留下女孩兒在此，只望婆婆看覷則箇⑪。（卜兒云：）這等，你是我親家⑫了。你本利少我四十兩銀子，兀的⑬是借錢的文書還了你；再送與你十兩銀子做盤纏，親家，你休嫌輕少。（竇天章做謝科，云：）多謝了婆婆，先少你許多銀子，都不要我還了；今又送我盤纏，此恩異日必當重報。婆婆，女孩兒早晚呆癡，看小生薄面，看覷女孩兒咱。（卜兒云：）親家，這不消你囑付，令愛到我家就做親女兒一般看承他，你只管放心的去。（竇天章云：）婆婆，端雲孩兒該打呵，看小生面則罵幾句；當罵呵，則處分⑭幾句。孩兒，你也不比在我跟前，我是你親爺，將就的你；你如今在這裏，早晚若頑劣呵，你只討那打罵喫。兒嚦！我也是出於無奈。（做悲科）（唱：）

（仙呂賞花時）我也只為**無計營生四壁貧，**因此上**割捨**得**親兒**在**兩處分。**從今日**遠踐洛陽塵，**又不知**歸期定准，**則落的**無語闇消魂⑮。**（下）

（卜兒云：）竇秀才留下他這女孩兒與我做媳婦兒，他一徑上朝應舉去了。（正旦做悲科，云：）爹爹，你直下的⑯撇了我孩兒去也。（卜兒云：）媳婦兒，你在我家，我是親婆，你是親媳婦，只當自家骨肉一般。你不要啼哭，跟着老身前後執料⑰去來⑱。（同下）

注　釋

❶卜兒：劇中扮演老婦人的腳色。宋元人把「娘」省寫為「⿰女卜」，又省為「卜」；「卜兒」即是老娘、老婦。一說是「鴇兒」的諧音。❷楚州：隋置。故治在江蘇省淮安縣。竇娥冤是根據漢書于定國傳所記載的東海孝婦敷演而成，漢代東海郡在今江蘇省邳縣以東至海及山東省滋陽等縣以東至海一帶。❸准：折償，抵充。❹縹緗：ㄆㄧㄠˇ ㄒㄧㄤ，縹，青白色的綢子；緗，淺黃色的綢子。古人用來包書或作書囊，因此成為珍貴書籍的代稱。❺可憐貧殺馬相如三句：馬相如即司馬相如，字長卿，成都人，漢代的文學家。曾在臨邛作客，他善於彈琴，蜀中豪富卓王孫的女兒卓文君愛他，背着父母，跟他私奔到成都。他家裏很窮，一無所有，只剩四堵牆壁。夫婦兩人開着小酒店過活，卓文君當罏沽酒，他自己打雜。後來漢武帝讀到他作的子虛賦，大為稱贊，召他到朝中作官。❻爭奈：怎奈。❼渾家：本是全家的意思。一般用來專指妻子，等於「老婆」。❽盤纏：日常費用。一般指旅費而言。❾春榜：科舉時代春試中式及第的榜。齊己送劉蛻秀才赴舉詩：「都人看春榜，韓字在誰前。」「春榜動，選場開。」意即：春季將要舉行考試了。❿上朝取應：到京城去應試。⓫則箇：加重語氣，表示希望的語助詞。略近「着」或「者」。⓬親家：親，ㄑㄧㄣˋ。男女兩姻家互稱。男稱親家翁，女稱親家母。簡稱則為親家。新唐書蕭瑀傳：「子衡，尚新昌公主，嵩妻入

謁，帝呼爲親家，儀物貴甚。」⑬兀的：兀，ㄨ。或作兀底、兀得、阿的。指示詞，略如「這個」、「那個」。⑭處分：分付，囑咐。劉禹錫遙和令狐相公坐中聞思帝鄉有感詩：「滄海西頭舊丞相，停杯處分不須吹。」⑮闇消魂：卽黯然銷魂。闇，通黯；消，通銷。形容分別時心裏難過，心神沮喪的情狀，江淹別賦：「黯然銷魂者，惟別而已矣。」⑯下的：或作下得。就是捨得的音轉。⑰執料：照料。⑱去來：就是去。來，語尾助詞，無義。

第一折

（淨扮賽盧醫❶上，詩云：）行醫有斟酌，下藥依本草❷。死的醫不活，活的醫死了❸。自家姓盧，人道我一手好醫，都叫做賽盧醫，在這山陽縣❹南門開着生藥局。在城❺有箇蔡婆婆，我問他借了十兩銀子，本利該還他二十兩；數次來討這銀子，我又無的還他。若不來便罷，若來呵，我自有箇主意。我且在這藥鋪中坐下，看有甚麼人來？（卜兒上，云：）老身蔡婆婆。我一向搬在山陽縣居住，儘也靜辦❻。自十三年前竇天章秀才留下端雲孩兒與我做兒媳婦，改了他小名，喚做竇娥。自成親之後，不上二年，不想我這孩兒害弱症死了。媳婦兒守寡，又早三箇年頭，服孝將除了也。我和媳婦兒說知，我往城外賽盧醫家索錢去也。（做行科，云：）驀❼過隅頭，轉過屋角，早來到他家門首。賽盧醫在家麼？（盧醫云：）婆婆，家裏來。（卜兒云：）我這兩箇銀子長遠了，你還了我罷。（盧醫云：）婆婆，我家裏無銀子，你跟我莊上去取銀子還你。（卜兒云：）我跟你去。

（做行科）（盧醫云：）來到此處，東也無人，西也無人，這裏不下手等甚麼？我隨身帶的有繩子。兀那婆婆，誰喚你哩？（卜兒云：）在那裏？（做勒卜兒科。孛老⑧同副淨張驢兒衝上，賽盧醫慌走下，孛老救卜兒科。張驢兒云：）爹，是箇婆婆，爭些⑨勒殺了。（孛老云：）兀那婆婆，你是那裏人氏？姓甚名誰？因甚着這箇人將你勒死？（卜兒云：）老身姓蔡，在城人氏，止有箇寡媳婦兒，相守過日。因為賽盧醫少我二十兩銀子，今日與他取討。誰想他賺我到無人去處，要勒死我，賴這銀子。若不是遇着老的和哥哥呵，那得老身性命來？（張驢兒云：）爹，你聽的他說麼？他家還有箇媳婦哩。救了他性命，他少不得要謝我；不若你要這婆子，我要他媳婦兒，何等兩便，你和他說去。（孛老云：）兀那婆婆，你無丈夫，我無渾家，你肯與我做箇老婆，意下如何？（卜兒云：）是何言語！待我回家，多備些錢鈔相謝。（張驢兒云：）你敢是不肯，故意將錢鈔哄我？賽盧醫的繩子還在，我仍舊勒死了你罷。（做拿繩科）（卜兒云：）哥哥，待我慢慢的尋思咱。（張驢兒云：）你尋思些甚麼？你隨我老子，我便要你媳婦兒。（卜兒背云⑩：）我不依他，他又勒殺我。罷罷罷，你爺兒兩箇隨我到家中去來。（同下）（正旦上，云：）妾身姓竇，小字端雲，祖居楚州人氏。我三歲上亡了母親，七歲上離了父親；俺父親將我嫁與蔡婆婆家為兒媳婦，改名竇娥。至十七歲與夫成親，不幸丈夫亡化，可早三年光景，我今二十歲也。這南門外有箇賽盧醫，他少俺婆婆銀子，本利該二十兩，數次索取不還，今日俺婆婆親自索取去了。竇娥也，你這命好苦也呵！（唱：）

（仙呂點絳唇）滿腹閒愁，數年禁受⑪，天知否。天若是知我情由，怕不待和天瘦。

（混江龍）則問那黃昏白晝，兩般兒忘飡廢寢幾時休。大都來⑫昨宵夢裏，和着這今日心頭。催人淚的是錦爛熳⑬花枝橫繡闥⑭，斷人腸的是剔團圞⑮月色掛粧樓。長則是急煎煎⑯按不住意中焦，悶沈沈展不徹眉尖皺。越覺的情懷冗冗⑰，心緒悠悠。

（云：）似這等憂愁，不知幾時是了也呵！（唱：）

（油葫蘆）莫不是八字⑱兒該載着一世憂，誰似我無盡頭。須知道人心不似水長流⑲，我從三歲母親身亡後，到七歲與父分離久。嫁得箇同住人，他可又拔着短籌⑳。撇的俺婆婦每都把空房守，端的箇有誰問有誰偢㉑。

（天下樂）莫不是前世裏燒香不到頭㉒，今也波生，招怨尤。勸今人早將來世修，我將這婆侍養，我將這服孝守，我言詞須應口。

（云：）婆婆索錢去了，怎生這早晚不見回來？（卜兒同孛老、張驢兒上）（卜兒云：）你爺兒兩箇且在門首等，我先進去。（張驢兒云：）妳妳㉓，你先進去，就說女婿在門首哩。（卜兒見正旦科）（正旦云：）妳妳回來了，你喫飯麼？（卜兒做哭科，云：）孩兒也，你教我怎生說波㉔！（正旦唱：）

（一半兒）爲甚麼泪㉕漫漫不住點兒流，莫不是爲索債與人家惹爭鬭。我這裏連忙迎接慌問候，他那裏要說緣由。（卜兒云：）羞人答答㉖教我怎生說波。（正旦唱：）則見他一半兒徘徊一半兒醜。

（云：）婆婆，你為甚麼煩惱啼哭那？（卜兒云：）我問賽盧醫討銀子去，他賺㉗我到無人去處，行起兇來，要勒死我。虧了這箇張老并他兒子張驢兒救得我性命，那張老就要我招他做丈夫，因這等煩惱。（正旦云：）婆婆，這箇怕不中㉘麼？你再尋思咱：俺家裏又不是沒有飯吃，沒有衣穿，又不是少欠錢債，被人催逼不過；況你年紀高大，六十以外的人怎生又招丈夫那？（卜兒云：）孩兒也，你說的豈不是？但是我的性命全虧他這爺兒兩箇救的，我也曾說道：待我到家，多將些錢物，酬謝你救命之恩。不知他怎生知道我家裏有箇媳婦兒，道我婆媳婦又沒老公㉙，他爺兒兩箇又沒老婆，正是天緣天對。若不隨順，他依舊要勒死我。那時節我就慌張了，莫說自己許了他，連你也許了他。兒也，這也是出於無奈。（正旦云：）婆婆，你聽我說波。（唱：）

（後庭花）避凶神要擇好日頭，拜家堂㉚要將香火修。梳着箇霜雪般白鬏髻㉛，怎將這雲霞般錦帕兜㉜。怪不的女大不中留㉝，你如今六旬㉞左右，可不道到中年萬事休㉟，舊恩愛一筆勾，新夫妻兩意投，枉教人笑破口。

（卜兒云：）我的性命都是他爺兒兩箇救的，事到如今，也顧不得別人笑話了。（正旦唱：）

（青哥兒）你雖然是得他得他營救，須不是筍條㊱筍條年幼，剗地㊲便巧畫蛾眉㊳成配偶。想當初你夫主遺留，替你圖謀，置下田疇，蚤晚[39]羹粥，寒暑衣裘，滿望你鰥寡孤獨[40]，無捱無靠母子每到白頭，公公[41]也，則落得乾生受[42]。

（卜兒云：）孩兒也，他如今只待過門，喜事匆匆的，教我怎生回得他去？（正旦唱：）

（寄生草）你道他匆匆喜，我替你倒細細愁。愁則愁興闌珊[43]嚥不下交歡酒，愁則愁眼昏騰扭不上同心扣，愁則愁意朦朧睡不穩芙蓉褥。你待要笙歌引至畫堂前，我道這姻緣敢落在他人後。

（卜兒云：）孩兒也，再不要說我了，他爺兒兩箇都在門首等候，事已至此，不若連你也招了女壻罷。（正旦云：）婆婆，你要招你自招，我並然[44]不要女壻。（卜兒云：）那箇是要女壻的。爭奈他爺兒兩箇自家捱過門來，教我如何是好？（張驢兒云：）我們今日招過去也。帽兒光光，今日做箇新郎；袖兒窄窄，今日做箇嬌客[45]。好女壻，好女壻，不枉了，不枉了。（同孛老入拜科）（正旦做不禮科，云：）兀那厮[46]，靠後！（唱：）

（賺煞）我想這婦人每，休信那男兒口，婆婆也，怕沒的貞心兒自守，到今日招着箇村老子[47]，領着箇半死囚。（張驢兒做嘴臉科，云：）你看我爺兒兩箇這等身段，儘也選得女壻過，你不要錯過了好時辰，我和你早些兒拜堂罷。（正旦不禮科，唱：）則被你坑殺人[48]燕侶鶯儔，婆婆也，你豈不知羞！俺公公撞府沖州[49]，閑闔[50]的銅斗兒家緣[51]百事有，想着

俺公公置就，怎忍教張驢兒情受[52]。（張驢兒做扯正旦拜科，正旦推跌科，唱：）兀的不是俺沒丈夫的婦女下場頭。（下）

（卜兒云：）你老人家不要惱懆[53]，難道你有活命之恩，我豈不思量報你，只是我那媳婦兒氣性最不好惹的，既是他不肯招你兒子，教我怎好招你老人家，我如今拚的好酒好飯，養你爺兒兩箇在家，待我慢慢的勸化俺媳婦兒，待他有箇回心轉意，再作區處。（張驢兒云：）這歪剌骨[54]，便是黃花女兒[55]，剛剛扯的一把，也不消這等使性，平空的推了我一交，我肯乾罷！就當面賭箇誓與你，我今生今世不要他做老婆，我也不算好男子。（詞云：）美婦人我見過萬千向外，不似這小妮子[56]生得十分憊賴[57]，我救了你老性命死裏重生，怎割捨得不肯把肉身陪待。（同下）

注釋

❶賽盧醫：超過盧醫。賽，趕得上，比得過。盧醫，指古代良醫扁鵲，扁鵲住在盧，故稱盧醫。元雜劇常稱庸醫爲賽盧醫，是用反語打諢，譏笑這個醫生醫術淺薄。❷本草：本名神農本草經。三卷。是中國研究藥物最古的一部書。因書所記各藥以草類爲多，故稱本草。❸死的醫不活二句：元雜劇中淨角常常故意說一些荒謬的話，以見詼諧，博人一笑。這就是箇例子。❹山陽縣：即今江蘇省淮安縣。❺在城：本城。❻靜辦：清靜，安靜。❼驀：超越，跨過。❽孛老：元雜劇中稱男性老人爲孛老。與「鮑老」爲一音之轉，如今言「老頭」。❾爭些：差一點兒。方岳滿庭芳詞：「笑

驢魚雖好，風味爭些。」❿背云：戲劇術語。在舞台上背着別的角色，假定他聽不見，說出自己心裏的話。現在稱爲「打背躬」或「旁白」。⓫禁受：承當，消受。陳允平六醜詞：「更杜鵑院落黃昏近，誰禁受得。」⓬大都來：大抵，算來。趙長卿賀新郎詞：「大都來一寸心兒，萬般縈繫。」⓭爛熳：同爛漫。煥發，分布。這裏形容花枝。⓮繡闥：同繡戶。華麗的居室，指婦女所居。闥，ㄊㄚˋ，門。貫休行路難：「雲飛雨散今如此，繡闥雕甍作荒谷。」⓯剔團圞：非常圓。剔，形容極圓的副詞。團圞，團圓。圞，ㄌㄨㄢˊ。⓰急煎煎：焦急的樣子。西廂記四本四折：「急煎煎好夢兒應難捨。」⓱冗冗：ㄖㄨㄥˇ，同宂宂。雜亂，繁多的樣子。⓲八字：星命術士以人出生的年、月、日、時爲四柱，配合干支，合爲八字，加以附會，用來推算命運的好壞。⓳人心不似水長流：人的心靈難於長久承受。⓴拔着短籌：籌，古代計算數目的工具，每根籌上都刻明數目。賭博或飲酒的時候，也都用籌。拔着短籌，比喻短命的意思。㉑偢：ㄔㄡˇ，視。理睬、照顧的意思。張鎡眼兒媚詞：「起來沒個人偢采，枕上越思量。」㉒前世裏燒香不到頭：古時迷信的說法：前世燒了斷頭香，今生就得折斷、分離的果報，夫妻不能一齊到老。㉓妳妳：ㄋㄞˇ，同奶、嬭。楚人呼母曰嬭。㉔怎生說波：怎麼說呢？波，語末助詞。㉕泪：即「淚」字。㉖羞人答答的：害羞、難爲情的樣子。答答，語助詞。㉗賺：欺騙。楊萬里詩情詩：「虛名滿世眞何用，更把虛名賺後生。」㉘不中：不行，使不得。楊萬里午熱登多稼亭詩：「御風不必問雌雄，只有炎風最不中。」㉙老公：丈夫。㉚拜家堂：舊式結婚新夫婦在家堂中行跪拜禮，稱爲拜家堂。也簡稱拜堂。王建失釵怨詩：「雙杯行酒六親喜，我家新婦宜拜堂。」㉛白䯼髻：䯼髻，ㄉㄧˊ ㄐㄧˋ，或作鬄髻、髢髻，古時婦女頭上套網的假髮，帶有裝飾性的一種假髮。白䯼髻，說她髮白老大。㉜錦帕兜：卽錦蓋頭。用華麗的絲織品製成的蓋頭。古代結婚時新娘用來覆首的錦帕。㉝女大不中留：女子到了相當的年齡，必須出嫁，是勉強不住的。㉞六旬：六十歲。白居易春夜宴席上戲贈裴淄州詩：「九十不衰眞地仙，六旬猶健亦天憐。」㉟中年萬事休：中年，一般稱四十歲左右爲中年。晉書王羲之傳：「謝安嘗謂羲之曰：『中年以來，傷於哀樂。』」這是一句諺語，說明人到中年以後，容易傷於哀樂，對於萬般事務已無奮發進取之心。㊱筍條：竹根所生的幼芽，比喩人的年靑。㊲剗的：或作剗地。剗，ㄔㄢˇ。平白地，無緣無故地。㊳巧畫蛾眉：漢書張敞傳：「敞爲京兆，……又爲婦畫眉，長安中傳張京兆眉憮。」後來常用這個故事表示夫婦感情非常要好。㊴蚤晚：早晚。㊵鰥寡孤獨：孟子梁惠王下：「老而無妻曰鰥，老而無夫曰寡，老而無子曰獨，幼而無父曰孤，此四者，天下之窮民而無告者。」㊶公公：婦稱夫之父爲公公。這裏是歌唱中所連帶的賓白。㊷乾生受：白白地辛苦。㊸闌刪：或作闌珊。懶散，打不起勁兒。白居易詠懷詩：「白髮滿頭歸得也，詩情酒興漸闌珊。」㊹並然：定然，一定的意思。㊺帽兒光光四句：形容結婚時，新郎衣帽整潔。是贊賀新郎的話。嬌客，對女壻的愛稱。黃庭堅次韻子瞻和王子立風雨敗書屋有感詩：「婦翁不可撾，王郎非嬌客。」㊻斯：元雜劇有兩種用法：一、對男子的賤稱，如這廝、那廝，就是這（那）個傢伙的意思。二、作相互的解釋，如廝似、廝見，就是相似，相見。這裏指第一義。㊼村老子：村，粗野，俗氣。老子，老頭子。㊽坑殺人：害死人。坑，陷害。㊾撞府冲州：也作撞府衢州。跑江湖，到處流浪。㊿𩰖𩰝：ㄓㄥ ㄓㄞˋ，或作掙闖、掙揣、掙側。用力謀取。㉛銅斗兒家緣：用銅斗比喻家產殷實、牢固。家緣，家計，家財。董解元西廂記三：「夜擁孤衾三幅布，畫欹單枕是一枚甎，只此是家緣。」㉜情受：承受。㉝惱懆：煩惱不安。懆，ㄘㄠˇ。㉞歪剌骨：或省作歪剌，歪臘。侮辱婦女的話，含有潑辣、下賤、不正派等義。㉟黃花女兒：或作黃花女。閨女，處女。㊱小妮子：宋元以來稱未婚的女奴為小妮子。就是小丫頭。㊲㦬賴：潑賴，調皮。㦬，ㄅㄟˋ。

第二折

（賽盧醫上，詩云：）小子❶太醫❷出身，也不知道醫死多人；何嘗怕人告發，關了一日店門？在城有箇蔡家婆子，剛少的他廿兩花銀，屢屢親來索取，爭些撚斷脊筋。也是我一時智短，將他賺到荒村，撞見兩箇不識姓名男子，一聲嚷道：「浪蕩乾坤，怎敢行兇撒潑，擅自勒死平民！」諕得我丟了繩索，放開脚步飛奔。雖然一夜無事，終覺失精落魂；方知人命關天關地，如何看做壁上灰塵。從今改過行業，要得滅罪修因，將以前醫死的性命，一箇箇都與他一卷超度的經文。小子賽盧醫的便是。只為要賴蔡婆婆二十兩銀子，賺他到荒僻去處，正待勒死他，誰想遇見兩箇漢子，救了他去。若是再來討債時節，教我怎生見他？常言道的好：三十六計，走為上計。喜得我是孤身，又無家小連累；不若收拾了細軟行李，打箇包兒，悄悄的躲到別處，另做營生，豈不乾淨？（張驢兒上云：）自家張驢兒，可奈那竇娥百般的不肯隨順我；如今那老婆子生病，我討服毒藥，與他喫了，藥死那老婆子，這小妮子好歹做我的老婆。（做行科，云：）且住，城裏人耳目廣，口舌多，倘見我討毒藥，可不嚷出事來？我前日看見南門外有箇藥鋪，此處冷靜，正好討藥。（做到科，叫云：）太醫哥哥，我來討藥的。（賽盧醫云：）你討甚麼藥？（張驢兒云：）我討服毒藥。（賽盧醫云：）誰敢合毒藥與你？這厮好大膽也。（張驢兒云）你真箇不肯與我藥麼？（賽盧醫云：）我不與你，你就怎地我？（張驢兒做拖盧云：）好呀，前日謀死蔡婆婆的不是你來？你說我不認的你哩？我拖你見官去。（賽盧醫做慌科，云：）大哥，你放我，有藥！有藥。（做與藥科，張驢兒云：）既然有了藥，且饒你罷。正是：得放手時須放手，得饒人處且饒人。（下）（賽盧醫云：）可不悔氣❸！剛剛討藥的這人，就是救那婆子的。我今日與了他這服毒藥去了，以後事發，越越要連累我；趁早兒關上藥鋪，到涿州❹賣老鼠藥去也。（下）（卜兒上，做病伏几科）（孛老同張驢兒上，云：）老漢自到蔡婆婆家來，本望做箇接脚❺，却被他媳婦堅執不從。那婆婆一向收留俺爺兒兩箇在家同住，只說好事不在忙，等慢慢裏勸轉他媳婦，誰想那婆婆又害起病來。孩兒，你可曾算我兩箇的八字，紅鸞❻天喜❼幾時到命哩？（張驢兒云：）要看什麼天喜到命，只賭本事做得去自去做。（孛老云：）孩兒也，蔡婆婆害病好幾日了，我與你去問病波。（做見卜兒問科，云：）婆婆，你今日病體如何？（卜兒云：）我身子十分不快哩。（孛老云：）你可想些甚麼吃？（卜兒云：）我思量些羊肚❽兒湯吃。（孛老云：）孩兒，你對竇娥說，做些羊肚兒湯與婆婆吃。（張驢兒向古門❾云：）竇娥，婆婆想羊肚兒湯吃，快安排將❿來。（正旦持湯上，云：）妾身竇娥是也。有俺婆婆不快，想羊肚兒湯吃，我親自安排了與婆婆吃去。婆婆也，我這寡婦人家，凡事也要避嫌疑，怎好收留那張驢兒父子兩箇？非親非眷的，一家兒同住，豈不惹外人談議？婆婆也，你莫要背地裏許了他親事，連我也累做不清不潔的，我想這婦人心好難保也呵。（唱：）

（南呂一枝花）他則待一生鴛帳⑪眠，那裏肯半夜空房睡。他本是張郎婦，又做了李郎妻。有一等婦女每相隨，⑫並不說家克計⑬，則打聽些閒是非，說一會不明白打鳳⑭的機關，使了些調虛囂⑮撈龍的見識。

（梁州第七）這一箇似卓氏般當罏滌器⑯，這一箇似孟光般舉案齊眉⑰；說的來藏頭蓋腳多怜悧⑱，道着難曉，做出纔知。舊恩忘卻，新愛偏宜；墳頭上土脉猶濕⑲，架兒上又換新衣⑳。那裏有奔喪處哭倒長城㉑，那裏有浣紗時甘投大水㉒，那裏有上山來便化頑石㉓。可悲，可恥，婦人家直恁的無仁義，多淫奔㉔少志氣，虧殺前人在那裏㉕，更休說本性難移。

（云：）婆婆，羊肚兒湯做成了，你吃些兒波。（張驢兒云：）等我拿去。（做接嘗科，云：）這裏面少些鹽醋，你去取來。（正旦下）（張驢兒放藥科）（正旦上，云：）這不是鹽醋？（張驢兒云：）你傾下些。（正旦唱：）

（隔尾）你說道少鹽欠醋無滋味，加料添椒纔脆美。但願娘親蚤痊濟㉖，飲羹湯一杯，勝甘露㉗灌體，得一箇身子平安倒大來喜。

（孛老云：）孩兒，羊䐗湯有了不曾？（張驢兒云：）湯有了，你拿過去。（孛老將湯云：）婆婆，你吃些湯兒。（卜兒云：）有累你。（做嘔科，云：）我如今打嘔，不要這湯吃了，你老人家吃罷。（孛老云：）這湯特做來與你吃的，便不要吃，也吃一口兒。（卜兒云：）我不吃了，你老人家請吃。（孛老吃科）（正旦唱：）

（賀新郎）一個道你先喫一個道婆先喫，這言語聽也難聽，我可是氣也不氣！想他家與咱家有甚的親和戚，怎不記舊日夫妻情意，也曾有百縱千隨㉘。婆婆也，你莫不爲黃金浮世寶，白髮故人稀；因此上把舊恩情全不比新知契。則待要百年同墓穴，那裏肯千里送寒衣㉙。

（孛老云：）我吃下這湯去，怎覺昏昏沉沉的起來？（做倒科）（卜兒慌科，云：）你老人家放精神著，你扎掙㉚著些兒。（做哭科，云：）兀的不是死了也！（正旦唱：）

（鬭蝦蟆）空悲戚，沒理會，人生死是輪廻㉛。感著這般病疾，值著這般時勢，可是寒風暑濕，或是饑飽勞役，各人證候自知。人命關天關地㉜，別人怎生替得，壽數非干今世，相守三朝五夕，說甚一家一計。又無羊酒段匹㉝，又無花紅財禮㉞；把手爲活過日，撒手㉟如同休棄；不是竇娥忤逆㊱，生怕旁人論議。不如聽咱勸你，認個自家晦氣，割捨的一具棺材，停置幾件布帛，收拾出了咱家門裏，送入他家墳地。這不是你那從小兒年紀，指脚的夫妻㊲；我其實不關親㊳無半點恓惶淚。休得要心如醉，意似癡，便這等嗟嗟怨怨，哭哭啼啼。

（張驢兒云：）好也囉！你把我老子㊴藥死了，更待乾罷！（卜兒云：）孩兒，這事怎了也？（正旦云：）我有什麼藥在那裏？都是他要鹽醋時，自家傾在湯兒裏的。（唱：）

（隔尾）這廝搬調咱㊵老母收留你，自藥死親爺待要誆嚇誰。（張驢兒云：）我家的老子，倒說是我做兒子的藥死了，人也不信。（做叫科云：）四鄰八舍聽著：竇娥藥殺我家老子哩。（卜兒云：）罷麼，你不要大驚小怪的嚇殺我也。（張驢兒云：）你可怕麼？（卜兒云：）可知㊶怕哩。（張驢兒云：）你要饒麼？（卜兒云：）可知要饒哩。（張驢兒云：）你教竇娥隨順了我，叫我三聲的的親親的丈夫，我便饒了他。（卜兒云：）孩兒也，你隨順了他罷。（正旦云：）婆婆，你怎說這般言語？（唱：）我一馬難將兩鞍韉㊷。想男兒在日，曾兩年匹配，却教我改嫁別人，其實做不得。

（張驢兒云：）竇娥，你藥死了俺老子，你要官休㊸？要私休㊹？（正旦云：）怎生是官休？怎生是私休？（張驢兒云：）你要官休呵，拖你到官司，把你三推六問㊺，你這等瘦弱身子，當不過拷打，怕你不招認藥死我老子的罪犯！你要私休呵，你早些與我做了老婆，倒也便宜了你。（正旦云：）我又不曾藥死你老子，情願和你見官去來。（張驢兒拖正旦卜兒下）（淨扮孤㊻引祗候㊼上，詩云：）我做官人勝別人，告狀來的要金銀，若是上司當刷卷[48]，在家推病不出門。下官楚州太守桃杌是也。今早升廳坐衙，左右，喝攛廂[49]。（祗候么喝科）（張驢兒拖正旦卜兒上，云：）告狀，告狀。（祗候云：）拿過來。（做跪見，孤亦跪科，云：）請起。（祗候云：）相公，他是告狀的，怎生跪著他？（孤云：）你不知道，但來告狀的，就是我衣食父母[50]。（祗候么喝科，孤云：）那箇是原告？那箇是被告？從實說來。（張驢兒云：）小人是原告張驢兒，告這媳婦兒喚做竇娥合毒藥下在羊肚湯兒裏，藥死了俺的老子。這個喚做蔡婆婆，就是俺的後母。望大人與小人做主咱。（孤云：）是那一箇下的毒藥？（正旦云：）不干小婦人事。（卜兒云：）也不干老婦人事。（張驢兒云：）也不干我事。（孤云：）都不是，敢是我下的毒藥來？（正旦云：）我婆婆也不是他後母，他自姓張，我家姓蔡。我婆婆因為與賽盧醫索錢，被他賺到郊外勒死；我婆婆却得他爺兒兩箇救了性命，因此我婆婆收留他爺兒兩箇在家，養膳終身，報他的恩德。誰知他兩箇倒起不良之心，冒認婆婆做了接脚，要逼勒小婦人做他媳婦。小婦人原是有丈夫的，服孝未滿，堅執不從。適值我婆婆患病，著小婦人安排羊肚兒湯喫。不知張驢兒那裏討得毒藥在身，接過湯來，只說少些鹽醋，支轉小婦人，闇地傾下毒藥。也是天幸，我婆婆忽然嘔吐，不要湯吃，讓與他老子吃，纔吃的幾口，便死了。與小婦人並無干涉，只望大人高擡明鏡[51]，替小婦人做主咱。（唱：）

（牧羊關）大人你明如鏡，清似水，照妾身肝膽虛實。那羹本五味俱全，除了外百事不知。他推道嘗滋味，喫下去便昏迷。不是妾訟庭上胡支對[52]，大人也，却教我平白地說甚的。

（張驢兒云：）大人詳情：他自姓蔡，我自姓張，他婆婆不招俺父親接脚，他養我父子兩箇在家做甚麽？這媳婦年紀兒雖小，極是箇賴骨頑皮，不怕打的。（孤云：）人是賤蟲，不打不招。左右，與我選大棍子打著。（祗候打正旦，三次噴水科）（正旦唱：）

【罵玉郎】這無情棍棒教我捱不的。婆婆也，須是你自做下怨他誰！勸普天下前婚後嫁婆娘每，都看取，我這般，傍州例[53]。

【感皇恩】呀！是誰人唱叫揚疾[54]，不由我不魄散魂飛[55]。恰消停，纔蘇醒，又昏迷。捱千般打拷，萬種凌逼[56]，一杖下，一道血，一層皮。

【採茶歌】打的我肉都飛，血淋漓，腹中冤枉有誰知！則我這小婦人毒藥來從何處也。天那！怎麽的覆盆不照太陽暉[57]。

（孤云：）你招也不招？（正旦云：）委的[58]不是小婦人下毒藥來。（孤云：）既然不是你，與我打那婆子。（正旦忙云：）住！住！住！休打我婆婆，情願我招了罷。是我藥死公公來。（孤云：）既然招了，著他畫了伏狀[59]，將枷[60]來枷上，下在死囚牢裏去，到來日判箇斬字，押付市曹典刑[61]。（卜兒哭科，云：）竇娥孩兒，這都是我送了你性命，兀的不痛殺我也。（正旦唱：）

【黃鍾尾】我做了個銜冤負屈沒頭鬼，怎肯便放了你好色荒淫漏面賊[62]？想人心，不可欺；冤枉事，天地知；爭到頭，競到底；到如今，待怎的；情願認藥殺公公與了招

罪[63]。婆婆也，我若是不死呵如何救得你。（隨祗候押下）

（張驢兒做叩頭科，云：）謝青天老爺做主，明日殺了竇娥，纔與小人的老子報的寃。（卜兒哭科，云：）明日市曹中殺竇娥孩兒也，兀的不痛殺我也。（孤云：）張驢兒，蔡婆婆，都取保狀，著隨衙聽候。左右，打散堂鼓，將馬來，回私宅去也。（同下）

注釋

❶小子：自稱的謙詞。書顧命：「王再拜，興，答曰：『眇眇予末小子。』」❷太醫：官名。秦漢有太醫令丞。後來泛稱皇帝的醫生爲太醫或御醫。也作爲對醫生的敬稱。❸悔氣：卽晦氣。遇事不順利，倒霉。❹涿州：卽今河北省涿縣。❺接腳：丈夫死了，再招一個丈夫，這個被招的人叫做接腳夫或接腳壻，簡稱接腳。宋袁采袁氏世範收養義子當絕爭端：「娶妻而有前夫之子，接腳夫而有前妻之子，欲撫養不欲撫養，尤不可不早定。」❻紅鸞：星相家迷信，說天上有紅鸞星，主人間婚姻喜事。❼天喜：星相家迷信的說法，日支與月建相合，如寅月逢戌日，卯月逢亥日，都叫天喜，都是吉利的日子。❽賭：同肚。❾古門：卽古門道，也作鬼門道，就是戲臺上上場下場的門。❿將：拿，帶。⓫鴛帳：繡有鴛鴦的羅帳。也指夫妻共寢的羅帳。⓬相隨：相聚在一起。⓭家克計：克家之計，治家之道。⓮打鳳、撈龍：安排圈套，使人中計，墮入其中。⓯虛囂：虛浮，僞詐。⓰卓氏當鑪滌器：見前楔子注❺。⓱孟光舉案齊眉：孟光，東漢人，梁鴻的妻子。他倆平常相敬如賓，吃飯的時候，孟光把托盤

高舉齊眉，表示對丈夫的敬愛。後漢書梁鴻傳：「爲人賃舂，每歸，妻爲具食，不敢於鴻前仰視，舉案齊眉。」⑱伶俐：乾淨，沒有牽累。⑲墳頭上土脉猶濕：用莊子妻搧墳的故事。莊子將死，謂其妻待墳頭上泥土乾了卽可改嫁。其妻旋遇一美少年，乃搧墳，使墳土速乾以便改嫁。⑳架兒上又換新衣：比喩改嫁。㉑奔喪處哭倒長城：民間的傳說：秦始皇時，范杞梁被派去建築長城，死在那裏。他的妻子孟姜女送寒衣到役所，杞梁已死，孟姜女在城下悲傷痛哭，城牆倒了一大片，露出了杞梁的屍骨。㉒浣紗時甘投大水：春秋時，伍子胥從楚國逃難到吳國去，走到江邊，饑餓難堪，一個浣紗的女子看見他是個逃難的人，就給他飯吃。臨走，伍子胥囑咐她不要告訴後面的追兵，爲了表明她的誠意，竟投江而死。㉓上山來便化頑石：古代的傳說：有一個人出外未歸，他的妻子天天登山遠望，盼望他回來；日子久了，她就變成了山上的一塊石頭。後來稱這塊石頭爲望夫石。湖北省武昌縣北山上有望夫石。㉔淫奔：指男女違背禮敎，自行結合，私相奔就。詩齊風東方之日序：「君臣失道，男女淫奔，不能以禮化也。」㉕虧殺前人在那裏：對於上面所舉的典型婦女眞要羞愧死了。㉖痊濟：病好。㉗甘露：甘美的雨露。老子：「天地相合，以降甘露。」古人認爲降甘露是太平的瑞兆，人喝了可以長生。佛敎的說法：甘露是諸天不死的藥，人吃了就可命長身安，力大體光。㉘百縱千隨：形容夫妻和好，形影不離的樣子。㉙千里送寒衣：用孟姜女的故事。見注㉑。㉚扎掙：掙扎，用力支持。㉛輪廻：佛家認爲世界衆生莫不展轉生死於六道之中，如車輪旋轉，稱爲輪廻，惟成佛之人始能免受輪廻之苦。㉜人命關天關地：一個人生命的長短是天生注定的。所以下文說「壽數非干今世」。㉝羊酒段匹：指結婚時的聘禮。羊和酒，是古代餽贈的禮物。段匹，緞疋。㉞花紅財禮：花紅指結婚時的賞錢。宋孟元老東京夢華錄：「從人及兒家人乞覓利市錢物花紅等謂之攔門。」財禮，舊日娶婦的聘金。吳自牧夢粱錄嫁娶：「且論聘禮，富貴之家，常備三金送之，又送官會銀鋌，謂之下財禮。」㉟撒手：放開手，婉指死。㊱忤逆：違背，多指兒女不孝順父母。王實甫破窰記四：「狀元郎讐恨記心懷，忤逆女將爺娘不認睬。」㊲指腳夫妻：結髮夫妻，原配的夫妻。與上文「接腳」相對。㊳關親：沾親，猶言痛癢相關。㊴老子：指父親。宋陸游老學庵筆記：「予在南鄭，見西陲俚俗，謂父曰老子，雖年十七八，有子，亦稱老子。」㊵搬調：搬弄，調撥。㊶可知：當然。㊷鞴：ㄅㄟˋ，駕車之具。這裏當作駕的意思。㊸官休：由官府判決了斷所發生的糾紛。㊹私休：私下談判解決。㊺三推六問：多次審訊。推，推求，勘察。問，審問。㊻孤：戲劇名詞。扮演官員的人。㊼祗候：祗，ㄓ。本宋代武官名。元代各路縣都設有祗候若干人，就是比較高級的衙役。後來大官人家的僕役頭，也稱祗候。㊽刷卷：元代由肅政廉訪使稽查所屬各衙門處理訴訟案件的情形，不使拖延、枉屈，叫做刷卷。也稱照刷、磨刷。　㊾喝攛廂：攛，ㄘㄨㄢ。廂，也作箱。古代官府開庭審案的時候，衙役分站兩廂，大聲么喝壯威叫做喝攛廂。㊿衣食父母：指供給衣食的人。這裏借演員打諢的話，以諷刺官吏們趁老百姓打官司的機會，進行敲詐貪污的行爲，所以稱打官司的人爲「衣食父母」。(51)明鏡：比喻人能分辨是非，無所掩蔽，像明鏡一般。古代官吏斷案，斷得明白公正，沒有寃屈，被稱爲「明鏡高懸」或「高擡明鏡」。(52)支對：支吾答對。(53)傍州例：例子，榜樣。(54)唱叫揚疾：或作暢叫揚疾、炒鬧揚疾、怏怏疾疾。吵鬧喧嚷的意思。55魄散魂飛：形容驚恐之至，昏倒過去。56凌逼：迫害，欺凌威逼。北齊書魏收傳：「所引史官，恐其凌逼；唯取學流先相依附者。」57覆盆不照太陽暉：翻蓋著的盆子，太陽光照射不進去；就是黑暗，見不著光明的意思。用以比喻官吏和衙門的暗無天日。李白贈宣城趙太守悅詩：「願借羲皇景，爲人照覆盆。」58委的：委實的，眞的，確實的。59伏狀：供狀，承認罪狀的供詞。60枷：古代鎖住罪人頸項的刑具。隋書刑法志：「凡死罪枷而拲，流罪枷而梏。」61市曹典刑：古代處決人犯都在鬧市之中，故稱市曹典刑。典刑，按律斬決人犯。62漏面賊：極端的壞蛋。奸惡本來藏在內心，現在表現出來了，可知其極端凶惡。63招罪：供認罪行。

第三折

（外❶扮監斬官上，云：）下官監斬官是也。今日處決❷犯人，著做公的把住巷口，休放往來人閒走。（淨扮公人，皷三通，鑼三下科。劊子❸磨旗❹、提刀、押正旦帶枷上，劊子云：）行動些，行動些，監斬官去法場上多時了。（正旦唱：）

（正宮端正好）沒來由❺犯王法，不提防遭刑憲❻，叫聲屈動地驚天。頃刻間遊魂先赴森羅殿❼，怎不將天地也生埋怨。

（滾繡球）有日月朝暮懸，有鬼神掌著生死權，天地也，只合把清濁分辨，可怎生糊突了盜跖顏淵❽：爲善的受貧窮更命短，造惡的享富貴又壽延。天地也，做得箇怕硬欺軟，卻原來也這般順水推船❾。地也，你不分好歹何爲地？天也，你錯勘賢愚枉做天！哎，只落得兩淚漣漣。

（劊子云：）快行動些，悞了時辰也。（正旦唱：）

（倘秀才）則被這枷紐的我左側右偏❿，人擁的我前合後偃⓫，我竇娥向哥哥行⓬有句言。（劊子云：）你有甚麼話說。（正旦唱：）前街裏去心懷恨，後街裏去死無冤，休推辭路遠。

（劊子云：）你如今到法場⓭上面，有甚麼親眷要見的，可教他過來見你一面也好。（正旦唱：）

（叨叨令）可憐我孤身隻影無親眷，則落的吞聲忍氣空嗟怨。（劊子云：）難道你爺娘家也沒的？（正旦云：）止有箇爹爹，十三年前上朝取應去了，至今杳無音信。（唱：）蚤已是十年多不覩爹爹面。（劊子云：）你適纔要我往後街裏去，是什麼主意？（正旦唱：）怕則怕前街裏被我婆婆見。（劊子云：）你的性命也顧不得，怕見他怎的？（正旦云：）俺婆婆若見我披枷帶鎖⓮赴法場餐刀⓯去呵，（唱：）枉將他氣殺也麼哥⓰，枉將他氣殺也麼哥，告哥哥臨危好與人行方便。

（卜兒哭上科，云：）天那，兀的不是我媳婦兒！（劊子云：）婆子靠後。（正旦云：）既是俺婆婆來了，叫他來，待我囑付他幾句話咱。（劊子云：）那婆子近前來，你媳婦要囑付你話哩。（卜兒云：）孩兒，痛殺我也！（正旦云：）婆婆，那張驢兒把毒藥放在羊肚兒湯裏，實指望藥死了你，要霸佔我為妻。不想婆婆讓與他老子吃，倒把他老子藥死了。我怕連累婆婆，屈招了藥死公公，今日赴法場典刑。婆婆，此後遇著冬時年節，月一十五⑰，有瀽⑱不了的漿水飯，瀽半碗兒與我吃，燒不了的紙錢，與竇娥一陌兒⑲，則是看你死的孩兒面上。（唱：）

（快活三）念竇娥葫蘆提⑳當罪愆㉑，念竇娥身首不完全，念竇娥從前已往幹家緣，婆婆也，你只看竇娥少爺無娘面。

（鮑老兒）念竇娥伏侍婆婆這幾年，遇時節將碗涼漿奠㉒；你去那受刑法屍骸上烈些紙錢㉓，只當把你亡化的孩兒薦。（卜兒哭科，云：）孩兒放心，這箇老身都記得，天那，兀的不痛殺我也。（正旦唱：）婆婆也，再也不要啼啼哭哭，煩煩惱惱，怨氣衝天。這都是我做竇娥的沒時沒運，不明不闇，負屈銜冤。

（劊子做喝科，云：）兀那婆子靠後，時辰到了也。（正旦跪科）（劊子開枷科）（正旦云：）竇娥告監斬大人，有一事肯依竇娥，便死而無怨。（監斬官云：）你有什麼事？你說。（正旦云：）要一領淨席，等我竇娥站立；又要丈二白練，挂在旗鎗㉔上，若是我竇娥委實冤枉，刀過處頭落，一腔熱血休半點兒沾在地下，都飛在白練上者。（監斬官云：）這箇就依你，打甚麼不緊。（劊子做取席站科，又取白練挂旗上科）（正旦唱：）

（耍孩兒）不是我竇娥罰下這等無頭願，委實的冤情不淺；若沒些兒靈聖與世人傳，也不見得湛湛㉕清天。我不要半星熱血紅塵㉖灑，都只在八尺旗鎗素練懸。等他四下裏皆瞧見，這就是咱萇弘化碧㉗，望帝啼鵑㉘。

（劊子云：）你還有甚的說話，此時不對監斬大人說，幾時說那？（正旦再跪科，云：）大人，如今是三伏天道㉙，若竇娥委實冤枉，身死之後，天降三尺瑞雪，遮掩了竇娥屍首。（監斬官云：）這等三伏天道，你便有衝天的怨氣，也招不得一片雪來，可不胡說！（正旦唱：）

（二煞）你道是那暑氣暄，不是那下雪天，豈不聞飛霜六月因鄒衍㉚。若果有一腔怨氣噴如火，定要感的六出冰花㉛滾似綿，免著我屍骸現，要什麼素車白馬㉜，斷送㉝出古陌荒阡。

（正旦再跪科，云：）大人，我竇娥死的委實冤枉，從今以後，著這楚州亢旱㉞三年。（監斬官云：）打嘴，那有這等說話！（正旦唱：）

（一煞）你道是天公不可期，人心不可憐，不知皇天也肯從人願。做甚麼三年不見甘霖降，也只為東海曾經孝婦冤㉟。如今輪到你山陽縣，這都是官吏每無心正法，使百姓有口難言。

（劊子做磨旗科，云：）怎麼這一會天色陰了也？（內做風科，劊子云：）好冷風也！（正旦唱：）

（煞尾）浮雲為我陰，悲風為我旋，三樁兒誓願明題徧。（做哭科，云：）婆婆也，直等待雪飛六月，亢旱三年呵，（唱：）那其間纔把你箇屈死的冤魂這竇娥顯。

（劊子做開刀，正旦倒科）（監斬官驚云：）呀！真箇下雪了，有這等異事！（劊子云：）我也道平日殺人，滿地都是鮮血，這個竇娥的血都飛在那丈二白練上，並無半點落地，委實奇怪。（監斬官云：）這死罪必有冤枉。早兩樁兒應驗了，不知亢旱三年的說話，准也不准？且看後來如何？左右，也不必等待雪晴，便與我抬他屍首，還了那蔡婆婆去罷。

（衆應科，抬屍下）

注釋

❶外：腳色名。見漢宮秋第二折注㉑。❷處決：執行死刑。❸劊子：古代稱執行死刑的人。宋司馬光涑水紀聞十一：「因召劊子，令每日執劍待命於庭下。」❹磨旗：搖動旗子。❺沒來由：無緣無故，沒有正當的理由。❻刑憲：刑法。❼森羅殿：古代傳說陰間閻羅王所住的宮殿為森羅殿。❽糊突了盜跖顏淵：糊突，同糊塗。謂人頭腦不清或不明事理。西廂記三本一折：「一箇價糊突了胸中錦綉。」盜跖（ㄓ）和顏淵都是春秋時代魯國的人，盜跖是一箇大盜，而顏淵是一箇賢者，家裏很窮，年歲不大就短命而死了。後來常用他們兩人作為壞人和好人的典型。❾順水推船：比喻順應時勢，相機行事，不能堅守原則。❿左側右偏：東倒西歪的樣子。⓫前合後偃：前俯後仰的樣子。⓬行：宋元語言裏，在人稱、自稱之後用「行」，都是用以指示方位

的，哥哥行，就是哥哥那邊的意思。⑬法場：執行死刑的場所。水滸傳四十一：「刼了法場，殺死無數的人。」⑭鎖：鎖鏈，以鐵環相鈎連，用作刑具。漢書王莽傳：「以鐵鎖琅當其頸。」⑮餐刀：挨一刀，被殺頭的意思。⑯也麼哥：語尾助詞，有聲無義。是叨叨令固定的聲腔。⑰月一十五：每月的初一、十五日。⑱蹇：ㄐㄧㄢˇ，傾倒，潑出。⑲一陌兒：陌通百，一陌兒，就是一百張，或一串。⑳葫蘆提：或作胡盧題、胡盧提。含胡籠統，糊裏糊塗，馬馬虎虎。㉑罪愆：罪過。㉒將碗涼漿奠：祭獻一碗微薄粗劣的食物。㉓烈些紙錢：燒一些冥紙。㉔旗鎗：旗竿。㉕湛湛：ㄓㄢˋ，澄清潔淨的樣子。㉖紅塵：飛揚的塵土。這裏指地。㉗萇弘化碧：萇弘，周朝的大夫。碧，青綠色的美石。古代傳說，萇弘被殺以後，蜀人把他的血藏起來，三年，血變成碧。㉘望帝啼鵑：古代傳說，蜀王杜宇，號望帝，死後，魂化爲杜鵑鳥，日夜悲鳴，聲音非常淒厲。㉙三伏天道：農曆夏至後第三庚日起爲初伏，第四庚日起爲中伏，立秋後第一庚日起爲末伏。三伏是一年中最熱的時候。㉚飛霜六月因鄒衍：鄒衍，戰國時人。相傳他對燕惠王很忠心，被人誣害下獄；他滿腹冤情，無處訴說，仰天大哭，夏天五月裏，天竟下起霜來。後來常用這箇故事代表冤獄。㉛六出冰花：卽雪花。雪花的結晶成六角形，稱爲六出。韓詩外傳：「凡草木花多五出，雪花獨六出。」後來把六出作爲雪的代稱。㉜素車白馬：東漢時，范式和張劭友好，張劭死後，范式從很遠的地方乘白馬去弔喪。後來常用素車白馬代表弔喪送葬的意思。㉝斷送：葬送。韓愈遣興詩：「斷送一生惟有酒，尋思百計不如閒。」㉞亢旱：大旱。亢，ㄎㄤˋ。三國志吳志陸遜傳：「縣連年亢旱，遜開倉穀以振貧民。」㉟海東曾經孝婦寃：相傳漢代東海有一寡婦周青，對婆婆很孝順，婆婆因事自縊死了，周青被誣告殺害婆婆，臨刑時，她指著車上的長竿對人說：如果我眞的有罪，被斬後，血往下流；否則，血就沿著竹竿逆流上去。行刑之後，血果然逆流而上。於是東海一帶，三年枯旱不雨。後來于公替她洗雪寃枉，才又下雨。見漢書卷四十一于定國傳。竇娥寃可以說是關漢卿根據這個故事敷演而成的。

第四折

(竇天章冠帶引丑❶張千祗從上，詩云：)獨立空堂思黯然，高峯月出滿林煙；非關有事人難睡，自是驚魂夜不眠。老夫竇天章是也。自離了我那端雲孩兒，可蚤十六年光景。老夫自到京師，一舉及第，官拜參知政事❷。只因老夫廉能清正，節操堅剛，謝聖恩可憐，加老夫兩淮提刑肅政廉訪使❸之職，隨處審囚刷卷，體察濫官汚吏，容老夫先斬後奏。老夫一喜一悲，喜呵，老夫身居臺省❹，職掌刑名❺，勢劍金牌❻，威權萬里；悲呵，有端雲孩兒，七歲上與了蔡婆婆家為兒媳婦，老夫自得官之後，使人往楚州問蔡婆婆家，他鄰里街坊道，自當年蔡婆婆不知搬在那裏去了，至今音信皆無。老夫為端雲孩兒，啼哭的眼目昏花，憂愁的鬚髮斑白。今日來到這淮南地面，不知這楚州為何三年不雨？老夫今在這州廳安歇。張千，說與那州中大小屬官，今日免參❼，明日蚤見。(張千向古門云：)一應大小屬官，今日免參，明日蚤見。(竇天章云：)張千，說與那六房吏典❽，但有合刷照文卷，都將來，待老夫燈下看幾宗波。(張千送文卷科，竇天章云：)張千，你與我掌上燈，你每都辛苦了，自去歇息罷。我喚你便來，不喚你休來。（張千點燈同祗從下，竇天章云：）我將文卷看幾宗咱。一起犯人竇娥，將毒藥致死公公。我纔看頭一宗文卷，就與老夫同姓；這藥死公公的罪名，犯在十惡不赦⑨，俺同姓之人也有不畏法度的。這是問結了的文書，不看他罷；我將這文卷壓在底下，別看一宗咱。（做打呵欠科，云：）不覺的一陣昏沉上來，皆因老夫年紀高大，鞍馬勞困之故。待我搭伏定書案，歇息些兒咱。（做睡科，魂旦上，唱：）

（雙調新水令）我每日哭啼啼守住望鄉臺⑩，急煎煎把讐人等待，慢騰騰昏地裏走，足律律⑪旋風中來，則被這霧鎖雲埋，攛掇⑫的鬼魂快。

（魂旦望科，云：）門神戶尉⑬不放我進去。我是廉訪使竇天章女孩兒，因我屈死，父親不知，特來託一夢與他咱。（唱：）

（沉醉東風）我是那提刑的女孩，須不比現世的妖怪，怎不容我到燈影前，却攔截在門桯⑭外。（做叫科，云：）我那爺爺呵，（唱：）枉自有勢劍金牌，把俺這屈死三年的腐骨骸，怎脫離無邊苦海。

（做入見哭科，竇天章亦哭科，云：）端雲孩兒，你在那裏來？（魂旦虛下）（竇天章做醒科，云：）好是奇怪也！老夫纔合眼去，夢見端雲孩兒，恰便似來我跟前一般，如今在那裏？我且再看這文卷咱。（魂旦上做弄燈科）（竇天章云：）奇怪，我正要看文卷，怎生這燈忽明忽滅的！張千也睡著了，我自己剔燈咱。(做剔燈，魂旦翻文卷科，竇天章云：)我剔的這燈明了也，再看幾宗文卷。一起犯人竇娥藥死公公。(做疑怪科，云：)這一宗文卷，我為頭看過，壓在文卷底下，怎生又在這上頭？這幾時問結了的，還壓在底下，我別看一宗文卷波。(魂旦再弄燈科，竇天章云：)怎麼這燈又是半明半闇的，我再剔這燈咱。(做剔燈，魂旦再翻文卷科，竇天章云：)我剔的這燈明了，我另拿一宗文卷看咱。一起犯人竇娥藥死公公。呸⑮！好是奇怪！我纔將這文書分明壓在底下，剛剔了這燈，怎生又翻在面上？莫不是楚州後廳裏有鬼麼？便無鬼呵，這樁事必有冤枉。將這文卷再壓在底下，待我另看一宗，如何？(魂旦又弄燈科，竇天章云：)怎生這燈又不明了？敢有鬼弄這燈？我再剔一剔去。(做剔燈科，魂旦上，做撞見科，竇天章擧劍擊桌科，云：)呸！我說有鬼！兀那鬼魂，老夫是朝廷欽差⑯帶牌走馬肅政廉訪使，你向前來，一劍揮之兩段。張千，虧你也睡的著，快起來，有鬼有鬼。兀的不嚇殺老夫也。(魂旦唱：)

(喬牌兒)則見他疑心兒胡亂猜，聽了我這哭聲兒轉驚駭。哎，你箇竇天章直恁的威風大，且受我竇娥這一拜。

(竇天章云：)兀那鬼魂，你道竇天章是你父親，受你孩兒竇娥拜，你敢錯認了也？我的女兒叫做端雲，七歲上與了蔡婆婆為兒媳婦。你是竇娥，名字差了，怎生是我女孩兒？(魂旦云：)父親，你將我與了蔡婆婆家，改名做竇娥了也。(竇天章云：)你便是端雲孩兒？我不問你別的，這藥死公公是你不是？(魂旦云：)是你孩兒來。(竇天章云：)噤聲⑰！你這小妮子，老夫為你啼哭的眼也花了，憂愁的頭也白了，你剗地犯下十惡大罪，受了典刑。我今日官居臺省，職掌刑名，來此兩淮審囚刷卷，體察濫官汚吏；你是我親生之女，老夫將你治不的，怎治他人？我當初將你嫁與他家呵，要你三從四德：三從者，在家從父，出嫁從夫，夫死從子；四德者，事公姑⑱，敬夫主，和妯娌⑲，睦街坊。今三從四德全無，剗地犯了十惡大罪。我實家三輩無犯法之男，五世無再婚之女；到今日被你辱沒祖宗世德，又連累我的清名。你快與我細吐真情，不要虛言支對；若說的有半釐差錯，牒⑳發你城隍㉑祠內，著你永世不得人身，罰在陰山㉒永為餓鬼。（魂旦云：）父親停嗔息怒，暫罷狼虎之威，聽你孩兒慢慢的說一徧咱。我三歲上亡了母親，七歲上離了父親，你將我送與蔡婆婆做兒媳婦。至十七歲與夫配合，纔得兩年，不幸兒夫亡化，和俺婆婆守寡。這山陽縣南門外有個賽盧醫，他少俺婆婆二十兩銀子。俺婆婆去取討，被他賺到郊外，要將婆婆勒死；不想撞見張驢兒父子兩個，救了俺婆婆性命。那張驢兒知道我家有個守寡的媳婦，便道：「你婆兒媳婦既無丈夫，不若招我父子兩個。」俺婆婆初也不肯，那張驢兒道：「你若不肯，我依舊勒死你。」俺婆婆懼怕，不得已含糊許了。只得將他父子兩個領到家中，養他過世。有張驢兒數次調戲你女孩兒，我堅執不從。那一日俺婆婆身子不快，想羊肚兒湯喫，你孩兒安排了湯。適值張驢兒父子兩個問病，道：「將湯來我嘗一嘗。」說：「湯便好，只少些鹽醋。」賺的我去取鹽醋，他就闇地裏下了毒藥，實指望藥殺俺婆婆，要強逼我成親。不想俺婆婆偶然發嘔，不要湯吃，却讓與老張吃，隨即七竅㉓流血藥死了。張驢兒便道：「竇娥藥死了俺老子，你要官休要私休？」我便道：「怎生是官休？怎生是私休？」他道：「要官休，告到官司，你與俺老子償命；若私休，你便與我做老婆。」你孩兒便道：「好馬不鞴雙鞍，烈女㉔不更二夫；我至死不與你做媳婦，我情願和你見官去。」他將你孩兒拖到官中，受盡三推六問，吊拷綳扒㉕，便打死孩兒，也不肯認。怎當州官見你孩兒不認，便要拷打俺婆婆；我怕婆婆年老，受刑不起，只得屈認了。因此押赴法場，將我典刑。你孩兒對天發下三樁誓願：第一樁，要丈二白練掛在旗鎗上，若係冤枉，刀過頭落，一腔熱血休滴在地下，都飛在白練上；第二樁，現今三伏天道，下三尺瑞雪，遮掩你孩兒屍首；第三樁，著他楚州大旱三年。果然血飛上白練，六月下雪，三年不雨，都是為你孩兒來。（詩云：）不告官司只告天，心中怨氣口難言；防他老母遭刑憲，情願無辭認罪愆。三尺瓊花骸骨掩，一腔鮮血練旗懸；豈獨霜飛鄒衍屈，今朝方表竇娥冤。（唱：）

（鴈兒落）你看這文卷曾道來不道來，則我這冤枉要忍耐如何耐？我不肯順他人倒著我赴法場，我不肯辱祖上倒把我殘生壞。

（得勝令）呀！今日箇搭伏定攝魂臺㉖，一靈兒怨哀哀。父親也，你現掌著刑名事，親蒙聖主差，端詳這文册，那廝亂綱常當合敗，便萬剮㉗了喬才㉘，還道報冤讐不暢懷。

（竇天章做泣科，云：）哎！我那屈死的兒，則被你痛殺我也！我且問你：這楚州三年不雨，可真個是為你來？（魂旦云：）是為你孩兒來。（竇天章云：）有這等事！到來朝我與你做主。（詩云：）白頭親苦痛哀哉，屈殺了你個青春女孩；只恐怕天明了你且回去，到來日我將文卷改正明白。（魂旦暫下）（竇天章云：）呀！天色明了也。張千，我昨日看幾宗文卷，中間有一鬼魂來訴冤枉。我喚你好幾次，你再也不應，直恁的好睡那。（張千云：）我小人兩個鼻子孔一夜不曾閉，並不聽見女鬼訴什麼冤狀，也不曾聽見相公呼喚。（竇天章做叱科，云：）噫！今蚤升廳坐衙，張千，喝攛廂者。（張千做么喝科，云：）在衙人馬平安，擡書案。（稟云：）州官見。（外扮州官入參科）（張千云：）該房吏典見。（丑扮吏入參見科）（竇天章問云：）你這楚州一郡，三年不雨，是為著何來？（州官云：）這個是天道亢旱，楚州百姓之災，小官等不知其罪。（竇天章做怒云：）你等不知罪麼！那山陽縣有用毒藥謀死公公犯婦竇娥，他問斬之時，曾發願道：「若是果有冤枉，著你楚州三年不雨，寸草不生。」可有這件事來？（州官云：）這罪是前陞任桃州守問成的，現有文卷。（竇天章云：）這等糊突的官，也著他陞去！你是繼他任的，三年之中，可曾祭這冤婦麼？（州官云：）此犯係十惡大罪，元不曾有祠，所以不曾祭得。（竇天章云：）昔日漢朝有一孝婦守寡，其姑自縊身死，其姑女告孝婦殺姑。東海太守將孝婦斬了，只為一婦含冤，致令三年不雨。後于公治獄㉙，彷彿見孝婦抱卷哭於廳前，于公將文卷改正，親祭孝婦之墓，天乃大雨。今日你楚州大旱，豈不正與此事相類。張千，分付該房僉牌下山陽縣，著拘張驢兒、賽盧醫、蔡婆婆一起人犯，火速解審，毋得違悞片刻者。（張千云：）理會得。（下）（丑扮解子㉚押張驢兒、蔡婆婆、同張千上，稟云：）山陽縣解到審犯聽點。（竇天章云：）張驢兒。（張驢兒云：）有。（竇天章云：）蔡婆婆。（蔡婆婆云：）有。（竇天章云：）怎麼賽盧醫是緊要人犯不到？（解子云：）賽盧醫三年前在逃，一面著廣捕批緝拿去了，待獲日解審。（竇天章云：）張驢兒，那蔡婆婆是你的後母麼？（張驢兒云：）母親好冒認的？委實是。（竇天章云：）這藥死你父親的毒藥，卷上不見有合藥的人，是那個的毒藥？（張驢兒云：）是竇娥自合就的毒藥。（竇天章云：）這毒藥必有一個賣藥的醫舖，想竇娥是個少年寡婦，那裏討這藥來；張驢兒，敢是你合的毒藥麼？（張驢兒云：…）若是小人合的毒藥，不藥別人，倒藥死自家老子？（竇天章云：…）我那屈死的兒㗑，這一節是緊要公案，你不自來折辯，怎得一個明白，你如今冤魂却在那裏？（魂旦上，云：…）張驢兒，這藥不是你合的，是那個合的？（張驢兒做怕科，云：…）有鬼有鬼，撮鹽入水㉛，太上老君㉜，急急如律令㉝，敕。（魂旦云：…）張驢兒，你當日下毒藥在羊腊兒湯裏，本意藥死俺婆婆，要逼勒我做渾家。不想俺婆婆不吃，讓與你父親吃，被藥死了，你今日還敢賴哩！（唱：…）

（川撥棹）猛見了你這喫敲材㉞，我只問你這毒藥從何處來？你本意待闇裏栽排，要逼勒我和諧，倒把你親爺毒害，怎教咱替你躭罪責。

（魂旦做打張驢兒科）（張驢兒做避科，云：…）太上老君，急急如律令，敕。大人說這毒藥必有個賣藥的醫舖，若尋得這賣藥的人，來和小人折對㉟，死也無詞。（丑扮解子解賽盧醫上，云：…）山陽縣續解到犯人一名賽盧醫。（張千喝云：…）當面㊱。（竇天章云：…）你三年前要勒死蔡婆婆，賴他銀子，這事怎麼說？（賽盧醫叩頭科，云：…）小的要賴蔡婆婆銀子的情是有的，當被兩個漢子救了，那婆婆並不曾死。（竇天章云：…）這兩個漢子，你認的他叫做什麼名姓？（賽盧醫云：…）小的認便認得，慌忙之際，可不曾問的他名姓。（竇天章云：…）現有一個在階下，你去認來。（賽盧醫做下認科，云：…）這個是蔡婆婆。（指張驢兒云：…）想必這毒藥事發了。（上云：…）是這一個，容小的訴稟：當日要勒死蔡婆婆時，正遇見他爺兒兩個，救了那婆婆去。過得幾日，他到小的舖中討服毒藥。小的是念佛吃齋人，不敢做昧心的事，說道：「舖中只有官料藥，並無什麼毒藥。」他就睜著眼道：「你昨日在郊外要勒死蔡婆婆，我拖你見官去。」小的一生最怕的是見官，只得將一服毒藥與了他去。小的見他生相㊲是個惡的，一定拿這藥去藥死了人，久後敗露，必然連累，小的一向逃在涿州地方，賣些老鼠藥。剛剛是老鼠被藥殺了好幾個，藥死人的藥，其實再也不曾合。（魂旦唱：）

（七弟兄）你只為賴財，放乖，要當災。（帶云：）這毒藥呵，（唱：）原來是你賽盧醫出賣張驢兒買，沒來由填做我犯由牌㊳，到今日官去衙門在。

（竇天章云：）帶那蔡婆婆上來。我看你也六十外人了，家中又是有錢鈔的，如何又嫁了老張，做出這等事來？（蔡婆婆云：）老婦人因為他爺兒兩個救了我的性命，收留他在家養膳過世。那張驢兒常說要將他老子接脚進來，老婦人並不曾許他。（竇天章云：）這等說，你那媳婦就不該認做藥死公公了。（魂旦云：）當日問官要打俺婆婆，我怕他年老受刑不起，因此咱認做藥死公公，委實是屈招個。（唱：）

（梅花酒）你道是咱不該這招狀㊴供寫的明白，本一點孝順的心懷，倒做了惹禍的胚胎。我只道官吏每還覆勘，怎將咱屈斬首在長街。第一要素旗鎗鮮血灑，第二要三尺雪將死屍埋，第三要三年旱示天災，咱誓願委實大。

（收江南）呀！這的是衙門從古向南開，就中無個不寃哉。痛殺我嬌姿弱體閉泉臺，蚤三年以外，則落的悠悠流恨似長淮。

（竇天章云：）端雲兒也，你這寃枉，我已盡知，你且回去。待我將這一起人犯並原問官吏，另行定罪，改日做個水陸道場㊵，超度㊶你生天㊷便了。（魂旦拜科，唱：）

（鴛鴦煞尾）從今後把金牌勢劍從頭擺，將濫官汚吏都殺壞，與天子分憂，萬民除害。（云：）我可忘了一件，爹爹，俺婆婆年紀高大，無人侍養，你可收恤家中，替你孩兒盡養生送死之禮，我便九泉之下，可也瞑目。（竇天章云：）好孝順的兒也。（魂旦唱：）囑付你爹爹，收養我奶奶，可憐他無婦無兒誰管顧年衰邁。再將那文卷舒開，（帶云：）爹爹，也把我竇娥名下，（唱：）屈死的於伏㊸罪名兒改。（下）

（竇天章云：）喚那蔡婆婆上來。你可認的我麼？（蔡婆婆云：）老婦人眼花了，不認的。（竇天章云：）我便是竇天章。適纔的鬼魂，便是我屈死的女孩兒端雲。你這一行人聽我下斷：張驢兒毒殺親爺，姦佔寡婦，合擬凌遲㊹，押付市曹中，釘上木驢㊺，剮一百二十刀處死。陞任州守桃杌，並該房吏典，刑名違錯，各杖一百，永不敘用。賽盧醫不合賴錢，勒死平民；又不合修合毒藥，致傷人命，發烟障地面㊻，永遠充軍。蔡婆婆我家收養，竇娥罪改正明白。（詞云：）莫道我念亡女與他滅罪消愆，也只可憐見楚州郡大旱三年。昔于公曾表白東海孝婦，果然是感召得靈雨如泉。豈可便推諉道天災代有，竟不想人之意感應通天。今日個將文卷重行改正，方顯的王家法不使民寃。

題目　秉鑑持衡廉訪法
正名　感天動地竇娥冤

注　釋

❶丑：腳色名。見漢宮秋第二折注㉓。❷參知政事：官名。唐以中書令、侍中、尙書令共議國政爲宰相。以他官而居宰相職位的，有參議得失、參知政事等名目。宋代的參知政事，爲宰相的副職。❸提刑肅政廉訪使：官名。元代於全國各道設提刑按察使，後改爲肅政廉訪使，掌管糾察該道的官吏善惡，政治得失及刑獄等事。❹臺省：漢稱尙書爲中臺，在禁省中，故稱臺省。唐代中臺爲尙書省，東臺爲門下省，西臺爲中書省，總稱臺省。竇天章官拜參知政事故稱身居臺省。❺刑名：刑事判決。❻勢劍金牌：勢劍，皇帝所賜的寶劍，卽尙方劍。金牌，元代制度：萬戶佩金虎符，符趺爲伏虎形，首有明珠；牌上刻「長生天氣力裏，蒙哥汗福蔭裏，不奉命者死。」千戶佩金符，或鍍金符。百戶佩銀符。以此表示其地位和權勢。按漢制郡國兵必有虎符而後發。金制，軍中符驗有金牌、銀牌、木牌，萬戶金虎符，千戶金符，百戶銀符。元代蓋襲用金制。❼參：古代稱下見上爲參，卽參拜。❽六房吏典：唐代府州佐治之官分六曹，卽功曹、倉曹、兵曹、戶曹、法曹、士曹；亦稱六司，卽司功、司倉、司戶、司兵、司法、司士。宋徽宗時，州縣亦置六曹，卽兵、刑、工、禮、戶、吏。吏典，管事的屬

官。❾十惡不赦：十惡，古代刑律所列的十椿大罪：謀反、謀大逆、謀叛、惡逆、不道、大不敬、不孝、不睦、不義、內亂。如果犯了其中任何的一條，按律治罪，得不到赦免。❿望鄉臺：佛教的說法：望鄉臺高四十九丈，犯鬼登此臺照鏡見聞之後，押入叫喚大地獄內。因此民間也有一種迷信的說法：陰司裏有望鄉臺，人死之後，魂登此臺，即可望見陽世間家裏的情形。⓫足律律：形容疾速的樣子。足，ㄑㄩ。⓬攛掇：ㄘㄨㄢ ㄉㄨㄛˊ，慫恿，促成，勸誘的意思。⓭門神戶尉：保護門戶的神。古代的習俗，過年時，大門上貼著神像，左邊是「門丞」，右邊是「戶尉」，統名曰「門神」。迷信的說法，他們可以擋住鬼魂，不讓進門。⓮門桯：門限，門檻。桯，ㄊㄧㄥ。⓯呸：ㄆㄟ，表示斥責、鄙棄的嘆詞。水滸傳三：「魯達聽了道：『呸！俺只道那個鄭大官人，卻原來是殺猪的鄭屠。』」⓰欽差：由皇帝臨時派遣出外辦理重大事件的官員。⓱噤聲：閉口不作聲。猶言住口。⓲公姑：公婆。指丈夫的父母親。⓳妯娌：ㄓㄡˊ ㄌㄧˇ。兄弟之妻互相的稱呼。⓴牒：ㄉㄧㄝˊ，官方的文書。㉑城隍：神名。傳說是陰間判事的官，各地都建廟祀之。北齊書慕容儼傳：「城中先有神祠一所，俗號城隍神，公私每有祈禱。」㉒陰山：這裏指地獄。㉓七竅：眼、耳、鼻、口七孔。莊子應帝王：「人皆有七竅，以視、聽、食、息。」㉔烈女：剛正有節操的女子。多指不願改嫁或被侵辱而殉身的女子。㉕吊拷綳扒：吊拷，把人吊起來拷打。綳扒，或作絣扒，剝去衣服，用繩子綳縛起來。㉖攝魂臺：指陰間。招取亡魂的臺。㉗剮：ㄍㄨㄚˇ，割肉離骨。自宋以後，分割人肉體的酷刑叫剮，即凌遲。宋朝野遺記忠勇：「粘罕怒遣重兵合攻之，遂擒穎，釘於車上，將剮之。」㉘喬才：壞傢伙，品行不端的惡人。罵人的話，卽無賴、惡棍的意思。㉙于公治獄：于公指于定國之父，見第三折注㉟。㉚解子：解，ㄐㄧㄝˋ。押送犯人的差役。㉛撮鹽入水：疑是撮鹽入火之誤。比喻性情急躁，如撮鹽入火中，立卽爆裂。元雜劇盆兒鬼三：「誰不知道我是不怕鬼的張懺古，我的性兒撮鹽入火。」㉜太上老君：道教附會黃老，故尊奉老子，稱爲太上老君，亦稱混元皇帝太上老君。太平道、天師道都崇奉老子。㉝急急如律令：急急，速急，趕快。「如律令」是漢代公文末尾的例行用語，要對方按照律令辦事的意思。後來道教模仿，畫符念咒的時候，用「太上老君，急急如律令，勅」作爲結尾，表示請求「太上老君」速急按照符咒所要求的去辦。一說「律令」是雷鬼中走得最快的一個。㉞喫敲材：材也作才。無賴。㉟折對：對證，折辯。㊱當面：宋元戲曲中習用語。上堂見官。㊲生相：長相，相貌。㊳犯由牌：處決犯人時宣布罪狀的告示牌。㊴招狀：罪犯所招供的狀紙。㊵水陸道場：也稱水陸齋。佛教稱設齋供奉，以超度水陸衆鬼的法會爲水陸道場。㊶超度：俗稱替死者念經使其靈魂得以脫離地獄諸苦難爲超度。㊷生天：佛家謂生於天界。釋氏要覽引正法念經曰：「持戒不殺、不盜、不淫，由此三善得生天。」㊸於伏：可能是干伏之誤，干又爲甘字的簡寫。甘伏，犯人對自己所犯罪過行爲的甘心招認。由於抄寫的人寫爲同音而又簡單的干，再由干誤爲于，又由于伏轉寫爲於伏。㊹凌遲：卽剮刑，古代的一種酷刑：先砍斷罪犯的肢體，然後再穿斷咽喉；讓他多受痛苦，慢慢死掉。㊺木驢：古代執行剮刑的時候，先把受刑的人放在有鐵刺的木樁上，遊街示衆，叫做「上木驢」。元代有所謂「刺馬」，就是木驢一類的刑具。㊻烟障地面：烟障，卽烟瘴。烟障地面，就是瘴霧很多的荒僻地方，古代當作罪犯充軍的處所。

第三節　傳奇

琵琶記

明　高明

(劇情介紹)蔡伯喈與趙五娘新婚二月，卽奉父親之命上京赴試。臨行之前，把家事託付鄰居張太公照管，赴京考試，得中頭名狀元。宰相牛太師愛蔡伯喈一表人才，强以女兒許配蔡伯喈，伯喈辭婚不允，被牛太師招為女壻。趙五娘在家盡心服侍公婆，但因年年遭旱，到處饑荒，公婆又染病在身，五娘侍奉湯藥，歷盡艱苦。公婆不幸雙雙死亡，五娘剪髮出賣，埋葬公婆。蔡伯喈與牛小姐結婚之後，雖然和好，但想念家鄉的雙親與原配夫人，終日悶悶不樂，經牛小姐多番詢問，伯喈纔說出眞情。另一方趙五娘描了公婆的遺像，沿途行乞，赴京尋夫。幾經周折，終得進入牛府，在書館中與伯喈相會。最後在牛小姐的同意下，蔡伯喈與趙五娘團聚，並一同還鄉掃墓，一門得到皇帝旌獎。全劇共四十二齣，這裏選錄四齣。

(作者介紹)高明字則誠，號萊根道人。浙江瑞安人。大約生在元大德九年(一三〇五)，死於明初。元順帝至正四年(一三四四)鄉試及第，次年考取進士，任處州錄事，頗有政聲，調任江浙行省丞相掾。至正八年(一三四八)參加討伐方國珍的元軍，擔任統帥府的都事，主張以軍力招撫方國珍，與統帥意見不合，辭職隱退。不久又先後被任命爲江南行臺掾、福建行省都事等職。至正十六年（一三五六）以後，爲避兵亂，隱居在浙江寧波城東的櫟社，琵琶記就是在這時候寫成的。明洪武元年（一三六八）朱元璋正式稱帝後，曾召他到南京做官，他託辭不就，不久病逝，享年七十多歲。除琵琶記外尚有南戲閔子騫單衣記及詩文集柔克齋集，但均已散佚。琵琶記是傳奇中的經典之作，後來的傳奇大都模仿琵琶記的作法。

第二齣　高堂稱壽

（正宮引子瑞鶴仙）（生上唱：）十載親燈火。論高才絕學，休誇班馬❶。風雲太平日❷，正驊騮❸欲騁，魚龍將化❹。沈吟❺一和，怎離却雙親膝下。且盡心甘旨❻，功名富貴，付之天也。

（鷓鴣天）宋玉❼多才未足稱，子雲識字❽浪傳名。奎光❾已透三千丈，風力行看萬里程❿。經世手，濟時英，玉堂金馬⓫豈難登。要將萊綵歡親意⓬，且戴儒冠盡子情。蔡邕，沈酣六籍⓭，貫串百家⓮。自禮樂名物以及詩賦詞章，皆能窮其妙；由陰陽星曆以至聲音書數，靡不得其精。抱經濟之奇才，當文明之盛世。幼而學，壯而行，雖望青雲⓯之萬里；入則孝，出則弟，怎離白髮之雙親。到不如盡菽水之歡⓰，甘齏鹽⓱之分。正是：行孝於己，責報于天。自家新娶妻房，纔方兩月，却是陳留郡人，趙氏五娘。儀容俊雅，也休誇桃李之姿⓲；德行幽閑，儘可寄蘋蘩⓳之託。正是夫妻和順，父母康寧。詩中有云：為此春酒，以介眉壽⑳。今喜雙親既壽而康，對此春光，就花下，酌杯酒，與雙親稱壽，多少是好。昨已囑咐五娘子安排酒席，催促則箇㉑。娘子㉒酒完了，請爹媽出來。（旦內應科）（外扮蔡公淨扮蔡婆上）

（雙調）（寶鼎現）（外）小門深巷，春到芳草，人閒清晝。（淨）人老去星星非故，春又來年年依舊。（旦扮趙五娘上）最喜今朝春酒熟，滿日花開如繡。（合）願歲歲年年，人在花下，常酌春酒。

（外云：）孩兒，你請我兩箇出來做甚麼？（生跪科）告爹娘得知：人生百歲，光陰幾何？幸喜爹媽年滿八旬，孩兒一則以喜，一則以懼。當此青春㉓光景，閑居無事，聊具一杯蔬酒，與爹媽稱壽則箇。（淨笑云：）阿老有得吃。（外云：）阿婆，這是子孝雙親樂，家和萬事成。（生進酒科）（生）

（錦堂月）（畫錦堂首至五）簾幕風柔，庭幃晝永，朝來峭寒輕透。（背唱）親在高堂，一喜又還一憂。（月上海棠五至末）（轉介）惟願取百歲椿萱㉔，長似他三春㉕花柳。（合）酌春酒，看取花下高歌，共祝眉壽。

（前腔換頭）（旦）輻輳㉖，獲配鸞儔㉗，深慚燕爾㉘，持杯自覺嬌羞。怕難主蘋蘩，不堪侍奉箕箒㉙。惟願取偕老夫妻，長侍奉暮年姑舅㉚。（合）酌春酒，看取花下高歌，共祝眉壽。

(前腔換頭)(外)還愁，白髮蒙頭，紅英滿眼，心驚去年時候。只恐時光催人，去也難留。孩兒，惟願取黃卷青燈㉛，及早換金章紫綬㉜。(合)酌春酒，看取花下高歌，共祝眉壽。

(前腔換頭)(淨)還憂，松竹門幽，桑榆㉝暮景，明年知他健否安否。歎蘭玉㉞蕭條，一朵桂花堪茂㉟。媳婦，惟願取連理芳年，得早遂孩枝榮秀㊱。(合)酌春酒，看取花下高歌，共祝眉壽。

(醉翁子)(生)回首，歎瞬息烏飛兔走㊲。喜爹媽雙全，謝天相佑。(旦)不謬，更清淡安閒，樂事如今誰更有?(合)相慶處，但酌酒高歌，共祝眉壽。

(外云：)孩兒，你今日為我兩個慶壽，這便是你的孝心。人生須要忠孝兩全，方是箇丈夫。我纔想將起來，今年是大比㊳之年，昨日郡中有吏來辟召㊴，你可上京取應。倘得脫白掛綠㊵，濟世安民，這纔是忠孝兩全。(生云：)爹媽高年在堂，無人侍奉，孩兒**豈敢遠離，實難從命。**

(前腔)(外)卑陋，論做人要光前耀後。勸我兒青雲萬里，早當馳驟㊶。(淨)聽剖，眞樂在田園，何必區區公與侯。(合)相慶處，但酌酒高歌，共祝眉壽。

(僥僥令)(生旦)春花明彩袖，春酒泛金甌。但願歲歲年年人長在，父母共夫妻相勸酹㊷。

（前腔）（外淨）夫妻好廝守，父母願長久。坐對兩山排闥青來，好看將一水護田疇，綠繞流⑬。

（十二時）（合）山青水綠還依舊，嘆人生青春難又，惟有快樂是良謀。

（外）逢時對景且高歌　（淨）須信人生能幾何

（生）萬兩黃金未為貴　（旦）一家安樂值錢多

注釋

❶班馬：班固和司馬遷的並稱。晉書陳壽傳論：「丘明既沒，班馬迭興。奮鴻筆於西京，騁直詞於東觀。」❷風雲太平日：遭逢太平盛世。易乾：「雲從龍，風從虎，聖人作而萬物覩。」後漢書耿純傳：「大王以龍虎之姿，遭風雲之時，奮迅拔起，期月之間，兄弟稱王。」❸驊騮：周時良馬。爲後文狀元及第伏筆。見漢宮秋第二折注74。❹魚龍將化：比喻人才出衆。三秦紀：「河津一名龍門，大魚積龍門數千不得上，上者爲龍，不上者魚，故云曝鰓龍門。」漢書西域傳贊：「作巴俞都盧、海中碭極、漫衍魚龍、角抵之戲以觀視之。」注：「漫衍者，卽張衡西京賦所云：『巨獸百尋，是爲漫延。』者也。魚龍者，爲舍利之獸，先戲於庭極，畢，乃入殿前激水，化成比目魚，跳躍漱水，作霧障日，畢，化成黃龍八丈，出水敖戲於庭，炫燿日光。西京賦云：『海鱗變而成龍』，卽爲此色也。」❺沈吟：深深思慮。曹操短歌行：「但爲君故，沈吟至

今。」也有猶豫不決的意思。後漢書隗囂傳：「邯得書，沈吟十餘日，乃謝士衆，歸命洛陽。」❻甘旨：美味。多用作奉養父母之詞。文選任昉啓蕭太傅固辭奪禮：「飢寒無甘旨之資，限役廢晨昏之半。」❼宋玉：戰國時楚國的辭賦家，才華出衆。❽子雲識字：揚雄，字子雲，西漢蜀郡成都人。少好學，長於辭賦，有甘泉、河東、羽獵、長楊賦。博通羣籍，多識古文奇字，仿易經、論語作太玄、法言，又編字書訓纂篇、方言。❾奎光：卽奎星。孝經援神契：「奎主文章。……宋均注曰：奎星屈曲相鉤，似文字之畫。」後來形容文章寫得好，常用奎光或奎星。❿風力行看萬里程：一帆風順，鵬程萬里。風力，風的強度。溫庭筠春江花月夜詞：「百幅錦帆風力滿，連天展盡金芙蓉。」⓫玉堂金馬：都是漢代宮殿的名稱。金馬卽金馬門，漢武帝得大宛馬，乃命東門京以銅鑄像，立馬於魯班門外，因稱金馬門。文選揚雄解嘲：「歷金門，上玉堂，有日矣。」後來泛指朝庭。⓬萊綵歡親意：老萊子，春秋時楚國隱士，避世亂，耕於蒙山下。行年七十，父母猶存，常身穿五綵衣服以娛雙親，嘗取漿上堂，跌仆，因臥地爲小兒啼，或弄烏鳥於親側。⓭沈酣六籍：沈醉於六經典籍。呂南公與汪秘校論文書：「於列莊見道之書，於六經見道之訓，於百家見道之所以文而文之所以得，於十八代史見道之所以變，沈酣而演繹之。」⓮貫串百家：通達連貫諸子百家的學說。⓯青雲：比喻官高爵顯。史記范雎傳：「須賈頓首言死罪，曰：『賈不意君能自致於青雲之上。』」後世稱登科爲平步青雲。⓰菽水之歡：菽水，豆和水。指粗茶淡飯，形容生活淸苦。禮記檀弓下：「子路曰：『傷哉！貧也！生無以爲養，死無以爲禮也。』孔子曰：『啜菽飲水，盡其歡，斯之謂孝。』」後常用以稱晚輩對長輩的供養。李商隱祭韓氏老姑文：「弓裘望襲，菽水承歡。」⑰虀鹽：素食。指清苦的生活。朱松招友生詩：「讀書有味虀鹽好，對境無情夢寐淸。」虀，ㄐㄧ。⑱桃李之姿：像桃花李花那麼美麗。詩周南桃夭：「桃之夭夭，灼灼其華。」詩召南何彼襛矣：「何彼襛矣，華如桃李。」⑲蘋蘩：蘋，水草；蘩，白蒿，可以供祭祀。詩召南有采蘋采蘩二篇，都是寫公侯夫人採蘋菜蘩菜，以奉祭祀，不失其職。這裏指可以寄託侍奉父母祭祀祖先的任務。

⑳爲此春酒二句：詩豳風七月：「爲此春酒，以介眉壽。」春酒，冬季釀製，及春而成，也叫凍醪。眉壽，長壽。古人認爲年壽高的人眉毛長，這是一種壽徵。介，助。㉑則箇：句末語氣詞。同著、者。京本通俗小說碾玉觀音下：「你與我叫住那個排軍，我相問則個。」㉒娘子：妻子。水滸傳八：「只見林冲的娘子，號天哭地叫將來，……林冲見了，起身接着道：『娘子，小人有句話說。』」㉓青春：春天。楚辭大招：「青春受謝，白日昭只。」注：「青，東方春位，其色青也。」㉔椿萱：父母的代稱。椿，父。萱，母。莊子逍遙遊：「上古有大椿者，以八千歲爲春，八千歲爲秋。」後稱父親爲椿庭。詩衞風伯兮：「焉得諼（萱）草？言樹之背。」傳：「背，北堂也。」北堂是母親所居處，後因以萱堂爲母親的代稱。牟融送徐浩詩：「知君此去情偏切，堂上椿萱雪滿頭。」㉕三春：春天。農曆正月稱孟春，二月稱仲春，三月稱季春，合稱三春。班固終南山賦：「三春之季，孟夏之初。」㉖輻輳：也作輻湊。車輻集中於軸心。比喻人或物聚集一處。史記叔孫通傳：「且明主在其上，法令具於下，使人人奉職，四方輻輳，安敢有反者。」㉗獲配鸞儔：能夠得到鸞鳳和鳴的配偶。比喻夫婦和好。禰衡鸚鵡賦：「配鸞皇而等美，焉比德於衆禽。」㉘燕爾：新婚。詩邶風谷風：

「宴爾新昏，如兄如弟。」西廂記二本二折：「婚姻自有成，新婚燕爾安排定。」㉙箕箒：指家內灑掃之事。國語吳語：「句踐請盟：一介嫡女，執箕箒以晐姓於王宮；一介嫡男，奉槃匜以隨諸御。」後因以箕箒爲妻的代稱。文選王微雜詩：「箕箒留江介，良人處鴈門。」㉚姑舅：丈夫的父母。柳宗元亡姊前京兆府參軍裴君夫人墓誌：「常以不幸，不及姑舅之養，用爲大恨。」㉛黃卷青燈：比喻書生攻讀的生活。陸游客愁詩「蒼顏白髮入衰境，黃卷青燈空苦心。」㉜金章紫綬：見前漢宮秋第二折注㊺。㉝桑榆：比喻日暮。也比喻晚年。太平御覽三：「淮南子：『日西垂景在樹端，謂之桑榆。』」注：「言其光在桑榆上。」曹植贈白馬王彪詩：「年在桑榆間，影響不能追。」㉞蘭玉：芝蘭玉樹。比喻優秀的子弟。世說新語言語：「謝太傅問諸子姪：『子弟亦何預人事，而正欲使其佳。』諸人莫有言者。車騎答曰：『譬如芝蘭玉樹，欲使其生於階庭耳。』」詩品宋法曹參軍謝惠連：「小謝才思富捷，恨其蘭玉夙凋，故長轡未騁。」㉟一朵桂花堪茂：比喻子弟雖然出類拔萃，卻只有一個。晉書郤詵傳：「累遷雍州刺史，武帝於東堂會送，問詵曰：『卿自以爲何如？』詵對曰：『臣舉賢良對策，爲天下第一，猶桂林之一枝，崑山之片玉。」㊱孫枝榮秀：孫子繁多優秀。孫枝，樹的嫩枝，也比喻孫子。白居易談氏外孫生三日喜是男偶吟成篇兼戲呈夢得詩：「芣苢春來盈女手，梧桐老去長孫枝。」㊲烏飛兎走：比喻光陰過得很快。金烏代表太陽，玉兎代表月亮。韓琮春愁詩：「金烏長飛玉兎走，青鬢長青古無有。」㊳大比：周朝的時候，鄉大夫從司徒處接受教法，向鄉吏頒布，使各施教於所治區域，每三年對鄉吏進行考核，選擇賢能，稱爲大比。科舉時代因稱鄉試爲大比。雲莊四六餘話：「國初，二浙州郡士子應舉者絕少，括蒼大比，今幾萬人，當時終場僅六人。」㊴辟召：推薦徵召。後漢書鄭均傳：「常稱病家廷，不應州郡辟召。」㊵脫白掛綠：脫白衣換綠袍，比喻功名得志。白衣，平民之服；綠袍，官宦之服。㊶馳驟：疾奔。韓非子外儲右下：「造父御四馬，馳驟周旋而恣欲於馬。」這裏指馳騁功名之意。㊷勸酹：即勸酬。互相勸酒。樓鑰王成之給事囿山堂詩：「樽酒屢勸酬，棋枰更勝敗。」㊸坐對兩山二句：王安石書湖陰先生壁詩：「一水護田將綠遶，兩山排闥送靑來。」排闥，推開門。

第二十一齣　糟糠自厭

（旦上唱：）

（商調過曲）（山坡羊）亂荒荒不豐稔的❶年歲，遠迢迢不回來的夫婿。急煎煎不耐煩的二親，軟怯怯不濟事的孤身己❷。衣盡典❸，寸絲不掛體。幾番要賣了奴身己，爭奈沒主公婆教誰看取？（合）思之，虛飄飄命怎期？難捱，實丕丕❹災共危。

（前腔）滴溜溜難窮盡的珠淚，亂紛紛難寬解的愁緒。骨崖崖❺難扶持的病體，戰欽欽❻難捱過的時和歲。這糠呵！我待不吃你，教奴怎忍飢？如我待吃呵怎吃得？（介）苦！思量起來不如奴先死，圖得不知他親死時。（合）思之，虛飄飄命怎期？難捱，實丕丕災共危。

（白）奴家早上安排些飯與公婆，非不欲買些鮭菜❼，爭奈無錢可買。不想婆婆抵死❽埋冤，只道奴家背地吃了甚麼？不知奴家吃的却是細米皮糠，吃時不敢教他知道，只得回避。便埋冤殺了，也不敢分説。苦！眞實這糠怎的吃得？（吃介）（唱：）

（雙調過曲）（孝順歌）嘔得我肝腸痛，珠淚垂，喉嚨尚兀自牢嗄住❾。糠！遭礱被舂杵❿，篩你簸揚你⓫，吃盡控持⓬。悄似⓭奴家身狼狽⓮，千辛萬苦皆經歷。苦人吃着苦味，兩苦相逢，可知道⓯欲吞不去。（吃吐介）（唱：）

（前腔）糠和米，本是兩倚依，誰人簸揚作兩處飛？一賤與一貴，好似奴家共夫婿，終無見期。丈夫，你便是米麽！米在他方沒尋處。奴便是糠麽！怎的把糠救得人飢餒？好似兒夫出去，怎的教奴，供給得公婆甘旨⓰？（不吃放碗介）（唱：）

（前腔）思量我生無益，死又值甚的！不如忍飢爲怨鬼。公婆年紀老，靠着奴家相依倚，只得苟活⓱片時。片時苟活雖容易，到底日久也難相聚。謾把糠來相比，這糠尚兀自有人吃，奴家骨頭，知他埋在何處？

（外淨上探白：）媳婦，你在這裏說什麼？（旦遮糠介）（淨搜出打旦介）（白：）公公，你看麼？眞個背後自逼邏⓲東西吃，這賤人好打！（外白：）你把他吃了，看是什麼物事？

（淨荒吃介）（吐介）（外白：）媳婦，你逼邏的是甚麼東西？（旦介）（唱：）

（前腔）這是穀中膜，米上皮，將來逼邏堪療饑⑲。（外淨白：）這是糠，你卻怎的吃得？（旦唱：）嘗聞古賢書，狗彘食人食⑳，公公，婆婆！須強如草根樹皮。（外淨白：）這的不嗄殺了你？（旦唱：）嚼雪餐氈蘇卿猶健㉑，餐松食柏到做得神仙侶㉒，縱然吃些何慮？（白：）公公，婆婆，別人吃不得，奴家須是吃得。（外淨白：）胡說，偏你如何吃得？（旦唱：）爹媽休疑，奴須是你孩兒的糟糠妻室㉓！

（外淨哭介，白：）原來錯埋冤了人，兀的不痛殺了我，（倒介）（旦叫介，唱：）

（越調近詞）（雁過沙）他沉沉向迷途，空教我耳邊呼。公公！婆婆！我不能盡心相奉事，番㉔教你爲我歸黃土。公公！婆婆！人道你死緣何故？公公！婆婆！你怎生割捨㉕棄了奴？（白：）公公，婆婆。（外醒介，唱：）

（前腔）媳婦，你耽飢㉖事公姑，媳婦！你耽飢怎生度？錯埋冤你也不肯辭㉗，我如今始信有糟糠婦。媳婦，我料應不久歸陰府㉘。媳婦！你休便爲我死的把生的受苦。（旦叫婆婆介，唱：）

（前腔）婆婆！你還死教奴家怎支吾㉙？你若死教我怎生度？我千辛萬苦回護丈夫㉚，如今到此難回護。我只愁母死難留父，況衣衫盡解囊篋㉛又無。（外叫淨介，唱：）

(前腔) 婆婆！我當初不尋思，教孩兒往皇都。把媳婦閃得㉜苦又孤，把婆婆送入黃泉㉝路，只怨是我相耽誤。我骨頭未知埋在何處所？

(旦白：) 婆婆都不省人事了，且扶入裏面去。正是：青龍共白虎同行，吉凶事全然未保㉞。(并下) (末㉟上白：) 福無雙至猶難信，禍不單行却是真㊱。自家為甚説這兩句？為鄰家蔡伯喈妻房，名喚做趙氏五娘子，嫁得伯喈秀才，方才兩月，丈夫便出去赴選。自去之後，連年饑荒，家裏只有公婆兩口，年紀八十之上，甘旨之奉，虧殺這趙五娘子，把些衣服首飾之類盡皆典賣，糴㊲些糧米做飯與公婆吃，他却背地裏把些細米皮糠逼邏充飢。唧唧㊳，這般荒年飢歲，少什麼有三五個孩兒的人家，供膳㊴不得爹娘。這個小娘子，真個今人中少有，古人中難得。那公婆不知道，顛倒把他埋怨；今來㊵聽得他公婆知道，却又痛心都害了病。俺如今去他家裏探取消息則個。(看介) 這個來的却是蔡小娘子，怎生恁地走得慌？(旦慌走上介，白：) 天有不測風雲，人有旦夕禍福。(見末介) 公公，我的婆婆死了。(末介) 我却要來。(旦白：) 公公，我衣衫首飾盡行典賣，今日婆婆又死，教我如何區處？公公可憐見，相濟則個。(末白：) 不妨。婆婆衣衾棺槨㊶之費皆出于我；你但盡心承值㊷公公便了。(旦哭介，唱：)

(仙呂入雙調過曲) (玉抱肚) 千般生受，教奴家如何措手？終不然把他骸骨，沒棺槨送在荒丘？(合) 相看到此，不由人不珠淚流，正是不是冤家不聚頭㊸。(末唱：)

(前腔) 不須多憂，送婆婆是我身上有。你但小心承直公公，莫教又成不救。(合)

相看到此，不由人不珠淚流，正是不是寃家不聚頭。

（旦白：）如此，謝得公公！只為無錢送老娘。（末白：）娘子放心，須知此事有商量。

（合）正是：歸家不敢高聲哭，只恐人聞也斷腸。（并下）

注釋

❶豐稔：豐登，豐收。後漢書馬皇后紀：「天下豐稔，方垂無事。」稔，ㄖㄣˇ。❷不濟事孤身己：不濟事，不能成事。北齊書高昂傳：「高祖曰：高都督純將漢兒，恐不濟事。」身己即身體。❸典：抵押。杜甫曲江詩：「朝回日日典春衣，每日江頭盡醉歸。」❹實丕丕：實實在在。元曲選抱粧盒三：「他眼瞪瞪瞧我有十餘次，我怎敢實丕丕湯著他一棍兒。」❺骨崖崖：瘦骨嶙峋的樣子。❻戰欽欽：恐懼害怕的樣子。也作戰兢兢。白樸梧桐雨劇三：「諕的我戰欽欽遍體寒毛乍。」❼鮭菜：魚菜。鮭，ㄒㄧㄝˊ。杜甫王竟攜酒高亦同過詩：「自愧無鮭菜，空煩卸馬鞍。」❽抵死：竭力，拚命，非常。蘇軾滿庭芳詞：「思量能幾許，憂愁風雨，一半相妨，又何須抵死說短論長。」❾牢嗄住：牢牢的哽咽住。嗄，ㄕㄚˋ，聲音嘶啞，呵不出聲來。❿遭礱被舂杵：遭受磨搗。礱，ㄌㄨㄥˊ，磨。舂，ㄔㄨㄥ，用杵臼搗穀類。⓫篩你簸揚你：篩，ㄕㄞ，用篩子（竹編用具，底面多小孔，用來分離物質的粗細。）過濾米或糠。簸揚，播動揚去穀類中的糠粃。詩小雅大東：「維南有箕，不可以簸揚。」⓬控持：控制，操縱。指上面磨舂與篩簸。⓭悄似：渾似，恰似。悄也作峭、俏、誚。⓮狼狽：比喻為難窘迫。李密陳情事表：「臣欲奉表奔馳，則劉病日篤；苟順私情，則告訴不許。……臣之進退，實為

狼狽。」⑮可知道：難怪。白樸梧桐雨劇一：「我爲君王猶妄想，你做皇后尙嫌輕。可知道斗牛星畔客，回首問前程。」⑯甘旨：見前高堂稱壽注⑥。⑰苟活：苟且偸生。漢書司馬遷傳：「報任安書：『所以隱忍苟活，函糞土之中而不辭者，恨私心有所不盡，鄙沒世而文采不表於後也。』」⑱逼邏：張羅，安排。⑲療饑：停止飢餓。文選張衡思玄賦：「聘王母於銀臺兮，羞玉芝以療飢。」⑳狗彘食人食：孟子梁惠王上：「狗彘食人食而不知檢。」本是說豬狗吃人的糧食而不知檢斂。這裏斷章取義作「狗彘食、人食」，原是給豬狗吃的食物，卻拿來給人吃。彘，ㄓˋ，豬。㉑嚼雪餐氈蘇卿：見前漢宮秋第三折注㉑。㉒餐松食柏神仙侶：傳說神仙不吃烟火食，以松柏的果實爲食物。如仙人偓佺，好吃松果，身上毛長數寸，能飛行，追逐奔馬。又如赤松子好吃柏實，齒落更生。見劉向神仙傳。㉓糟糠妻室：見前漢宮秋第三折注㉗。㉔番：同翻。反而。㉕割捨：斷絕，拋棄。侯鯖錄三：「君是將種，斷頭穴胸，當無所惜。兩耳堪作底用，割捨不得？」㉖耽飢：忍受飢餓。㉗不肯辭：不肯辯白。㉘陰府：陰間地府。迷信者以死後之事爲陰。雲笈七籤：「重泉曲者，魔王之陰府也。」㉙怎支吾：怎麼辦。支吾，勉強撐持。西廂記一本二折：「縱然酬得今生志，着甚支吾此夜長。」㉚回護丈夫：回護，委曲祖護。宋史王希呂傳：「天性剛徑，遇利害無回護意，惟是之從。」這裏指代替丈夫盡孝道。㉛囊篋：囊，盛物的袋子。篋，裝物的箱子。這句的意思是衣衫都已典當光了，囊篋裏也沒有東西了。㉜閃得：拋撇。清平堂話本錯認屍：「今日不想我閃得有家難奔，有國難投，如何是好？」㉝黃泉：地下深處，指葬身之地。左傳隱元年：「遂寘姜氏于城潁，而誓之曰：『不及黃泉，無相見也。』」㉞青龍共白虎同行二句：宋元時的俗語。古代的星相家把青龍當作吉星，白虎當作凶星，雖然同行，吉凶卻不一定。青龍爲東方宿名，白虎爲西方宿名。禮記曲禮上：「行，前朱鳥而後玄武，左青龍而右白虎。」㉟末：扮演蔡家鄰居張太公，劇中說他「施仁施義張廣才」。㊱福無雙至猶難信二句：說苑權謀：「此所謂福不重至，禍必重來者也。」俗語小變其文，作「福無雙至，禍不單行。」㊲糴：ㄉㄧˊ，買米。㊳喞喞：卽嘖嘖，贊歎聲。洛陽伽藍記四：「飛梁跨閣，高樹出雲，咸皆喞喞，雖梁王兎苑，想之不如也。」㊴供膳：供養。㊵今來：如今，現在。曹植情詩：「始出嚴霜結，今來白露晞。」㊶衣衾棺槨：衣衾，殮屍的衣被。棺槨，棺材及套在棺外的外棺。槨也作椁。孟子梁惠王下：「謂棺椁衣衾之美也。」韓非子內儲上：「齊國好厚葬，布帛盡於衣衾，材木盡於棺椁。」㊷承值：照顧。㊸不是寃家不聚頭：一般指夫妻而言。京本通俗小說西山一窟鬼：「這個，不是寃家不聚會。好教官人得知，卻有一頭好親在這裏。」過去迷信的說法，認爲今世夫妻，乃因前世的緣分。這裏指一家骨肉而言，今生能成爲一家人，無非前世種下的因果。

第二十八齣　中秋望月

（貼❶上唱：）

（大石引子）（念奴嬌）楚天過雨❷，正波澄木落，秋容光淨。誰駕玉輪❸來海底，碾破琉璃❹千頃。環珮風清❺，笙歌露冷，人在清虛境。（淨丑合唱：）眞珠簾捲，小樓無限佳興。

（白：）（臨江仙❻）玉作人間秋萬頃，銀葩點破琉璃❼。（貼白：）瑤臺❽風露冷仙衣，天香❾飄下處，此景有誰知？（淨丑白：）未審明夜月，此時此景何如？（貼白：）珠簾高捲醉瓊巵❿，（合）正是莫辭終夕看，動是隔年期。（貼白：）老姥姥⓫，惜春，今夜中秋，月色澄霽，你與我請相公出來，玩賞則個。（丑白：）請，請，夫人請相公玩月。（生房內應）我睡了，不來。（淨）你可知道不請得相公出來，你怎麼臉兒了，相公見了好？我去請。（介）（生上唱：）

（南呂引子）（生查子）逢人曾寄書，書去神亦去。今夜好清光，可惜人千里。

（貼白：）相公，今夜中秋，月色可愛。我請你玩賞一番，你沒事，推阻做什麼？（生白：）月有甚好處？（貼白：）怎地不好，你看：（酹江月）玉樓絳氣⓬，捲霞綃雲浪，寒光澄澈。丹桂飄香⓭清思爽，人在瑤臺銀闕⓮。（生白：）影透空幃，光窺羅帳，露冷蛩聲切⓯。關山今夜，照人幾處離別。（淨白：）須信離合悲歡，還如玉兔，有陰晴圓缺⓰。便做人生長宴會，幾見冰輪皎潔⓱？（丑白：）此夜明多，隔年期遠，莫放金樽歇。（合）但願人長久，年年同賞明月⓲。（貼唱：）

（大石過曲）（本序⓳）長空萬里，見嬋娟可愛，全無一點纖凝⓴。十二欄杆光滿處，涼浸珠箔銀屏㉑。偏稱，身在瑤臺，笑斟玉斝㉒，人生幾見此佳景？（合）惟願取年年此夜，人月雙清。（生唱：）

(前腔換頭)孤影，南枝[23]乍冷，見烏鵲縹緲驚飛，棲止不定[24]。萬點蒼山何處是，修竹吾廬三徑[25]？追省，丹桂曾攀[26]，嫦娥相愛[27]，故人千里謾同情[28]。(合)惟願取年年此夜，人月雙清。(貼唱：)

(前腔換頭)光瑩，我欲吹斷玉簫，驂鸞歸[29]去，不知風露冷瑤京[30]？環珮濕，似月下歸來飛瓊[31]。那更，香鬢雲鬟，清輝玉臂[32]，廣寒仙子[33]也堪並。(合)惟願取年年此夜，人月雙清。(生唱：)

(前腔換頭)愁聽，吹笛關山[34]，敲砧門巷[35]，月中都是斷腸聲。人去遠，幾見明月虧盈。惟應，邊塞征人，深閨思婦，怪他偏向別離明。(合)惟願取年年此夜，人月雙清。(淨丑合唱：)

(中呂過曲)(古輪臺)峭寒生，鴛鴦瓦冷[36]玉壺冰[37]，欄杆露濕人猶凭，貪看玉鏡[38]。況萬里清冥，皓彩十分端正。三五良宵[39]，此時獨勝。(丑唱)把清光都付與酒杯傾，從教酩酊[40]，拚夜深沉醉還醒，酒闌[41]綺席，漏催銀箭[42]，香消金鼎[43]。斗轉與參橫[44]，銀河耿[45]，轆轤[46]聲已斷金井[47]。(淨唱：)

(前腔換頭)閑評，月有圓缺與陰晴，人世有離合悲歡，從來不定[48]。深院閑庭，處處清光相映。也有得意人人，兩情暢詠；也有獨守長門伴孤冷，君恩不幸[49]。(丑唱：）有廣寒仙子娉婷[50]，孤眠長夜，如何捱得，更闌寂靜？此事果無憑，但願人長久，小樓看月共同登。（合唱：）

（餘文）聲哀訴，促織[51]鳴，（貼唱：）俺這裏歡娛未罄。（生唱：）却笑他幾處寒衣織未成。

（貼）今宵明月最團圓，（生）幾處淒涼幾處諠。

（合）但願人生得長久，年年千里共嬋娟[52]。（並下）

注釋

❶貼：貼旦的省稱。卽副旦，對正旦而言。徐渭南詞敍錄：「旦之外，貼一旦也。」這裏指牛丞相的女兒牛氏。與正旦之趙五娘相對稱。❷楚天過雨：楚天，楚地的天空。杜甫暮春詩：「楚天不斷四時雨，巫峽長吹千里風。」這裏楚天泛指天空，雨過天晴的景色。❸玉輪：月亮。駱賓王在江南贈宋五之問詩：「玉輪涵地開，劍匣連星起。」❹琉璃：指天。李涉題水月臺詩：「水似晴天天似水，兩重星點碧琉璃。」❺環珮風清：環珮，佩玉。文選阮籍詠懷詩：「交甫懷環珮，婉孌有芬芳。」在清風中婦女身上的佩玉發出清亮的聲音。❻臨江仙：詞牌名。劇中念白有散文韻文的分別，韻文多採用詩詞的形式，下文酹江月也是一樣。❼玉作人間二句：形容月色。玉與銀葩都指月亮。❽瑤臺：神話中神仙住的地方。李商隱無題詩：「如何雪月交光夜，更在瑤臺十

二層。」　❾天香：傳說月宮中有桂樹，故稱桂香爲天香。庾信奉和同泰寺浮屠詩：「天香下桂殿，仙梵入伊笙。」　❿瓊后：玉杯。錢惟演新菊詩：「願公長卻老，宴寢奉瓊后。」　⓫姥姥：ㄌㄠˇ，北方人稱外祖母或尊稱年老的婦人爲姥姥。也作老老。⓬絳氣：紅霞。江淹從建平王登廬山香爐峯詩：「絳氣下縈薄，白雲上杳冥。」　⓭丹桂飄香：丹桂，桂花的一種，紅色。宋之問靈隱寺詩：「桂子月中落，天香雲外飄。」虞儔有懷漢老弟詩：「芙蓉泣露坡頭見，桂子飄香月下聞。」　⓮銀闕：神話中神仙所住的地方。陸游秋日郊居詩：「行歌曳杖到新塘，銀闕瑤臺無此涼。」　⓯蛩聲切：蛩，蟋蟀。白居易禁中聞蛩詩：「西窗獨闇坐，滿耳新蛩聲。」蛩的啼聲非常淒切。⓰須信悲歡離合三句：蘇軾水調歌頭詞：「人有悲歡離合，月有陰晴圓缺，此事古難全。」玉兔，月亮。傅玄擬天問：「月中何有？玉兔擣藥。」韓琮春愁詩：「金烏長飛玉兔走，青鬢長青古無有。」　⓱冰輪皎潔：明月光亮。冰輪，明月。朱慶餘十六夜月詩：「昨夜忽已過，冰輪始覺虧。」皎潔，光白的樣子。張九齡感遇詩：「蘭葉春葳蕤，桂華秋皎潔。」　⓲但願人長久二句：蘇軾水調歌頭詞：「但願人長久，千里共嬋娟。」嬋娟，美好的樣子，形容月。　⓳本序：此二字跟上文引子「念奴嬌」而來，即謂「念奴嬌序」。如引子用「夜行船」，接下去過曲用「夜行船序」，即可稱爲「本序」。這裏中間雖隔著一支「生查子」，但「生查子」是揷入的引子，可以不算在整套之內。　⓴織凝：織雲遮蔽。　㉑珠箔銀屏：簾幕與屏風，珠與銀形容其華貴美麗。白居易長恨歌：「攬衣推枕起徘徊，珠箔銀屏邐迤開。」　㉒玉斝：玉杯。劉峻廣絕交論：「分雁鶩之稻粱，霑玉斝之餘瀝。」　㉓南枝：古詩十九首：「胡馬依北風，越鳥巢南枝。」這裏有遠離家鄉，不如越鳥的意思。㉔見烏鵲二句：曹操短歌行：「月明星稀，烏鵲南飛；繞樹三匝，何枝可依。」緲縹，高遠隱約的樣子。白居易長恨歌：「忽聞海外有仙山，山在虛無縹緲間。」㉕修竹吾廬三徑：陶潛讀山海經詩：「孟夏草木長，繞屋樹扶疏。衆鳥欣有托，吾亦愛吾廬。」陶潛歸去來辭：「三徑就荒，松菊猶存。」修竹，長竹。王羲之蘭亭集序：「此地有崇山峻嶺，茂林修竹，又有清流激湍，映帶左右。」此句有懷念家園，辭官歸去的意思。㉖丹桂曾攀：曾經狀元及第。避暑錄話：「世以登科爲折桂，此謂郄詵對策自謂桂林一枝也。自唐以來用之。」㉗嫦娥相愛：此指牛丞相的小姐奉旨與蔡邕完婚之事。嫦娥也作姮娥，傳說后羿之妻，竊不死之藥以奔月，遂爲月神。常用來比喻美人。㉘故人千里謾同情：此指趙五娘在千里之外的家鄉，心中徒然想念。故人，指趙五娘。謾，徒然。㉙吹斷玉簫二句：此句用弄玉吹簫的典故。春秋時秦穆公的女兒弄玉悅蕭史，蕭史善吹簫，穆公以弄玉嫁蕭史。弄玉日就蕭史學吹簫，作鳳鳴，感鳳來止，後來蕭史乘龍，弄玉跨鳳，飛昇而去。㉚瑤京：即瑤臺。也指月宮。㉛飛瓊：即許飛瓊，仙女名。班固漢武帝內傳：「王母又命侍女董雙成吹雲和之笙，石公子擊昆庭之金，許飛瓊鼓震靈之簧。」相傳唐進士許纏夢到瑤臺，曾與之相遇，見太平廣記卷七十引逸史。㉜香鬢雲鬟二句：杜甫月夜詩「香霧雲鬟濕，清輝玉臂寒。」㉝廣寒仙子：即嫦娥。見前漢宮秋第二折注⑳。㉞吹笛關山：王昌齡從軍行：「更吹羌笛關山月，無那金閨萬里愁。」此句應下文「邊塞征人」。㉟敲砧門巷：李白子夜秋歌：「長安一片月，萬戶搗衣聲。」李中秋夕書事寄友人詩：「吟餘成不寐，徹曙四鄰砧。」此句應下文「深閨思婦」。砧，搗衣石。㊱

鴛甃瓦冷：鴛甃，即鴛鴦瓦，互相成對的瓦。白居易長恨歌：「鴛鴦瓦冷霜華重，翡翠衾寒誰與共。」㊲玉壺冰：玉壺，玉製的壺，古代計時器，即玉漏。也比喻高潔。鮑照代白頭吟：「直如朱絲繩，清如玉壺冰。」㊳玉鏡：月亮，張子容壁池望秋月詩：「滿輪沈玉鏡，半魄落銀鈎。」㊴三五良宵：三五相乘爲十五，指十五日的夜晚。古詩十九首：「三五明月滿，四五蟾兎缺。」㊵酩酊：大醉。水經注沔水：「山季倫之鎭襄陽，每臨此池，未嘗不大醉而還，恒言此是我高陽池。故時人爲之歌曰：『山公出何去，往至高陽池。日暮倒載歸，酩酊無所知。』」㊶酒闌：行酒結束時。梁書劉遵傳：「晉安王與劉孝儀令：『酒闌耳熱，言志賦詩，校覆忠賢，摧揚文史。』」㊷漏催銀箭：銀箭，刻漏的箭，古代記時器。宋之問壽陽王花燭圖詩：「莫令銀箭曉，爲盡合歡杯。」此應上文「玉壺」，意謂時間過得很快。㊸香消金鼎：金鼎中所燃的香也消失了，比喻時光的流逝。吳越春秋闔閭內傳：「金鼎玉杯、銀樽珠襦之寶，皆以送女。」㊹斗轉與參橫：比喻時光流逝。斗，北斗；參，ㄕㄣ，參星。宋史樂志鼓吹下奉禋歌：「斗轉參橫將旦，天開地闢如春。」㊺銀河耿：銀河，晴夜所見環繞天空呈灰白色的光帶，由大量恒星所構成。又稱雲漢、天河、天漢、銀漢。耿，光明。文選謝朓暫使下都夜發新林至京邑贈西府同僚詩：「秋河曙耿耿，寒渚夜蒼蒼。」㊻轆轤：井上汲水的起重裝置。齊民要術種葵：「井，別作桔槔、轆轤。」注：「井深用轆轤，井淺用桔槔。」其製：井上立架置軸，貫以長轂，其頂嵌以曲木，人乃用手掉轉，纏綆於轂，引取汲器。㊼金井：施有雕欄的井。古代詩詞中多用以美稱宮廷或園林中的井。費昶行路難詩：「唯聞啞啞城上烏，玉闌金井牽轆轤。」㊽月有圓缺三句：見前注⑯。㊾

獨守長門二句：長門，漢宮名。武帝時，陳皇后失寵，別居長門宮。樂府詩集長門怨解題：「長門怨者，爲陳皇后作也。后退居長門宮，愁悶悲思，聞司馬相如工文章，奉黃金百斤，令爲解愁之辭，相如爲作長門賦，帝見而傷之，復得親幸。㊿娉婷：姿態美好。樂府詩集春歌：「娉婷揚袖舞，阿那曲身輕。」㊿促織：蟀蟋的別稱。古詩十九首：「明月皎夜光，促織鳴東壁。」㊿但願人生得長久二句：見前注⑱。

第三十七齣　書館悲逢

（生上唱：）

（仙呂引子）（鵲橋仙）披香侍宴❶，上林遊賞❷，醉後人扶馬上。金蓮花炬❸照回廊，正院宇梅梢月上。

（白：）日晏下彤闈❹，平明登紫閣❺，何如在書案，快哉天下樂。自家早臨長樂❻，夜直嚴更❼。召問鬼神，或前宣室之席❽；光傳太乙，時頒天祿之藜❾。惟有戴星銜黑出漢宮，安能滴霜研朱點周易。俺這幾日且喜朝無繁政，官有餘閒；庶可留志於詩書，從事於翰墨❿。正是：事業要當窮萬卷，人生須是惜分陰。（看書科）這是什麼書？是尚書。呀！這堯典道：虞舜父頑母嚚⓫象傲，克諧以孝。唉！他父母那般相待他，他猶自克諧以孝；我父母虧了我甚麼，我倒不能彀奉養；看甚麼尚書。這是甚麼書？是春秋。呀！春秋中潁考叔曰：「小人有母，未嘗君之羹，請以遺之。」唉！他有一口湯吃，兀自尋思著娘；我如今做官享天祿，倒把父母撇⑫了；看甚麼春秋。天那！枉看這書，行不得濟甚麼事？你看那書中那一句不說著孝義，當年俺父母教我讀詩書知孝義，誰知道反被詩書誤了我，還看他怎的。（唱：）

（仙呂過曲）（解三酲）歎雙親把兒指望，教兒讀古聖文章。似我會讀書的倒把親撇漾，少甚麼不識字的倒得終奉養。書呵！我只爲其中自有黃金屋，⑬反教我撇卻椿庭萱草堂⑭。（合頭）還思想，畢竟是文章誤我，我誤爹娘。

（前腔）比似我做箇負義虧心臺館客⑮，倒不如守義終身田舍郎⑯。白頭吟⑰記得不曾忘，綠鬢婦⑱何故在他方。書呵！我只爲其中有女顏如玉⑲，反教我撇卻糟糠妻下堂⑳。（合頭）還思想，畢竟是文章誤我，我誤妻房。

（白：）書既懶看他，且看這壁間書畫散悶則箇。呀！這軸畫像，是我昨日在彌陀寺中燒香拾得的，如何院子㉑也將來㉒掛在此間，且看甚麼故事。（唱：）

（太師引）細端詳㉓，這是誰筆仗；覷著他教我心兒好感傷。（細看科）好似我雙親模樣。差矣，我的媳婦會鍼指㉔，便做是我的爹娘呵！恁穿著破損衣裳。前日已有書來，道別後容顏無恙，怎的這般淒涼。且住，我這裏要寄一封書回去尚不能彀，他那裏呵！有誰來往，直將到洛陽。天下也有面貌廝像的。須知道，仲尼陽虎一般龐㉕。

我理會得了。

（前腔）這是街坊㉖上，誰劣相；砌莊家㉗形衰貌黃。假如我爹娘呵！若沒箇媳婦來相傍，少不得也這般淒涼。敢是箇神圖佛像。呀！卻怎的我正看間，猛可的小鹿兒心頭撞㉘。這也不是神圖佛像，敢是當元的畫工有甚緣故。丹青匠，由他主張。須知道，毛延壽誤了王嬙。

若是箇神圖佛像，背面必有標題，待我轉過來看，呀，元來有一首詩在上面。（讀詩科）這廝好無禮，句句道著下官，等閒的怎敢到此，想必夫人知道，待我問他，便知分曉，夫人那裡。（貼上唱：）

（夜遊湖）惟恐他心思未到，教他題詩句暗中指挑。翰墨關心，丹青入眼，強如把言語相告。（生怒云：）

夫人，誰人到我書館中來？（貼云：）沒有人。（生云：）我前日去彌陀寺中燒香，拾得一軸畫像，院子不省得，也將來掛在這裏，甚麼人在背面題著一首詩。（貼云：）敢是當原寫的。（生云：）那裏是，墨蹟尚未曾乾。（貼云：）噁，我理會得了。相公，這詩如何說，請讀與奴家知道。（生讀詩科）（貼云：）相公，奴家不省其意，請解說一遍與奴家曉得也好。（生云：）「崑山有良璧，鬱鬱璠璵姿。嗟彼一點瑕，掩此連城瑜。」崑山是地名，產得好玉，價值連城，若有些兒瑕玷㉙，便不貴重了。「人生非孔顏，名節鮮不虧。」孔子顏子是大聖大賢，德行渾全，大凡人非聖賢，能忠不能孝，能孝不能忠，所以名節多致欠缺。「拙哉西河守，胡不如皋魚。」西河守吳起是戰國時人，魏文侯拜他為西河守，母死不奔喪；皋魚是春秋時人，只為周遊列國，父母死了，後來回歸，自刎而亡。「宋弘既以義，王允何其愚。」宋弘是光武時人，光武試把姐姐湖陽公主嫁他，宋弘不從，對道：貧賤之交不可忘，糟糠之妻不下堂。王允是桓帝時人，司徒袁隗要把姪女嫁他，他就休了前妻，娶了袁氏。「風木有餘恨，連理無傍枝。」孔子聽得皋魚啼哭，問其故？皋魚說道：樹欲靜而風不止，子欲養而親不在。西晉時東宮門有槐樹兩株，連理而生，四傍皆無小枝。「寄語青雲客，愼勿乖天彝。」傳言與做官的，切莫違了天倫。（貼云：）相公，那不奔喪和那自刎的，那一個是孝道？（生云：）那不奔喪的是亂道。（貼云：）那不棄妻和那棄妻的，那一個是正道？（生云：）那棄了妻的是亂道。（貼云：）相公，比如你待要學那一個？（生云：）呀！我的父母知他存亡如何？我決不學那不奔喪的見識。（貼云：）相公，你雖不學那不奔喪的，且如你這般富貴，腰金衣紫㉚，假有糟糠之婦，襤褸醜惡，可不辱沒㉛了你，你莫不也索休了。（生怒云：）夫人，你說那裏話，縱是辱沒煞我，終是我的妻房，義不可絕。（生唱：）

（越調過曲）（鏵鍬兒）夫人，你說得好笑，可見你心兒窄小。我決不學那王允的見識。沒來由濮卻苦李㉜，再尋甜桃。古人云：棄妻止有七出㉝之條。他不嫉不淫與不盜，終無去條。那棄妻的眾所誚，那不棄妻的人所褒。縱然他醜貌，怎肯相休棄了。（貼唱：）

（前腔）伊家富貴，那更青春年少。看你紫袍掛體，金帶垂腰。做你的媳婦呵！應須有封號，金花紫誥㉞。必俊俏，須媚嬌。若還他醜貌，怎不相休棄了。（生唱：）

（前腔）夫人，你言顛語倒，惱得心兒轉焦。莫不是你把咱奚落㉟，特兀自妝喬㊱。引得我淚痕交，撲簌簌這遭。這題詩的是誰？（貼云：）相公，你問他待怎的？（生唱：）夫人，他把我嘲，難恕饒。你說與我知道，怎肯干休罷了。（貼唱：）

（前腔）相公，我心中忖料，想不是箇薄情分曉。管教夫婦，會合在今朝。你還認得那題詩的麼？（生云：）不認得。（貼唱：）伊家枉然焦，只怕你哭聲漸高。（生云：）是誰？（貼唱：）是伊大嫂，身姓趙。正要說與你知道，怎肯干休罷了。姐姐有請。（旦上唱：）

（越調近詞）（入賺）聽得鬧吵，敢是我兒夫看詩囉唣㊲。（貼云：）姐姐快來。（旦唱：）是誰忽叫姐姐，想是夫人召必有分曉。（貼唱：）相公，是他題詩句。你還認得否？（生云：）他從那裏來？（貼唱：）相公，他從陳留郡爲你來尋討。（生認科）呀！我道是誰？原來是你呵！娘子，你怎的穿著破襖，衣衫盡是素縞㊳，莫不是我，雙親不保。

（旦唱：）官人，

（換頭）從別後，遭水旱，我兩三人只道同做餓殍㊴。（生云：）張太公曾周濟你麼？（旦唱：）只有張公可憐，歎雙親別無依靠。（生云：）後來卻如何？（旦唱：）兩口顛連㊵相繼死。（生云：）苦，原來我爹娘都死了。娘子，那時如何得殯斂？（旦唱：）我剪頭髮賣錢來送伊妣考[41]。(生云：)如今安葬了未曾？(旦唱：)把墳自造，土泥盡是我麻裙裹包。(生云：)罷了，聽得伊言語，教我痛傷噎倒[42]。(生倒，旦貼作扶起介)(旦云：)官人，這畫像就是你爹媽的真容[43]。(生哭拜介，唱：)

(山桃紅)(下山虎首至四)蔡邕不孝，把父母相拋。爹娘，我與你別時豈知恁地。早知你形衰耄[44]，怎留聖朝。娘子，(小桃紅中五句)你爲我受煩惱，你爲我受劬勞[45]。謝你葬我爹，葬我娘，你的恩難報也。(下山虎末四句)又道是養子能代老[46]。(合頭)這苦知多少？此恨怎消？天降災殃人怎逃？娘子，這真容是誰畫的？(旦唱：)

(前腔)這儀容像貌，是我親描。(生云：)娘子，路途遙遠，你那得盤纏[47]來到此間？(旦低唱介)乞丐把琵琶撥，怎禁路遙。官人，說甚麼受煩惱，說甚麼受劬勞，不信看你爹，看你娘，比別時兀自形枯槁[48]也，我的一身難打熬[49]。(合頭)這苦知多少？此恨怎消？天降災殃人怎逃？(貼唱：)

(前腔)設著圈套[50]，被我爹相招。相公，你也說不早，況音信杳。姐姐，你爲我受煩惱，你爲我受劬勞。相公，是我誤你爹，誤你娘，誤你名兒不孝也，做不得妻賢夫禍少。(合頭)這苦知多少？此恨怎消？天降災殃人怎逃？(生唱：)

（前腔）我脫卻巾帽，解卻衣袍。（貼唱）相公，急上辭官表，共行孝道。（生云：）夫人，只怕你去不得。（貼唱：）相公，我豈敢憚煩惱，豈敢憚劬勞。同去拜你爹，拜你娘，親把墳塋[51]掃也，使地下亡靈安宅兆[52]。（合頭）這苦知多少？此恨怎消？天降災殃人怎逃？（合唱：）

（餘文）幾年間分別無音耗[53]，奈千山萬水迢遙，天那！只爲三不從[54]生出這禍苗[55]。

（生）只為君親三不從，（旦）致令骨肉兩西東。

（貼）今宵賸把銀缸照，（旦）猶恐相逢是夢中[56]。

注釋

❶披香侍宴：披香，漢時後宮的殿名，在長安。班固西都賦：「後宮則有掖庭椒房……披香發越，蘭林蕙草，鴛鸞飛翔之列。」侍宴，陪侍皇帝飲宴，漢書董賢傳：「後不得復侍宴。」❷上林遊賞：上林，苑名，秦舊苑，漢武帝擴建，周圍三百里，有離宮七十所。苑中養禽獸，供皇帝春秋打獵。❸金蓮花炬：金飾蓮花形的火炬。東觀奏記

上：「上將命令狐綯爲相，夜半，幸含春亭召對，盡蠟燭一炬，方許歸學士院，乃賜金蓮花燭送之。院吏忽見，驚報園中曰：駕來。」❹彤闈：指宮中。闈，宮旁門，塗紅色，故稱彤闈。謝朓酬王晉安詩：「拂霧朝青閣，日旰坐彤闈。」日旰，日晏，天晚。❺紫閣：華麗的樓閣。也指帝王所居。崔琦七蠲：「紫閣青臺，綺錯相連。」❻長樂：漢宮名。在陝西省長安縣西北。周圍二十里，漢初爲朝會之所，其後爲太后所居。❼嚴更：督行夜之鼓。班固西都賦：「周以鉤陳之位，衞以嚴更之署。」❽召問鬼神二句：漢書賈誼傳：「文帝思誼，徵之至，入見，上方受釐，坐宣室，上因感鬼神事而問鬼神之本，誼具道所以然之故，至夜半，文帝前席。」宣室，殿名，在未央宮中，是皇帝齋戒的地方。❾光傳太乙二句：拾遺記六「劉向於成帝之末校書天祿閣，專精覃思。夜有老人著黃衣，植青藜杖，登閣而進。見向暗中獨坐誦書，老父乃吹杖端煙燃，因以見向，說開闢以前。向因受五行洪範之文，至曙而去，曰我太乙之精，天帝聞卯金之子有博學者，下而觀焉，乃出竹牒天文地理之書，悉以授之。」❿翰墨：筆墨。借指詩文書畫之類。文選張衡歸田賦：「揮翰墨以奮藻，陳三王之軌模。」⓫嚚：ㄧㄣˊ，愚蠢。⓬撇：丟，拋棄。陳德武沁園春詞：「怎撇下，這兩字相思，萬里虛名。」關漢卿調風月劇二：「將手帕撇漾在田地。」⓭其中自有黃金屋：宋眞宗勸學文：「安居不得架高堂，書中自有黃金屋。」⓮椿庭萱草堂：指父母。見前高堂稱壽注㉔。⓯臺館客：指做官的人。姚合寄汴州令狐楚相公詩：「梁園臺館關東少，相府旌旗天下尊。」⓰田舍郎：農夫。即田舍翁。見前漢宮秋楔子注㉔。⓱白頭吟：樂府楚調曲名。西京雜記三：「司馬相如將聘茂陵人女爲妾，卓文君作白頭吟以自絕，相如乃止。」⑱綠鬢婦：結髮的妻子。綠鬢，烏亮的鬢髮，比喻年輕。吳均和蕭洗馬子顯古意詩：「綠鬢愁中減，紅顏啼裏滅。」這裏指趙五娘。⑲其中有女顏如玉：宋眞宗勸學文：「娶妻莫恨無良媒，書中有女顏如玉。」⑳糟糠妻下堂：見前漢宮秋第三折注㉗。㉑院子：大官貴人管出入收發的僕人。宋王銍默記下：「呼院子令送書入宅。」㉒將來：攜來。㉓端詳：仔細審查。文選潘岳楊荊州誄：「庶獄明愼，刑辟端詳。」㉔鍼指：即鍼黹。縫紉刺繡之事。楊奐孫列婦歌：「十二巧鍼指，十四婉步趨。」㉕仲尼陽虎一般龐：史記孔子世家：「孔子年五十六，攝行相事，誅少正卯，與聞國政。……適陳過匡，匡人以爲陽虎而拘之。」陽虎，即陽貨，春秋魯人，爲季氏家臣。面貌與孔子相似。㉖街坊：市井，街巷。㉗砌莊家：大工之家，從事勞役的人。㉘猛可的小鹿兒心頭撞：猛可，突然，出其不意。清平山堂話本花燈轎蓮女成佛記：「那和尚猛可地吃他捽住。」小鹿兒心頭撞，見前漢宮秋第三折注㉘。㉙瑕玷：玉的斑痕。比喻事物的缺點。㉚腰金衣紫：腰繫金帶，身穿紫袍。古代四五品以上官員的服飾。鄭德輝㑳梅香劇四：「你穿的是朝君王紫袍金帶。」下文「紫袍掛體，金帶垂腰。」也是此意。㉛辱沒：汚辱。關漢卿陳母敎子劇四：「此子未曾治國，先受民財，辱沒先祖。」㉜漾卻苦李：漾，拋擲。孟漢卿魔合羅劇四：「漾一個瓦塊兒在虛空裏，怎生注的？」苦李，世說新語雅量：「王戎七歲，嘗與諸小兒遊，看道邊李樹多子，折枝，諸兒競走取之。唯戎不動。人問之，答曰：『樹在道邊而多子，此必苦李。』取之信然。」這裏以苦李比喻趙五娘。㉝七出之條：古代社會丈夫遺棄妻子的七種藉口：一、無子，二、淫泆，三、不事舅姑，四、口舌，五、盜竊，六、妬忌，七、惡疾。

㉞金花紫誥：宋代婦人的封號用金花紙書寫辭令。蘇軾賀朱壽昌母詩：「金花詔書錦作囊，白藤肩與簾蹙繡。」紫誥，古人書函用泥封，詔書以錦囊盛，紫泥封口，加印章，後因稱皇帝詔令爲紫誥。㉟奚落：譏諷嘲笑。㊱妝喬：妝假，掩飾其實。㊲囉唣：唣也作啅，吵鬧。楊顯之瀟湘雨劇四：「且不要囉唣，待我唱與你聽。」㊳素縞：卽縞素。白色的喪服。楚辭屈原九章惜往日：「思久故之親身兮，因縞素而哭之。」㊴餓殍：餓死的人。殍也作莩。孟子梁惠王上：「民有飢色，野有餓莩。」後漢書仲長統傳：「立望餓殍之滿道。」㊵顛連：困頓，苦難。張載西銘：「凡天下疲癃殘疾，惸獨鰥寡，皆吾兄弟之顛連而無告者也。」㊶妣考：亡母與亡父。禮記曲禮下：「生曰父，曰母，曰妻；死曰考，曰妣，曰嬪。」㊷噎倒：氣悶昏倒。㊸眞容：肖像。高允鹿苑賦：「注誠端思，仰模神影，庶眞容之髣髴，燿金暉之煥炳。」㊹衰耄：衰老。耄，老，高年。禮記曲禮上：「八十九十曰耄。」㊺劬勞：辛勤，勞苦。詩小雅鴻雁：「之子于征，劬勞于野。」㊻養子能代老：宋元的俗語。劉克莊老志詩：「皆云養子將防老，豈若嬌嬰未識爺。」㊼盤纏：旅費。張國賓李郎大鬧相國寺劇二：「我往京師去，無有盤纏，怎生是好？」㊽枯槁：乾萎，憔悴。戰國策秦策一：「形容枯槁，面目犁黑，狀有歸色。」㊾打熬：支持。㊿圈套：引誘人上當或受害的計策。戴善夫陶學士醉寫風光好劇一：「休誇伶俐精詳，必定中我圈套。」這裏指牛丞相設計招蔡伯喈爲女婿。(51)墳塋：墓地。三國志吳志孫奮傳：「掃除墳塋。」(52)宅兆：墳墓的四界。孝經喪親：「卜其宅兆而安措之。」(53)音耗：音信，消息。晁補之鬪百草詞：「便苒苒如雲，霏霏似雨，去無音耗。」(54)三不從：指辭試父不從，辭官天

子不從，辭婚牛丞相不從。㊺禍苗：禍端。㊻今宵賸把銀釭照二句：用晏幾道鷓鴣天詞句。賸把，儘把。

牡丹亭

明　湯顯祖

（劇情介紹）南宋初，南安太守杜寶育一女杜麗娘，十分疼愛她，請一位教師陳最良教她讀書，由杜麗娘的侍女春香伴讀，春香百般淘氣，並引誘杜麗娘到後花園遊覽。遊園時看到春光爛漫，景物美麗，引起無限的春情；遊倦之後，在涼亭小睡片時，却做了一場美夢—與意中的情人幽會。夢醒之後，念念不忘，竟相思成病。病中她畫了一幅小像，並題詩留念，不久病逝。家人依照杜麗娘的遺言，把她葬在後花園一棵梅花樹下，造了一所梅花觀，由石道姑看守。不久，有青年柳夢梅到南安來游學，借住在梅花觀中，一日遊園，拾得麗娘生前的自畫像，對畫中美人似曾相識，深覺有情。當晚做了美夢，夢中麗娘告訴他只要打開墓穴，她就可以復活。次日，柳夢梅與石道姑設法開了墓穴，麗娘果然復活過來。柳夢梅帶着杜麗娘到京城臨安應試，途中杜麗娘遇見母親與春香，並且知道父親的音訊。柳夢梅應試完畢後，啓程去探問杜寶的情況，剛好杜寶調陞回京，途中碰到來路不明的女婿，以為柳夢梅是個說謊的無賴，帶同臨安審問，正審問的時候，柳夢梅已得中狀元，經過杜麗娘的詳細解釋，一家終於歡會團聚。牡丹亭共五十五齣，本篇選錄二齣。

（**作者介紹**）湯顯祖字義仍，號若士，又號海若，自稱淸遠道人。江西臨川人。生於明世宗嘉靖二十九年（一五五〇），卒於明神宗萬曆四十四年（一六一六），享年六十七歲。萬曆十一年進士，任南京太常博士，不久，陞南京禮部主事，因上疏批評朝政，被貶廣東徐聞縣典吏。萬曆二十一年，調爲浙江遂昌知縣。後來因縱情歌詠，釋放囚犯回家過燈節，爲人非議，免職返鄉，居玉茗堂中，以度曲作劇爲樂。詩文有玉茗堂集、紅泉逸草、問棘郵草等。戲劇有牡丹亭（還魂記）、南柯記、邯鄲記、紫釵記、紫簫記五種，前四種合稱臨川四夢或玉茗堂四種。其中以牡丹亭最爲有名，盛行之後，並有臧晉叔、呂天成、馮夢龍、鈕少雅等人的改本，以便於舞臺演唱。湯顯祖的作品辭句典麗生動，排場取材佳妙，後世模仿的作家很多，稱爲崇辭派，或稱臨川派、玉茗堂派。

第七齣　閨塾

（末上）吟餘改抹前春句，飯後尋思午晌茶。蟻上案頭沿硯水，蜂穿窗眼咂❶瓶花。我陳最良，杜衙設帳❷，杜小姐家傳毛詩❸，極承老夫人管待❹。今日早膳已過，我且把毛註潛玩一遍。（念介）關關雎鳩，在河之洲。窈窕淑女，君子好逑❺。好者，好也；逑者，求也。（看介）這早晚❻了，還不見女學生進館，卻也嬌養的凶，待我敲三聲雲板❼。（敲雲板介）春香，請小姐上書❽。（旦引貼❾捧書上）

（**商調引子**）（**遶池❿遊**）素妝纔罷，款步⓫書堂下，對淨几明窗瀟灑⓬。（貼）昔氏賢文⓭，把人禁殺⓮，恁時節則好教鸚哥喚茶。

（見介）（旦）先生萬福⑮。（貼）先生少怪？（末）凡為女子，鷄初鳴，咸盥漱櫛笄，問安於父母⑯。日出之後，各供其事。如今女學生以讀書為事，須要早起。（旦）以後不敢了。（貼）知道了，今夜不睡，三更時分，請先生上書⑰。（末）昨日上的毛詩，可溫習？（旦）溫習了，則待講解。（末）你念來。（旦念書介）關關雎鳩，在河之洲。窈窕淑女，君子好逑。（末）聽講：關關雎鳩，雎鳩，是個鳥；關關，鳥聲也。（貼）怎樣聲兒？（末作鳩聲）（貼學鳩聲諢介⑱）（末）此鳥性喜幽靜，在河之洲。（貼）是了。不是昨日是今日，不是去年是今年，俺衙內關着個斑鳩兒，被小姐放去，一去去在何知州⑲家。（末）胡說！這是興⑳。（貼）興個甚的那？（末）興者，起也，起那下頭。窈窕淑女，是幽閒女子，有那等君子好好的來逑他。（貼）為甚好好的求他？（末）多嘴哩。（旦）師父，依註解書，學生自會，但把詩經大意，敷演㉑一番。（末）

（仙呂過曲）（掉角兒序）論六經詩經最葩㉒，閨門內許多風雅。有指證姜嫄產哇㉓，不嫉妒后妃賢達㉔。更有那詠雞鳴㉕，傷燕羽㉖，泣江皋㉗，思漢廣㉘，洗盡鉛華㉙，有風有化㉚，宜室宜家㉛。（旦）這經文偌㉜多？（末）詩三百，一言以蔽之，沒多些，只無邪兩字㉝，付與兒家㉞。

書講了，春香，取文房四寶㉟來模字。（貼下取上）紙筆墨硯在此。（末）這甚麼墨？（旦）丫頭，錯拿了。這是螺子黛㊱，畫眉的。（末）這甚麼筆？（旦作笑介）這便是畫眉的細筆。（末）俺從不曾見，拿去，拿去。這是甚麼紙？（旦）薛濤箋㊲。（末）拿去，拿去，只拿那蔡倫㊳造的來。這是甚麼硯？是一個？是兩個？（旦）鴛鴦硯。（末）許多眼㊴。（旦）淚眼。（末）哭甚麼子？一發㊵換了來。（貼背介㊶）好個標老兒㊷，待換去。（下換上）這可好？（末看介）着㊸！（旦）學生自會臨書㊹，春香還勞把筆㊺。（末）看你臨。（旦寫字介）（末看驚介）我從不曾見這樣好字，這甚麼格？（旦）是衛夫人傳下美女簪花之格㊻。（貼）待俺寫個奴婢學夫人㊼。（旦）還早哩。（貼）先生，學生領出恭牌㊽。（下）（旦）敢問師母尊年？（末）目下平頭六十㊾。（旦）待學生繡對鞋兒上壽，請個樣兒。（末）生受㊿了！依孟子上樣兒，做個不知足而為屨(51)罷了。（旦）還不見春香來。（末）要喚他麼？（末叫三度介）（貼上）害淋的(52)！（旦作惱介）劣丫頭！那裏來？（貼笑介）溺尿去來。原來有座六花園，花明柳綠，好耍子哩！（末）哎也！不攻書，花園去，待俺取荊條(53)來。（貼）荊條做甚麼？

（前腔）女郎行(54)那裏應文科判衙(55)，止不過識字兒書塗嫩鴉(56)。（起介）（末）古人讀書，有囊螢的(57)，趁月亮的(58)。（貼）待映月耀蟾蜍眼花(59)，待囊螢把蟲蟻兒活支煞(60)。（末）懸梁刺股(61)呢？（貼）比似你懸了梁，損頭髮；刺了股，添疤痕(62)；有甚光華。（內叫賣花介）（貼）小姐，你聽一聲聲賣花，把讀書聲差。（末）又引逗小姐哩。待俺當真打一下。（末做打介）（貼閃介）你待打，打這哇哇，桃李門牆(63)，嶮把負荊人諕煞(64)。（貼搶荊條投地介）（旦）死丫頭！唐突(65)了師父，快跪下。（貼跪介）（旦）師父看他初犯，容學生責認(66)一遭兒。

（前腔）手不許把鞦韆索拿，脚不許把花園路踏。（貼）則瞧罷。（旦）還嘴，這招風[67]嘴把香頭來綽疤[68]，招花眼把繡鍼兒簽[69]瞎。（貼）瞎了中甚用？（旦）則要你守硯臺，跟書案，伴詩云，陪子曰[70]，沒的爭差[71]。（貼）爭差些罷。（旦搯[72]貼髮介）則問你幾絲兒頭髮，幾條背花[73]？敢也怕些些，夫人堂上，那些家法[74]。

（貼）再不敢了。（旦）可知道？（末）也罷，鬆這一遭兒[75]，起來。（貼起介）（末）

（尾聲）女弟子則爭個不求聞達[76]，和男學生一般兒教法。你們工課完了，方可回衙。咱和公相陪話去。（合）怎辜負的這一弄[77]明窗新絳紗。（末下）

（貼作背後指末罵介）村老牛，癡老狗，一些趣也不知。（旦作扯介）死丫頭！一日為師，終身為父，他打不得你？俺且問你：那花園在那裏？（貼作不說）（旦笑問介）（貼指介）兀那不是？（旦）可有什麼景致？（貼）景致麼，有亭臺六七坐，鞦韆一兩架，遶的流觴曲水[78]，面著太湖山石[79]，名花異草，委實華麗。（旦）原來有這等一個所在，且回衙去。

（旦）也曾飛絮謝家庭，[80]（貼）欲化西園蝶未成[81]。
（旦）無限春愁莫相問，[82]（合）綠陰終借暫時行[83]。

注釋

❶咂：ㄗㄚ，用嘴嚐味並連帶有吸吮的意思。　❷杜衙設帳：在杜太守家教書。後漢書馬融傳：「融居宇器服，多存侈飾，常坐高堂，施絳紗帳，前授生徒，後列女樂。」後世稱教授生徒曰設帳。　❸毛詩：毛亨所傳的詩經。詩經本有齊、魯、韓、毛四家，齊、魯、韓三家不傳，毛詩獨存於世。　❹管待：照顧接待。黑旋風劇二：「婆婆，若有梁山上那兩個哥哥來時，好生管待他。」　❺關關雎鳩四句：爲詩國風周南關雎篇首四句，也是詩經第一首詩開頭四句。　❻這早晚：這時候。西廂記三本二折：「我這一封書去，必定成事，這早晚敢待來也。」　❼雲板：也作雲版。報時報事之器。板形鑄作雲狀故名。古代官署或權貴家庭皆擊雲板作爲信號。關漢卿望江亭劇四：「左右擊雲板，後堂請夫人出來。」　❽上書：上學，上課。　❾旦引貼：旦扮杜麗娘，貼扮春香。　❿池：原誤作地，根據葉堂納書楹曲譜改正。　⓫款步：緩慢行走。白樸牆頭馬上劇二：「教你輕分翠竹，款步蒼苔。」　⓬瀟灑：清麗脫俗。李白王右軍詩：「右軍本清眞，瀟灑在風塵。」這裏形容明窗淨几的光亮整潔。　⓭昔氏賢文：用儒家經典格言所編成的初學讀本。　⓮禁殺：拘束死了。殺卽煞。　⓯萬福：多福。後通用爲祝頌之詞。韓愈與孟尙書書：「未審入秋來眠食何似，伏維萬福。」婦女相見行禮，常口稱萬禮。陸游老學庵筆記五：「王廣津宮詞云：『新睡起來思舊夢，見人忘卻道勝常。』勝常，猶今婦人言萬福也。」　⓰雞初鳴三句：禮記內則篇語。是古代爲人子女者的生活守則之一。盥，洗臉；潄，潄口；櫛，梳髮；笄，把頭髮整理好插上笄。　⓱請先生

上書：按照劇情，「末」應有接語照顧，不應逕問「旦」對功課的溫習，一般演出本此下接——（末）唔，太早了。（貼）喲，早又不好，遲又不好，這倒難了。（末）多講，去。（貼）是。⑱諢介：做出詼諧有趣，令人發笑的聲音或動作。春香學鳩鳥的叫聲。⑲何知州：姓何的知州。這裏取「在河之洲」的諧音以爲諢笑。⑳興：ㄒㄧㄥ，興是詩歌的作法之一，即景生情，先言他物以引起所詠之詞。㉑敷演：表演。可以用於言語方面的解釋說明，也可用於動作方面的表現。是戲曲中的常用語，如西遊記雜劇：「等他們來家，教他敷演與我聽。」㉒論六經詩經最葩：六經是易、詩、書、禮、樂、春秋。葩，花，美好華麗。韓愈進學解：「易奇而法，詩正而葩。」㉓姜嫄產哇：詩大雅生民：「厥初生民，時維姜嫄。」傳說姜嫄是帝嚳之妃。列女傳：「姜嫄性清靜，好稼穡，嘗行於野，見巨人跡，履之，歸而有娠，遂生后稷。」哇，娃，子女。㉔不嫉妬后妃賢達：詩周南樛木序：「樛木，后妃逮下也。言能逮下，而無嫉妬之心焉。」詩周南螽斯序：「螽斯，后妃子孫衆多也。言若螽斯不妬忌，則子孫衆多也。」㉕詠雞鳴：詩齊風雞鳴：「雞既鳴矣，朝既盈矣；匪雞則鳴，蒼蠅之聲。」這是歌詠賢妃警君的詩。㉖傷燕羽：詩邶風燕燕：「燕燕于飛，差池其羽，之子于歸，遠送于野。瞻望弗及，泣涕如雨。」這是衞君送女弟出嫁他國的詩。㉗泣江皋：詩召南江有汜：「江有汜，之子歸，不我以；不我以，其後也悔。」這是男子悲傷自己所愛的人捨己而嫁他人的詩。㉘思漢廣：詩周南漢廣：「南有喬木，不可休息。漢有游女，不可求思。漢之廣矣，不可泳思；江之永矣，不可方思。」這是愛慕游女而不能得到的詩。㉙鉛華：搽臉的粉。文選曹植洛神賦：「芳澤無加，鉛華弗御。」㉚有風有化：有益於風俗教化。㉛宜室宜家：使夫婦家庭和睦。詩周南桃夭：「之子于歸，宜其室家。」室指夫婦，家指家庭。㉜偌：ㄖㄨㄛˋ，如此，這般。㉝詩三百四句：論語爲政：「詩三百，一言以蔽之，曰：思無邪。」㉞兒家：卽爾家，你們。㉟文房四寶：筆墨紙硯的統稱。文房，書房。梅堯臣九月六日登舟再和潘歙州紙硯詩：「文房四寶出二郡，邇來賞愛君與予。」㊱螺子黛：畫眉的墨。隋遺錄上：「絳仙善畫長蛾眉，……由是殿腳女爭效爲長蛾眉，司宮吏日給螺子黛五斛，號爲蛾綠螺子黛，出波斯國，每顆直十金。」㊲薛濤箋：箋也作牋。唐元和初，薛濤在西川，居百花潭，好製小詩，惜紙幅大，不欲長而有賸，乃命匠人造彩色小箋，時人名爲薛濤箋。㊳蔡倫：東漢桂陽人，首以樹皮、麻頭、破布、舊漁網爲原料造紙，史稱蔡侯紙。㊴眼：指硯眼。硯石經磨製後現出的天然石紋，圓暈如眼，有白、赤、黃等不同的顏色。廣東省高要縣端溪出產的硯最有名，號稱端硯。下文的「淚眼」，卽端硯的眼不很清潤明朗的叫淚眼，淚眼次於活眼，比死眼好，死眼又比沒有的好。㊵一發：一起。宣和遺事：「武士一發向前，正欲擒那僧人。」㊶背介：舞臺上的專用術語。指臺上演員說出表白思想的話幫助觀衆了解。比如這裏「好個標老兒」一句，是春香對陳最良的看法，並不是當面對他說的。這種特有的演出形式，在古典劇中常有。現在通稱「背躬」或「打背躬」。㊷標老兒：固執的老頭兒。㊸着：答應的聲音。卽「對」、「可以」。㊹臨書：照書法帖子寫字。姚合秋夕遣懷詩：「臨書愛眞跡，避酒怕狂名。」㊺把筆：孩童初學寫字，不會使用毛筆，教師以右手握住孩子的手，帶着書寫，稱爲把筆，也叫把字。㊻衞夫人美女簪花格：衞鑠，字茂猗，衞恆的姪女。工書，隸書尤善，師鍾繇，王羲之少時，曾從之學書。世稱衞夫人。美女簪花，形容書法風格的娟秀。㊼奴婢學夫人：比喻學不像。賓退錄：「羊欣書似婢作夫人，不堪位置，而舉止羞澀，終不似眞。」㊽出恭牌：明代科舉考試，設有出恭入敬牌，防止士子擅離座位。士子如要大便，先領此牌。俗因稱大便爲出恭。㊾平頭六十：凡計數逢十，稱平頭數，也稱齊頭數。白居易除夜詩：「火銷燈盡天明後，便是平頭六十人。」㊿生受：爲難，麻煩。有感謝對方的意思。魯齋郎劇二：「生受你，將酒來吃三杯。」(51)不知足而爲屨：本是孟子告子篇的話。不知道腳的大小就做麻鞋。這裏諷刺陳最良的迂腐。(52)害淋的：罵人的話。猶言該死的。淋，病名。指小便淋瀝澀痛。(53)荆條：用來處罰學生用的藤條鞭子。(54)女郎行：女兒家。行，ㄏㄤ，有們、家的意思。(55)應文科判衙：應科舉考試，做官判案。這是古代讀書人的功名觀念。(56)書塗嫩鴉：比喻書法幼稚。盧仝示添丁詩：「忽來案上翻墨汁，塗抹詩書如老鴉。」(57)囊螢的：續晉陽秋：「車胤字武子，學而不倦。家貧不常得油，夏日用練囊盛數十螢火，以夜繼日焉。」(58)趁月亮的：南齊書江泌傳：「泌少貧，晝日斫屧，夜讀書，隨月光，握卷升屋。」(59)蟾蜍眼花：蟾蜍指月。淮南子精神訓：「日中有踆烏，而月中有蟾蜍。」這裏作嘲笑語，在月光下讀書，豈不把蟾蜍的眼睛弄花了嗎？(60)蟲蟻兒活支煞：把螢火蟲活活折磨死。活支煞，也作活支沙，難受，難熬。(61)懸梁刺股：懸梁，把頭髮拴在屋梁上以防入睡，比喻苦學。楚國先賢傳：「孫敬好學，時欲寤寐，懸頭至屋梁以自課。」刺股，用蘇秦的故事。戰國策秦策一：「說秦王書十上而說不行，……乃夜發書，……伏而誦之，簡練以爲揣摩。讀書欲睡，引錐自刺其股，血流至足。」(62)疤痆：

疤痕。疤，本作瘢。韓愈征蜀聯句：「念齒慰徽黧，視傷悼瘢疤。」❻❸桃李門牆：出自同一師門的學生。桃李都是春天結子衆多的樹，後來比喻所栽培的門生或所推薦的人才衆多。資治通鑑唐紀久視元年：「仁傑又嘗薦夏官侍郎姚元崇……等數十人，率爲名臣。或謂仁傑曰：『天下桃李，悉在公門矣。』」論語子張：「夫子之牆數仭，不得其門而入，不見宗廟之美，百官之富，得其門者或寡矣。」後來就以門牆爲師門之稱。❻❹嶮把負荆人唬煞：差一點把犯了過錯的人嚇壞了。嶮，同險。史記廉頗傳：「廉頗聞之，肉袒負荆，因賓客至藺相如謝罪。」❻❺唐突：橫衝直撞，引申爲冒犯之意。後漢書孔融傳：「又融爲九列，不遵朝儀，禿巾微行，唐突宮掖。」❻❻責認：責備。❻❼招風、招花：招惹是非，亂說亂看。❻❽綽疤：燙個疤痕。❻❾簽：刺。❼⓪伴詩云陪子曰：陪伴讀書。詩云子曰是古書上常用的開頭語。❼❶沒的爭差：不可有一點差錯。爭差，差錯。張國賓合汗衫劇二：「倘或問有些兒爭差，兒也，將你這一雙老爹娘可便看個甚麼？」❼❷撏：摘取，扯。❼❸背花：古代刑罰，用木棒打脊背，傷破的疤痕叫背花。❼❹家法：古代社會家長對子女奴婢施行體罰的用具。❼❺鬆這一遭兒：原諒你這一次。❼❻則爭個不求聞達：只差不能到社會求取功名罷了。三國志蜀志諸葛亮傳：「臣本布衣，躬耕於南陽，苟全性命於亂世，不求聞達於諸侯。」❼❼這一弄：這些兒，這般兒。西廂記：「今夜這一弄兒助你成親。」❼❽流觴曲水：王羲之蘭亭序：「又有清流激湍，映帶左右，引以爲流觴曲水。」古代每逢三月三日，人們環聚在彎曲的小溪邊，在上流放置酒杯，任其順流而下，流到誰的面前，誰就取飲。因此稱小溪爲流觴曲水。❼❾太湖山石：太湖石堆砌成的假山。太湖石，出產於太湖，石多孔洞，宜作園林假山之用。⑧⓪也曾飛絮謝家庭：李山甫詩句，用謝道韞的故事。世說新語言語：「謝太傅寒雪內集，與兒女講論文義，俄而雪驟，公欣然曰：『白雪紛紛何所似？』兄子胡兒曰：『撒鹽空中差可擬。』兄女曰：『未若柳絮因風起。』公大笑樂。卽公大兄無奕女，左將軍王凝之妻也。」⑧①欲化西園蝶未成：張泌詩句。⑧②無限春愁莫相問：趙嘏詩句。⑧③綠陰終借暫時行：張祜詩句。

第十齣　驚　夢

（旦上）

（商調引子）（遶池遊）夢回鶯囀❶，亂煞年光遍❷，人立小庭深院。（貼）炷盡沉煙，拋殘繡線❸，恁今春關情❹似去年。

（烏夜啼）（旦）「曉來望斷梅關❺，宿妝殘❻。（貼）你側著宜春髻子❼恰憑闌。（旦）剪不斷，理還亂，悶無端❽。（貼）已分付催花鶯燕借春看❾。」（旦）春香，可曾叫人掃除花逕？（貼）分付了。（旦）取鏡臺衣服來。（貼取鏡臺衣服上）雲髻罷梳還對鏡，羅衣欲換更添香❿。鏡臺衣服在此。

（仙呂宮過曲）（步步嬌）（旦）裊晴絲⓫吹來閒庭院，搖漾春如線⓬。停半晌整花鈿⓭，沒揣菱花，偷人半面，迤逗的彩雲偏⓮。（行介）步香閨怎便把全身現？

(貼)今日穿插⑮的好。

(醉扶歸)(旦)你道翠生生出落的裙衫兒茜⑯，豔晶晶花簪八寶塡⑰，可知我常一生兒愛好是天然⑱。恰三春好處無人見⑲，不隄防沉魚落雁⑳鳥驚喧，則怕的羞花閉月㉑花愁顫。

(貼)早茶時了，請行。(行介)你看：畫廊金粉半零星，池館蒼苔一片靑。踏草怕泥㉒新繡襪，惜花疼煞小金鈴㉓。(旦)不到園林，怎知春色如許？

(皂羅袍)原來姹紫嫣紅㉔開遍，似這般都付與斷井頹垣㉕。良辰美景奈何天，賞心樂事誰家院㉖。恁般景致，我老爺和奶奶再不提起。(合)朝飛暮捲㉗，雲霞翠軒㉘；雨絲風片㉙，煙波畫船。錦屏人忒看的這韶光賤㉚。

(貼)是花都放了，那牡丹還早。

(好姐姐)(旦)遍靑山啼紅了杜鵑㉛，荼蘼㉜外煙絲醉軟。春香呵！牡丹雖好，他春歸怎占的先㉝？(貼)成對兒鶯燕呵。(合)閒凝眄㉞，生生燕語明如翦㉟，嚦嚦鶯歌溜的圓㊱。

(旦)去罷。(貼)這園子委實觀之不足㊲也。(旦)提他怎的。(行介)

(隔尾)觀之不足由他繾㊳，便賞遍了十二亭臺是枉然，到不如興盡回家閒過遣。

（作到介）（貼）「開我西閣門，展我東閣牀[39]。瓶插映山紫[40]，爐添沉水香[41]。」小姐，你歇息片時，俺瞧老夫人去也。（下）（旦歎介）「默地遊春轉[42]，小試宜春面[43]。」春呵，得和你兩留連，春去如何遣？咳，恁般天氣，好困人也。春香那裏？（作左右瞧介）（又低首沉吟介）天呵，春色惱人，信有之乎？常觀詩詞樂府，古之女子，因春感情，遇秋成恨，誠不謬矣。吾今年已二八，未逢折桂之夫[44]；忽慕春情，怎得蟾宮之客[45]？昔日韓夫人得遇于郎[46]，張生偶逢崔氏[47]，曾有題紅記[48]、崔徽傳[49]二書。此佳人才子，前以密約偷期[50]，後皆得成秦晉[51]。（長歎介）吾生於宦族，長在名門。年已及笄[52]，不得早成佳配，誠為虛度青春，光陰如過隙耳。（淚介）可惜妾身顏色如花，豈料命如一葉[53]乎！

（商調過曲）（山坡羊）沒亂裏[54]春情難遣，驀地裏[55]懷人幽怨。則為俺生小嬋娟，揀名門一例一例裏神仙眷。甚良緣，把青春抛的遠。俺的睡情誰見？則索因循腼腆[56]。想幽夢誰邊？和春光暗流轉。遷延[57]，這衷懷那處言？淹煎[58]，潑殘生[59]除問天。

身子困乏了，且自隱几[60]而眠。（睡介）（夢生介）（生持柳枝上）鶯逢日暖歌聲滑，人遇風晴笑常開。一徑落花隨水入，今朝阮肇到天台[61]。小生順路兒跟著杜小姐回來，怎生不見？（回看介）呀！小姐，小姐。（旦作驚起介）（相見介）（生）小生那一處不尋訪小姐來，却在這裏。（旦作斜視不語介）（生）恰好花園內折取垂柳半枝，姐姐，你既淹通書史，可作詩以賞此柳枝乎？（旦作驚喜欲言又止介）（背想）這生素昧平生，何因到此？（生笑介）小姐，咱愛殺你哩。

（越調過曲）（山桃紅）（下山虎首至六）則爲你如花美眷，似水流年[62]。是答兒[63]閒尋遍，在幽閨自憐。小姐，和你那答兒講話去。（旦作含笑不行）（生作牽衣介）（旦低問）那裏去？（生）轉過這芍藥欄前，緊靠著湖山石邊。（旦低問）秀才，去怎的？（生低答）（小桃紅六至八）和你把領扣鬆，衣帶寬，袖梢兒搵著牙兒苫也，（下山虎八至末）則待你忍耐溫存一晌眠。（旦作羞）（生前抱）（旦推介）（合）是那處曾相見，相看儼然，早難道這好處相逢無一言。（生強抱旦下）

（末扮花神束髮冠紅衣插花上）催花御史惜花天[64]，檢點春工又一年。蘸客傷心紅雨下[65]，勾人懸夢綵雲邊。吾乃掌管南安府後花園花神是也。因杜知府小姐麗娘，與柳夢梅秀才，後日有姻緣之分。杜小姐遊春感傷，致使柳秀才入夢。咱花神專掌惜玉憐香，竟來保護他，要他雲雨十分歡幸也。

（黃鐘宮過曲）（鮑老催）（末）單則是混陽蒸變，看他似蟲兒般蠢動把風情搧，一般兒嬌凝翠綻魂兒顫[66]。這是景上緣，想內成，因中見[67]。呀！淫邪展汚了花臺殿。咱待拈片落花兒驚醒他。（向鬼門丟花介）他夢酣春透了怎留連？拈花閃碎的紅如片。

秀才，纔到的半夢兒，夢畢之時，好送杜小姐仍歸香閣。吾神去也。（下）

（越調過曲）（山桃紅）（生旦攜手上）（生）（下山虎首至四）這一霎天留人便，草藉花眠。小姐可好？（旦低頭介）（生）則把雲鬟點，紅鬆翠偏。小姐，休忘了呵，（小桃紅六至八）見了你緊相偎，慢廝連，恨不得肉兒般團成片也，（下山虎八至末）逗的個日下胭脂雨上鮮。（旦）秀才，你可去呵？（合）是那處曾相見，相看儼然，早難道這好處相逢無一言。

（生）姐姐，你身子乏了，將息，將息。（送旦依前作睡介）（輕拍旦介）姐姐，俺去了。（作回顧介）姐姐，你好十分將息，我再來瞧你那。行來春色三分雨，睡去巫山一片雲。（下）（旦作驚醒，低叫介）秀才，秀才，你去了也。（又作癡睡介）（老旦上）夫壻坐黃堂[68]，嬌娃立繡窗。怪他裙釵上，花鳥繡雙雙。孩兒，孩兒，你為甚瞌睡在此？（旦作醒，叫秀才介）咳也。（老旦）孩兒怎的來？（旦作驚起介）奶奶到此！（老旦）我兒，何不做些鍼指，或觀玩書史，舒展情懷？因何晝寢於此？（旦）孩兒適花園中閒玩，忽值春暄惱人，故此回房。無可消遣，不覺困倦少息。有失迎接，望母親恕兒之罪。（老旦）孩兒，這後花園中冷靜，少去閒行。（旦）領母親嚴命。（老旦）孩兒，學堂看書去。（旦）先生不在，且自消停[69]。（老旦歎介）女孩兒長成，自有許多情態，且自由他。正是：宛轉隨兒女，辛勤做老娘。（下）（旦長歎介）（看老旦下介）哎也，天那，今日杜麗娘有些僥倖也。偶到後花園中，百花開遍，覩景傷情，沒興而回。晝眠香閣，忽見一生，年可弱冠[70]，丰姿俊妍。於園中折得柳絲一枝，笑對奴家說：「姐姐既淹通書史，何不將柳枝題賞一篇？」那時待要應他一聲，心中自忖，素昧平生，不知名姓，何得輕與交言。正如此想間，只見那生向前說了幾句傷心話兒，將奴摟抱去牡丹亭畔，芍藥闌邊，共成雲雨之歡。兩情和合，真個是千般愛惜，萬種溫存。歡畢之時，又送我睡眠，幾聲將息。正待自送那生出門，忽值母親來到，喚醒將來。我一身冷汗，乃是南柯一夢(71)。忙身參禮母親，又被母親絮了許多閒話。奴家口雖無言答應，心內思想夢中之事，何曾放懷？行坐不寧，自覺如有所失。娘呵，你教我學堂看書去，知他看那一種書消悶也。（作掩淚介）

（越調過曲）（綿搭絮）雨香雲片(72)，纔到夢兒邊。無奈高堂(73)，喚醒紗窗睡不便。潑新鮮冷汗粘煎，閃的俺心悠步嚲(74)，意軟鬟偏。不爭多(75)費盡神情，坐起誰忺(76)則待去眠。

（貼上）「晚妝銷粉印，春潤費香篝(77)。」小姐，薰了被窩睡罷。

（尾聲）（旦）困春心遊賞倦，也不索香薰繡被眠。天呵！有心情那夢兒還去不遠。

春望逍遙出畫堂(78)，　間梅遮柳不勝芳(79)。

可知劉阮逢人處(80)，　回首東風一斷腸(81)。

注釋

❶夢回鶯轉：夢中醒來，聽到黃鶯宛轉的啼聲。❷亂煞年光遍：到處充滿着撩亂人心的春光景致。亂煞指春天的熱鬧。遍，到處都一樣。❸炷盡沉烟拋殘繡線：把沉水香都薰光了，把針線也拋殘了。比喻時間的久長，心境的無聊。古代貴族家的女子房內都

有點香的習慣。炷，燒香。❹關情：關心，外面的景物引起人的情懷。❺梅關：在江西大庾嶺上。宋嘉祐八年，廣東轉運使蔡抗與弟挺，令民植松夾道，供行人休息。這裏是江西廣東的分界。❻宿妝殘：早晨起來還沒有梳洗，臉上殘留着昨晚的妝粉。❼側着宜春髻子：側着，歪在一邊的樣子。宜春髻子，古代女子在春天所梳的一種髮型。荊楚歲時記：「立春日，悉剪綵爲燕以戴之，帖宜春二字。」❽剪不斷三句：李後主相見歡詞：「剪不斷，理還亂，是離愁？別是一般滋味在心頭。」形容愁緒千絲萬縷，欲放放不下，欲理心更亂，而這愁悶卻是不明不白，不知來由。❾催花鶯燕借春看：由於鶯聲燕語的催促，今年的春天花開得特別早。李中春日作詩：「染水煙光媚，催花鳥語頻。」借春，古代的制度，冬至皇帝賞賜百官食品，表示預迎新歲，叫作借春。也指花卉先春而開。陳造聞師文過錢塘詩：「椒酒須分歲，江梅巧借春。」俗譜借春誤作惜春。❿雲髻罷梳二句：唐薛逢宮詞的詩句。⓫裊晴絲：晴天挂在樹枝上的遊絲在空中隨風飄蕩。裊，在空中飄忽無定的意思。晴絲，即下文的「煙絲」，爲蟲類所吐的絲縷。⓬搖漾春如線：春光的飄忽不定，有如搖晃蕩漾的晴絲一般。⓭花鈿：古代婦女的首飾。即花釵。沈約麗人賦：「陸離羽珮，雜錯花鈿。」⓮沒揣菱花三句：沒想到鏡子裏忽然照出半個臉兒來，害得羞人答答地把臉轉過去，頭髮牽引到一邊了。此三句描寫少女嬌羞的情態。沒揣，不在意料之中，突然。白樸梧桐雨劇二：「慣縱的個無徒祿山，沒揣的撞過潼關。」菱花，見前漢宮秋第二折注⓳。迤逗，勾引，牽動。西廂記一本二折：「迤逗得腸荒，斷送得眼亂，引惹得心忙。」彩雲，美麗的頭髮。⓯穿插：穿戴打扮。⓰翠生生出落的裙衫兒茜：所穿着的紅色裙衫兒顯得鮮艷美麗。翠生生，形容彩色鮮艷。蘇軾和述古冬日牡丹詩：「一朵嬌紅翠欲流。」出落的，顯露着。西廂記四本二折：「出落得精神，別樣的風流。」茜，多年生的蔓草，可製紅色染料，因借指大紅色。李羣玉黃陵廟詩：「黃陵廟前莎草春，黃陵女兒茜裙新。」⑰艷晶晶花簪八寶塡：鑲著各色各樣寶石的花形簪子顯得光亮奪目。艷晶晶，光彩煥發的樣子。八寶，指多種多樣的作首飾的寶石。塡，鑲嵌。⑱愛好是天然：愛美是天性使然。⑲恰三春好處無人見：比喻自己的美貌像春天的美景一樣沒有人看得見。⑳沈魚落雁：莊子齊物論：「毛嬙麗姬，人之所美也。魚見之深入，鳥見之高飛，麋鹿見之決驟，四者孰知天下之正色哉。」莊子原意說魚鳥不辨美色，惟知見人驚避，後人變爲形容婦女貌美之詞。楊果採蓮女曲：「羞月閉花，沈魚落雁，不恁也魂消。」㉑羞花閉月：形容女子貌美，使花和月都自愧退縮。西廂記：「則爲你閉月羞花相貌。」㉒泥：沾汚。㉓惜花疼煞小金鈴：開元天寶遺事：「天寶初，寧王至春時，于後園中紉紅絲爲繩，密綴金鈴，系於花梢之上；每有鳥鵲翔集，則令園吏掣鈴索以驚之，蓋惜花之故也。」這句借用這個典故，說爲了惜花，驚散飛鳥，小金鈴都被拉得疼煞了。㉔姹紫嫣紅：形容花色的鮮艷美麗。㉕斷井頹垣：衰敗冷靜的院落。斷井，廢棄的金井；頹垣，倒塌的花牆。㉖良辰美景二句：謝靈運擬魏太子鄴中集詩序：「天下良辰美景賞心樂事，四者難幷。」良辰美景和賞心樂事本是美好的景象，但她看到盛開的花卻對著衰敗的院落，不禁感到無限的悵惘。㉗朝飛暮捲：形容亭臺樓閣的景色。王勃滕王閣詩：「畫棟朝飛南浦雲，朱簾暮捲西山雨。」㉘翠軒：華麗的亭臺樓閣。㉙雨絲風片：微風細雨。㉚錦屛人忒看的這韶光賤：深閨中的女子太把這美好的春光看輕了。錦屏人，指深處閨中的女子，意會著閨女的束縛。㉛杜鵑：晚春開的紅色杜鵑花。相傳杜鵑花是杜鵑鳥啼血悲鳴出來的。㉜荼蘼：花名，春末開花。㉝牡丹雖好他春歸怎占的先：牡丹花雖然富麗好看，但開花在初夏，因此在春天百花盛開時，它怎能搶得風采。這裏杜麗娘自比牡丹花，有美人遲暮之意。㉞凝眄：凝神注視。㉟生生燕語明如翦：生生，形容鳥聲靈活鮮朗。明如翦，燕子飛的形狀如翦刀一般明顯。㊱嚦嚦鶯聲溜的圓：嚦嚦，形容黃鶯的叫聲。溜的圓，形容鶯聲流麗動聽。㊲觀之不足：觀賞不盡。有百看不厭的意思。㊳繾：牽連，留戀。㊴開我西閣門二句：木蘭詩：「開我東閣門，坐我西閣牀。」㊵映山紫：杜鵑花的一種。㊶沉水香：卽沉香，一種香料。㊷默地遊春轉：背地裏遊春回來。㊸宜春面：堪與春花比並的容顏。㊹折桂之夫：登第得功名的人。見前琵琶記中秋望月注㉖。㊺蟾宮之客：科舉得中的人。蟾宮，月宮，月宮有桂樹蟾蜍。李中送黃秀才詩：「蟾宮須展志，漁艇莫牽心。」㊻韓夫人得遇于郎：太平廣記：「唐僖宗時于祐於御溝中拾一紅葉題詩，祐亦題一葉置溝上流，宮女韓夫人拾之。後帝放宮女三千人，祐娶韓成禮，各于笥中取紅葉相示，乃開宴曰：『予二人可謝媒人。』韓氏曰：『一聯佳句隨流水，十載幽思滿素懷。今日卻成鸞鳳友，方知紅葉是良媒。』」㊼張生偶逢崔氏：卽張君瑞與崔鶯鶯的愛情故事，本唐元稹傳奇小說會眞記，元王實甫演爲西廂記。㊽題紅記：明王驥德根據韓于紅葉題詩事所寫的一本傳奇。㊾崔徽傳：見於麗情集。敘述唐代妓女崔徽與裴敬中相愛，分別之後不再相見，崔徽請畫工畫了一幅像，托人送給敬中說：「崔徽一旦不及卷中人，徽且爲郎死矣。」不久抱恨病死。這裏崔徽傳應是鶯鶯傳、會眞記或西廂記的筆誤。㊿偷期：幽會。(51)得成秦晉：得成夫婦。春秋時，秦晉二國世爲婚姻，後遂稱兩姓聯姻爲秦晉之好。白行簡李娃傳：「明日命媒氏通二姓之好，備六禮以迎之，遂如秦晉之偶。」(52)及笄：古代女子十五歲開始以笄固髮，叫及笄。引伸爲達到許婚的年齡。禮記內則：「女子十有五年而笄。」儀禮士昏禮：「女子許嫁笄而醴之。」時杜麗娘年已十六，故稱及笄。(53)命如一葉：指薄命。元好問鷓鴣天詞：「顏色如花畫不成，命如葉薄可憐生。」(54)沒亂裏：形容心緒煩亂。(55)驀地裏：忽然間。晁補之滿庭芳詞：「若問他年歸去，驀地也雙槳來還。」(56)則索因循腼腆：只得含羞帶怯。腼腆，也作靦覥，ㄇㄧㄢˇ ㄊㄧㄢˇ，害羞的樣子。西廂記一本一折：「未語人前先靦覥，櫻桃紅綻，玉粳白露，半晌恰方言。」(57)遷延：拖延。(58)淹煎：受熬煎，遭磨折。(59)潑殘生：苦命兒。潑，表示厭惡，原來是罵人的話。(60)隱几：靠著几案。莊子徐无鬼：「南伯子綦隱几而坐，仰天而噓。」(61)阮肇到天臺：紹興府志：「劉晨阮肇永平中入天臺山採藥，經十三日不得返，採山上桃食之，下山以杯取水，見蕪菁葉流下甚鮮，復有胡麻飯一杯流下，二人相謂曰：去人不遠矣。乃渡水又過一山，見二女，容顏妙絕，呼晨肇姓名，問郎來何晚也。因相款待，行酒作樂。被留半年，求歸，至家，子孫已七世矣。太康八年，又失二人所在。」(62)似水流年：光陰易逝有如流水一般。鮑照登雲陽九里埭詩：「宿心不復歸，流年抱衰疾。」(63)是荅兒：這地方。下文那荅兒，那一邊。(64)催花御史惜花天：催花，催促花開。惜花，愛惜花朵。雲仙散錄引玉塵集：「唐穆宗每宮中花開，則以重頂帳蒙蔽欄檻，置惜花御史掌之。」(65)蘸客傷心紅雨下：落花如雨沾在旅客的身上，令人傷心。紅雨指落花。李賀將進酒詩：「況是青春日將暮，桃花亂落如紅雨。」(66)單則是混陽蒸變三句：描寫杜麗娘夢中歡合的情景。(67)景上緣三句：佛家的說法，指姻緣短暫，乃是不眞實的夢幻，而一切事物都由因緣造合而成。景，同影。想，空想。因，因緣。見，同現。(68)黃堂：太守辦事的廳堂。後漢書郭丹傳：「太守杜詩請爲功曹，丹薦鄉人長者自代而去。……勑以丹事編署黃堂以爲後法。」注：「黃堂，太守之廳事。」(69)消停：休息，停頓。趙長卿念奴嬌詞：「擺脫風塵，消停酸苦，終有成時節。」(70)弱冠：二十歲。禮記曲禮上：「人生十年曰幼，學。二十曰弱，冠。三十曰壯，有室。」(71)南柯一夢：唐代李公佐有南柯太守傳傳奇。敍述淳于棼夢到槐安國，娶了公主，當了南柯太守，榮華富貴。以後率師出征戰敗，公主亦死，遭到國王疑忌，被遣歸。至此夢醒，在庭前槐樹下尋得蟻穴，卽夢中槐安國都。南柯郡爲槐樹南枝下另一蟻穴。比喩人生富貴得失無常。後來稱夢境爲南柯。(72)雨香雲片：卽雲雨，指夢中的幽會。(73)高堂：父母。這裏指母親。(74)閃的俺心悠步嚲：弄得我心神恍惚，步履沉重。嚲，偏傾。(75)不爭多：差不多。(76)忺：愜意，合意。(77)香篝：薰籠。陸龜蒙茶塢詩：「遙盤雲髻慢，亂簇香篝小。」(78)春望逍遙出畫堂：張說詩句。(79)間梅遮柳不勝芳：羅隱詩句。(80)可知劉阮逢人處：許渾詩句。(81)回首東風一斷腸：韋莊詩句。

長生殿

清　洪昇

（劇情介紹）唐明皇卽位後寵愛江采萍（梅妃），後來由於楊玉環進宮，漸漸地疏遠了梅妃而寵愛楊玉環，策封她為楊貴妃，並起用了她的兄弟與親戚。他們弄權亂政，造成政治上的腐敗。另外唐明皇寵信番將安祿山，更造成內部的動亂。楊氏兄弟與安祿山意見不和，明皇只得把安祿山調到外省去。安祿山心懷不平，蓄意叛亂，在漁陽招兵買馬，預備乘機反叛。唐明皇整天沉迷於歌舞享樂之中，不理朝政，對貴妃的無限寵愛招致了楊氏的格外專權。不久安祿山起兵攻破了潼關，直搗京城長安，唐明皇無力抵抗，只得西幸四川。途中，六軍憤怒，先斬了貴妃的從兄楊國忠，在馬嵬驛又逼死了楊玉環。軍心安定後，聯合各方的兵力，以郭子儀為統帥，打敗了安祿山，收復了長安，唐明皇才能回京。自從楊貴妃死後，他終日念念不忘於楊貴妃，終於感動天上的神靈，使得他們二人仍舊在天上會合。

（作者介紹）洪昇字昉思，號稗畦，浙江錢塘人。生於淸世祖順治二年（一六四五），死於聖祖康熙四十三年（一七〇四）。著有詩集稗畦正續集，詞集昉思詞二卷，雜劇四嬋娟一種，傳奇沈香亭、舞霓裳、長生殿、廻文錦、鬧高唐、廻龍記、孝節坊七種，另天涯淚、青衫濕二劇不知雜劇或傳奇。今僅存稗畦正續集，四嬋娟雜劇與長生殿傳奇。長生殿是傳奇集大成的作品，不論在文字、曲律、排場方面都有它很多長處，因而在舞臺上的演出也極爲盛行。全本五十齣，今選二齣。

第三十二齣　哭像

（生上）蜀江水碧蜀山青，贏得朝朝暮暮情❶。但恨佳人難再得，豈知傾國與傾城❷。寡人自幸成都，傳位太子，改稱上皇。喜的郭子儀兵威大振，指日蕩平，只念妃子為國捐軀❸，無可表白，特勅成都府建廟一座，又選高手匠人，將旃檀香❹，雕成妃子生像，命高力士迎進宮來，待寡人親自送入廟中供養❺。敢待到也。（歎科）咳，想起我妃子呵！

（正宮端正好）是寡人昧了他誓盟深，負了他恩情廣。生折開比翼鸞凰。說什麼生生世世無抛漾❻，早不道❼半路裏遭魔障❽。

（滾繡毬）恨寇逼的慌，促駕起的忙。點三千羽林兵將。出延秋❾便沸沸揚揚❿。甫傷心第一程，到馬嵬⓫驛舍傍。猛地里爆雷般齊吶起一聲的喊響，早子見鐵桶似密圍住四下里刀槍。惡噷噷⓬單施逞著他領軍元帥威能大，眼睜睜只逼拶⓭的俺失勢官家氣不長，落可便⓮手脚慌張。

恨子恨陳元禮呵！

（叨叨令）不催他車兒馬兒一謎家[15]延延挨挨的望，硬執著言兒語兒一會裏喧喧騰騰[16]的謗，更排些戈兒戟兒一哄中重重疊疊的上，生逼個身兒命兒一霎時驚驚惶惶的喪。（哭科）兀的不痛殺人也麼哥[17]，兀的不痛殺人也麼哥，閃的[18]我形兒影兒這一個孤孤悽悽的樣。

寡人如今好不悔恨也。

（脫布衫）羞殺咱掩面悲傷，救不得月貌花龐。是寡人全無主張，不合呵將他輕放。

（小梁州）我當時若肯將身去抵搪[19]，未必他直犯君王。縱然犯了又何妨，泉臺[20]上，倒博得永成雙。

（么篇）如今獨自雖無恙，問餘生有甚風光。只落得淚萬行，愁千狀。（哭科）我那妃子呵！人間天上，此恨怎能償。

（丑同一宮女二內監捧香爐花旛引雜抬楊妃像鼓樂行上）（丑見生科）啓萬歲爺，楊娘娘寶像迎到了。（生）快迎進來波。（丑）領旨。（出科）奉旨，宣楊娘娘像進。（宮女）領旨。（做抬像進對生宮女跪扶像略俯科）楊娘娘見駕。（丑）平身。（宮女起科）（生起立對像哭科）

我那妃子呵。

(上小樓)別離一向，忽看嬌樣。待與你敍我寃情，說我驚魂，話我愁腸。(近前叫科)妃子！妃子！怎不見你廻笑龐[21]，答應聲，移身前傍。(細看像大哭科)呀！原來是刻香檀做成的神像。

(丑)鑾輿[22]已備，請萬歲爺上馬，送娘娘入廟。(雜扮校尉瓜旗傘扇鑾駕隊子上)(生)高力士傳旨，馬兒在左，車兒在右，朕與娘娘並行者。(丑)領旨。(生上馬校尉抬像排隊引行科)(生)

(么篇)谷碌碌鳳車[23]呵！緊貼著行，裊亭亭龍鞭呵！相對著揚，依舊的輦兒廝並，肩兒齊亞[24]，影兒成雙。情暗傷，心自想。想當時聯鑣[25]遊賞，怎到頭來剛做了恁般隨倡[26]。

(到科)(丑)到廟中了，請萬歲爺下馬。(生下馬科)內侍每，送娘娘進廟去者。(鑾駕隊子下)(內侍抬像同宮女丑隨生進生做入廟看科)

(滿庭芳)我向這廟裏抬頭覰望，問何如西宮南苑[27]，金屋輝光。那里有鴛幃繡幕芙蓉帳[28]，空則見顫巍巍神幔高張，泥塑的宮娥兩兩，帛裝的阿監[29]雙雙。剪簇簇旛旌颺[30]，招不得香魂再轉，却與我搖曳弔心腸。

（生前坐科）（丑）吉時已屆，候旨請娘娘升座。（生）宮人每，伏侍娘娘升座者。（宮女應科）領旨。（內細樂宮女扶像對生如前略俯科）楊娘娘謝恩。（丑）平身。（生起立內鼓樂衆扶像上座科）（生）

（快活三）俺只見宮娥每簇擁將，把團扇㉛護新粧。猶錯認定情初夜入蘭房㉜。（悲科）可怎生冷清清獨坐在這彩畫生綃帳。

（丑）啓萬歲爺，楊娘娘升座畢。（生）看香過來。（丑跪奉香生拈香科）

（朝天子）爇㉝騰騰寶香，暎㉞熒熒燭光，猛逗著往事來心上。記當日長生殿裏御爐傍，對牛女把深盟講㉟。又誰知信誓荒唐，存歿參商㊱。空憶前盟不暫忘。今日呵！我在這廂，你在那廂，把著這斷頭香㊲在手添悽愴。

高力士看酒過來，朕與娘娘親奠一杯者。（丑奉酒科）初賜爵㊳。（生捧酒哭科）

（四邊靜）把杯來擎掌，怎能勾檀口㊴還從我手內嘗。按不住悽惶，叫一聲妃子也親陳上。淚珠兒溶溶㊵滿觴，怕添不下半滴葡萄釀㊶。

（丑接杯獻座科）（生）我那妃子呵！

（耍孩兒）一杯望汝遙來享，痛煞煞古驛身亡。亂軍中杯土㊷便埋藏，並不曾澆半椀涼漿㊸。今日呵！恨不誅他肆逆三軍眾，祭汝含酸一國殤㊹。對著這雲幃像㊺，空落得儀容如在，越痛你魂魄飛揚。（生捧酒哭科）（丑又奉酒科）亞賜爵。

（五煞）碧盈盈酒再陳，黑漫漫恨未央，天昏地暗人凝望。今朝廟宇留西蜀，何日山陵改北邙㊻。（丑又接杯獻座科）（生哭科）寡人呵！與你同穴葬，做一株塚邊連理，化一對墓頂鴛鴦㊼。（生捧酒科）（丑又奉酒科）終賜爵。

（四煞）奠靈筵禮已終，訴衷情話正長，你嬌波㊽不動可見我愁模樣。只爲我金釵鈿盒情辜負，致使你白練黃泉恨渺茫。（丑接杯獻科）（生哭科）向此際搥胸想，好一似刀裁了肺腑，火烙了肝腸。

（丑宮女內侍俱哭科）（生看像驚科）呀！高力士，你看娘娘的臉上，兀的不流出淚來了。（丑同宮女看科）呀！神像之上，果然滿面淚痕，奇怪！奇怪！（生哭科）哎呀！我那妃子呵。

（三煞）只見他垂垂的濕滿頤，汪汪的含在眶，紛紛的點滴神臺上。分明是牽衣請死愁容貌，回顧吞聲慘面龐。這傷心真無兩，休說是泥人墮淚，便教那鐵漢也腸荒。

（丑）萬歲爺請免悲傷，待奴婢每叩見娘娘。（同宮女內侍哭拜科）（生）

(二煞)只見老常侍雙膝跪，舊宮娥伏地傷，叫不出娘娘千歲一個個含悲向。(哭科)妃子呵！只爲你當日在昭陽殿[49]裏施恩遍，今日個錦水[50]祠中遺愛[51]長。悲風蕩，腸斷殺數聲杜宇，半壁斜陽。

(丑)請萬歲爺與娘娘焚帛。(生)再看酒來。(丑奉酒焚帛生酹[52]科)

(一煞)疊金銀山百座，化幽冥帛萬張，紙銅錢怎買得天仙降。空著我衣沾殘淚鵑留怨[53]，不能勾魂逐飛灰蝶化雙[54]。驀地裏增悲愴，甚時見鸞驂碧漢[55]，鶴返遼陽[56]。

(丑)天色已晚，請萬歲爺回宮。(生)宮娥，可將娘娘神帳放下者。(宮娥)領旨。(做下神幔內暗抬像下科)(生)起駕。(丑應科)(生作上馬鑾駕隊復上引行科)(生)

(煞尾)出新祠淚未收，轉行宮[57]痛怎忘，對殘霞落日空凝望。寡人今夜呵！把哭不盡的衷情和你夢兒裏再細講。

數點香煙出廟門　曹鄴　　巫山雲雨洛川神[58]　權德輿
翠蛾彷彿平生貌　白居易　　日暮偏傷去住人[59]　封彥中

注釋

❶蜀江二句：白居易長恨歌：「蜀江水碧蜀山青，聖主朝朝暮暮情。」指明皇幸西蜀之

情景。❷佳人難再得二句：漢書外戚傳李延年歌：「北方有佳人，絕世而獨立，一顧傾人城，再顧傾人國。寧不知傾城與傾國，佳人難再得。」這裏指楊貴妃是絕色的女子。❸捐軀：為國家或正義而犧牲生命。越絕書越絕外傳：「子胥至直，不同邪曲，捐軀切諫，虧命為邦。」❹旃檀香：香木名。旃檀是梵語旃檀那的省稱。玄應音義：「旃檀那，外國香木也，有赤白紫等諸種。」酉陽雜俎：「一木四香：根曰旃檀，節曰沉香，花曰雞舌，膠曰薰陸。」❺供養：見前漢宮秋第三折注㊶。❻抛漾：抛棄。❼早不道：卻不料。❽魔障：佛家語。魔王所設的障礙。泛指波折、意外。董嗣杲近苦多故坐病乏藥詩：「魔障在前無妄想，飢寒隨處肯言貧。」❾延秋：唐長安禁苑西面二門，其南為延秋門。杜甫哀王孫詩：「長安城頭頭白烏，夜飛延秋門上呼。」❿沸沸揚揚：像沸騰的水那様喧嚷。水滸傳十八：「後來聽得沸沸揚揚地說道：『黃泥岡上一夥販棗子的客人，把蒙汗藥麻翻了人，劫了生辰綱去。』」⓫馬嵬：地名。今稱馬嵬鎮，屬陝西省興平縣。唐天寶十四年安祿山反，次年引兵入關，玄宗倉皇奔蜀，途次馬嵬驛，衞兵殺楊國忠，玄宗賜楊貴妃死，葬於馬嵬坡。⓬惡噷噷：惡狠狠。白樸梧桐雨劇三：「嗔忿忿停鞭立馬，惡噷噷披袍貫甲。」噷，ㄏㄣˋ。⓭逼拶：逼迫。拶，ㄗㄚˊ。⓮落可便：一下子。東堂老劇三：「你今日有甚臉，落可便踏著我的門戶。」⓯一謎家：一概地，一味的。趙禮讓肥劇三：「怎當他一謎裏胡為，百般家佈擺。」⓰喧騰：喧鬧沸騰。劉禹錫聚蚊謠：「喧騰鼓舞喜昏黑，昧者不分聽者惑。」⓱也麼哥：叨叨令固定的格式，表示聲音或加強語氣。⓲閃的：抛撇。清平堂話本錯認屍：「今日不想我閃得有家難奔，有國難投，如何是好？」⓳抵搪：抵擋。⓴泉臺：墓穴。同泉下。駱賓王樂大夫挽詞：「忽見泉臺路，猶疑水鏡懸。」㉑廻笑靨：白居易長恨歌：「回頭一笑白媚生，六宮粉黛無顏色。」㉒鑾輿：見前漢宮秋第三折注㊴。㉓鳳車：帝王乘坐的車子。漢官儀下：「乘輿，大駕則御鳳皇車，以金根爲副。」㉔齊亞：比並。㉕聯鑣：馬銜相連。指並騎而行。蘇軾和錢穆父送別幷求頓遞酒詩：「聯鑣接武兩長身，鵷鷺行中語笑親。」㉖隨倡：夫倡婦隨。關尹子：「夫者倡，婦者隨。」㉗西宮南苑：白居易長恨歌：「西宮南內多秋草，落葉滿階紅不掃。」內一作苑。西宮，甘露殿；南內，興慶宮。㉘芙蓉帳：用芙蓉花染繒所製的帳。白居易長恨歌：「雲鬢花顏金步搖，芙蓉帳暖度春宵。」㉙阿監：宮中的太監。白居易長恨歌：「梨園子弟白髮新，椒房阿監青娥老。」㉚剪簇簇旛旌颭：整齊排列的招魂旛在空中飄揚。雲麓漫鈔：「柩之有旐，禮曰：『死者不可別已。』故以其旗識之。古人施於柩前，今人多用竹懸出於屋；陰陽家從而傅會之，以爲死者魂悠揚於太空，認此以歸。如浙東溫、臺，以至江東諸郡，兼採釋氏之論，易而爲旛，植巨木高入雲表。」㉛團扇：圓形的扇子，卽宮扇。這裏指后妃儀仗之一。㉜定情初夜入蘭房：定情，男女互贈信物表示相愛不渝。陳鴻長恨歌傳：「定情之夕，授金釵鈿合以固之。」長生殿第二齣定情卽演此事。蘭房，蘭香氤氳的房子，多指婦女所居之室。潘岳哀永逝文：「委蘭房兮繁華，襲窮泉兮朽壤。」㉝爇：ㄖㄜˋ，燒。㉞暎：卽映。照耀。㉟記當日長生殿裏二句：白居易長恨歌：「七月七日長生殿，夜半無人私語時。在天願作比翼鳥，在地願爲連理枝。」陳鴻長恨歌傳：「天寶十載，避暑驪山宮，秋七月，牽牛織女相見之夕，夜始半，妃獨侍上，憑肩而立，因仰天感牛女事，密相誓心，願世世爲夫婦，言畢，執手各嗚咽。」長生殿第二十二齣密誓卽演此事。㊱存歿參商：生死隔絕。參，ㄕㄣ，星名，在西方；商，星名，在東方；此出彼沒，永不相見。曹植與吳季重書：「面有逸景之速，別有參商之闊。」㊲斷頭香：斷了頭的線香。比喻殘缺不全。西廂記：「是前世燒了斷頭香。」㊳初賜爵：祭禮有初獻、亞獻、終獻之儀，卽向所祭的鬼神獻三次酒。這裏因是皇帝祭貴妃，所以用「賜」。爵，酒杯。㊴檀口：淺紅的嘴唇。檀，淺紅色，形容女性嘴唇之美。韓偓余作探使以繚綾手帛子寄賀因而有詩：「黛眉印在微微綠，檀口消來薄薄紅。」㊵溶溶：水盛的樣子。劉向九歎逢紛：「揚流波之潢潢兮，體溶溶而東回。」㊶葡萄釀：用葡萄釀製的酒。㊷抔土：一掬之土，極言其少。元好問學東坡移居詩：「得損不相償，抔土塡巨壑。」㊸潑半碗涼漿：祭奠半碗冷酒。潑，傾倒，潑出。㊹國殤：爲國犧牲的人。楚辭九歌有國殤篇，洪興祖曰：「國殤，謂死於國事者。」㊺雲幃像：在神幔中的楊妃雕像。㊻何日山陵改北邙：何日改葬，做好正式的陵墓。山陵，指帝王的墳墓。水經注渭水：「秦名天子冢曰山，漢曰陵，故通曰山陵矣。」晉書陶侃傳：「但以陛下春秋尚富，餘寇不誅，山陵未反，所以憤慨兼懷，不能已已。」北邙，山名，在洛陽之北，東漢恭王劉祉葬此，其後王侯公卿葬此者甚多。㊼塚邊連理，墓頂鴛鴦：此二句用干寶搜神記韓憑夫婦的典故。韓憑是宋康王的舍人，妻何氏貌美，康王奪之，憑自殺，何氏亦投青陵臺而死。何氏遺言：「王利其生，妾利其死，願以屍骨賜憑合葬。」康王怒而使其墳墓相望不相卽，並謂：「旣然兩情相愛，則兩人的墳墓應當相合。」果然有大梓樹生自韓氏夫婦墳頭，屈體相交，根交於下，枝錯於上，有如連理樹，又有鴛鴦一對交頸悲鳴，棲止樹上。宋人哀悼，名其樹爲相思樹，並稱鴛鴦乃韓氏夫婦精魂所化。㊽嬌波：嬌媚的眼睛。柳永長相思詞：「嬌波豔冶，巧笑依然，有意相迎。」㊾昭陽殿：貴妃生時所居。見前漢宮秋第一折注⑭。㊿錦水：在四川成都。(51)遺愛：遺留及於後世的愛。漢書敘傳：「淑人君子，時同功異，沒世遺愛，民有餘思。」(52)酹酒：以酒灑地而祭。(53)衣沾殘淚鵑留怨：此用杜鵑啼血的典故。(54)魂逐飛灰蝶化雙：明彭大翼山堂肆考韓憑魂：「俗傳大蝴蝶必成雙，乃梁山伯、祝英臺之魂，又曰韓憑夫婦之魂，皆不可曉。李義山詩：『青陵臺畔日光斜，萬古貞魂倚暮霞。莫許韓憑爲蛺蝶，等閑飛上別枝花。』」(55)鸞驂碧漢：用西王母見漢武帝的故事。鸞驂，乘鸞鳳。碧漢，青天。徐夤鵲詩：「香閨報喜行人至，碧漢填河織女回。」(56)鶴返遼陽：搜神後記丁令威：「丁令威本遼東人，學道於靈虛山，後化鶴歸遼，集城門華表柱。時有少年舉弓欲射之。鶴乃飛，徘徊空中而言曰：『有鳥有鳥丁令威，去家千年今始歸。城郭如故人民非，何不學仙冢壘壘。』遂高上沖天。」此二句言何時能見楊妃成仙回來。(57)行宮：京城以外供帝王出行時居住的宮殿。在四川成都。(58)洛川神：洛水之神宓妃。這裏指楊貴妃。(59)去住人：來往奔波的人。這裏指唐明皇。

第三十八齣　彈　詞

（末白鬚舊衣帽抱琵琶上）一從鼙鼓起漁陽❶，宮禁俄看蔓草荒。留得白頭遺老❷在，譜將殘恨說興亡。老漢李龜年，昔為內苑伶工，供奉梨園❸，蒙萬歲爺十分恩寵。自從朝元閣教演霓裳❹，曲成奏上，龍顏大悅，與貴妃娘娘，各賜纏頭❺，不下數萬。誰想祿山造反，破了長安，聖駕西巡，萬民逃竄。俺每梨園部中，也都七零八落，各自奔逃。老漢來到江南地方，盤纏都使用盡了。只得抱著這面琵琶唱個曲兒餬口❻，今日乃青溪❼鷲峯寺大會，遊人甚多，不免到彼賣唱。（歎科）哎！想起當日天上清歌，今日沿門鼓板，好不頹氣❽人也。（行科）

（南呂一枝花）不隄防餘年值亂離，逼拶得岐路遭窮敗。受奔波風塵顏回黑，歎衰殘霜雪鬢鬚白。今日個流落天涯，只留得琵琶在。揣羞臉❾上長街又過短街，那裏是高漸離擊筑悲歌❿，倒做了伍子胥吹簫也那乞丐⓫。

（梁州第七）想當日奏清歌趨承金殿，度新聲供應瑤階，說不盡九重天上恩如海。幸溫泉驪山⓬雪霽，泛仙舟興慶⓭蓮開，翫嬋娟華清宮殿⓮，賞芳菲花萼樓臺⓯。正擔承雨露深澤，驀遭逢天地奇災。劍門關⓰塵蒙了鳳輦鑾輿⓱，馬嵬坡⓲血汚了天姿國色，江南路哭殺了瘦骨窮骸。可哀，落魄，只得把霓裳御譜⓳沿門賣。有誰人喝聲采，空對著六代園陵⓴草樹埋，滿目興衰。

（虛下）（小生巾服上）花動游人眼，春傷故國心。霓裳人去後，無復有知音。小生李謨，向在西京留滯，亂後方回。自從宮牆之外，偷按霓裳數疊，未能得其全譜。昨聞有一老者，抱著琵琶賣唱，人人都說手法不同，像個梨園舊人。今日鷲峯寺大會，想他必在那裏，不免前去尋訪一番。一路行來，你看遊人好不戚也。(外巾服副淨衣帽淨長帽帕子包首扮山西客擕丑扮妓上)(外)閒步尋芳惜好春。(副淨)且看勝會逐遊人。(淨)大姐！咱和你及時行樂休空過。(丑)客官，好聽琵琶一曲新。(小生向副淨科)老兄請了，動問這位大姐，說甚麼琵琶一曲新。(副淨)老兄不知，這裏新到一個老者，彈得一手好琵琶，今日在鷲峰寺趕會，因此大家同去一聽。(小生)小生正要去尋他，同行何如。(衆)如此極好。(同行科)行行去去，去去行行，已到鷲峰寺了，就此進去。(同進科)(副淨)那邊一個圈子，四圍板櫈，想必是波。我每一齊捱進去，坐下聽者。(衆作坐科)(末上見科)列位請了。想都是聽曲的，請坐了，待在下唱來請教波。(衆)正要領教。(末彈琵琶唱科)

(轉調貨郎兒) 唱不盡興亡夢幻，彈不盡悲傷感歎。大古里㉑淒涼滿眼對江山，我只待撥繁弦傳幽怨，翻別調寫愁煩。慢慢的把天寶當年㉒遺事彈。

(外)天寶遺事，好題目波。(淨)大姐！他唱的是甚麼曲兒，可就是咱家的西調㉓麼？(丑)也差不多兒。(小生)老丈！天寶年間遺事，一時那裏唱得盡者，請先把楊貴妃娘娘，當時怎生進宮，唱來聽波。(末彈唱科)

(二轉) (貨郎兒首三句)想當初慶皇唐太平天下，訪麗色把蛾眉選刷，有佳人生長在弘農楊氏家。(中呂賣花聲二至四)深閨內端的玉無瑕，那君王一見了歡無那㉔，把鈿盒金釵親納。(貨郎兒末句)

評跋㉕做昭陽第一花。

(丑)那貴妃娘娘，怎生模樣波。(淨)可有咱家大姐這樣標致㉖麼？(副淨)且聽唱出來者。(末彈唱科)

(三轉)(貨郎兒首五句)那娘娘生得來仙姿佚貌，說不盡幽閒窈窕，眞個是花輸雙頰柳輸腰。比昭君增妍麗，較西子倍風標㉗。(仙呂鬪鵪鶉二至六)似觀音飛來海嶠，恍嫦娥偷離碧霄。更春情韻饒，春酣態嬌，春眠夢悄。(貨郎兒末句)總有好丹青㉘那百樣娉婷難畫描。

(副淨笑科)聽這老翁，說的楊娘娘標致，恁般活現，倒像是親眼見的，敢則謊也。(淨)只要唱得好聽，管他謊不謊。那時皇帝怎麼樣看待他來，快唱下去者。(末彈唱科)

(四轉)(貨郎兒首五句)那君王看承得似明珠沒兩，鎮日裏㉙高擎在掌，賽過那漢宮飛燕倚新妝。可正是玉樓中巢翡翠，金殿上鎖著鴛鴦㉚。(中呂山坡羊二至九)宵偎晝傍，直弄得個伶俐的官家顚不剌懵不剌㉛撇不下心兒上，弛了朝綱，占了情場。百支支㉜寫不了風流帳，行廝並坐廝當雙，赤緊的倚了御床。(貨郎兒末句)博得個月夜花朝同受享。

(淨倒科)哎呀！好快活，聽得咱似雪獅子向火哩。(丑扶科)怎麼說？(淨)化了。(衆笑科)(小生)當日宮中有霓裳羽衣一曲，聞說出自御製，又說是貴妃娘娘所作，老丈可知其詳？請唱與小生聽咱。(末彈唱科)

（五轉）（貨郎兒首三句）當日呵！那娘娘在荷庭把宮商細按，譜新聲將霓裳調翻㉝，晝長時親自教雙鬟㉞。（中呂迎仙客全）舒素手，拍香檀㉟。一字字都吐自朱唇皓齒㊱間，恰便似一串驪珠㊲，聲和韻閒。恰便似鶯與燕弄關關㊳，恰便似鳴泉花底流溪澗。（中呂紅繡鞋首五句）恰便似明月下泠泠清梵㊴，恰便似緱嶺上鶴唳高寒㊵，恰便似步虛仙珮夜珊珊㊶。傳集了梨園部，教坊㊷班。（貨郎兒末句）向翠盤中高簇擁著個娘娘引得那君王帶笑看。

（小生）一派仙音，宛然在耳，好形容波。（外歎科）哎！只可惜當日天子寵愛了貴妃，朝歡暮樂，致使漁陽兵起，説起來令人痛心也。（小生）老丈，休只埋怨貴妃娘娘，當日只為誤任邊將，委政權奸，以致廟謨㊸顛倒，四海動搖。若使姚宋㊹猶存，那見得有此。（外）這也説的是波。（末）嗨！若説起漁陽兵起一事，真是天翻地覆，慘目傷心，列位不嫌絮煩，待老漢再慢慢彈唱出來者。（衆）願聞。（末彈唱科）

（六轉）（貨郎兒首三句）恰正好嘔嘔啞啞㊺霓裳歌舞，不隄防撲撲突突漁陽戰鼓。剗地㊻裏出出律律紛紛攘攘㊼奏邊書。（正宮叨叨令首句）急得個上上下下都無措。（中呂上小樓三至末）早則是喧喧嗾嗾，驚驚遽遽，倉倉卒卒，挨挨拶拶㊽，出延秋西路。鑾輿後攜著個嬌嬌滴滴貴妃同去。（上小樓么篇首至八）又只見密密匝匝的兵，惡惡狠狠的語。鬧鬧炒炒，轟轟剨剨㊾，四下喳呼。生逼散恩恩愛愛，疼疼熱熱，帝王夫婦。（貨郎兒末句）霎時間畫就了這一幅慘慘悽悽絕代佳人絕命圖。

(外副淨同歎科)(小生淚科)哎！天生麗質，遭此慘毒，真可憐也。(淨笑科)這是說唱，老兄怎麼認真掉下淚來。(丑)那貴妃娘娘死後，葬在何處？(末彈唱科)

(七轉)(貨郎兒首三句)破不刺[50]馬嵬驛舍，冷清清佛堂倒斜，一代紅顏爲君絕。(雙調殿前歡三至七)千秋遺恨滴羅巾血，半科樹是薄命碑碣，一杯土是斷腸墓穴。再無人過荒涼野，莽天涯誰弔梨花謝。(貨郎兒末句)可憐那抱幽怨的孤魂只伴著嗚嗚咽咽的望帝[51]悲聲啼夜月。

(外)長安兵火之後，不知光景如何？(末)哎呀！列位！好端端一座錦繡長安，自被祿山破陷，光景十分不堪了，聽我再唱波。(彈唱科)

(八轉)(貨郎兒首二句)自鑾輿西巡蜀道，長安內兵戈肆擾。(雙調快活年首二句及其叠字)千官無復紫宸[52]朝，把繁華頓消，頓消。(中呂堯民歌五六句)六宮中朱戶掛蟏蛸[53]，(正宮叨叨令五六句)叫鴟鴞[54]也麼哥，長蓬蒿[55]也麼哥。(正宮倘秀才末句)野鹿兒亂跑。(雙調快活年首二句及其叠字)苑柳宮花一半兒凋，有誰人去掃，去掃。(中呂堯民歌五六句)玳瑁空梁燕泥兒拋[56]，只留得缺月黃昏照。(正宮叨叨令五六句)歎蕭條也麼哥，染腥臊[57]也麼哥。(貨郎兒末句)染腥臊玉砌[58]空堆馬糞高。

(淨)呸！聽了半日，饞得慌了。大姐，喒和你喝燒刀子[59]，吃蒜包兒去。(做腰邊解錢與末同丑諢下)(外)天色將晚，我每也去罷。(送銀科)酒資在此。(末)多謝了。(外)無端唱出興亡恨。(副淨)引得傍人也淚流。(同外下)(小生)老丈，我聽你這琵琶，非同凡手，得自何人傳授，乞道其詳。（末）（九轉）（貨郎兒首三句）這琵琶曾供奉開元皇帝，重提起心傷淚滴。（小生）這等說起來，定是梨園部內人了。（末）我也曾在梨園籍上姓名題。（脫布衫全支）親向那沉香亭[60]花裏去承值，華清宮宴上去追隨。（小生）莫不是賀老？（末）俺不是賀家的懷智。（小生）敢是黃旛綽？（末）黃旛綽同咱皆老輩。（小生）這等想必是雷海青。（醉太平首七句）（末）我雖是弄琵琶卻不姓雷，他呵！罵逆賊久已身亡名垂。（小生）這等想必是馬仙期了。（末）我也不是擅場方響[61]馬仙期，那些舊相識都休話起。（小生）因何來到這裏？（末）我只為家亡國破兵戈沸，因此上孤身流落在江南地。（小生）畢竟老丈是誰波？（末）你官人絮叨叨[62]苦問俺為誰？（貨郎兒末句）則俺老伶工名喚做龜年身姓李。

（小生揖科）呀！原來却是李教師，失瞻[63]了。（末）官人尊姓大名，為何知道老漢？（小生）小生姓李，名謨。（末）莫不是吹鐵笛的李官人麼？（小生）然也。（末）幸會！幸會！（揖科）（小生）請問老丈，那霓裳全譜，可還記得波。（末）也還記得，官人為何問他？（小生）不瞞老丈說，小生性好音律，向客西京，老丈在朝元閣演習霓裳之時，小生曾傍著宮墻，細細竊聽，已將鐵笛偷寫數段，只是未得全譜，各處訪求，無有知者，今日幸遇老丈，不識肯賜教否？（末）既遇知音，何惜末技。（小生）如此多感，請問尊寓何處？（末）窮途流落，尚乏居停[64]。（小生）屈到舍下暫住，細細請教如何？

（末）如此甚好。

（煞尾）俺一似驚烏繞樹向空枝外，誰承望做舊燕尋巢入畫棟來。今日個知音喜遇知音在，這相逢異哉，恁相投快哉。李官人呵！待我慢慢的傳與你這一曲霓裳播千載。

（末）桃蹊柳陌好經過　張　籍　（小生）聊復迴車訪薜蘿65　白居易

（末）今日知音一留聽　劉禹錫　（小生）江南無處不聞歌　顧　況

注釋

❶鼙鼓起漁陽：鼙鼓，鞞鼓，軍中所用的樂器。白居易長恨歌：「漁陽鼙鼓動地來，驚破霓裳羽衣曲。」天寶十四年冬十一月，安祿山以討伐楊氏爲名，反於范陽，引兵南侵，附和的有盧龍、密雲、汲、鄴、漁陽等郡。漁陽在今河北薊縣平谷縣等地。❷遺老：前朝舊臣。呂氏春秋愼大：「武王乃恐懼太息流涕，命周公旦進殷之遺老，而問殷之亡故。」❸供奉梨園：供奉，官名，在皇帝左右供職的人。唐有侍御史內供奉、翰林供奉等。梨園，唐玄宗曾選樂工三百人，宮女數百人，教授樂曲於梨園，親自訂正聲誤，號皇帝梨園子弟。梨園故址在長安禁苑中。卽上句所謂「內苑伶工」。伶工，樂工。❹朝元閣教演霓裳：朝元閣，閣名。在陝西臨潼縣驪山。李商隱華淸宮詩：「朝元閣迥羽衣新，首按昭陽第一人。當日不來高處舞，可能天下有胡塵。」霓裳，霓裳羽衣曲的省稱。❺纏頭：古代舞女表演時以錦纏頭，演畢，觀衆以羅錦爲贈，稱纏頭。

後來又作爲贈送女妓或樂人財物的通稱。白居易琵琶引：「五陵少年爭纏頭，一曲紅綃不知數。」⑥餬口：以技藝謀生。莊子人間世：「挫鍼治繲，足以餬口。」⑦青溪：古水名。發源於江蘇南京鍾山西南，入秦淮，逶迤九曲。三國吳孫權鑿東渠通北塹，以洩玄武湖水。南接於秦淮，逶迤十五里，名曰青溪。⑧頹氣：倒霉，洩氣。舉案齊眉劇一：「世間多少窮秀才，窮了這一世，不能發跡。你要嫁他，好不頹氣也。」⑨揣羞臉：用衣袖把含羞的臉遮掩起來。藏羞臉。⑩高漸離擊筑悲歌：高漸離，戰國燕人，善擊筑。與荊軻友善。軻往刺秦王，燕太子丹等送至易水，漸離擊筑，軻和而歌，爲變徵之聲，士皆垂淚涕泣，又前而歌曰：「風蕭蕭兮易水寒，壯士一去兮不復還。」復爲羽聲慷慨，士皆瞋目，髮盡上指冠。⑪伍子胥吹簫乞丐：伍子胥，名員，春秋楚人。父奢兄尙都被楚平王殺害，子胥奔吳，貧苦無食。史記范雎傳：「伍子胥至於陵水，無以餬口，鼓腹吹箎，乞食於吳市。」集解引徐廣曰：「箎，一作簫。」⑫幸溫泉驪山：驪山，在今陝西臨潼縣東南。古代驪戎居之，故稱驪山。山西北麓有溫泉。唐時環山建造宮殿，爲避暑勝地。⑬興慶：唐宮名。在今陝西咸寧縣東南。初名隆慶坊，是唐玄宗爲太子時的住宅；開元二年以避諱改稱興慶坊，建離宮，因稱興慶宮，後也稱南內。沈佺期龍池篇：「龍池躍龍龍已飛。」注：「明皇爲諸王時，故宅在隆慶坊，宅有井，井溢成池；中宗時數有雲龍之祥，後引龍首堰水注池中，池面逐廣，卽龍池也。」⑭翫嬋娟華清宮殿：嬋娟，指月。蘇軾水調歌頭詞：「但願人長久，千里共嬋娟。」華清宮，在陝西臨潼縣驪山上。山有溫泉，唐貞觀十八年置，咸亨十二年名溫泉宮。天寶六年大加擴建，更名華清宮。⑮花萼樓：唐玄宗開元二年以舊邸爲興慶宮，後於宮之詩小雅棠棣兄弟親愛之義。⑯劍門關：卽劍閣。在四川劍閣縣東北大劍山小劍山之西南建樓，其西題爲「花萼相輝之樓」，登樓可望見憲、薛、申、歧諸王諸弟邸第，取間，相傳爲諸葛亮所修築，是川陝間的主要通道，軍事戍守要地。白居易長恨歌：「黃埃散漫風蕭索，雲棧縈紆登劍閣。」⑰鳳輦鸞輿：帝王的車駕。⑱馬嵬坡：見前哭像注⑪。⑲霓裳御譜：霓裳羽衣曲，唐樂曲名。本傳自西涼，名婆羅門，開元中河西節度使楊敬述獻，經玄宗潤色，於天寶十三載改爲霓裳羽衣曲。樂府詩集：「唐逸史：『羅公遠多秘術，嘗與玄宗至月宮，仙女數百，皆素練霓衣，舞於廣庭，問其曲，曰霓裳羽衣。帝默記其音調而還，明日召樂工，依其樂調作霓裳羽衣曲。』」⑳六代園陵：六代，卽六朝，吳、東晉、宋、齊、梁、陳先後建都建康(南京)，合稱六朝。園陵，帝王的墓地。史記叔孫通傳：「先帝園陵寢廟，羣臣莫能習。」㉑大古里：卽大古裏。大概，總之。劉行首劇一：「我可便普天下都尋盡，尋俺那丘、劉、談、馬，大古裏六個眞人。」㉒天寶當年：天寶，唐玄宗年號。元稹行宮詩：「寥落古行宮，宮花寂寞紅。白頭宮女在，閑坐說玄宗。」後來凡是追思昔時盛事，多用白頭宮女重話天寶當年遺事。㉓西調：甘肅一帶的地方曲調。㉔歡無那：歡喜極了。㉕評跋：卽評泊。量度，評論。馬九皋蟾宮曲：「一個飲羊羔紅爐畫閣，一個凍騎驢野店溪橋，你試評跋，那個清高？那個麄豪？」㉖標致：容貌秀麗。也作標緻。元曲選鴛鴦被一：「聞知他有個小姐，生的十分標致。」㉗風標：風度，儀態。魏書彭城王傳：「風標才器，實足師範。」㉘總有好丹青：總有，縱有。朱淑眞念奴嬌詞：「總有十分輕妙態，誰似舊時憐惜。」丹青，繪畫的顏料。㉙鎭日裏：整天地。尹洙和何東施待制詩：「威嚴少霽猶知幸，誰信芳樽鎮日開。」 ㉚玉樓中二句：見前漢宮秋第三折注❺。翡翠，鳥名。 ㉛顛不剌懵不剌：顛顛倒倒，糊里糊塗。不剌，狀聲形容詞，無義。 ㉜百支支：多而瑣細的樣子。支支，狀聲詞。 ㉝把宮商細按二句：長生殿第十二齣製譜，即是描寫貴妃娘娘翻製月宮聽來的霓裳羽衣曲。 ㉞雙鬟：即丫鬟，指宮女。 ㉟香檀：香檀木做的拍板。張先碧牡丹詞：「緩板香檀，唱徹伊家新製。」 ㊱朱脣皓齒：紅脣白齒，形容貌美。楚辭大招：「魂乎歸徠，聽歌譔只。朱脣皓齒，嫭以姱只。」 ㊲一串驪珠：比喻歌聲圓轉如珠，連續成串。滕斌大石百字令：「寒玉嘶風，香雲捲雪，一串驪珠引。」 ㊳關關：鳥鳴聲。詩國風關雎：「關關雎鳩，在河之洲。」 ㊴泠泠清梵：泠泠，形容聲音清脆。陸機招隱詩：「山溜何泠泠，飛泉漱鳴玉。」清梵，寺僧誦經的聲音。高僧傳釋僧饒：「善尺牘及雜技，而偏以音聲著稱，：：每清梵一舉，輒道俗傾心。」 ㊵緱嶺上鶴唳高寒：緱嶺，山名。在河南偃師縣。又名緱氏山。列仙傳稱王子晉在此山乘白鶴仙去。 ㊶步虛仙珮夜珊珊：步虛聲，道士誦經的聲音。異苑五：「陳思王遊山，忽聞空裏誦經聲，清遠遒亮。解音者則而誦之，爲神仙聲；道士效之，作步虛聲。」珊珊，象聲詞。凡玉、鈴、鐘、雨等聲音舒緩的稱爲珊珊。文選宋玉神女賦：「動霧縠以徐步兮，拂墀聲之珊珊。」 ㊷教坊：唐代掌管女樂的官署名。唐高祖於禁中置內教坊，掌教習音樂，其官隸屬太常。玄宗開元二年，更置內教坊於蓬萊宮側，京都置左右教坊，以教俗樂，以中官爲教坊使。 ㊸廟謨：朝廷對國事的計謀。杜甫白水縣崔少府十九翁高齋詩：「猛將紛塡委，廟謨蓄長策。」 ㊹姚宋：姚崇和宋璟，唐玄宗開元時相繼爲相，是開元之治的功臣。 ㊺嘔嘔啞啞：管弦音樂的聲音。杜牧阿房宮賦：「管弦嘔啞，多於市人之言語。」㊻剗地：平白地，無端地。董西廂一：「剗地相逢，引調得人來眼狂心熱。」㊼紛紛攘攘：雜亂的樣子，衆多的樣子。㊽挨挨拶拶：擠來擠去，互相壓迫。㊾剨剨：ㄏㄨㄛˋ，剨裂聲，此處作大聲喧鬧解。㊿破不刺：破破的。不刺，狀聲形容詞，無義。舉案齊眉劇三：「恰捧著個破不刺椀內，呷了些淡不淡白粥。」(51)望帝：卽杜宇，周末蜀主。華陽國志蜀志：「周失綱紀，蜀侯蠶侯始稱王，後有王曰杜宇，敎民務農，一號杜主。七國稱王，杜宇稱帝，號曰望帝，更名蒲卑。會有水災，其相開明決玉壘山以除水害，帝遂委以政事，禪位於開明，帝升西山隱焉。時適二月，子鵑鳥鳴，故蜀人悲子鵑鳥鳴也。」成都記：「杜宇死，其魂化爲鳥，名杜鵑。」(52)紫宸：殿名。唐宋爲皇帝接見羣臣、外國使者朝見慶賀的內朝正殿。姚合酬田卿書齋卽事見寄詩：「幽齋琴思靜，晚下紫宸朝。」(53)蠨蛸：長腳蜘蛛。卽喜蛛，一名喜子、喜母。詩豳風東山：「伊威在室，蠨蛸在戶。」(54)鴟鴞：鳥名。卽鴟梟。鴟爲猛禽，故用來比喻奸邪惡人。賈誼弔屈原賦：「鸞鳳伏竄兮，鴟鴞翱翔。」(55)蓬蒿：蓬草與蒿草。禮記月令孟春之月：「藜莠蓬蒿並興。」(56)玳瑁空梁燕泥兒抛：玳瑁，海中大龜。畫有玳瑁斑文的屋梁稱玳瑁梁。沈佺期古意呈補闕喬知之詩：「盧家少婦鬱金堂，海燕雙棲玳瑁梁。」燕泥，燕子作巢所銜的泥土。薛道衡昔昔鹽詩：「暗牖懸蛛網，空梁落燕泥。」(57)腥臊：臭惡的氣味。比喻穢惡的事物。國語周語上：「國之將亡，……其政腥臊，馨香不登。」(58)玉砌：用玉石砌成或裝飾的牆壁、地面、臺階。陳後主東飛伯勞歌：「雕軒繡戶花恆發，珠簾玉砌移明月。」(59)燒刀子：燒酒，烈性很強的酒。(60)沈香亭：唐玄宗命移植牡丹（木芍藥）於沈香亭前，與楊貴妃共賞，使李龜年持金花牋召李白，命作新詞。白時方醉，左右以水灑面，稍醒，援筆成清平樂三章，有「解釋春風無限恨，沈香亭北倚闌干。」(61)方響：古代打擊樂器，磬類，銅鐵製，始創於南朝梁。以十六枚鐵片組成，其制上圓下方，大小相同，厚薄不一，分兩排，懸於一架。以小銅鎚擊之，其聲清濁不等。是隋唐燕樂中常用的樂器。(62)絮叨叨：形容說話嚕嗦。貨郎旦劇二：「你聽他絮絮叨叨的到幾時也。」(63)失瞻：失敬。瞻，瞻仰。(64)居停：棲止，歇足的地方。盧仝月蝕詩：「月蝕烏宮十三度，烏爲居停主人不覺察。」後稱租寓之所爲居停。宋眞宗時，朝議再貶寇準，王曾質之，丁謂顧曰：「居停主人勿復言。」蓋因王曾曾以第舍借給寇準住。(65)薜蘿：薜荔、女蘿，都是植物名。楚辭屈原九歌山鬼：「若有人兮山之阿，被薜荔兮帶女蘿。」後以薜蘿指隱士的服裝或居所。晉書謝安傳論：「暨于褫薜蘿而襲朱組，去衡泌而踐丹墀，庶績以是用康，彝倫以之載穆。」

國家圖書館出版品預行編目資料

詞曲選注

王熙元等編. – 初版. – 臺北市：臺灣學生，1985
面；公分

ISBN 978-957-15-0316-5 (平裝)

1. 詞 – 批評，解釋等 2. 中國戲曲 – 批評，解釋等

833　　81000125

詞曲選注（全一冊）

編者：王熙元　陳滿銘　陳弘治
黃麗貞　賴橋本
出版者：臺灣學生書局有限公司
發行人：楊雲龍
發行所：臺灣學生書局有限公司
臺北市和平東路一段七五巷一一號
郵政劃撥戶：〇〇〇二四六六八號
電話：（〇二）二三九二八一八五
傳眞：（〇二）二三九二八一〇五
E-mail: student.book@msa.hinet.net
http://www.studentbook.com.tw
本書局登記證字號：行政院新聞局局版北市業字第玖捌壹號
印刷所：長欣印刷企業社
新北市中和區永和路三六三巷四二號
電話：（〇二）二二二六八八五三
定價：新臺幣三五〇元
一九八五年九月初版
二〇一二年十月初版六刷

83002

ISBN 978-957-15-0316-5 (平裝)